Esta edição foi feita com carinho pela TAG para seus associados.

SEFI ATTA

TUDO DE BOM VAI ACONTECER

TRADUÇÃO
Vera Whately

EDITORA RECORD
RIO DE JANEIRO • SÃO PAULO

EDITORA-EXECUTIVA
Renata Pettengill

SUBGERENTE EDITORIAL
Mariana Ferreira

ASSISTENTE EDITORIAL
Pedro de Lima

AUXILIAR EDITORIAL
Juliana Brandt

ESTAGIÁRIA
Georgia Kallenbach

REVISÃO
Samuel Lima

DIAGRAMAÇÃO
Beatriz Carvalho

CAPA E PROJETO GRÁFICO
TAG – Experiências Literárias
Bruno Miguell Mesquita
Gabriela Basso
Gabriela Heberle
Kalany Ballardin
Paula Hentges

IMAGEM DE CAPA
Daughters, óleo sobre tela de
Synthia SAINT JAMES.

TÍTULO ORIGINAL
Everything Good Will Come

CIP-BRASIL. CATALOGAÇÃO NA PUBLICAÇÃO
SINDICATO NACIONAL DOS EDITORES DE LIVROS, RJ

Atta, Sefi, 1964-
A893t Tudo de bom vai acontecer / Sefi Atta; tradução de Vera Whately. – 1ª ed.
– Rio de Janeiro: Record, 2020.

" Edição especial para TAG Livros"
Tradução de: Everything good will come
ISBN 978-65-5587-081-7

1. Ficção nigeriana. I. Whately, Vera. II. Título.

20-64905 CDD: 896.669
CDU: 82-3(669.1)

Camila Donis Hartmann – Bibliotecária – CRB-7/6472

Publicado nos EUA por Interlink Books, um selo de Interlink Publishing Group, Inc.

Texto revisado segundo o novo Acordo Ortográfico da Língua Portuguesa.

Impresso no Brasil

ISBN 978-65-5587-081-7

Para meu querido Gboyega
e nossa doce Temi

1971

Desde o início, eu acreditava em tudo que me diziam sobre bom comportamento, até em mentiras deslavadas, embora tivesse meus próprios critérios. Em uma idade na qual as outras meninas nigerianas gostavam de brincar de *ten-ten* — brincadeira em que as crianças batem com os pés de forma ritmada no chão e estendem uma das pernas de repente, para que seu par tente espelhar o movimento, enquanto procuram ser mais espertas que o par —, minha distração favorita era ficar sentada num píer e fingir que estava pescando. E detestava quando minha mãe gritava da janela da cozinha: "Enitan, venha me ajudar aqui." Eu voltava correndo para casa.

Nós morávamos em frente à lagoa de Lagos. Nosso terreno ocupava uma área de pouco mais de quatro mil metros quadrados, limitada por uma cerca de madeira alta que soltava farpas em dedos desavisados. Eu brincava despreocupadamente do lado oeste do quintal, pois o leste dava para o mangue do parque Ikoyi, onde vi uma cobra-d'água uma vez. Os dias eram quentes, pelo que me lembro, muito ensolarados e com pouco vento. No início da tarde, comíamos e depois fazíamos a sesta; o almoço farto nos deixava bêbados de sono. Meus fins de tarde, após fazer os deveres de casa, eram passados no nosso píer, um pequeno deque de madeira que eu percorria em três passadas quando alongava bem os músculos da parte interna das coxas.

Ficava sentada na borda, esperando a água bater nos meus pés, e usava uma vara de pescar feita de galho de árvore, barbante e uma rolha de uma das garrafas de vinho vazias do meu pai. Às vezes, os pescadores se aproximavam, remando num ritmo que me dava mais prazer do que comer tripa frita; tinham peles esturricadas, quase cinzentas por causa do sal do mar seco pelo sol. Falavam com o sotaque dos ilhéus, cantando em suas canoas. Eu não me sentia tentada a pular na lagoa como eles faziam. A água tinha cheiro de peixe cru, e a cor era de um marrom barrento que eu sabia que teria gosto de vinagre. Além do mais, todos sabiam das correntes capazes de arrastar uma pessoa. Alguns corpos eram encontrados dias depois, inchados, rígidos e apodrecidos. Verdade.

Não que eu sonhasse em pegar algum peixe. Eles se contorciam demais, e eu não me imaginaria vendo um ser vivo sufocando. Mas meus pais ocupavam todos os outros espaços com suas brigas; suas transgressões imperdoáveis. As paredes não me poupavam dos gritos. O travesseiro, mesmo que eu cobrisse a cabeça com ele, não me poupava também. Nem minhas mãos, ainda que eu tapasse os ouvidos e enfiasse a cabeça debaixo do travesseiro. Então lá estava ele, o píer, meu protetorado, até o dia em que minha mãe resolveu que teria de ser demolido.

O padre da igreja dela teve uma visão de pescadores invadindo a nossa casa: eles viriam à noite, *labalábá*. Viriam desarmados, *yimiyimi*. Roubariam coisas de valor, *tòlótòló*.

No dia seguinte, três operários substituíram nosso píer por uma cerca de arame farpado, supervisionados por minha mãe; da mesma forma como vigiava os vizinhos; do mesmo jeito que verificava nossas janelas por causa dos espíritos do mal à noite; igual a quando ficava olhando de cara feia para a porta por um bom tempo depois de meu pai já ter saído de casa.

Eu sabia que meu pai ficaria furioso. Ele estava num encontro de advogados e, quando voltou e viu a cerca nova, correu para fora de casa gritando feito um louco. Nada, nada deteria minha mãe, dizia ele, até ela ter destruído tudo na nossa casa por causa daquela igreja dela. Que tipo de mulher ela era? Que tipo de mulher egoísta e fria era ela?

Meu pai apreciava aquela vista. Eu me lembro dele à vontade na cadeira de vime, sentindo a brisa das noites quentes na varanda que dava para o píer. Em geral, era onde ficava na estação seca, que durava a maior parte do ano; quase nunca na época do harmatão, que se estendia pelo Natal e Ano-Novo, e nunca na estação chuvosa, que deixava o chão da varanda escorregadio nas férias de verão. Eu ficava sentada nos degraus vendo meu pai e seus dois amigos: tio Alex, um escultor, que fumava um cachimbo que cheirava a coco derretido, e tio Fatai, que me fazia rir porque o nome combinava com o rosto gorducho. Ele também era advogado como meu pai, e os três frequentaram Cambridge na mesma época. Três mosqueteiros no coração das trevas, era como se descreviam enquanto estudavam por lá; andavam sempre juntos, e quase ninguém falava com eles na faculdade. Às vezes, eu me assustava com suas histórias da Nigéria Ocidental (que meu pai chamava de Velho Oeste), onde algumas pessoas jogavam pneus de carro em outras e ateavam fogo nelas por pertencerem a facções políticas diferentes. Tio Alex culpava os britânicos por essas desavenças: "Eles e seu maldito império. Vêm aqui e partem nosso país ao meio como se fosse um daqueles malditos pãezinhos torrados que comem com chá. Dirigindo do lado esquerdo da maldita rua..."

No dia em que estourou a guerra civil, foi ele quem trouxe a notícia. Tio Fatai chegou logo depois, e eles ficaram ouvindo o rádio de cabeça baixa, como se estivessem rezando. Ao longo dos anos, prestando atenção às conversas deles sobre federalistas, separatistas e os malditos britânicos, aprendi sobre os acontecimentos do meu país o máximo que uma menina de 7 anos consegue aprender. Soube que nosso primeiro primeiro-ministro foi assassinado por um general, que esse general foi morto pouco tempo depois, e que um outro general passou a governar o país. As confusões pararam por um tempo, mas agora parecia que os biafrenses estavam tentando dividir o país em dois.

Tio Fatai quebrou o silêncio.

— Espero que nossos meninos acabem com eles.

— De que diabos você está falando? — perguntou tio Alex.

— Eles querem guerra. É guerra que vamos dar — respondeu tio Fatai.

Tio Alex estufou o peito, quase derrubando o outro.

— Você sabe lutar? Sabe? — Meu pai tentou intervir, mas tio Alex alertou: — Não se meta nisso, Sunny.

Por fim, meu pai pediu para tio Alex se retirar. Ao sair, ele deu um tapinha na minha cabeça, e nunca mais o vimos na nossa casa.

Nos meses seguintes, passei a ouvir no rádio as notícias sobre como nossas tropas estavam se saindo contra os biafrenses. O slogan era: "Manter a Nigéria unida é tarefa a ser cumprida." Meu pai mandava eu me esconder debaixo da cama toda vez que havia alarmes de bombardeios. Às vezes, eu o ouvia falar do tio Alex; de como ele tinha sabido de antemão que haveria uma guerra civil; de como ele tinha se juntado às forças biafrenses e morrido lutando por eles, apesar de detestar armas.

Eu amava meu tio Alex; achava que, se tivesse de me casar com um homem, escolheria um como ele, um artista, que ou se importava demais ou nem um pouco.

Foi ele que apelidou meu pai de Sunny, cujo nome completo era Bandele Sunday Taiwo. Agora, todo mundo chamava meu pai de Sunny e minha mãe de Mamãe Enitan, por minha causa, embora o nome dela fosse Arin. Eu fui a primeira filha deles, a única agora, desde a morte do meu irmão. Ele viveu a vida entre uma crise e outra de uma doença chamada anemia falciforme. Minha mãe entrou para uma igreja para tentar curá-lo, renunciando ao anglicanismo e a si mesma, pelo que parecia, porque um dia meu irmão teve uma nova crise e ela o levou até lá para ser curado. Ele morreu aos 3 anos. Eu tinha 5.

Na igreja da minha mãe, os fiéis usavam umas túnicas brancas. Andavam descalços e dançavam ao som de tambores. Eram batizados em um banho de água benta, que bebiam para purificar a alma. Acreditavam em espíritos; espíritos maus mandados por outras pessoas para causar destruição e espíritos reencarnados, que não permaneciam muito tempo na Terra. Os encantamentos deles, sua devoção incansável, seus louvores. Eu conseguia até aguentar ver minha mãe jogando os braços para o alto e agindo como eu nunca a tinha visto agir em uma igreja anglicana. Mas tinha certeza de que, se o padre chegasse na minha frente e revirasse os olhos como fazia quando estava prestes a ter uma visão, aquilo seria o meu fim.

O padre tinha um calombo na testa e cara de quem estava sempre farejando algo ruim. Anunciava suas visões em meio a cânticos que soavam como as palavras iorubás para borboleta, besouro e peru: *labalábá, yimiyimi, tòlótòló.* E cheirava a incenso. No dia em que me vi diante desse padre, fiquei olhando para a barra da batina. Eu era um espírito reencarnado, disse ele, como meu irmão, e minha mãe teria de me levar para ser purificada. Eu era muito pequena, disse ela. Minha hora chegaria em breve, disse ele. Peru, peru, peru.

Durante o restante do dia fiquei andando por lá com a dignidade dos mais velhos e atormentados, e encolhi tanto a barriga que acabei com câibra. A morte doeria, eu sabia, e não queria ver meu irmão assim, como um fantasma. Assim que meu pai me perguntou como eu me sentia, caí no chão diante dele.

— Vou morrer — declarei.

Ele pediu que eu me explicasse.

— Você não bota mais os pés ali — determinou.

Os domingos posteriores a esse eu passei em casa. Minha mãe ia para a igreja e meu pai saía de casa também. Então Bisi, nossa empregada, dava uma fugidinha até a casa ao lado para ver Akanni, o motorista que tocava música *jùjú*, ou então Akanni vinha até aqui e os dois seguiam para as dependências dos empregados, me deixando com Baba, nosso jardineiro, que trabalhava aos domingos.

Pelo menos durante a guerra civil, Bisi às vezes me convidava para ouvir as histórias de Akanni sobre a longínqua frente de batalha. Sobre como os soldados biafrenses pisavam em minas terrestres, que explodiam suas pernas como se fossem tomates amassados, e como as crianças biafrenses comiam carne de lagarto para sobreviver. O Escorpião Negro era um dos heróis militares da Nigéria. Usava um amuleto numa corrente pendurada no pescoço, e as balas que batiam em seu peito ricocheteavam. Eu tinha idade suficiente para ouvir essas histórias sem me amedrontar, mas era ainda muito criança para me entusiasmar com elas. Quando o conflito terminou, três anos depois, senti falta das histórias.

A televisão naquela época só funcionava a partir das seis da tarde. A primeira hora era reservada às notícias, e eu nunca via o noticiário, a não ser no dia especial em que a Apollo pousou na Lua. Depois disso, as crianças da escola passaram a dizer que era possível pegar Apollo, um tipo de conjuntivite, só de ficar olhando para um eclipse por muito tempo. Tarzan, Zorro, João Pequeno e toda a família Cartwright de *Bonanza* apareciam na televisão, com suas retaliações gentis e justas, para me contar outros fatos que eu precisava saber sobre o mundo. Sem consciência de quaisquer mensagens tendenciosas que estava recebendo, eu me compadecia do Tarzan (aqueles nativos horríveis!), achava que os índios eram pessoas terríveis e decorava os *jingles* animados de empresas multinacionais estrangeiras: "Os produtos Mobil protegem seu motor — bip, bip, o rei da estrada." Quando Alfred Hitchcock aparecia, eu sabia que era hora de dormir. O mesmo valia para Doris Day. Eu não aguentava aquela música dela, *Que Sera*.

No início da adolescência, eu sentia muitas dores no corpo. Terminei a escola primária e comecei a longa espera para cursar a secundária, que só tinha início em outubro, tornando as férias de verão mais longas que o normal. As chuvas caíam, o tempo voltava a secar, e cada dia era igual ao outro, a não ser que ocorresse alguma coisa especial, como na tarde em que Baba encontrou ovos de iguana, ou na manhã em que um cachorro com raiva mordeu nosso vigia noturno, ou na noite em que Bisi e Akanni brigaram. Ouvi os dois gritando e corri para as dependências dos empregados para assistir.

Akanni deve ter achado que era Muhammad Ali. Boxeava em volta de Bisi. "Como é meu nome? Como é meu nome?" Bisi se lançou para a frente e deu um tapa na cara dele. Akanni a puxou pela gola e rasgou sua blusa. "Meus peitos? Meus peitos?" Ela cuspiu na cara dele e arrancou a corrente de ouro que ele usava no pescoço. Os dois rolaram no chão de terra e só pararam de lutar quando Baba se deitou no chão. "Chega", disse ele. "Parem com isso, eu imploro."

A maioria dos dias não era tão animada assim. Eu já estava começando a ficar entediada de tanto esperar quando, duas semanas antes do fim das férias, tudo mudou. Era o terceiro domingo de setembro de 1971, fim da tarde. Eu estava brincando com meu estilingue quando atingi Baba sem querer num momento em que ele aparava a grama. Baba correu atrás de mim brandindo o facão, e eu dei de cara com o arame farpado, prendendo a manga da blusa. Segundo a tradição iorubá, a natureza anuncia o início da transição de uma pessoa: para a vida, para a idade adulta e para a morte. Um canto de galo, uma chuva súbita, uma lua cheia, mudanças sazonais. Eu não me lembro de ter notado nada disso.

*

— Bem feito — disse uma voz de menina.

Um nariz surgiu pela larga abertura na cerca, seguido de um olho castanho. Soltei a manga do arame farpado e esfreguei o cotovelo.

— Por ficar correndo por aí assim — completou ela. — Sem eira nem beira. Bem feito ter ficado presa.

Ela não se parecia em nada com as crianças da família Bakare que moravam ao lado. Eu já as tinha visto pelo vão na cerca, e elas eram tão escuras como eu; mais jovens também. O pai delas tinha duas esposas que organizavam piqueniques ao ar livre. Elas pareciam estar sempre grávidas, e ele também, com aqueles trajes folgados e esvoaçantes. Era conhecido como Engenheiro Bakare. Era amigo do tio Fatai, que o chamava de Alhaji Bakare, por ter feito a peregrinação a Meca. Para nós, ele era o Chefe Bakare. No ano passado, tinha dado uma grande festa para comemorar sua nomeação como chefe, e ninguém dormiu aquela noite por causa do barulho da banda *jùjú* fazendo trepidar as paredes. Típica gente de Lagos, dizia meu pai. Eles se divertiam até cair de cansaço ou até exaurir os vizinhos.

— Eu sou Sheri — disse ela, como se eu tivesse perguntado seu nome.

— Nunca vi você antes — falei.

— E?

Ela não tinha papas na língua, pensei, enquanto ela caía na risada.

— Posso ir à sua casa? — perguntou.

Olhei em volta do quintal, pois minha mãe não queria que eu brincasse com as crianças Bakare.

— Venha.

Eu estava entediada. Esperei junto à cerca de arame farpado, esqueci a manga rasgada e até o fato de Baba ter corrido atrás de mim. Aparentemente, ele também tinha se esquecido de mim, pois estava cortando grama ao lado da outra cerca. Minutos depois, a menina entrou. Exatamente como eu tinha imaginado, ela era mestiça. Usava uma saia rosa e uma blusa branca que deixava o umbigo de fora. Com seu cabelo afro curto, o rosto parecia um girassol. Notei que ela usava um batom rosa.

— Quantos anos você tem? — perguntei.

— Onze — respondeu ela.

— Eu também.

— Ah, é? Uma menina pequena como você?

Pelo menos eu era uma menina de 11 anos decente. E ela não chegava nem no meu ombro, mesmo com o sapato de salto alto. Contei que meu aniversário seria em janeiro próximo, mas ela disse que então eu era mais nova. O aniversário dela tinha sido dois meses atrás, em novembro.

— Eu sou mais velha. Entendeu? Meus irmãos e irmãs menores me chamam de Irmã Sheri em casa.

— Não acredito em você.

— É verdade — disse ela.

Uma brisa soprou pela aleia de hibiscos. Ela me olhou de cima a baixo.

— Você viu as execuções na televisão ontem à noite?

— Que execuções?

— Dos ladrões armados.

— Não.

Não me deixavam ver; meu pai era contra a pena de morte.

— Foi legal — disse ela, sorrindo. — Atiraram neles na praia. Amarrados, os olhos vendados. Um, dois, três.

— Estão mortos?

— *Pafuka* — disse ela, e deixou a cabeça cair de lado.

Imaginei a cena na praia, onde ocorriam as execuções públicas. Geralmente eram publicadas fotos nos jornais um dia depois.

— De onde sua mãe é? — perguntei.

— Da Inglaterra.

— Ela mora aqui?

— Minha mãe morreu.

Ela falou isso com a naturalidade de quem diz as horas: 3 horas em ponto, 4 horas morreu. Será que não se importava? Eu me sentia constrangida com relação à morte do meu irmão, como se eu possuísse uma perna defeituosa que as pessoas podiam zoar.

— *Yei!* — exclamou ela.

Tinha acabado de reparar num cardume de peixes-voadores na lagoa. Também fiquei vendo os peixes saltando e voltando a mergulhar. Era raro eles emergirem. Pouco depois desapareceram, e a água voltou à calma.

— Você tem irmãos? — perguntou ela.

— Não.

— Deve ser uma menina mimada.

— Não sou, não.

— É, sim. É, sim. Dá para ver na sua cara.

Ela deu uma volta e começou a se gabar. Era a mais velha da família Bakare. Tinha sete irmãos. Dentro de duas semanas iria para o colégio interno, em outra cidade, e...

— Eu entrei para o Royal College — falei, para ela calar a boca.

— *Eyack!* É uma escola só de meninas!

— Mas é a melhor escola de Lagos.

— Escola só de meninas é um tédio.

— Depende de como você vê as coisas — falei, citando meu pai.

Através da cerca ouvimos a música *jùjú* de Akanni. Sheri empinou o traseiro e começou a requebrar, descendo e subindo o corpo.

— Você gosta de música *jùjú?* — perguntei.

— Gosto. Eu e minha avó dançamos *jùjú.*

— Você dança com sua avó?

— Eu moro com ela.

A única avó que conheci foi a mãe do meu pai, agora morta, que me dava medo por causa da mancha branco-acinzentada encobrindo as pupilas. Minha mãe dizia que ela tinha ficado assim de tanta fraqueza. A música parou.

— Essas flores são lindas — disse Sheri, admirando-as como admiraria uma caixa de bombons. Tirou uma e prendeu por trás da orelha. — Ficou bonito?

Eu fiz que sim. Ela escolheu outras a dedo e colheu-as. Logo, tinha cinco hibiscos no cabelo. Quando pegava o sexto, ouvimos um grito do outro lado do quintal. Baba vinha na nossa direção brandindo o facão.

— Ei, você! Saia já daí!

Sheri deu um grito ao vê-lo. Nós corremos em volta da casa, cambaleando no cascalho da entrada de carros.

— Quem era aquele? — perguntou Sheri, a mão espalmada no tórax.

— Nosso jardineiro — respondi, ofegante.

— Esse homem me dá medo.

— Baba não faz mal a ninguém. Só gosta de assustar as pessoas.

— As pernas dele são tortas como as de um caranguejo e os lábios são vermelhos como o traseiro de um macaco — declarou, chupando os dentes.

Nós rolamos no cascalho. Os hibiscos caíram do cabelo afro de Sheri e ela ficou balançando as pernas, dando gargalhadas e me fazendo rir também. Depois de um tempo parou e limpou os olhos com os dedos.

— Você tem uma melhor amiga? — perguntou.

— Não.

— Então vou ser sua melhor amiga — disse, batendo no peito. — Todo dia, até irmos para a escola.

— Eu só posso brincar aos domingos — falei.

Minha mãe a mandaria embora se a visse.

— Então no próximo domingo. Venha à minha casa se quiser — disse, dando de ombros.

— Tudo bem — falei.

Quem diria? Ela era engraçada, mas também insolente, provavelmente porque não tinha ninguém que a educasse em casa.

— De agora em diante vou te chamar de *àbúrò,* irmãzinha. E vou te vencer no *ten-ten,* você vai ver — gritou do portão.

Eu ia dizer que era uma brincadeira idiota, mas ela desapareceu por trás da coluna de cimento. Será que nunca lhe disseram que não podia usar salto alto? Nem batom? Nada disso? E onde estava seu respeito por um velho como Baba? Ela é que era mimada. E boca suja.

Baba estava juntando a grama cortada quando voltei para o quintal dos fundos.

— Vou contar para sua mãe sobre ela — disse ele.

Bati o pé no chão expressando minha frustração.

— Mas ela é minha amiga.

— Como pode ser sua amiga? Você acabou de conhecer essa menina, e sua mãe não a conhece.

— E nem tem de conhecer.

Eu conhecia Baba desde que nasci. Como ele podia contar? Fez uma careta como se só a lembrança de Sheri tivesse deixado um gosto ruim em sua boca.

— Sua mãe não vai gostar dessa menina.

— Por favor, não conte. Por favor.

Ajoelhei no chão e juntei as palmas das mãos. Era meu melhor truque para convencer Baba.

— Tudo bem. Mas não quero ver você, nem ela, perto dessas flores de novo.

— Nunca mais — falei, ficando de pé. — Está vendo? Vou entrar. Você só vai me ver longe dessas flores de agora em diante.

Andei de costas até a casa. As pernas de Baba pareciam mesmo as de um caranguejo, pensei, correndo pela sala de estar. Então dei uma canelada na beirada de uma cadeira e fui mancando pelo restante do caminho até o quarto. Deus já estava me punindo.

Minha mala ficava debaixo da cama. Era de couro falso, grande o suficiente para eu caber dentro se me encolhesse bem, mas no momento estava cheia. Puxei a mala para fora. Ainda faltavam duas semanas para eu sair de casa, mas fazia um mês vinha guardando minhas coisas ali: um mosquiteiro, lençóis, um chinelo, uma lanterna. Os itens para minhas propagandas de TV de mentirinha: sabonetes, pasta de dente, um pacote de absorventes higiênicos. Eu me perguntava para que serviriam.

Quando me vi diante do espelho, passei a mão em minhas tranças. O cabelo afro de Sheri era tão macio que balançava quando ela falava. Peguei um pente na minha penteadeira e comecei a desfazer as tranças. Meus braços doíam quando terminei, e o cabelo me encobriu parte do rosto. Na gaveta de cima peguei uma canetinha vermelha e pintei os lábios. Pelo menos minhas bochechas eram bem lisas, diferentes das dela. A pele de Sheri era cheia de erupções e tão clara. As pessoas da cor dela eram chamadas de "Papaia Amarela" ou "Banana Amarela" na escola.

No colégio, a pessoa era zoada se fosse amarela ou gorda; muçulmana ou burra; gaga ou se usasse sutiã e por ser ibo, porque isso queria dizer que ou você era biafrense ou conhecia alguém que era. Eu estava pintando as unhas com a canetinha, lembrando de outros motivos para zoações, quando minha mãe entrou. Ela usava a túnica branca da igreja.

— Você está aqui? — perguntou ela.

— Estou.

Quando ela usava essa túnica ficava parecendo uma coluna. Era alta, os ombros esticados, assim desde criança, dizia ela. Não fazia bagunça nem andava encurvada, então por que eu fazia as duas coisas? Essa pergunta, em geral, me levava a andar com as costas retas até eu esquecer o assunto.

— Imaginei que você estaria lá fora.

Empurrei o cabelo para baixo com as palmas das mãos. O dela estava penteado com duas tranças perfeitas na raiz, e ela semicerrou os olhos, como se um raio de sol estivesse entrando no meu quarto.

— Ê-ê? O que é isso? Você está de batom?

Coloquei a canetinha na mesa, mais constrangida que amedrontada.

— Quero ver isso. — Ela me puxou para perto.

Seu tom de voz amansou quando viu a tinta vermelha.

— Você não devia pintar a boca na sua idade. Estou vendo que está arrumando a mala de novo. Parece pronta para sair de casa.

Fiquei olhando para o teto.

— Onde está seu pai?

— Não sei.

— Ele falou quando voltaria?

— Não.

Ela examinou o restante do quarto.

— Arrume essa bagunça.

— Sim, mamãe.

— E depois venha me ajudar na cozinha. Quero falar com você mais tarde. Não se esqueça de lavar a boca antes de vir.

Fingi ajeitar os objetos da penteadeira até ela sair. Raspei a tinta vermelha das unhas com uma tesoura. O que será que ela queria falar comigo? Não era possível que Baba tivesse dado com a língua nos dentes.

Minha mãe nunca tinha uma conversa comigo; ela falava e sabia que eu estava prestando atenção. Eu sempre prestava. O mero som dos passos dela acelerava minha respiração. Ela quase nunca me batia, ao contrário das outras mães, que surravam os filhos com galhos de árvores, mas ela não precisava fazer isso. Eu já apanhei em sala de aula por estar no mundo da Lua. A régua acertou os nós dos meus dedos, e eu me perguntei se essa não seria uma punição mais leve do que receber aquele olhar da minha mãe, que parecia que eu tinha sido pega brincando com meu cocô. Os olhares dela eram difíceis de esquecer. Pelo menos os vergões da régua desapareciam depois de um tempo.

Pessoas bentas tinham de ser ou infelizes ou severas, ou uma mistura dos dois, eu havia concluído. Minha mãe e suas amigas da igreja, o padre que parecia sempre estar farejando algo ruim. Nem uma regente de coro sequer eu via com uma expressão amigável, e, mesmo na nossa antiga igreja anglicana, as pessoas em geral pareciam infelizes quando rezavam também. Passei a aceitar essa gente da mesma forma que passei a aceitar a natureza pecaminosa. Quantas manhãs eu tinha acordado com a intenção de me tornar benta, mas sucumbia à felicidade ao meio-dia, rindo e correndo pela casa? Eu queria ser benta; só não conseguia me lembrar disso.

Estava fritando bananas-da-terra na cozinha com minha mãe naquela noite quando um pouco de óleo quente espirrou da frigideira e caiu no meu pulso.

— Preste atenção no que você está fazendo — disse ela.

— Desculpe — disse Bisi, olhando por cima das panelas que estava lavando.

Bisi costumava pedir desculpas sem motivo. Levantei as bananas da frigideira e virei do outro lado com a espátula. Óleo quente espirrando, facas cortantes. Cebolas. O trabalho de cozinha era um horror. Quando eu for mais velha, vou morrer de fome para não ter de cozinhar. Esse era meu plano.

Um barulho lá fora me assustou. Era meu pai entrando pela porta dos fundos.

— Ultimamente, quanto bato na porta da frente, ninguém atende — murmurou ele.

A porta rangeu ao se abrir e se fechou com uma batida atrás dele. Bisi foi correndo pegar a pasta dele, mas meu pai a enxotou. Sorri para ele. Chegava sempre arrasado do trabalho, principalmente quando voltava do tribunal. Era magrinho e sua voz falhava, e eu ficava com pena quando ele reclamava.

— Eu trabalho o dia todo para te vestir, te alimentar e pagar sua escola. Só peço um pouco de paz quando chego em casa. Mas, em vez disso, você me traz *wàhálà*. Papai, posso comprar sorvete? Papai, posso comprar um livro da Enid Blyton? Papai, meu jeans está rasgado. Papai, papai, papai. Quer me ver morto?

Ele afrouxou o nó da gravata.

— Vejo que sua mãe está de novo fazendo você aprender tudo o que ela faz.

Peguei outra banana e fiz um corte na base, esperando um pouco mais de solidariedade da parte dele. Minha mãe deu uma sacudida numa panela no fogão e levantou a tampa para ver como estava o ensopado.

— Ficar aqui na cozinha não faz mal nenhum a ela — disse minha mãe.

Descasquei a banana e comecei a cortá-la em rodelas. Meu pai abriu a geladeira e pegou uma cerveja. Mais uma vez, Bisi correu para ajudá-lo, e dessa vez ele permitiu que ela abrisse a garrafa.

— Você devia contar para ela que meninas pequenas não fazem mais esse tipo de trabalho — falou ele.

— Quem disse? — perguntou minha mãe.

— E, se ela perguntar como você aprendeu essa bobagem, responda que foi com seu pai e que ele é a favor da emancipação das mulheres.

Ficou na posição de sentido e fez uma continência. Meu pai não era um homem sério, pensei.

— De todas as mulheres menos da sua esposa — retrucou minha mãe.

Bisi lhe passou o copo de cerveja. Achei que ele não tinha ouvido porque começou a beber. Baixou o copo.

— Eu nunca pedi que você cozinhasse para mim — disse ele.

— Ah, bem — disse ela, secando as mãos num pano de prato. — Mas também nunca disse para eu não fazer isso.

Ele concordou.

— É difícil competir com sua cruzada pelo martírio.

Minha mãe deu uma olhada nas bananas fritas. Apontou para a frigideira, e eu joguei fatias demais nela. O óleo quente chiou e a fumaça tomou conta do ambiente.

Sempre que meu pai falava bonito assim, eu sabia que estava com raiva. Na maioria das vezes, eu não entendia o que ele dizia. Dessa vez ele colocou o copo vazio na mesa e pegou sua pasta.

— Não me espere acordada.

Minha mãe o seguiu. Quando eles saíram da cozinha, me esgueirei até a porta para espioná-los. Bisi fechou a torneira para ouvir a conversa deles e fui para junto dela e, mesmo baixinho, disse, com raiva: "Pare de ficar bisbilhotando os outros! Você está sempre ouvindo as conversas dos outros!"

Ela estalou o dedo para mim. Estalei o meu também e me encostei na dobradiça da porta.

As brigas dos meus pais ficavam cada vez mais absurdas; não mais frequentes nem mais altas. Se meu pai falava alguma coisa errada, minha mãe reagia enfurecida. Ele era um homem mau. Sempre foi um homem mau. Ela gritava trechos da Bíblia. Ele permanecia calmo. Nessas horas, dava para sentir pena da minha mãe, só de ver a expressão no rosto do meu pai. Era a mesma dos meninos da escola que levantavam a saia das meninas e saíam correndo. Pareciam tão confusos quanto meu pai quando a professora os pegava pelas orelhas.

Minha mãe deu uma pancada seca na mesa de jantar.

— Sunny, Deus vigia tudo que você faz lá fora. Você pode sair por aquela porta, mas não pode escapar do julgamento Dele.

Meu pai fixou o olhar na mesa.

— Não posso falar por Ele, mas lembro que Seu nome não deve ser usado em vão. Você pretende usar a Bíblia como um escudo contra todos? Faça isso. Um dia nós dois estaremos em frente ao nosso Criador. Direi a Ele tudo o que fiz. Então você poderá fazer o mesmo.

Meu pai foi andando em direção ao quarto deles. Minha mãe voltou para a cozinha. Achei que ela ralharia comigo quando visse as bananas queimando, mas não ralhou. Corri para a frigideira e as virei depressa.

Apesar de viver de cara fechada, teve uma época em que minha mãe sorria. Vi umas fotos em preto e branco dela, o cabelo alisado e ondulado, as sobrancelhas desenhadas em arco. Ela era secretária-executiva e meu pai estava no último ano da faculdade quando se conheceram. Muitos tentaram sair com ela. Muitos, disse ele, até que um dia lhe escreveu uma carta de amor. Uma, ele se gabava, e não teve para ninguém. "Sua mãe dançava melhor que todo mundo. E era a mulher mais bem-vestida de todas. Tinha uma cintura bem fina, vou te contar. A mais fina de todas. Cabia na minha mão, assim, antes de você nascer e estragar tudo."

Meu pai brincava fingindo como era difícil abraçá-la. Mas minha mãe não era tão gorda assim como ele fazia parecer. Era cheinha, do jeito que as mães são; os braços balançavam como geleia. Meu pai não brincava mais assim, e só me restava imaginar que ela tinha sido afetuosa com ele algum dia. Se não o fazia mais era porque estava escrito na Bíblia: "Deus ficava com ciúme."

Depois do jantar fui ao quarto deles para esperar. Ainda não fazia ideia do assunto que ela queria tratar comigo. Meu pai havia deixado o ar-condicionado ligado, e senti cheiro de repelente e colônia. O mosquiteiro deles estava sobre mim, e examinei o calombo na canela depois da batida que dei na cadeira.

Minha mãe entrou. Fiquei logo com vontade de chorar. Será que Baba tinha aberto o bico? Se sim, era o responsável por eu estar em apuros.

Ela se sentou à minha frente.

— Você se lembra de que, quando ia à igreja comigo, algumas irmãs se ausentavam de lá durante uma semana?

— Lembro, mamãe.

— Sabe por que se ausentavam da igreja?

— Não.

— Porque estavam impuras — disse ela.

Olhei imediatamente para o ar-condicionado. Minha mãe começou a falar em iorubá. Contou coisas horríveis sobre sangue e bebês e a razão de isso ser um segredo.

— Eu não vou me casar — falei.

— Vai, sim — disse ela.

— Não vou ter filhos.

— Vai, sim. Toda mulher quer ter filhos.

Sexo era um ato imundo, disse ela, e eu devia sempre me lavar depois. Meus olhos se encheram de lágrimas. A perspectiva de morrer jovem parecia melhor agora.

— Por que está chorando? — perguntou ela.

— Não sei.

— Venha cá. Eu rezei por você e nada de ruim vai lhe acontecer.

Deu um tapinha nas minhas costas. Tive vontade de perguntar o que eu faria se o sangramento começasse quando eu estivesse na escola. E se eu precisasse fazer xixi durante o sexo? Antes disso, eu tinha imagens pouco nítidas de um homem deitado em cima de uma mulher. Quando as imagens foram tomando forma, eu não sabia ao certo o que entrava e saía de onde. Minha mãe me segurou pelos ombros e me levantou.

— Em que está pensando? — perguntou.

— Em nada.

— Vá lavar o rosto — disse, me encaminhando para a porta.

No espelho do banheiro, examinei meu rosto para ver se havia alguma mudança. Puxei a pele sob os olhos, estiquei os lábios, pus a língua para fora. Nada.

Houve uma época em que eu queria muito crescer para usar as roupas da minha mãe. Ela tinha sapatos de fivela, de tiras e com miçangas. Eu enfiava os pés neles com a esperança de que em breve coubessem em mim. Corria as mãos por seus vestidos e xales bordados com fios de prata e ouro. Os cafetãs estavam na moda, embora fossem uma versão menor das *agbádás* usadas havia anos pelas mulheres do nosso país. Eu gostava em especial de um dos seus cafetãs, o de veludo vermelho enfeitado com espelhinhos circulares que brilhavam como lustres. A primeira vez que minha mãe o usou foi no aniversário do meu pai. Eu fiquei tonta aquela noite por causa do cheiro de tabaco, uísque, perfume e curry. Servi aos convidados almôndegas em palitos, em uma bandejinha de prata. Usava um lenço rosa de poliéster amarrado na cabeça. Tio Alex me mostrou como se acendia um cachimbo. Minha mãe demorou a se vestir porque tinha ficado ocupada na cozinha. Quando entrou na sala, todos aplaudiram. Meu pai aceitou os parabéns de todos por mimar a esposa. "Meu dinheiro vai para ela", falou.

Em noites assim, eu ficava vendo minha mãe arrumar o cabelo do começo ao fim. Ela o alisava com um pente quente que estalava os fios e soltava fumaça. Reclamava do processo. Demorava muito e fazia os braços doerem. Às vezes, o pente quente queimava o couro cabeludo. Ela preferia usar duas tranças feitas na raiz, e, quando meu irmão caiu doente, o cabelo dela vivia despenteado. "É a minha casa", dizia. "Quem não gostar pode ir embora."

Dava para ver que ela queria deixar meu pai constrangido. As pessoas achavam que crianças não entendiam, mas eu já tinha brigado com colegas na escola e não falava com elas enquanto não pedissem desculpas ou enquanto eu não esquecesse que elas não haviam pedido desculpas. Eu entendia bem o suficiente para proteger a visão dos meus pais da minha inocência. Minha mãe precisava de silêncio, meu pai dizia. "Eu sei", eu respondia. Meu pai estava sempre fora de casa, minha mãe se queixava. Eu não dizia uma palavra.

A semana toda fiquei ansiosa para ir à casa de Sheri. Às vezes passava pela aleia de hibiscos esperando que ela aparecesse. Mas não ficava ali muito tempo. Tinha esquecido do sexo e até do calombo na canela, que havia desinchado e se transformado numa mancha roxa. Naquela semana, meus pais estavam discutindo sobre documentos.

Meu pai havia perdido a carteira de motorista e a apólice de seguro do carro. Ele acusou minha mãe de escondê-los.

— Eu não escondi seus documentos — argumentou ela.

Ele perguntou se eu havia visto. Não, respondi. Por fim, eu me juntei a ele na procura dos documentos perdidos e estava começando a imaginar que era responsável pelo sumiço quando meu pai finalmente os encontrou.

— Onde eu já havia procurado — disse ele. — Está vendo?

Eu estava cansada dos meus pais. Domingo de manhã, depois que eles saíram, fui à casa vizinha pela primeira vez — contra a vontade da minha mãe, mas valia a pena conhecer uma menina da minha idade no bairro. Aquela área era cheia de meninos, quatro moravam do outro lado da rua. Eles riam sempre que me viam e fingiam vomitar. Ao lado morava um garoto inglês, que estava sempre jogando bola para Ranger, seu cachorro alsaciano, buscar. Às vezes, ele participava de corridas de bicicleta barulhentas com os quatro meninos; outras vezes mandava Ranger avançar nos companheiros quando implicavam por ele ser branco e não aguentar comer pimenta forte. "Pimenta *oyimbo,* se você comer essa pimenta vai ficar cada vez mais amarelo." Mais adiante, moravam outros dois meninos cuja mãe havia cuidado dos dentes de metade da minha turma. Mas esses eram muito mais velhos.

Os garotos eram muito barulhentos e encrenqueiros. Pegavam sapos e gafanhotos, atiravam pedras em janelas, acendiam fogos de artifício. Lá em casa, havia a Bisi, que ainda não tinha idade para se casar, mas era tão durona quanto os meninos. Ela via Baba degolar as galinhas para serem levadas à panela e matava pernilongos com a palma da mão dentro da minha banheira. Quase todos os dias me ameaçava estalando os dedos. Depois se fazia de santinha na frente da minha mãe, tremendo e falando de um jeito esganiçado. Chutei uma pedra pensando nela. Era uma fingida.

A maioria das casas nessa tranquila área residencial era similar à nossa, com dependências de empregados e gramados. Não tínhamos a uniformidade de bairros próximos, financiados pelo governo e construídos pelo Departamento de Obras Públicas. Nossa casa só tinha um andar e era coberta de alamandas amarelas e buganvílias. A dos Bakare era uma casa enorme de um andar, com venezianas de vidro azul-claro, tão quadradona que aos meus olhos parecia um castelo. A não ser por uma sebe baixa de pitangueiras que ladeavam o acesso para veículos e uma mangueira junto à casa, o restante do jardim era todo cimentado.

Fui descendo pelo acesso de carros, sentindo os sapatos amassando o cascalho. Uma manga comida pela metade na árvore atraiu minha atenção. Os passarinhos devem tê-la mordiscado, e agora as formigas terminavam o serviço. O jeito como se mexiam por cima da carne alaranjada me lembrou um mendigo que vi em frente à igreja da minha mãe, com a diferença de que a ferida dele era rosa e o pus escorria. Ninguém chegava perto do sujeito, nem para dar esmola, que jogavam num saco de batata sujo diante dele.

Uma moça com duas covinhas perfeitas nas bochechas abriu a porta.

— *Poix* não?

— A Sheri está? — perguntei.

— Ela *extá* dormindo.

As cortinas da sala estavam fechadas e os móveis pareciam sombras mudas. As cadeiras dos Bakare eram iguais às da maioria dos vizinhos, um falso Luís XIV, como meu pai dizia. Não se ouvia um som na sala, e já eram 11 da manhã. De início pensei que a moça que tinha aberto a porta e puxava no "x" me mandaria embora, mas ela me deixou passar. Segui-a por uma escada estreita de madeira, por um corredor silencioso, por duas portas, até alcançarmos uma terceira.

— Sheriiii? — gritou ela.

Alguém resmungou algo. Eu sabia que era Sheri. Ela abriu a porta, vestida com uma camisola amarela. A moça do "x" foi embora, arrastando os pés pelo corredor.

— Por que você ainda está dormindo? — perguntei.

Lá em casa, isso seria considerado preguiça. Sheri havia saído na noite anterior para comemorar os 40 anos do tio. Dançou a noite toda. Sua voz estava diferente. Havia roupas espalhadas pelo chão: blusas de renda branca, xales coloridos e turbantes. Ela dormira por cima de um pano jogado na cama sem lençol e se cobrira com outro pano. Acima da cama havia um quadro de maçãs e peras, e, na mesinha de cabeceira, um porta-retratos com uma foto de uma mulher com trajes tradicionais. Num canto, uns sapatos empoeirados se derramavam de um armário de madeira. A dobradiça da porta estava quebrada, e o espelho na parte detrás dela, manchado de marrom. Um ventilador de mesa fazia as roupas do chão esvoaçarem de vez em quando.

— Esse é seu quarto? — perguntei.

— É o quarto de qualquer um — respondeu ela, pigarreando.

Ela abriu as cortinas e o sol inundou o ambiente. Apontou para uma pilha de notas junto à fotografia: a quantia total que havia recebido por ter dançado.

— Na família toda fui quem mais faturou — declarou ela.

— Onde estão os outros? — perguntei.

Ela coçou a cabeça.

— Minhas madrastas estão dormindo. Meus irmãos também. Meu pai, não sei onde está.

Levou a mão ao traseiro. Franzi o nariz.

— Acho melhor você tomar um banho.

À uma da tarde, a casa toda estava acordada. As madrastas de Sheri prepararam *àkàrà,* bolos fritos de feijão, para todos. Nós nos ajoelhamos diante delas para lhes dar bom-dia, e elas deram tapinhas na nossa cabeça em sinal de apreciação.

— Com os dois joelhos — ordenou uma delas.

Eu me peguei olhando para duas mulheres que se pareciam, bonitas, os olhos brilhantes e com lenços de seda enrolados na cabeça. Notei o dente de ouro no sorriso da que me mandou ajoelhar.

As outras crianças estavam sentadas na varanda com tigelas de *àkàrà* no colo. As meninas usavam vestidos; os meninos, camisas de manga curta e shorts. Sheri usava um vestido longo cor de tangerina e andava em volta deles dando-lhes ordens. "Parem de brigar." "Gani, dá para você se sentar?" "Eu não mandei vocês lavarem as mãos?" "Kudi? Qual é o seu problema?" Separou uma briga e limpou um nariz escorrendo. Fiquei surpresa quando eles a chamaram de Irmã Sheri. As madrastas eram chamadas de Mãe Gani e Mãe Kudi, por causa dos primogênitos.

— Quantos filhos você vai ter? — perguntou Sheri, pondo um bebê nos meus braços. Fiquei em silêncio, com medo de derrubar o bebê, que se mexia e me parecia frágil como cristal.

— Um — respondi.

— Por que não meio, não seria melhor? — perguntou Sheri.

Não me ofendi. A insolência fazia parte da natureza dela. Sempre que chupava os dentes, seus lábios não formavam um beiço, e seus olhares maliciosos eram adornados por cílios grossos como asas de mariposa. Ela conhecia todas as expressões ofensivas: sua boca de pato, seu zero à esquerda. Quando eu falava "e daí?", ela dizia: "Vai coser o botão da tua camisa." Quando eu perguntava "por quê?", ela respondia: "Zune tua cabeça até a Zâmbia." Mas era tão engraçada que compensava o mau humor. Seu nome era Sherifat, mas ela não gostava dele, porque *fat*, em inglês, significa gorda. "Eu não sou gorda", explicou ela, quando nos sentamos para comer. Eu já tinha tomado café da manhã, mas, ao ver o *àkàrà*, fiquei com fome de novo. Dei uma mordida, e as pimentas encheram meus olhos de lágrimas. Minhas pernas tremeram de prazer.

— Quando terminarmos, vou levar você à varanda lá de cima — disse Sheri.

Ela comia de boca aberta, e seu prato tinha comida suficiente para satisfazer um homem adulto.

A varanda de cima parecia uma piscina vazia. As chuvas anteriores deixaram mofo nos cantos. Ficava acima do nível da minha casa e, de lá, dava para ver o jardim de Sheri e o meu. Comecei a contar as plantas do meu jardim enquanto Sheri andava em direção à vista da lagoa.

— Ela dá no Atlântico — disse ela.

— Eu sei — falei, tentando não perder a concentração. — Buganvílias, alamandas amarelas...

— Sabe onde isso vai dar?

— Sei. Amendoeira, bananeira...

— Em Paris — disse ela.

Desisti de contar as plantas. Lá embaixo, duas das crianças correram por entre os varais de roupa. Estavam brincando de guerra civil: Pare. Quem vai lá? Aproxime-se para reconhecimento. Bum! Você está morto.

— Eu quero ir a Paris — disse Sheri.

— Como vai chegar lá?

— No meu jatinho particular — respondeu ela.

— Como vai conseguir um jatinho? — perguntei, rindo.

— Vou ser atriz — respondeu ela, virando-se para mim.

À luz do sol, suas pupilas pareciam a parte inferior dos cogumelos.

— *Atora* — falei.

— É, e quando chegar lá vou estar de negligê vermelho.

— Paris é frio.

— O quê?

— Em Paris faz frio. Meu pai me disse. É uma cidade fria e chuvosa.

— Vou usar casaco de pele, então.

— E o que mais? — perguntei.

— Salto alto, muito alto.

— E?

— Óculos escuros.

— De que marca?

— *Cressun Door* — disse ela, sorrindo.

Fechei os olhos e imaginei.

— Você vai precisar de fãs. Todas as atrizes têm fãs.

— Ah, eles vão estar lá. E vão ficar correndo ao meu redor e gritando "Sheri. *Voulez-vous. Bonsoir. Mercredi*". Mas eu não vou dar atenção a ninguém.

— Por que não?

— Porque vou entrar no meu carro e dirigir às pressas.

— Que tipo de carro? — perguntei, abrindo os olhos.

— Um carro esporte — respondeu ela.

— Eu quero ser alguma coisa tipo... tipo presidente — falei, suspirando.

— Hein? Mulheres não são presidentes.

— Por que não?

— Nossos homens não vão aceitar isso. Quem vai cozinhar para o seu marido?

— Ele mesmo.

— E se ele se recusar?

— Eu mando meu marido embora.

— Você não pode fazer isso — disse ela.

— É claro que posso. E quem ia querer se casar com ele para começo de conversa?

— E se matarem você num golpe de Estado?

— Eu mato todos eles também.

— Que tipo de sonho é esse?

— O meu sonho — falei, com um sorriso afetado.

— Ah, mulheres não são presidentes — repetiu ela.

Alguém lá embaixo a chamou. Olhamos pela beirada da varanda e vimos Akanni. Ele estava com óculos escuros espelhados em forma de coração.

— O que foi? — falou Sheri.

Akanni olhou para cima.

— Não é a minha boa amiga Enitan da casa ao lado que está aí?

— Não é da sua conta — respondeu Sheri. — O que você quer comigo?

Eu sorri para Akanni. Seus óculos escuros eram engraçados, e suas histórias de guerra, fantásticas.

— Minha boa amiga — disse ele para mim, em iorubá. — Pelo menos você é legal comigo, ao contrário dessa encrenqueira da Sheri. Onde está meu dinheiro, Sheri?

— Não tenho nenhum dinheiro seu — respondeu ela.

— Você prometeu que a gente ia dividir o lucro de ontem à noite. Eu fiquei acordado até as 5 da manhã, e agora você está tentando me tapear. A vida é dura para um homem pobre, você sabe.

— Quem te perguntou alguma coisa?

— Da próxima vez, você vai ver quem vai te dar carona — disse Akanni, estalando os dedos.

— Tanto faz — disse Sheri, virando-se para mim. — Que idiota. Veja só a cara dele, chata como um relógio de igreja. Vamos lá para dentro. O sol está muito forte na minha cabeça.

— Agora? — perguntei.

— Não está vendo que sou mestiça? — declarou, botando a mão na cabeça.

Eu não sabia se ria ou se sentia pena dela.

— Eu não ligo — falou. — Só ligo para as minhas orelhas, que sempre cubro, porque são grandes como as deles.

— Deles quem? — perguntei.

— Dos brancos — respondeu. — Agora vamos entrar.

Eu a segui. Sheri tinha mesmo orelhas grandes, e seu cabelo afro não as escondia.

— Você conhece aquele idiota do Akanni? — perguntou ela enquanto descíamos as escadas correndo.

— Ele costuma ir à nossa casa.

— Fazer o quê?

— Visitar nossa empregada Bisi.

— Ele está comendo a Bisi! — declarou, rindo.

Eu cobri a boca com uma das mãos.

— Sexo — disse ela. — A banana no tomate. Você não sabe dessas coisas?

Deixei cair a mão.

— Ah, feche a boca para não entrar mosca — disse ela.

Saí correndo para alcançá-la.

*

— Minha avó me contou — disse ela.

Estávamos sentadas na cama dela. Sheri enfiou o vestido cor de tangerina entre as pernas. Fiquei me perguntando se ela sabia mais que eu.

— Quando você... — perguntei. — Quer dizer, com seu marido. Onde a coisa entra? Porque eu não... — Eu apontava para todos os lados, até para o teto.

Sheri arregalou os olhos.

— Você nunca viu a sua? Eu vi a minha. Muitas vezes. — Ela se levantou e tirou um espelho quebrado de uma gaveta. — Olhe por aqui.

— Não posso.

— Olhe — insistiu ela, me passando o espelho.

— Tranque a porta.

— Ok — respondeu ela, dirigindo-se para a porta.

Baixei a calcinha, coloquei o espelho entre as pernas. Parecia uma lesma grande e gorda. Gritei quando Sheri começou a rir. Ouvimos alguém batendo na porta e quase derrubei o espelhinho.

— Quem é? — perguntei baixinho.

— Sou eu — disse ela.

— Você é terrível... — falei, pulando em direção à cama.

Ela rolou de um lado para o outro.

— Você é tão engraçada, *àbúrò!*

— Você é uma menina terrível — sussurrei.

Ela parou de rir.

— Por quê?

— Não vejo qual é a graça. Por que você fez isso?

— Desculpa.

— Pedir desculpas não basta.

Subi a calcinha, me perguntando se estava zangada com ela ou com o que vi entre as pernas. Sheri não me deixou abrir a porta.

— Você não vai a lugar nenhum.

De início pensei em empurrá-la para o lado e sair, mas aquela visão de Sheri parada numa posição que mais parecia uma estrela me instigou.

— Tudo bem, mas essa é sua última chance, Sherifat, estou avisando.

— Eu não sou gorda — gritou ela.

Ri tanto que quase botei os bofes para fora. Aqueles eram os pontos fracos dela: o nome e as orelhas grandes.

— Não vá embora — disse ela. — Eu gosto de você. É muito inglesa. Você sabe, pomposa.

A mulher da foto na mesinha de cabeceira era a avó dela.

— Alhaja — explicou Sheri. — Ela é bonita.

Alhaja tinha uma enorme falha entre os dentes da frente, e as bochechas eram tão gorduchas que os olhos mal apareciam. Havia muitas *Alhajas* em Lagos. Ela não foi a primeira a participar do *hajj*, a peregrinação a Meca, mas, para mulheres como ela, poderosas dentro das famílias e comunidades, o título passou a ser seu nome.

Sheri não conheceu a própria mãe. Ela morreu quando Sheri ainda era bebê, e Alhaja a criou dali em diante, mesmo depois de o pai de Sheri se casar de novo. Ela apertou a foto junto ao peito e me contou sobre sua vida no centro de Lagos. Morava em uma casinha em frente à loja de tecidos da Alhaja dela. Frequentava uma escola na qual as crianças não tinham o menor interesse em falar inglês. Depois da aula, ajudava Alhaja na loja, e aprendeu a medir os panos. Fiquei ouvindo, consciente de que minha vida não ia além do parque Ikoyi. Como seria conhecer o centro da cidade como Sheri, regatear com fregueses, comprar inhame frito e banana assada nos vendedores de rua, xingar as gangues de crianças de rua e os motoristas de táxi que dirigiam perto demais do meio-fio?

Das únicas vezes que estive no centro de Lagos, só entrei nas grandes lojas estrangeiras, como a Kelwarams e a Leventis, e nos mercados superlotados com minha mãe. As ruas eram entupidas de veículos e havia pessoas demais: gente comprando comida em barracas, trombando umas nas outras, brigando e atravessando pistas. Às vezes, uns mascarados apareciam no Natal ou em alguma outra data festiva, dançando com roupas de ráfia e máscaras macabras. Sheri conhecia todos eles: os que andavam em pernas de pau, os que pareciam acordeões esticados e achatados como panquecas. Era *jùjú*, disse ela, mas não tinha medo. Nem mesmo dos *abẹ̀yọ̀*, que se vestiam com lençóis brancos, como espíritos diurnos, e batiam com chicote nas mulheres que não cobriam a cabeça.

Sheri era muçulmana e não sabia muito sobre a religião cristã, a não ser que havia um livro na Bíblia que, se fosse lido, levaria à loucura. Perguntei por que os muçulmanos não comiam carne de porco.

— Porque é um animal imundo — disse ela, coçando a cabeça.

Contei tudo da minha vida para ela, que meu irmão já tinha morrido e que minha mãe era muito rígida.

— Aquela igreja parece assustadora — comentou ela.

— Vou te contar, se minha mãe um dia te pegar na nossa casa, vai te botar para correr.

— Por quê?

— Isso é ruim, você sabe — falei, apontando para a boca pintada de Sheri.

— Não é ruim. Enfim, mas você acha que meu pai me deixa usar batom? Eu espero até ele sair de casa e passo — disse ela, chupando os dentes.

— O que acontece quando ele volta?

— Eu tiro o batom. Simples assim. Quer experimentar?

Não hesitei.

— Suas madrastas não contam para ele? — perguntei, enquanto passava batom.

— Eu me ajoelho diante delas e dou uma ajuda na cozinha. Por isso elas não contam.

— E aquela com o dente de ouro?

— Ela é durona, mas é legal.

Exibi meus lábios para Sheri.

— Ficou bom?

— Ficou. E sabe de uma coisa?

— O quê?

— Você acabou de me beijar.

Dei um tapa na testa. Aquela menina era precoce, assim como seu modo de agir com as outras crianças. A única coisa que fazia era garantir que a notassem. Fiquei impressionada com a forma como ela enganou Akanni para que ele ficasse até tarde na festa do tio dela. Sheri se saía bem em tudo que fazia e dizia. Mesmo quando insultava alguém, o máximo que as madrastas diziam era: "Ah, essa daí, ela é terrível."

Sheri tinha sido chamada para atuar como DJ. Mudava os discos como se estivesse lidando com pratos sujos: Beatles, Sunny Adé, Jackson Five, James Brown. Quase todos estavam arranhados. Akanni chegou durante "Say it loud, I'm black and proud". Foi deslizando de um lado ao outro da sala e se jogou no chão como se fosse o próprio James Brown. Puseram uma toalha de mão nas costas dele e o incentivaram a continuar a apresentação. Quando chegou a vez de "If I had the wings of a dove", Sheri também cantou alto e quase chorou com a letra da música.

Como presente de despedida, Sheri me deu um livro intitulado *A enseada do jacarandá.* Quase não dava mais para ver a foto da capa, e a maioria das páginas tinha orelhas.

— Leve isso para ler — disse ela.

Coloquei o livro debaixo do braço e tirei o batom. Só pensava em voltar para casa antes de minha mãe chegar. Eu já tinha desobedecido demais. Se ela descobrisse, eu ficaria de castigo pelo resto da vida.

Nossa casa parecia mais escura quando cheguei, embora as cortinas da sala não estivessem fechadas. Meu pai certa vez explicou que a escuridão era por causa da posição das janelas em relação ao sol. Nossa sala me lembrava um saguão de hotel vazio. As cortinas eram douradas e feitas de um tecido adamascado. Os assentos das cadeiras eram forrados de veludo vermelho-escuro. Um piano ocupava o espaço junto à porta de correr que dava para a varanda da frente.

A casa foi projetada por dois ingleses, com a ajuda de um arquiteto que meu pai conhecia. Eles moraram juntos durante anos, e todos sabiam disso, disse ele. Quando se mudaram para Nairóbi, meu pai comprou a casa deles. Dois homens morando juntos; a casa dos Bakare cheia de crianças; avós, pais, professores, e agora Akanni e, quem diria, Bisi. O mundo inteiro era repleto de sexo, pensei, correndo do barulho dos meus passos. No meu quarto, li a primeira página do livro de Sheri, depois a última. Descrevia um homem e uma mulher se beijando e como os corações deles batiam mais rápido. Li de novo e procurei no livro outras passagens como essa, então marquei cada uma delas para ler mais tarde.

Meu pai chegou logo depois e me convidou para jogar uma partida de *ayò*. Ele sempre ganhava, mas naquele dia explicou o segredo do jogo.

— É bom prestar atenção, porque estou cansado de te derrotar. Primeiro, você escolhe a que cavidade quer chegar. Depois escolhe qual delas vai fazer com que chegue lá.

Ele sacudiu as sementes no punho fechado e colocou uma a uma nas seis cavidades do tabuleiro de madeira. Eu sempre achei que o truque fosse escolher a cavidade mais cheia.

— É para pensar de trás para a frente? — perguntei.

— Exatamente — falou ele, retirando sementes da cavidade.

— Papai! — chamei a atenção dele. — Eu não estava olhando.

Ele bateu na mesa.

— Da próxima vez vai olhar.

— Trapaceiro.

Nós estávamos na quinta rodada quando minha mãe voltou da igreja. Acenei para ela quando entrou pela porta. Não me levantei para cumprimentá-la como faria normalmente. Estava ganhando o jogo e achei que, se saísse dali, daria sorte ao azar.

— Rá, rá, estou ganhando de você — falei, me remexendo na cadeira.

— Só porque eu deixei — disse meu pai.

Tirei as sementes de uma das cavidades e levantei a mão. Minha mãe passou pela porta da varanda.

— Enitan? Quem te deu isso?

Ela me segurou pela orelha e esfregou o livro de Sheri no meu nariz.

— Quem? Responda agora.

— Pelo amor de Deus — disse meu pai.

Os dedos dela pareciam garras de ferro. As sementes do *ayó* escorregaram da minha mão e caíram no chão. Sheri, a vizinha, falei. Minha mãe me levantou pela orelha enquanto eu explicava. Sheri me deu o livro pela cerca. Pela abertura na cerca. Sim, era larga o suficiente. Eu não tinha lido o livro.

— Quero ver esse livro — falou meu pai.

Minha mãe jogou o exemplar na mesa.

— Vou mexer na mala dela, e encontro esse... esse... Se eu pegar você conversando com aquela menina de novo, vai ter encrenca nesta casa, está me ouvindo?

Ela soltou minha orelha. Tornei a me sentar. Minha orelha estava quente e pesada.

Meu pai bateu com o livro na mesa.

— Que história é essa? Ela não pode mais fazer amigos?

— Você continua a se interpor entre essa criança e eu — disse minha mãe.

— Você é mãe dela, não uma jurada num julgamento.

— Eu não vou criar nenhuma delinquente. Quando a gente procura o mal, encontra.

Meu pai sacudiu a cabeça.

— Arin, você pode citar a Bíblia inteira se quiser.

— Não estou aqui para falar de mim.

— Você pode até dormir nessa sua igreja.

— Não estou aqui para falar de mim.

— Mas mesmo assim não terá paz de espírito.

— Fique de pé quando eu falar com você, Enitan — ordenou minha mãe. — De pé. De pé.

— Sente-se — mandou meu pai.

— De pé — repetiu minha mãe.

— Sente-se — repetiu meu pai.

— Ela vai obedecer a mim — disse minha mãe batendo no peito.

Fechei os olhos e imaginei que estava na varanda com Sheri. Estávamos rindo e o sol havia aquecido minha orelha. As vozes foram diminuindo de volume. Só ouvia uma voz; e era a do meu pai.

— Não ligue para ela — disse ele. — Isso é coisa daquela igreja. Fizeram a cabeça da sua mãe.

Ele sacudiu meus ombros. Mantive os olhos fechados. Estava cansada, com vontade de dormir.

— Vamos continuar a jogar — disse ele.

— Não — falei.

— Você está na frente.

— Não ligo.

Logo depois, ouvi os passos dele na varanda. Fiquei ali até minha orelha parar de latejar.

Não falei com nenhum dos dois pelo resto da noite. Meu pai bateu na minha porta antes de eu ir dormir.

— Ainda está de mau humor? — perguntou ele.

— Eu não estou de mau humor — respondi.

— Quando eu era pequeno, não tinha um quarto em que pudesse me trancar.

— Você não tinha porta.

— Tinha, sim. Por que diz isso?

— Você morava em uma aldeia.

— Era uma cidade — falou.

Dei de ombros. A vida fora de Lagos, onde ele nasceu e foi criado, seguia um ritmo de aldeia. Ele acordava cedo para tirar água de um poço, ia a pé para a escola e estudava à luz de um lampião de querosene. Meu pai dizia que seu crescimento foi prejudicado porque a comida nunca chegava até ele. Se um pastor batista não tivesse convertido sua mãe ao cristianismo e assumido a tutela dele, eu nunca teria nascido achando que o mundo me devia alguma coisa.

— É essa a famosa mala? — Ele apontou, fingindo que nada tinha acontecido.

— É, sim.

— Tenho uma coisa para você guardar nela.

Tirou do bolso uma caixa retangular e me entregou.

— Uma caneta?

— É sua.

Era uma caneta azul-marinho bem grossa. Tirei a tampa.

— Obrigada, papai.

Meu pai enfiou a mão no bolso de novo. Tirou um relógio e balançou-o no ar. Eu quase desmaiei. Era um Timex. Ele prometeu que nunca mais me daria um relógio depois que quebrei o primeiro e perdi o segundo. Esse tinha o mostrador redondo, da largura do meu punho. Pulseira vermelha. Eu o balancei.

— Obrigada — falei, afivelando o relógio.

Ele se sentou na minha cama. Os pés em cima dela, e ainda estava de meia. Eu me sentei no chão ao lado dos pés dele. Meu pai acariciou meu ombro.

— Está ansiosa para ir para a escola?

— Estou.

— Não vale ficar triste quando chegar lá.

— Vou fazer novas amigas.

— Amigas que vão fazer você rir.

Pensei em Sheri. Eu teria de evitar meninas como ela na escola, senão acabaria sendo expulsa.

— Se implicarem com você, bata nelas — disse meu pai.

Eu revirei os olhos. Com quem eu conseguiria brigar?

— E entre para a Sociedade de Debates, não para o bandeirantismo. As bandeirantes não são nada mais que aprendizes de mártires de cozinha.

— O que é isso?

— O que você não quer ser. Você quer ser advogada?

Trabalhar era uma realidade ainda muito distante para mim.

— Diga agora, senão vou pegar de volta esses presentes — falou ele brincando.

— Não sei. Sou muito nova ainda para saber.

— Muito nova mesmo. Quem vai tocar meu escritório quando eu morrer. E, outra coisa, esses romances que você anda lendo. Nada de ficar correndo atrás de garotos por lá.

— Eu não gosto dos garotos.

— Bom — disse ele. — Porque você não vai lá para estudar "garotologia".

— Papai — falei.

Era dele que eu sentiria falta. Para quem eu escreveria. Eu me sentei para escrever um poema depois que ele saiu, usando palavras que rimavam com a palavra triste: desiste, existe, resiste, assiste. Estava no terceiro verso quando bateram na minha janela. Olhei para fora e vi Sheri com uma folha de papel na mão. Seu rosto parecia uma pequena lua. Ela estava agachada.

— Abra a porta — pediu.

— O que está fazendo aqui? — sussurrei.

— Vim pegar o endereço da sua escola.

Será que ela não tinha medo? Lá fora estava um breu.

— Veio sozinha?

— Vim com Akanni. Ele está nas suas dependências de empregados, com a namorada dele.

Sheri tirou um lápis do bolso. Parecia um diabinho que tinha vindo me tentar. Não conseguia me livrar dela.

— Eni-Tan — soletrou ela.

— Sim — falei.

— O endereço da sua escola — repetiu. — Ou você é surda?

1975

Se eu tivesse obedecido à minha mãe, aquele teria sido o fim da minha amizade com Sheri e do infortúnio que compartilharíamos. Mas minha mãe tinha mais esperança de me manter debaixo da sua saia do que de acabar com nossa amizade. Sheri havia me guiado até o limite entre o consentimento dos pais e a desaprovação deles. Aprendi a transpor esse limite com fingimentos, fazendo uma cara mais santa que a de uma freira na frente da minha mãe e, por trás, mudando de atitude. Minha mãe tinha uma expressão para crianças como Sheri. Elas eram *omo-ìta*, crianças de rua. Mesmo que tivessem uma casa para morar, não gostavam de ficar nelas. Em vez disso, preferiam andar pelas ruas brigando, falando palavrão e fazendo todo tipo de molecagem.

Longe de casa, meus dias no colégio interno eram um bálsamo. Eu morava com quinhentas meninas e dividia um alojamento com umas vinte. À noite, baixávamos os mosquiteiros e, durante o dia, os remendávamos caso rasgassem. Quando uma aluna tinha malária, nós a cobríamos com cobertores para que suasse e a febre baixasse. Ajudei colegas com crises de asma, enfiei uma colher na boca de uma menina com convulsão, espremi furúnculos em outras. Era impressionante como nós sobrevivíamos ao espírito do samaritanismo ou à vida comunitária. Os banheiros cheiravam a esgoto, e às vezes os excrementos iam se empilhando durante dias. Eu tinha de tapar o nariz para usar o banheiro, e, quando as meninas menstruavam, jogavam os absorventes sujos em baldes abertos. Ainda assim, eu preferia o colégio interno à minha casa.

No Royal College, as origens das alunas eram diversas. Só no nosso alojamento tínhamos uma filha de fazendeiro e uma de diplomata. A primeira nunca vira uma cidade antes de chegar a Lagos; a segunda frequentara festas ao ar livre no Palácio de Kensington. Havia meninas de lares como o meu e outras menos privilegiadas, então uma aluna podia chegar ao armário de escaninhos após a aula e ver que o seu havia sido arrombado. Ciente de que nunca mais veria os pertences roubados, o próximo passo era rogar uma praga para a ladra, gritando coisas como "Que você tenha uma diarreia que nunca passe", "Que você fique menstruada para sempre". Se a ladra fosse pega, era empurrada pelos corredores.

Conheci muçulmanas: Zeinat, Alima, Aisha, que acordavam cedo para saudar Meca. Umas cobriam a cabeça com lenços depois da aula e, durante o Ramadã, jejuavam do nascer ao pôr do sol. Conheci católicas: Grace, Agnes, Mary, que pintavam uma cruz cinza na testa na Quarta-Feira de Cinzas. Havia anglicanas, metodistas. Uma delas, Sangita, era hindu e nós adorávamos puxar a trança comprida dela. Era filha do professor de matemática, única aluna estrangeira da escola, e seu grito de "Me deixem em paz!" era tão alto que assustava a maioria de nós.

Conheci garotas que nasceram com anemia falciforme como meu irmão. Algumas tinham crises a cada dois meses, outras, quase nunca. Nós as chamávamos de falciformes. Elas também. Uma delas achava que a doença era uma desculpa para justificar todos os seus defeitos: desleixo, atraso, insolência. Aprendi com ela que eu possuía nos meus genes o traço da doença, o que significava que eu nunca ficaria doente, mas um filho meu poderia ficar, se meu marido também possuísse esse traço.

Aprendi também coisas sobre minhas conterrâneas, com Zaria, Katsina, Kaduna, que pintavam a pele com hena e viviam em *purdah;* coisas sobre as mulheres de Calabar, que eram alimentadas e ungidas em casas especiais para engordar antes do casamento; mulheres circuncidadas. Ouvi falar de cidades no oeste da Nigéria onde toda família tinha gêmeos porque as mães comiam muito inhame, e cidades no Norte onde metade das famílias tinha uma criança aleijada porque as mulheres se casavam com os primos. Nenhuma dessas mulheres parecia real. Eram como Mami Wata, sereias do Delta do Níger que surgiam dos regatos para atrair homens incautos para uma morte por afogamento.

Tio Alex sempre dizia que nosso país não era para ser uma coisa só. Os britânicos haviam feito um círculo no mapa da África Ocidental e o chamado de país. Agora eu entendia o que ele queria dizer. As meninas que conheci no Royal College eram tão diferentes. Eu reconhecia a etnia de cada uma antes mesmo que abrissem a boca. As meninas hauçás tinham cabelo mais macio por causa da herança árabe. As iorubás, como eu, em geral tinham rosto em forma de coração, e muitas ibos tinham pele clara; nós as chamávamos de amarelo-ibo. Todo mundo falava inglês, mas nossas línguas maternas eram tão diferentes quanto o francês é do chinês. Portanto, pronunciávamos nomes de forma errada e falávamos inglês com sotaques distintos. Algumas meninas hauçás não conseguiam "fronunciar" a letra "p". Algumas iorubás chamavam-nas de "*Ausas*", em vez de "*Hausas*", porque tinham dificuldade de pronunciar o som do "h" inicial do inglês. E então tinha o caso das meninas da região central da Nigéria que trocavam o "l" com o "r" e vice-versa.

Tudo isso era motivo de piada. Assim como os estereótipos. As iorubás eram consideradas briguentas; as hauçás eram bonitas, porém burras; as ibos, inteligentes, mas musculosas. A maioria delas tinha pai e mãe de mesma origem, mas havia alguma miscigenação, como Sheri, cuja mãe era nascida em país estrangeiro.

Esse grupo era chamado de "*half-caste*", ou "meia-casta", sem malícia nem quaisquer implicações. "Meia" porque elas se identificavam tanto com a herança genética paterna quanto com a materna. Não havia sistema de castas no nosso país.

No Royal College, a gente contava histórias das nossas famílias quando ia pegar água na bica do jardim. Aprendi que o comportamento da minha mãe era atípico. E também que, de cada duas meninas, uma tinha uma história estranha para contar: a avó de Afi morreu atropelada por uma bicicleta na aldeia; a mãe de Yemisi trabalhou grávida até a bolsa estourar; o primo de Mfon fumou maconha, o que foi uma vergonha para a família; o pai de Ibinabo tirava suas roupas, lhe dava uma surra e a fazia dizer "obrigada".

De manhã, nos reuníamos no auditório para cantar o hino nacional e ouvir Beethoven ou algum compositor europeu. Às refeições, nos aglomerávamos no refeitório e cantávamos:

> Alguns têm comida, mas não podem comer,
> Alguns podem comer, mas não têm comida,
> Nós temos comida e podemos comer,
> Glória a Deus, Amém.

Depois das aulas, tamborilávamos nas carteiras e cantávamos. Cantamos muito durante as transformações no nosso país; quando começamos a dirigir na pista da direita; quando a moeda mudou de libras, *shillings* e *pence* para *naira e kobo*. Fora dos muros da escola, o petróleo do Delta do Níger transbordava para contas bancárias suíças. Havia subornos e corrupção, mas eu não tinha a menor consciência disso nessa época, principalmente em junho de 1975. Era tudo tão vago para mim quanto o fim da guerra do Vietnã. Só estava feliz com o fim das provas da quarta série. Durante aquelas semanas insones, eu me juntava às minhas colegas de turma, estudando noite adentro e colocando grãos de café amargo debaixo da língua. Em uma turma de trinta e poucas alunas, eu não era nem um gênio como o Booker T. Washington nem burra como um Dundee United. Gostava de história, literatura inglesa e estudos da Bíblia, por causa das parábolas. Adorava as aulas de música por causa das canções que nossa professora afro-americana nos ensinava, melodias de *spirituals* e jazz que me assombravam até eu começar a sonhar com igrejas e boates enfumaçadas que eu nunca tinha visto. Eu era presidente da nossa Sociedade de Debates Júnior, embora morresse de vontade de ser selecionada para o concurso de beleza anual. Mas meus braços eram como videiras retorcidas, e minha testa parecia uma lixa. Aqueles "carocinhos" irritantes atrás dos meus mamilos não cresciam, e os músculos da minha panturrilha se recusavam a se desenvolver. As meninas da minha turma me chamavam de *Panla*, nome de um peixe seco e fedorento importado da Noruega. As garotas no exterior podiam passar fome se alimentando só de folhas e azeite se quisessem. No nosso país, as mulheres eram apreciadas por ter bunda grande. Eu queria ser mais gorda, com um rosto bonito e queria que os meninos gostassem de mim.

Damola Ajayi falou bem, como um verdadeiro orador. Ele era magricela, com mãos grandes que se agitavam no ar enquanto falava. Mãos quentes. Nós quase trombamos um no outro na escada de acesso ao palco, e eu segurei as mãos dele para me equilibrar. Eu me virei para a equipe de debatedores da Concord Academy no instante em que Damola se juntou a eles. O banco inteiro estava sentado com a postura ereta e a expressão séria. Assim como Damola, estavam de paletó branco e gravata com listras azuis. No banco ao lado, nossa equipe estava sentada de forma relaxada com salopetes verdes e blusas xadrez. Atrás vinham as meninas do Saint Catherine, de saias vermelhas e blusas brancas. O ginásio era um desfile de uniformes das escolas de Lagos.

Aqui jogávamos *netball* e *badminton*; encenávamos peças e promovíamos concursos de beleza. Às vezes, exibíamos filmes e organizávamos bailes. Nunca usamos os aparelhos de ginástica olímpica porque ninguém explicou para que serviam. Na parede dos fundos, uns garotos estavam trepados em dois cavalos com alças, observando as meninas. O debate era a única forma de socialização durante os períodos letivos e, para alunos com pais rígidos, a única forma de socialização durante o ano inteiro. Nós nos reuníamos para participar de torneios, preservando nossas identidades. O pessoal da Concord era cavalheiresco, mas sem graça. As meninas da Saint Catherine eram esnobes e fáceis. Os alunos do Owen Memorial vinham de reformatórios juvenis, e os piores fumavam maconha. Nós do Royal, nós éramos inteligentes, mas nossa escola era superlotada e imunda.

— Muito obrigada aos nossos coanfitriões — falei. — E muito obrigada a todo mundo pela participação.

Pouca gente bateu palmas. A plateia estava ficando inquieta. Bocejos tomavam conta das fileiras e alunos se curvavam para a frente. Nossa própria equipe parecia ter ficado com a boca seca de tanto falar. Era hora de terminar meu discurso.

— Alguém gostaria de fazer perguntas ou comentários?

Um menino da Saint Patrick levantou a mão.

— Sim, senhor, no fundo?

O menino se levantou e puxou o paletó cáqui para baixo. Ouviu-se um burburinho na plateia quando ele começou a falar.

— Senhor pre-presidente. Qua-quando vamos começar as a-a-atividades so-so-sociais?

O pessoal urrou quando ele fez uma reverência. Eu levantei o braço para pedir silêncio, mas ninguém deu atenção. Em breve, o ruído deu lugar a risadas. Alguém ligou o som. Eu desci do palco, enquanto cada um removia sua cadeira para abrir a pista.

O debate final tinha durado mais do que eu imaginava. Perdemos para a equipe da Concord por causa de seu presidente. Damola era um dos melhores da liga, e todos os seus "com o devido respeito" foram recebidos com aplausos. Eu não tinha como competir com ele. Era também o cantor de uma banda chamada Stingrays, que tinha causado um alvoroço ao aparecer na televisão em um Natal. Alguns pais diziam que eles não passariam de ano se continuassem fazendo aquilo. Nós nos perguntávamos como tinham ousado criar uma banda neste lugar, onde os pais só pensavam nos exames do fim do ano. Como seriam as coisas nas casas deles? Uma menina da nossa equipe tinha respostas, pelo menos sobre Damola: "Meu primo morava na mesma rua que ele. Os pais deixam o menino fazer tudo o que quer. Dirige. Fuma."

— Você se saiu muito bem. — Ele tocou no meu cotovelo.

— Você também — falei.

Ele já apresentava um projeto de bigode acima do lábio superior, e seus cílios eram enormes.

— Você é uma boa debatedora — completou.

Sorri. Em geral, eu não era muito boa em aceitar derrotas verbais. As discussões aceleravam meus batimentos cardíacos e o sangue me subia à cabeça. Fora da Sociedade de Debates, eu enchia o saco das minhas amigas com palavras que elas não conseguiam entender e calava a boca das mais valentonas com tiradas cortantes, até seus lábios tremerem.

— Você tem uma língua afiada, Enitan Taiwo — disse uma delas recentemente. — Mas não faz mal, um dia vai levar o troco.

Eu não tinha nada a dizer para Damola. Como presidentes das nossas equipes, nós dois tínhamos de abrir a pista de dança. Andamos até o meio do ginásio. Os alunos começaram a ocupar os espaços, nos levando a ficar mais juntinhos. Damola dançava como se seu paletó estivesse apertado, e eu evitei olhar para os pés dele a fim de manter meu ritmo. Acabamos sob um ventilador de teto e a letra da música me animou depois de um tempo: "Abale as estruturas agora, depois não abale mais."

A música terminou e nós nos sentamos. Damola não era um enigma, eu tinha dito às minhas amigas, que procuravam uma palavra que expressasse "ninguém sabe o que se passa na cabeça dele". Enigmas teriam mais a esconder que a timidez.

— Eu ouvi sua música — falei.

— Qual delas?

— "Sem tempo para um salmo."

Eu havia decorado as palavras quando a ouvi na televisão. "Eu tento pegar uma estrela, ela fura a palma da minha mão, faz um buraco na minha linha da vida..."

Meu pai disse que aquilo era fruto de vaidade adolescente e que os meninos precisavam aprender a tocar direito. Eles eram um pouco estridentes, mas pelo menos tentavam se expressar. Quem se importava com o que nós pensávamos na nossa idade? Entre a infância e a idade adulta não havia espaço para o desenvolvimento de novas ideias, e, quaisquer que fossem nossos instintos naturais, nossos pais estavam sempre prontos a nos repreender diante de qualquer desobediência. "Pare com esse desânimo." "Vá estudar." "Você quer nos envergonhar?" Pelo menos os meninos estavam dizendo algo diferente.

— Quem escreveu a letra? — perguntei.

Eu já sabia. Cruzei as pernas para parecer *blasé*, depois descruzei, para não parecer previsível.

— Eu — respondeu ele.

— É sobre o quê?

— Desilusão.

Damola tinha um nariz ligeiramente aquilino, parecendo quase um pássaro de perfil. Não era daqueles meninos bonitos de quem as meninas falavam; os garotos sem graça que me ignoravam.

— Você está desiludido? — perguntei.

— Às vezes.

— Eu também — falei.

Nós nos casaríamos assim que terminássemos os estudos, pensei. E passaríamos a evitar os outros. Gente da nossa idade vivia em bando. Era um recurso para não pensar, para estar constantemente feliz. Na verdade, não era preciso alcançar as estrelas. À nossa volta havia comprovação suficiente de que o otimismo era perigoso, alguns de nós já haviam descoberto isso há um tempo.

Lá fora estava com cara de que ia chover. Era fim de tarde, mas o céu já estava bem escuro por causa da estação chuvosa. Mosquitos invadiram o salão. Eles voaram em volta das minhas pernas e eu me inclinei para matá-los. O som começou a tocar uma música lenta, "That's the Way of the World", do Earth, Wind and Fire. Fiquei torcendo para Damola me tirar para dançar, mas ele não o fez.

Marquei o ritmo da música com o pé até acabar. Depois, nossa vice-diretora entrou no ginásio para desligar o som. Agradeceu a presença de todos e anunciou que os ônibus escolares estavam esperando do lado de fora. Eu tinha passado o baile quase todo sentada ao lado de Damola, que balançava a cabeça para cima e para baixo de tempos em tempos, como se estivesse acima daquilo tudo. Seguimos juntos até o portão, até a saída dos últimos visitantes, de onde as internas não podiam passar.

— Um bom verão para você — falei.

— Para você também — disse ele.

Um grupo de colegas de turma correu até mim. Elas me rodearam, os queixos apontando para cima: "O que ele disse?" "Você gosta dele?" "Ele gosta de você?"

Normalmente nós éramos amigas. Pegávamos água e tomávamos banho juntas; estudávamos aos pares e compartilhávamos detalhes dos nossos álbuns de recortes. Damola foi mais um motivo para risadinhas em grupo. Eu não diria nada a elas. Uma das meninas me deu parabéns pelo meu casamento. Eu lhe disse para deixar de ser boba.

— Que bicho te mordeu? — perguntou ela.

As outras esperaram que eu respondesse. Consegui abrir um sorriso para acalmá-las, depois saí dali. Na penumbra, as alunas foram andando em grupos para os blocos de alojamentos.

A estrutura dos blocos, três prédios adjacentes, cada um com três andares e varandas compridas, me fazia imaginar que eu estava morando numa prisão. Andando por essas varandas, percebi que elas não eram niveladas. Algumas partes eram mais baixas, e outras, mais altas, e sempre que eu me sentia ansiosa por causa de uma prova ou algum castigo, sonhava que elas tinham se transformado em ondas e que eu tentava nadar nelas. Às vezes, eu caía das varandas nos meus sonhos, mas nunca chegava ao chão.

Sexta-feira, depois do fim das aulas, recebi uma carta de Sheri. Eu ainda estava sentada na sala. Chovia de novo. Relâmpagos iluminavam o céu, seguidos de trovões. Cerca de trinta meninas estavam sentadas às carteiras de madeira ou em cima delas, do lado de dentro. Desobrigadas das regras do horário escolar, estávamos sem uniforme e falávamos nossas línguas maternas. Lá fora, um grupo de meninas atravessava às pressas o pátio quadrangular com baldes na cabeça. Uma colocou o dela no chão para coletar água da chuva. O vento mudou de direção. "Fechem as janelas", alguém disse. Algumas meninas correram para fazer isso.

Ao longo dos anos, Sheri e eu nos escrevíamos e terminávamos as cartas com "paz e amor, da sua amiga". Sheri estava sempre em apuros. Alguém a chamara de fácil, alguém a castigara, alguém tentara bater nela. Eram sempre meninas. Ela parecia se dar bem com os meninos. De vez em quando, eu a via, quando ela ia para a casa do pai. Ela se esgueirava até o meu quarto, batia na janela e me dava um susto maior que o outro. Suas sobrancelhas estavam mais finas, e o cabelo, preso em um coque. Usava batom vermelho e dizia "*ciao*". Sheri era avançada demais para o meu gosto, mas eu adorava vê-la mesmo assim.

Suas desventuras eram as melhores: festas que terminavam em briga, cinemas onde a plateia gritava para a tela. Uma vez ela saiu de carona com um amigo que pegou emprestado o carro dos pais. Os dois o empurraram pelo acesso de veículos enquanto os pais dele dormiam, e uma hora depois o devolveram, empurrando-o de novo. Ela era atrevida, diferente de mim. Eu tomava cuidado para não desobedecer às regras da escola e para não ir mal nas provas. E ficava preocupada em ser tão magra, e por um tempo pensei que fosse hermafrodita, como uma minhoca, porque ainda não havia menstruado. Quando fiquei mocinha, minha mãe matou uma galinha para assegurar minha fertilidade.

Com sua letra cheia de curvas, Sheri tinha escrito no verso do envelope: *entregar, a carta, quanto mais rápido, melhor.* E endereçou a: *Srta. Dra. Enitan Taiwo, Royal College, Yaba, Lagos, Nigéria, África Ocidental, África, Universo.* Sua letra era rebuscada demais, e a carta tinha sido aberta pela professora da minha turma, que verificava nossas correspondências. Quando eram cartas de meninos, ela rasgava.

27 de junho de 1975

Àbúrò,
Desculpe por não escrever há tanto tempo. Estava estudando para minhas provas e você provavelmente também. Como foram as suas? Esse semestre foi duro para mim. Estudei muito, mas meu pai ainda diz que eu não me dedico o suficiente. Ele quer que eu seja médica. Como posso ser médica se detesto ciências? Vou ter que ficar na casa dele o verão todo tendo aulas de física, química e biologia. Acho que vou enlouquecer...

Alguém acendeu as luzes quando escureceu. A chuva caía mais forte no telhado, e as meninas começaram a cantar uma canção folclórica iorubá:

> A bananeira
> da fazenda do meu pai
> dá bananas todo ano.
>
> Espero não ser estéril,
> mas fértil e abençoada
> com o dom de ter muitos filhos.

Um mosquito gordo pousou no meu tornozelo. Dei um tapa nele.

> *Não vejo a hora de te encontrar. E não quero ficar na casa do meu pai. Tem gente demais. Posso ficar na sua? Tenho certeza de que sua mãe vai amar — rá, rá, rá...*

Sheri não tinha medo da minha mãe. Se entrasse escondida pela minha janela, quem descobriria? Mas eu sabia que ela não duraria nem um dia na minha casa, comendo do jeito que comia. Nas minhas últimas férias, a comida se tornara uma arma em casa. Minha mãe preparava as refeições e trancava tudo no freezer para que meu pai não pudesse comer quando voltasse do trabalho. Eu tinha de comer com ela antes que ele chegasse, estando com fome ou não. Certa manhã, ela escondeu os cubos de açúcar que meu pai usava no café. Ele ameaçou deixá-la sem dinheiro para as compras do mercado. Os cubos apareceram, mas o restante continuou trancado no freezer. E eu não podia contar isso a ninguém.

Quando a chuva diminuiu, terminei de ler a carta de Sheri. As meninas abriram as janelas, e o vento trouxe o cheiro de grama molhada. Minhas colegas cantavam outra canção agora, dessa vez um jazz clássico, e eu me juntei a elas, pensando só em Damola.

> Sempre entro naquele humor nostálgico
> depois que minha garota me disse adeus...

As férias de verão começaram, e o cheiro de grama molhada estava por todo lado. Eu já vira quinze estações chuvosas e estava achando esta previsível: palmeiras balançavam e arbustos tremiam. O céu escurecia depressa; a lagoa também, e sua superfície dava a impressão de que a água estava correndo do vento. A chuva avançava por cima da água como se fosse uma parede se deslocando, e os relâmpagos cortavam o céu em dois: *Bum!* Quando eu era criança, apertava o peito e ficava procurando sinais da destruição do lado de fora. Os trovões geralmente me pegavam perto da janela, e eu cobria a cabeça e me encolhia toda. Naqueles dias, eu achava os barulhos entediantes, especialmente os dos sapos.

Numa tarde de domingo, quando eu esperava que a chuva tivesse dado uma trégua pelo resto do dia, Sheri apareceu na minha janela, me dando um susto tão grande que bati a cabeça na parede.

— Quando você chegou? — perguntei, esfregando o local da pancada.

— Ontem — respondeu ela.

Seus dentes eram pequenos e brancos, como se fossem de leite. Ela enfiou a cabeça para dentro do quarto.

— O que está fazendo aí no quarto, Sra. Taciturna?

— Eu não sou taciturna — falei.

— É, sim. Você está sempre dentro de casa.

— Isso não é ser taciturna — respondi, rindo.

Do lado de fora, a grama molhava meus sapatos; a lama espirrava na parte detrás das minhas pernas e depois secava. Dentro de casa, eu tinha meu toca-discos, embora a agulha estivesse um pouco instável. Também tinha uma coleção de discos da Motown, um pôster de Stevie Wonder na parede e uma biblioteca com livros como *Mulherzinhas*. Eu gostava de ficar sozinha no quarto. Meus pais também julgavam meu comportamento como mau humor.

Nessas férias, eu os achei meio contritos. Não brigavam, mas quase nunca estavam em casa, e eu ficava feliz com o silêncio. Meu pai ficava no trabalho; minha mãe, na igreja. Eu pensava em Damola. Uma ou duas vezes, risquei as letras comuns entre meu nome e o dele para descobrir o que seríamos: amigos, namorados, inimigos, ou marido e mulher. O resultado deu namorados.

— Essa casa parece um túmulo — disse Sheri.

— Meus pais estão fora — falei.

— É mesmo? Então vamos.

— Para onde?

— Para qualquer lugar. Quero sair daqui. Detesto minhas aulas e detesto a professora. Ela cospe.

— Conte isso para o seu pai.

— Ele não vai me dar ouvidos. Só fala em doutora isso e doutora aquilo. *Abi*, você pode me imaginar como médica?

— Não.

Sheri erraria o diagnóstico dos pacientes e seria uma mandona de marca maior.

— Vamos — falou ela.

— Só andar por aí, a esmo? — perguntei, brincando.

— Está vendo? Você é taciturna.

Achei que ela fosse voltar para casa, então corri para a porta da frente para impedir o avanço dela. Sheri disse que não estava zangada, mas por que eu nunca queria fazer nada? Eu a empurrei pelo acesso de veículos acima.

— Vou ficar encrencada, Sheri.

— Se seus pais descobrirem.

— Eles vão descobrir.

— Se você deixar.

Sheri já tinha um namorado na escola. Eles tinham se beijado e foi como mascar chicletes, mas ela não levava o namoro a sério porque ele não levava. Contei para ela do Damola.

— Vocês ficaram sentados lá de boca fechada? — perguntou ela.

— Nós nos comunicamos mentalmente.

— Como assim?

— Nós não precisávamos falar.

— Você e seu namorado, *sha*.

— Ele não é meu namorado — respondi, cutucando o ombro dela.

Ela me forçou a ligar para ele. Li em voz alta o número dele que encontramos na lista telefônica, e meu coração começou a bater tão forte que senti as têmporas latejarem. Sheri passou o fone para mim.

— Alô? — Ouvi uma voz estridente dizer, e passei imediatamente o fone de volta para Sheri.

— Ah, oi, alooou — disse ela, fazendo um sotaque esquisitíssimo. — Damola está?

— O que ela está dizendo? — sussurrei.

Sheri levantou um dedo para eu calar a boca. Sem conseguir manter o mesmo sotaque, desligou o telefone.

— O que aconteceu? — perguntei.

Ela teve uma crise de riso.

— O que ela disse, Sheri?

— Ele não está... em casa.

Eu bufei. Isso foi tudo? Cerrei os dentes ao vê-la se divertir com a situação. Ela ameaçou dar outro telefonema só para ouvir a voz da mulher de novo. Ameacei arrancar o aparelho da parede caso ela fizesse isso. Mas comecei a rir também da bobeira dela. Ri tanto que meu estômago doeu. Achei que fosse sufocar.

— Pare com isso.

— Não consigo.

— Você vai ter que voltar para casa, Sheri.

— Por quê?

— Minha mãe te detesta.

— E daí?

Nós nos estapeamos para conseguir parar de rir.

— Não se preocupe — disse ela. — Nós não ligaremos para seu namorado de novo. Você pode se comunicar com ele mentalmente, a não ser que a mente dele esteja ocupada.

Ela foi para casa com o rímel borrado, dizendo que a culpa era minha. No domingo seguinte, apareceu na janela do meu quarto de novo. Baba estava queimando folhas secas, e aquele cheiro me deixou nauseada. Quando me debrucei para fechar a janela, a cabeça de Sheri apareceu:

— *Àbúrò!*

Dei um pulo de susto.

— Qual é o seu problema? Por que não entra pela porta?

— Ah, não seja tão taciturna.

— Sheri, acho que você não sabe o significado dessa palavra.

Ela estava de saia preta e blusa tomara que caia. Não era mais uma banana amarela. Poderia ganhar qualquer concurso de beleza na minha escola, mas seu comportamento precisava melhorar. Sheri era *gragra.* As meninas que ganhavam eram recatadas.

— Você está bonita — falei.

E na moda: boné tipo Oliver Twist, sapatos de salto plataforma e calças boca de sino. Sua avó conhecia uns comerciantes no cais da Marina de Lagos que importavam roupas e sapatos da Europa.

— Seus pais estão em casa? — perguntou, piscando os olhos pintados com rímel.

— Não.

— Eles nunca estão.

— Prefiro assim.

— Então vamos.

— Não. Para onde?

— Vamos fazer um piquenique. No parque Ikoyi. Seu namorado vai estar lá.

— Que namorado, Sheri? — perguntei, sorrindo.

— Seu namorado, Damola. Descobri que ele vai estar lá.

— Sua danada... — Meus olhos se encheram de lágrimas.

Resisti à vontade de abraçá-la. Quando tentou explicar como tinha descoberto aquilo, não entendi. Eu estava de camisa de malha preta e macacão de brim branco. Olhei o cabelo no espelho, preso em dois coques, e passei os dedos no colar fulâni no pescoço. Peguei um anel na mesinha de cabeceira e o coloquei no dedão do pé.

Stevie Wonder cantava "Boogie on Reggae Woman". Sheri estalou os dedos e começou a cantar também. Fiquei observando os movimentos que ela fazia com as pernas. Ninguém sabia de onde vinha essa nova dança. Uma colega disse que era dos Estados Unidos, mas, de que parte de lá e como atravessara os mares para chegar até nós, ela não sabia. Seis meses depois, a dança seria considerada tão chique quanto nossas avós. Depois aprenderíamos outra.

— Não vai pôr maquiagem? — perguntou ela.

— Não — respondi, deixando as pulseiras descerem pelo braço.

— Você não pode sair assim — falou ela.

— Posso, sim.

— Taciturna.

Eu era, ela insistia. Eu não usava maquiagem, não saía e não tinha namorado. Tentei retaliar.

— Só porque não sou cabeça de vento como o restante de vocês, que fazem tudo que os outros fazem e se entusiasmam com...

— Ah, cale a boca, você fala difícil demais.

A caminho do parque, seguimos pela calçada cheia de areia. Planejei ficar lá até as 18h30, se não chovesse. Minha mãe estava numa vigília, e meu pai só chegaria em casa mais tarde. O sol estava fraco e uma brisa refrescava nosso rosto. Enquanto caminhávamos, notei que uns motoristas diminuíam a marcha quando passavam por nós e fiquei olhando para baixo, pois o próximo carro poderia ser o do meu pai. Sheri dizia impropérios.

— O que você está olhando? É, você aí. Nada de bom vai acontecer com você. Vamos, vamos. Estou esperando.

Quando chegamos ao parque, meus olhos lacrimejavam.

— Agora chega — falou ela.

Mordi o lábio e aprumei o corpo. Nós éramos bonitas, poderosas e estávamos nos divertindo mais que qualquer outra pessoa em Lagos. O sol estava acima de nós, e a grama, sob nossos pés.

O gramado foi dando lugar à areia do mar, e ouvi uma música. O parque Ikoyi era um local alternativo para piqueniques. Ao contrário das praias abertas e cheias, havia árvores fazendo sombra em quase todo o parque, o que lhe emprestava um ar de isolamento. Vi um grupo reunido atrás de uma fileira de carros. Estava tão distraída olhando para a frente que tropecei num galho. Minha sandália saiu do pé. Sheri seguiu em frente. Ela se aproximou de dois meninos que estavam junto a uma Kombi branca da Volkswagen. Um deles era Damola, o outro usava um boné preto. Um menino corpulento apareceu e os três a rodearam. Corri para me juntar ao grupo, o coração saltando no peito.

— Nós viemos a pé — disse Sheri.

— A pé? — perguntou Damola.

— Oi — falei.

Damola deu um sorrisinho breve, como se não tivesse me reconhecido. Os outros viraram as costas para mim. Meu coração agora latejava no meu ouvido.

— Por que ninguém está dançando? — Sheri deu um risinho.

— Você quer dançar? — perguntou Damola.

Abracei meu tronco enquanto eles se deslocavam, para dar uso aos braços. O restante do corpo tremia.

— Há quanto tempo estão aqui? — perguntei ao menino corpulento. Os meninos se entreolharam como se não tivessem entendido. — Quer dizer, na festa — expliquei.

— Há bastante tempo — respondeu ele, pegando no bolso da camisa um maço de cigarros.

Eu me afastei um pouco. Aqueles meninos não pareciam ser do tipo que obedeciam aos pais. O corpulento tinha tranças no cabelo, e o de boné estava sem camisa por baixo do macacão. Damola também parecia diferente sem o uniforme da escola. Usava uma camiseta sem manga. Era menor do que eu me lembrava; um tanto sem graça, mas eu havia colocado um holofote nele, o suficiente para me cegar. Fingi observar com interesse a mesa na qual um piquenique havia sido montado. O sanduíche de ovo tinha um gosto doce e ao mesmo tempo salgado. Gostei da combinação e botei um inteiro para dentro. Depois me servi de um copo de ponche. Cuspi de volta no copo. Estava cheio de bebida alcoólica.

A música parou e recomeçou. Sheri continuou a dançar com Damola. E depois com o menino de boné, e em seguida com o corpulento. Não era de admirar que as outras meninas não gostassem dela. Sheri não era leal. Eu era sua única amiga, segundo ela me escreveu uma vez. As garotas eram malvadas e espalhavam boatos sobre ela, depois se faziam de inocentes. Fiquei observando enquanto ela brincava de luta com o menino corpulento depois que pararam de dançar. Ele a segurou pela cintura, e os outros dois riram enquanto ela lutava para se soltar. Se ela preferia a companhia de meninos, tudo bem. Acabaria aprendendo. Era óbvio, naquela época, que a maioria dos meninos preferia garotas como Sheri. Sempre que eu percebia essa preferência, ficava aborrecida. Eu tinha certeza de que me aborreceria mesmo que fosse eu a admirada. Quem eram eles para nos julgar pela cor da pele?

Fui andando em direção à lagoa, onde a areia era úmida e firme, e me sentei na raiz de uma grande árvore. Caranguejos entravam e saíam de buracos, e vários peixinhos singravam a água. Tentei ver minha casa dali. A orla fazia uma curva que se estendia por quilômetros, e, de onde eu estava sentada, não conseguia avistá-la.

— Oi — disse alguém.

Ele estava na beira da água. As calças estavam enroladas até o tornozelo, e ele usava óculos de armação escura, do tipo intelectual.

— Olá — respondi.

— Por que não está dançando? — perguntou ele.

O menino era baixo demais para mim, e sua voz oscilava, como se ele estivesse a ponto de chorar.

— Não quero dançar.

— Então por que veio à festa, se não quer dançar?

Eu me esforcei para não fechar a cara. Aquela era a conversa padrão que as meninas esperavam dos meninos, e ele não tinha me dado a chance de rejeitá-lo.

— Sua amiga Sheri parece estar se divertindo. Está socializando com uns caras bem barra pesada ali — disse ele, sorrindo.

Aquilo não era da conta dele, eu quis dizer. Ele empurrou os óculos para trás.

— Pelo menos me diga seu nome.

— Enitan.

— Eu tenho uma prima chamada Enitan.

Logo ele iria embora. Não havia falado seu nome.

— Quer dançar? — perguntou ele.

— Não, obrigada.

— Por favor — pediu, juntando as mãos como numa prece.

Passei os pés pela água. Podia dançar, depois ir embora.

— Tudo bem — respondi.

Lembro que estava sentada em cima das minhas sandálias. Quando tentei puxá-las, notei uma mancha vermelha no macacão.

— O que foi? — perguntou ele.

— Sinto muito. Não quero dançar.

— Por que não?

— Porque não quero.

— Mas você disse...

— Não quero mais.

Ele ficou parado ali.

— Esse é o problema de vocês. De todas. Só se sentem felizes quando alguém trata vocês mal, depois se queixam.

Foi saindo, mancando da perna, e eu deduzi que fosse consequência da poliomielite. Pensei em chamá-lo. Então fiquei me perguntando por que eu tinha precisado ser chamada para dançar, para começo de conversa. Examinei a mancha no meu macacão mais uma vez.

Era sangue. Fiquei petrificada. Dali em diante, fiquei vendo quem chegava e saía. Havia mais gente dançando. Alguns paravam na beira da água para me observar. Argumentei comigo mesma que eles iriam embora em algum momento. O dia não podia durar para sempre. Por um tempo, uma estranha combinação de chuvisco e pôr do sol tomou conta do ambiente, e pareceu que eu estava vendo o mundo através de um vidro amarelado. Imaginei seres celestiais descendo e me amedrontei ao pensar que isso estava para acontecer de verdade hoje. Meus pés estavam enrugados e inchados. Olhei o relógio; eram quase seis da tarde. A música continuava tocando, e a mesa de piquenique estava vazia. Só Sheri, Damola e os dois amigos dele permaneciam lá. Estavam junto a um Peugeot, despedindo-se de um grupo que ia embora. Eu planejava o que dizer para Sheri, ensaiando as palavras que usaria e a expressão facial que faria, quando ela se aproximou de mim.

— Por que está sentada aqui sozinha? — perguntou ela.

— Volte para seus amigos — falei.

Ela imitou minha expressão, e eu notei que seus olhos pareciam vermelhos. Sheri estava descalça e prestes a subir numa árvore, ou cair de cara na beira da lagoa; não sabia qual dos dois.

— Você está bêbada? — perguntei.

— E se eu estiver?

O ar tinha um cheiro doce. Observei a cena atrás de Sheri. O Peugeot tinha ido embora. Damola e os amigos estavam num semicírculo ao lado da Kombi. Damola estava no centro, fumando um cigarro enorme. Eu nunca tinha visto um daqueles, nunca sentira o cheiro, mas sabia: deixava os olhos vermelhos, deixava doidão. Quem fumava esse tipo de coisa não seria ninguém na vida.

— O que eles estão fazendo? — perguntei.

Sheri levantou os braços, e o tomara que caia despencou.

— Temos que ir embora — falei.

Ela saiu dançando, me deu tchau sobre o ombro. Quando chegou junto aos meninos, tirou o cigarro da boca de Damola. Ela tossiu ao tragar. Os meninos riram. Eu bati os pés na água. Daria dez minutos a eles. Se não tivessem ido embora, correria o risco e iria embora sozinha. Ouvi Sheri gritar, mas não me dei ao trabalho de olhar.

Quando não ouvi mais ninguém falando, eu me levantei e fui até a Kombi. Do ângulo em que eu estava, não dava para ver nada por trás do para-brisa. Quando cheguei mais perto, vi a cabeça do menino de boné encostada na janela. Fui para a porta lateral. Sheri estava deitada no banco. Seus joelhos, afastados. O menino de boné segurava os braços dela. O corpulento estava por cima dela. As mãos dele tapavam a boca de Sheri. Damola estava encostado na porta, entorpecido. Tudo estava silencioso; tudo estava tranquilo. E era também um momento engraçado. Eu não sabia por que, mas tive vontade de dar uma gargalhada, até que levantei as mãos, e então meus olhos se encheram de lágrimas.

O menino de boné foi quem me viu primeiro. Ele soltou os braços de Sheri, e ela empurrou o menino corpulento. Ele caiu da Kombi de costas no chão. Sheri deu um grito. Eu tapei os ouvidos. Ela correu para mim, segurando a blusa junto ao peito. Sua boca estava borrada de batom, e havia manchas pretas ao redor dos olhos. O menino corpulento mexia nas calças. Sheri trombou em mim. Eu a sacudi pelos ombros.

— Sheri!

Ela afundou o rosto no meu macacão. Saliva escorria de sua boca. Ela bateu na areia com os punhos. Os braços dela ficaram cobertos de areia, assim como os meus. Tentei imobilizá-la, mas ela me empurrou e jogou a cabeça para trás quando a Kombi deu a partida. Ela gemeu.

Eu a vesti, vi vergões vermelhos e arranhões em sua pele, em seus pulsos, em volta da boca, nas coxas. Ela cheirava a cigarro, álcool, suor. Havia sangue nos pelos pubianos, um cuspe grosso escorrendo pelas pernas. Sêmen. Usei grãos de areia para limpá-la, puxei sua calcinha para cima. Começamos a andar de volta para casa. As palmeiras se encolheram em brotos de bambu, os faróis dos carros que passavam eram como vaga-lumes. Tudo parecia muito pequeno. Eu me perguntei se o chão seria firme o bastante para nos aguentar, ou se nossa volta para casa não terminaria nunca.

Ela parecia muito pequena. Muito pequena. Havia manchas vermelhas na parte de cima de suas costas, uns riscos claros mais abaixo, onde dedos tinham puxado sua pele. Sheri abraçava o próprio corpo enquanto eu enchia um balde com água morna. Eu a ajudei a entrar na banheira. Comecei a lavar suas costas, então despejei um balde de água por cima dela. Sheri estremeceu.

— Está quente demais? — perguntei.

— Está fria — disse ela.

A água me parecia morna. Acrescentei água quente, que escorria com relutância.

— Meu cabelo — disse ela.

Lavei o cabelo dela com sabonete. Estava muito embaraçado, mas voltou ao cacheado usual e pousou sobre as bochechas dela. Lavei seus braços, e então as pernas.

A água que escorria pelo ralo, eu queria que ficasse logo limpa. Uma vez limpa, seria sinal de que sobrevivemos. Mas continuava rosada e arenosa, com fios de cabelo e espuma. A areia acabou depositada no fundo da banheira, e a espuma permaneceu ali.

— Você precisa lavar o restante — falei.

— Não. — Ela balançou a cabeça.

— Você precisa — falei.

Ela virou o rosto para o lado. Dava para ver que seu queixo estava tremendo.

— Por favor — falei. — Pelo menos tente.

Coloquei meu livro na mesa. Era seu quarto donut desde que nos sentamos na varanda, e eu não conseguia me concentrar com o barulho que ela fazia ao engolir. Biscoitos, balas de coco, agora donuts. Sheri levava comida para a minha casa toda vez que ia me ver e não tinha dito uma só palavra sobre o que aconteceu.

— Aonde você vai? — perguntou ela, quando me levantei.

— Ao banheiro — respondi.

Como Sheri podia comer tanto? Depois que dei banho nela, tive de aprender a respirar de novo. Expirar não era problema, mas inspirar, sim. Se eu não me forçasse, simplesmente esquecia. Então, quando não estava pensando, o ritmo voltava ao normal. Eu me dei conta de que fazia dias que não sentia fome. Nem sede. Imaginava meu estômago como uma folha de palmeira enrugada. À noite, sonhava com pescadores invadindo meu quarto. Sonhava com Sheri correndo até mim com a cara pintada que nem uma mascarada. Ela se jogava em cima de mim, eu caía da cama. Segurava a cabeça e chorava aos soluços.

Eu me sentei no vaso sanitário e esperei para fazer xixi. Só queria que meus pais voltassem para casa. Sheri estava me deixando irritada, com vontade de dar murros nas paredes. Saí do banheiro sem lavar as mãos. Ela comia outro donut.

— Você vai ficar doente — falei, pegando meu livro.

— Por quê? — perguntou ela.

— Se continuar comendo desse jeito.

— Eu não como tanto assim — disse, limpando a boca.

Usei o livro para cobrir o rosto.

— Comendo e comendo — falei, provocando-a.

— Eu não...

Ela se levantou e deu um grito. Tirei o livro da frente do rosto na hora que ela cambaleou. Seu vômito se espalhou por cima da mesa, atingindo meu rosto. Senti o gosto na língua; era doce e viscoso. Ela avançou um passo bruscamente e vomitou de novo, agora no chão da varanda. Consegui segurá-la pelos ombros.

— Foi mal — falei. — Está me ouvindo?

Lágrimas desciam pelo rosto dela. Eu a sentei na cadeira e fui à cozinha buscar um balde e uma escova. A água enchia o balde, e me perguntei por que estava tão zangada com ela. Prendendo a respiração, pensei melhor, e o que vinha ocupando meu estômago explodiu. Sim. Eu a culpava. Se ela não tivesse fumado maconha, isso nunca teria acontecido. Se não tivesse ficado tanto tempo na festa, com certeza isso não teria acontecido. Meninas más eram estupradas. Nós todas sabíamos disso. Meninas fáceis, meninas atiradas, meninas avançadas. Rindo com meninos, andando com eles, achando que era um deles. Agora eu sentia nela o cheiro do sêmen deles, e isso me deixava nauseada. Era tudo culpa dela.

A espuma transbordou do balde. Tive dificuldade com a alça. A água molhava meu vestido enquanto eu cruzava a sala de visita. Eu me lembrei de quando Sheri apareceu na minha janela. Por que fomos até lá? Eu podia ter dito não. Ela não teria ido sem mim. Damola e os amigos dele, eles pagariam pelo que fizeram. Eles se lembrariam de nós, da nossa cara. Nunca mais nos esqueceriam.

Cheguei à varanda e ela se levantou.

— Pode deixar isso comigo — falei.

— Acho melhor eu ir para casa. — Ela fechou os olhos.

— Sim — falei.

Sheri comeu o último donut.

Ela não voltou à minha casa, e eu não a visitei mais porque esperava que, se fingíssemos por tempo suficiente, o incidente deixaria de existir. Como se não bastasse aquele piquenique ter estragado nosso verão, e o fato de as chuvas terem piorado nosso tormento, houve um golpe militar. Nosso chefe de Estado foi deposto. Vi na televisão o novo governante fazer o primeiro pronunciamento: "Eu, brigadeiro..." Não prestei atenção ao restante das palavras. Tentava imaginar o início das férias começando, Sheri chegando na minha janela. Eu a mandaria de volta para casa.

Meu pai reagiu furioso durante o pronunciamento.

— O que está acontecendo? Esses militares pensam que podem nos passar de uma mão para a outra? Quanto tempo esse governo vai durar até termos um novo?

— Vamos ouvir o que está dizendo — falou minha mãe.

O brigadeiro estava ordenando a aposentadoria imediata de funcionários do governo. E a criação de conselhos para investigar a corrupção no serviço público. Meu pai falava como se estivesse brigando frente a frente com ele.

— Que qualificação você tem para reorganizar o governo?

— Por favor — insistiu minha mãe. — Vamos ouvi-lo.

Minha mãe gostava de ver meu pai com raiva.

— Você lutou numa frente de batalha, isso não o capacita a administrar — continuou ele. — O que você sabe sobre a reorganização de um governo?

— Vamos dar uma chance a ele — disse minha mãe. — Talvez ele consiga melhorar as coisas.

— Eles lutam suas guerras e voltam para seus quartéis. É isso que fazem. O exército não tem lugar no governo.

— Ah, bem — disse ela. — Ainda assim, vamos ouvir.

Eles assistiram às últimas notícias sobre o golpe; imaginei o verão como eu gostaria que tivesse começado. Nossa casa se manteve assim nos dias que se seguiram. Foi imposto em Lagos um toque de recolher do anoitecer até o amanhecer, e eu queria que terminasse para poder ter a casa só para mim. Eu não estava interessada nas reformas políticas que ocorriam no nosso país. Quaisquer vozes, quase sempre dos meus próprios pais, doíam nos meus ouvidos, então, quando tio Fatai apareceu uma semana depois, fui para o meu quarto, para evitar ouvir coisas sobre o golpe de novo.

Achei que ficariam conversando por um tempo. Em vez disso, meu pai bateu na minha porta poucos instantes depois.

— Enitan, quer vir aqui?

Estava deitada na cama, olhando para o teto. Eu me arrastei para fora do quarto. Minha mãe estava sentada na sala. Tio Fatai já tinha ido embora.

— Sim, papai?

— Quero que você me diga a verdade — disse meu pai.

Ele tocou no meu ombro, e esqueci de novo como respirar.

— Sim, papai...

— Tio Fatai nos contou que uma amiga sua está com problemas.

Minha mãe se levantou.

— Pare de proteger a menina. Você está sempre protegendo a Enitan. Não a leve para a igreja, não faça isso, não faça aquilo. Agora, veja só.

— Sua amiga está no hospital — declarou meu pai.

— Sua amiga está grávida — acusou minha mãe. — Enfiou um cabide no corpo e quase se matou. Agora está dizendo a todos que foi estuprada. Contando para todo mundo que minha filha estava metida nisso. — Ela dava tapinhas no peito.

— Deixe que eu cuido disso — falou meu pai. — Você estava lá?

— Eu não fiz nada — falei, dando um passo atrás.

— Enitan, você estava lá?

Fugi para o meu quarto. Meu pai me seguiu até a porta e observou enquanto eu trocava o peso do corpo de um pé para o outro.

— Você estava lá, não estava? — disse ele.

Continuei me mexendo. Se parasse, confessaria tudo.

— Eu não fiz nada.

— Você sabia que isso tinha acontecido e ainda assim permaneceu nesta casa, sem dizer nada.

— Eu falei para ela não ir.

— Olhe só para você — disse ele —, metida numa confusão dessas. Não vou te castigar desta vez. Sua mãe vai. Posso garantir.

Ele foi embora. Fechei a porta do meu quarto devagar e subi na cama.

Ela estava na minha janela. Era noite.

— Vamos.

Nosso pátio estava cheio de água. Uma água sem fim.

— Vamos.

Eu estava com dificuldade de puxá-la pela minha janela. Ela deslizava para dentro da água. Eu sabia que ela se afogaria.

— Eles estão esperando você — falei. — Lá no fundo.

Três tapas me acordaram. Minha mãe estava em pé ao meu lado.

— Já para fora dessa cama — disse ela. — E se apronte. Nós vamos à igreja.

Era de manhã. Eu me levantei da cama. Fazia anos que eu não ia à igreja da minha mãe, mas minha memória do lugar era bem nítida: uma construção branca com uma cúpula. Nos fundos dela, havia bananeiras e palmeiras; e, atrás, um riacho. No pátio da frente, o solo era vermelho, e as paredes da igreja pareciam tragar essa terra. As pessoas enterravam no chão suas pragas escritas em pedacinhos de papel, amarravam os filhos nas palmeiras e rezavam pelo espírito deles. Um ritual de limpeza. Mais que qualquer coisa, eu morria de vergonha de a minha mãe pertencer a uma igreja assim — incenso, túnicas brancas, pés descalços e tambores. Gente mergulhando num banho de água benta e tomando aquela água.

Pelo caminho, barreiras haviam sido erguidas, como sempre acontecia depois de um golpe militar. Os carros diminuíam a velocidade quando se aproximavam delas, e os pedestres andavam em silêncio. Um caminhão cheio de soldados passou com a sirene ligada. Os soldados zombavam dos motoristas e davam chicotadas nos carros. Nós encostamos para deixar que passassem. Um homem demorou a encostar. Metade dos soldados desceu do caminhão e arrastou o homem para fora do carro. Começaram a bater nele. O motorista levantou as mãos implorando misericórdia. Os soldados o chicotearam e o deixaram ali, gemendo junto à porta do carro.

De início, os gritos me assustaram. Eu me encolhi ao ver os primeiros tapas na cabeça do motorista, ouvindo minha mãe dizer: “Eles vão matar o homem.” Depois, fiquei assistindo àquela surra tendo a certeza de que nosso mundo era uniformemente terrível. Eu me lembrei de novo do meu próprio destino, e do de Sheri, e dali em diante fiquei meio estrábica. O motorista se misturou ao restante da paisagem: uma fileira de casas com telhados de ferro corrugado enferrujado; gente velha com olhos de pardal; crianças descalças; mães de peito caído; um cartaz dizendo “Mantenha Lagos limpa”. Uma árvore de fruta-pão; uma bica pública.

Eu não tinha ideia de em que parte da cidade estávamos.

O padre da minha mãe permaneceu em silêncio enquanto ela explicava o que tinha acontecido. Ele tinha a mesma expressão de que eu me lembrava, o nariz empinado como se farejasse algo ruim. Ela me daria água benta para beber, já que meu pai não permitia que eu ficasse para a purificação. Então ele pegou uma garrafa com uma água verde e lodosa. Reconheci a espirogira que tinha visto nas aulas de biologia. Eu precisava beber a água no pátio da igreja e provocar o vômito depois. Nenhuma gota poderia permanecer dentro de mim. Do lado de fora, minha mãe me entregou a garrafa. Tive ânsia de vômito a cada gole.

— Enfie o dedo na garganta — disse ela, quando terminei.

Duas tentativas depois, tudo que eu tinha no estômago foi direto para o chão, mas continuei com ânsia de vômito. Meus olhos ficaram cheios de lágrimas. Um pouco da água escorrera pelo meu nariz.

— Muito bem — disse minha mãe.

Pensei em pisar no pé dela, ou espremer sua mão para recuperar meu equilíbrio.

— Você nunca deveria ter seguido aquela menina — disse ela. — Olhe para mim. Se alguma coisa tivesse acontecido com você, o que eu teria feito? Olhe para mim.

Meu olhar se desviava do dela.

— A garrafa — disse minha mãe. — Passe a garrafa para mim, Enitan.

Entreguei a garrafa. Poderia ter sido uma baqueta. Minha mãe era oca, pensei. Não havia nada dentro dela. Como um tambor, ela podia controlar as batidas do meu coração, mas só isso. Eu não trocaria nem mais uma palavra com ela, só quando precisasse, e, mesmo nessas ocasiões, eu falaria sem sentir nada: "Bom dia, boa tarde, boa noite."

Chegamos à nossa casa, e eu andei até o quintal dos fundos, junto à cerca onde cresciam os hibiscos vermelhos. Sheri engravidara ao ser estuprada. Será que o útero não sabia qual bebê rejeitar? E agora que o bebê havia sido forçado para fora, que aparência tinha? Era da cor do hibisco? Aproximei uma flor da minha orelha e fiquei escutando.

1985

A raiva abafada ataca como o vento, de repente e invisível. As pessoas não têm medo do vento até ele derrubar uma árvore. Então, dizem que é demais.

A primeira pessoa a me dizer que minha virgindade me pertencia foi o cara que a tirou. Antes disso, eu pensava que ela pertencia a Jesus, à minha mãe, à sociedade. A qualquer um, menos a mim. Meu namorado, um estudante do primeiro ano de farmácia da Universidade de Londres, me assegurou que a virgindade era minha, para ser dada a ele. Naqueles breves segundos entre eu possuir e abrir mão dela, ele lavou as paredes da minha boca com a língua. Depois de achar que ele tinha perfurado minhas entranhas, chorei.

— O que houve? — perguntou ele.

Desculpe — falei. — Preciso me lavar.

Era o sêmen dele. Eu não podia suportar pensar naquilo vazando de mim e escorrendo pelas minhas pernas. Mas cada vez que abria a boca para contar sobre Sheri e sobre mim naquele verão terrível, a impressão que dava era que minha voz ia explodir minha caixa torácica, esmagar meu namorado, esmagar a cama, revirar meu lençol no ar como faz o vento, e então não dizia nada.

Na vez seguinte, ele me dedilhou como se eu fosse um violão.

— Não sei o que está acontecendo — falou ele. — Talvez você seja frígida.

Frigidez era uma espécie de doença mental, disse ele. Acabamos terminando o namoro certa noite, quando ele reclamou que eu era como todas as mulheres nigerianas na cama.

— Vocês só ficam deitadas aí. Como se estivessem mortas.

Eu o acompanhei até a porta.

Fazia nove anos que eu vivia na Inglaterra, só voltando para casa nas férias. Meus pais me mandaram para um colégio interno lá depois daquele verão, como era costume nos anos setenta, e pela primeira vez eu tive que explicar por que lavava o cabelo uma vez por semana e colocava brilhantina para prendê-lo de novo. Minhas novas colegas ficaram surpresas ao saber que eu não morava numa cabana na África, que eu nunca tinha visto um leão, a não ser no zoológico de Londres. Algumas confessaram que seus pais não gostavam de negros. Só uma concluiu que também não gostava e eu a ignorei, da mesma forma que ignorei outra que dizia "*hey, man*" e fazia uns movimentos ridículos de dança quando me via.

Sempre achei que os ingleses não tomavam banho com frequência. Achava que eles seriam como personagens de um livro da Enid Blyton. Minha melhor amiga, Robin, achava isso absolutamente "lidículo". Ficamos muito amigas porque ela também achava que Bob Marley era um profeta e adorava abominar os valores dos pais. Minha querida Robin não conseguia pronunciar os sons da letra "r". "Gila, gila, mundo gila", as outras meninas caçoavam dela. "O lato loeu a loupa do lei de Loma."

Tlágico. Concluí que era mais fácil ser negra que ter um problema assim naquela escola, mas Robin não pronunciava essa palavra: negra. Os pais dela tinham lhe ensinado que era feio dizer isso. Sendo assim, eu era sua amiga com o cabelo afro, sabe, a Escurinha. Expliquei que negra era o que eu era, não um insulto. Eu nem tinha orgulho disso, porque nunca tinha tido vergonha disso, então pronto. Certa noite, eu a forcei a falar: Negra. Ne-gra. Negrrrra. Ela caiu no choro e me chamou de "alogante". No dia em que finalmente tomou coragem, fiquei ofendida. Não gostei da inflexão na voz dela.

— Que saco — disse ela. — Você não fica satisfeita com nada.

Robin era a menina de 14 anos mais preguiçosa e inteligente que eu conhecia, sempre tirava notas melhores que eu nas provas. Ela foi a primeira pessoa a me dizer que nada que uma mulher faça justifica um estupro.

— Algumas meninas o provocam — falei.

— Quem te ensinou essa bobagem? — perguntou ela.

Eu não me lembrava, mas sempre tinha ouvido dizer que meninas más eram estupradas, e, de todas as meninas más que eu conhecia, nenhuma delas havia levado o caso aos tribunais. Para Sheri, a justiça veio quando Damola Ajayi foi internado em uma instituição mental para onde iam os viciados em drogas de Lagos: a terapia incluía surras regulares. Eu nem tinha certeza se Sheri sabia do fim dele. A família dela mudou de bairro e nós perdemos contato. Robin me assegurou que a justiça não era muito mais justa no país dela. O lema do Tribunal Penal de Londres devia ser "Ploteger os licos e punir os ilandeses".

Meus pais se separaram quando eu estava na escola em Londres. Meu pai me deu a notícia e eu me lembro de ter sentido como se tivesse engolido um verme num copo de água; senti vontade de vomitar. Fiquei me perguntando se o problema que eu havia causado teria aumentado ainda mais o abismo entre eles. Meu pai explicou que minha mãe ficaria com um apartamento dúplex dele em outro bairro residencial de Lagos, morando em um andar e recebendo aluguel pelo outro. Não havia linha telefônica naquela área, portanto, eu não podia ligar para ela. E eu ficaria com ele.

Começou uma disputa entre os dois pela posse de propriedades e por mim. Minha mãe jurou fazer com que meu pai perdesse a licença para advogar. Em vez disso, passou a sofrer de hipertensão e dizia que meu pai havia sido o responsável por isso. Passei umas férias com ela, que ficou a maior parte do tempo reclamando dele, como a ignorava em público; como fazia uma ou outra insinuação. Minha mãe se apegava a detalhes, e meu pai parecia confuso: "Não sei do que ela está falando. Não fiz nada contra ela."

Com o tempo, resolvi ficar em Londres nas férias, trabalhando como vendedora em lojas de departamentos para complementar minha mesada e evitar ficar com qualquer um dos dois.

Estudei direito na Universidade de Londres e me tornei parte da comunidade estudantil nigeriana que, assim como a comunidade inglesa em Lagos, vivia em grupos, sofrendo com as condições climáticas e compartilhando notícias da Nigéria. Nós tínhamos passado por dois governos militares depois do verão de 1975. O primeiro terminou com o assassinato do chefe de Estado; o segundo, numa transição para um governo civil. Ainda assim, as notícias de lá não melhoravam: "Ah, esses civis são piores que os militares." "Ah, esses políticos. Você não sabe? Eles não são nada além de ladrões." Nessa época, tive notícias de Sheri de novo. Ela foi eleita Miss Nigéria depois que se formou na faculdade e representaria nosso país no Miss Mundo na Inglaterra. Eu estava curiosa para vê-la. Assisti ao concurso com duas estudantes de direito, Suzanne e Rola. Rola era filha de nigeriana com jamaicano e torcia pelas duas misses, Suzanne era de Hong Kong e não torcia por nenhuma.

— Não consigo acreditar que estamos aqui vendo isso — ficou reclamando.

Rola, como era de esperar, estava pronta para criticar.

— Quer dizer, ela é bonita, mas nada de especial. Quer dizer, ela não sabe desfilar. Talvez possa ser modelo fotográfico, mas acho que nem isso. Quer dizer, ela com certeza não dá para desfiles...

Eu estava muito ocupada sorrindo. Ali não era Paris, Sheri não estava de negligê vermelho, mas dava para o gasto. Eu me arrependi de tê-la julgado; lamentei a minha ignorância aos 14 anos. Sheri não chegou à segunda fase do Miss Mundo. Nenhuma das nossas participantes jamais chegou. Mais tarde, ouvi dizer que ela estava inserida no circuito de velhos ricos que sustentam namoradas jovens em Lagos, colada em senadores e fazendo viagens de compras ao exterior. Ela recebeu todos os títulos que acompanhavam essa prática.

Em 1981, terminei a faculdade e me tornei sócia de um escritório de advocacia em Londres. Em 1983, houve outro golpe militar no meu país. Dessa vez, eu estava me recuperando de uma decepção amorosa, tendo descoberto que o cara que eu vinha namorando por seis meses estava me traindo com outra. Foi por respeito a mim que ele mentiu, argumentou. Ele sabia que eu não era o tipo de garota que aceitaria uma bigamia. Mas, mesmo assim, ele me ligou para me convidar para uma vigília.

— Vigília pelo quê? — perguntei.

— Pela democracia — respondeu ele.

Seria no Alto Comissariado da Nigéria. Eu gostaria de ir? Quase parei para verificar se o fone estava com defeito. Quando é que ele tinha participado de algo assim antes? Nós o chamávamos de Stringfellow, em referência à boate de mesmo nome. E não era ele que, sempre que a gente passava pela embaixada da África do Sul, na Trafalgar Square, dizia, sobre os ingleses protestando contra o apartheid, "Lá vão eles de novo. Sempre lutando pelos negros que vivem longe, nunca por aqueles com quem têm de conviver"?

Eu pensei em mim na Fleet Street, onde ficava nosso Alto Comissariado, no frio, segurando uma vela, a noite toda, em nome de qualquer causa que fosse. Pensei nesse cara que tinha mentido desde o instante em que coloquei os olhos nele.

— Stringfellow — falei. — Não me ligue nunca mais.

As pessoas falavam muito sobre a influência da cultura ocidental, como se essa cultura fosse algo uniforme por todo o Ocidente e nunca mudasse. Mas nossos pais se formaram no início dos anos sessenta na Inglaterra, e nós estaríamos nos formando no meio dos anos oitenta. Como qualquer geração definida pela situação econômica da sua infância, nós éramos filhos do boom do petróleo, e, mais que isso, nós éramos os filhos que haviam se beneficiado do boom do petróleo. Na Inglaterra, a política se desenvolvia num continuum da esquerda para a direita. Na Nigéria, era uma rixa entre militares e políticos. Ambos eram conservadores, e nós também. Nossa maior contribuição para a sociedade era o fato de sermos mais tradicionais que os seres que nos botaram no mundo.

Um cara gostava de uma mulher e a chamava de esposa. Uma mulher gostava de um cara e ficava em casa nos fins de semana cozinhando para ele, enquanto ele saía com outra. Nós estávamos saindo para a rua e ficando em casa. Qualquer conversa sobre protesto político era papo de ingleses loucos ou de nigerianos tentando ser como eles. Não dávamos a mínima para aqueles com dificuldade de pagar as mensalidades escolares, agora que o boom do petróleo no nosso país tinha se transformado em recessão. Nós nos rebelávamos e usávamos nossa mesada para comprar jaquetas de couro ou sapatos extravagantes. Era isso que fazíamos.

Olhei para a pilha de livros no meu quarto depois de bater o telefone na cara do Stringfellow. Eu os havia comprado depois que parei de ler histórias previsíveis ou que não tinham nada a ver com a minha vida. Stringfellow dizia que eram livros escritos por mulheres que deveriam alisar os *dreadlocks* e parar de reclamar.

— Maldito dos infernos — falei.

Todas as linhas para Lagos estavam ocupadas. Só consegui falar com meu pai na noite seguinte, e, àquela altura, já tinha opinião formada sobre o assunto. Nosso governo civil havia implorado pelo golpe. Nunca houve uma democracia tão degenerada: festas regadas a champanhe e desvios de dinheiro público. Meu pai explicou que nossa Constituição tinha sido suspensa, um acontecimento inconcebível para minha mente influenciada pelas obras acadêmicas inglesas.

— Eles podem mesmo fazer isso? — perguntei.

— Eles podem fazer qualquer coisa — explicou ele. — O poder de uma Constituição vem do respeito que o povo tem por ela. Se o povo não a respeita, são apenas palavras num papel. Nada mais.

Ele estava preocupado com o novo governo militar, que prometia ser linha-dura em casos de indisciplina. Achei que não seria uma ideia tão ruim assim, num país em que ainda não dava para contar com eletricidade por uma semana inteira. Mas então as notícias começaram a chegar: chicotadas naqueles que furavam filas de ônibus; castigos físicos para os funcionários públicos que chegavam tarde no trabalho; um dia de faxina compulsória em casa; tribunais militares para ex-políticos; Decreto 2, segundo o qual suspeitos de atos perniciosos à segurança do Estado podiam ser detidos sem acusação formal; Decreto 4, segundo o qual jornalistas podiam ser capturados e presos por publicarem quaisquer informações sobre autoridades públicas. Meu pai insistia, mas eu dizia que nunca mais queria voltar a morar na Nigéria.

Mudei de ideia numa manhã de inverno, enquanto esperava um daqueles ônibus de dois andares. O vento virou meu guarda-chuva do avesso, levantou minha saia quase até a cintura. Ele arrancou lágrimas dos meus olhos e jogou minhas tranças no meu rosto. Uma delas arranhou meu globo ocular. Fiquei ali ouvindo o barulho do vento zunindo em todas as direções, colidindo com meus pensamentos, que colidiam entre si. Pensei em homens dados a atos de covardia, que mentiam quando deviam ser mais corajosos. Pensei num determinado sócio no meu escritório que olhava para meu cabelo trançado como se fosse uma cabeça repleta de serpentes. Pensei nos sócios que andavam como se nunca tivessem soltado pum. Lembrei das minhas contas telefônicas. Pensei que, se voltasse para casa, pelo menos, pelo menos, seria mais quente.

No verão de 1984, voltei para a Nigéria, me matriculando no curso da faculdade de direito em Lagos que me qualificaria para exercer a advocacia no nosso país. Meu pai tinha comprado um carro novo para mim, um Volkswagen Jetta branco, que fui dirigindo direto para a casa da minha mãe.

— Ele mima você — disse ela, passando uma mão na outra em sinal de desaprovação.

O Jetta atraía menos assaltantes armados que outros modelos importados. Quando meu pai o comprou, ele valia seis vezes o meu salário trabalhando para ele como advogada recém-formada. Um ano depois, um modelo de segunda mão valia o dobro disso. Ele pagou em dinheiro vivo. Não havia financiamento para carros, e eu não podia rodar nas terças e quintas porque, nos dias de semana, em Lagos, fazia-se rodízio de carros com placas ímpares e pares a fim de reduzir o volume de veículos na rua. E eu teria de continuar morando com meu pai porque os aluguéis na cidade eram pagos adiantados por um período de dois, três anos.

Fiquei quase tentada a pegar um voo da British Airways de volta para Londres. Até que, um dia, um professor me parou nos corredores da faculdade de direito.

— Sim, senhor? — falei, surpresa por ele saber meu sobrenome.

— Seu pai é Sunny Taiwo? — perguntou ele.

— É.

— Ele tem aparecido muito nos jornais ultimamente.

Era verdade.

— Como ele está?

— Muito bem, senhor.

— Você estava estudando na Inglaterra?

Estava, respondi.

— Bem-vinda de volta — disse ele. — E dê lembranças ao seu pai. Nós estudamos juntos na Baptist High.

Percebi que estava feliz por ter voltado. Era possível que alguns sócios do meu ex-escritório tivessem estudado com meu pai em Cambridge. Deus os livrasse de admitir isso para mim ou para eles mesmos. Alguns dos meus colegas de curso na faculdade de direito da Nigéria que haviam se formado em direito no exterior continuavam reclamando de Lagos: funcionários ríspidos, aparelhos de ar-condicionado fracos, quedas de luz, tráfego lento, falta de água, assalto à mão armada, suborno. Mas eu aceitaria os problemas de Lagos dali em diante; todos eles, finalmente reconhecidos.

Meu pai havia ficado em evidência de repente por conta de um caso que ganhou. Seu cliente, um colunista de jornal, Peter Mukoro, foi preso num posto de inspeção policial no início do ano. Peter Mukoro escrevia artigos criticando a polícia. Ele alegava que o perseguiam por causa disso, a polícia alegava que ele havia agido com rebeldia no momento da abordagem. Meu pai argumentou que a prisão era ilegal de qualquer jeito e ganhou o processo.

Num primeiro momento, Peter Mukoro o procurou por causa de uma disputa de terras. Era bem diferente dos outros clientes do meu pai, proprietários abastados que preferiam se manter longe dos holofotes. Ele tinha uns quarenta e poucos anos, um dissidente assumido que gostava de aparecer nos jornais. Eu o vi uma vez e achei que bebia muito e falava alto demais. Minha impressão foi de que ele era movido mais por vaidade que qualquer outra coisa. Mas meu pai estava gostando da atenção da mídia, participando de coletivas de imprensa com ele, dando declarações sobre perseguição policial. Eu o chamava de velho rebelde, mas, no fundo, tinha orgulho dele. Quando criança, era assim que eu imaginava que seria o trabalho de um advogado. Mas, nesse momento, eu só lidava com burocracias.

Terminei o curso complementar na faculdade de direito da Nigéria no verão de 1985. Uma semana depois da minha formatura houve outro golpe militar, e a Constituição foi suspensa por mais tempo. Uns dias depois me alistei no Serviço Nacional. No primeiro mês, tive treinamento militar; no restante do ano, trabalhei para meu pai, que não tinha obrigação nenhuma de me remunerar, pois, tecnicamente, eu estava a serviço do governo. Enviada de início para um campo de orientação numa área rural, solicitei transferência para outro campo quando vi placas avisando que as pessoas não deveriam circular à noite pois poderiam ser sequestradas e usadas para sacrifício humano. O campo alternativo ficava num bairro mais movimentado, no campus de uma escola técnica de nível superior fechada para as férias de verão. Dirigi até lá torcendo para que fosse melhor do que eu previa, torcendo até para que eu finalmente encontrasse um cara legal e honesto.

Uma névoa matinal cobria a pista de atletismo da Escola de Tecnologia. Cinquenta e poucos pelotões estavam em formação no campo gramado ao centro, esperando a hora da revista. A grama estava coberta de orvalho. Deslizei minhas botas de combate no chão e baixei a aba do boné. Era cedo demais para a revista e frio demais para alguém de sangue quente.

— Enitan Taiwo — chamou o chefe do nosso pelotão.

— Tô aqui — respondi.

Meus colegas de pelotão riram quando ele riscou meu nome na folha.

— Mike Obi?

— Presente — disse o homem à minha frente.

A voz dele era grossa. Eu já o notara quando me reuni ao pelotão para a revista. Estava com as mãos nos bolsos: costas largas e farda bem colada no corpo. Eu poderia ficar mais alta que ele se usasse salto. Afundou as botas de combate na grama e levantou o boné, e vi que a cabeça dele era raspada.

O chefe do nosso pelotão apitou.

— Para a pista!

Todos começaram a reclamar.

— Inacreditável — disse a mulher atrás de mim.

— Toda essa *wàhálà* — disse uma pessoa ao meu lado.

Mike Obi virou para mim.

— É por isso que estão nos chamando de pelotão grávido.

— Por quê? — perguntei.

— Porque somos o pelotão mais preguiçoso e mais gordo de todos.

— Nenhuma das alternativas anteriores — falei.

Ele sorriu, formando covinhas nas bochechas. Iniciamos a corrida devagar pela pista de atletismo.

— Você é uma das advogadas? — perguntou ele, enquanto fazíamos a curva.

Eu fiz que sim com a cabeça. Comecei a sentir cansaço nas pernas.

— Por que vocês ingressam no acampamento mais tarde que todo mundo? — perguntou ele.

— Porque somos melhores que todo mundo.

— Não tenho tanta certeza disso. — Ele riu.

— Cerimônia de formatura da faculdade de direito — expliquei.

Um grupo passou correndo por nós, entoando uma canção militar.

— Você devia estar aqui durante o golpe na semana passada — falei.

— Estava.

— Como foi?

— Ninguém deu a mínima, na verdade. Soldados vão. Soldados vêm. Nós tínhamos treinamento de manhã e saíamos durante o toque de recolher.

— Que pena.

— Meu nome é Mike — disse, estendendo a mão.

— Enitan — falei.

A mão dele era grossa. Diminuí o ritmo e ele também.

— O que você faz, Mike? — perguntei.

— Eu? Sou artista.

— Você é o primeiro artista da minha idade que eu conheço.

Ele puxou a aba do boné para baixo.

— Na verdade sou arquiteto, mas estudei belas-artes durante um ano.

— Mentiroso...

— Na Universidade de Nsukka.

— Mentiroso — repeti.

— Eu *sou* artista — falou ele. — Você devia ver meus mosaicos.

— Mosaicos? Fala sério. De que tipo?

— De contas. Muito bonitos.

— Imagino.

— E você? — perguntou ele.

— Acabei de concluir a faculdade de direito.

— Você não parece tão jovem assim.

Dei um soco no ombro dele. Duro como madeira.

— Foi mal — disse ele. — Mas alguns dos recém-formados aqui parecem ter 21 anos. E você e eu, não — disse ele.

— Fale por você.

— Você devia ter orgulho da sua idade.

— E tenho — respondi, sorrindo. — Não terminei a faculdade agora. Trabalhei três anos depois de formada.

— Onde?

— Na Inglaterra.

— O que fez você voltar?

— Lá era muito frio. Estava na hora. O que fez você desistir de ser artista?

— Você conhece nosso povo. Todo mundo me dizia que eu ia morrer de fome, e eu acreditei.

— Hum. Talvez você não acreditasse em si mesmo.

— Talvez.

— E não se arrepende de ter desistido?

— Não me arrependo de nada.

— Mas ainda assim diz que é artista.

— Se for necessário — retrucou ele.

— Necessário para quê? — perguntei.

Impressionar, disse ele. Voltamos caminhando como se fôssemos velhos amigos. Mike estava enganado. A maioria das mulheres que eu conhecia fugiria de um artista. Ser artista significava a possibilidade de viver na pobreza, e a pobreza abria os olhos das pessoas em Lagos. Depois do treinamento matinal, onde aprendi a marchar e dar meia-volta, fomos cada um para um lado. Ele não sabia, mas eu estava pronta para enfiar a mão em suas covinhas e tirar uma moeda de ouro de lá.

Voltei a pé para o alojamento feminino que ficava a cinco minutos da pista de atletismo. Um prédio mal-iluminado, que normalmente alojava as alunas da escola técnica durante o ano acadêmico, ele abrigava as participantes do Serviço Nacional durante o treinamento militar do acampamento de orientação. Na entrada, um grupo de mulheres discutia com o zelador.

— Por que não podemos receber homens aqui? — perguntou uma delas. — Afinal, não somos mais estudantes, e algumas de nós já são casadas.

— Não é permitido — respondeu o zelador.

— Quem disse? — perguntou ela.

— Jesus — retrucou ele.

O velho não ia deixar nenhum homem entrar. Ficava sentado na entrada, mexendo no chicote, esperando aqueles que ousassem tentar. No dia anterior, ele havia atacado um recém-formado que tinha feito faculdade nos Estados Unidos e ainda valorizava os seus direitos. "Você não tem o direito!", gritava o recém-formado com seu sotaque nigero-americano. "Você não tem o direito de me chicotear assim! Ninguém tem o direito de me chicotear assim!" O velho deu uma olhada nele de cima a baixo. "Se quiser que seus direitos sejam respeitados, volte para o país onde aprendeu a gritar com um idoso", disse ele. "Agora suma daqui, seu Johnny-de-meia-tigela."

Baba, era como o chamavam. Todo idoso no meu país era Baba ou Papa. Esse aqui era o guardião das vaginas das recém-formadas.

Ao subir as escadas, senti cheiro de urina vindo dos banheiros e lembrei da minha antiga escola em Lagos. Fiquei quase tentada a rir; dez anos depois e ainda me via em alojamentos daquele tipo. Meu medo de inalar aquele odor me impediu de rir. Cobri o nariz com a palma da mão e passei depressa por ali.

Dentro do dormitório, tirei a camisa de malha e me deitei na cama. As persianas estavam abertas, mas o ar era quente e seco. O dormitório parecia uma cela de prisão: duas camas de mola e quatro paredes cobertas de marcas de mão e de manchas de suor da cabeça das ocupantes anteriores. Minha companheira de quarto, formada pela Universidade de Lagos, recusou-se a dormir ali. Ela ia para casa e voltava no dia seguinte, mas a minha casa ficava meio longe e eu não sabia se acordaria cedo o suficiente para chegar a tempo da revista matutina.

Descansei um pouco e decidi comprar espirais repelentes de mosquito do vendedor ambulante que fazia ponto debaixo de uma amendoeira no estacionamento. Havia algumas pessoas lá, conversando em grupos. Visitantes vinham o dia todo para ver amigos e parentes, e às vezes o lugar parecia uma festa sem fim. Na barraca do vendedor escolhi uma caixa de espirais, um pacote de balas de hortelã Trebor e paguei por eles. Pensando em talvez comprar outro pacote, senti baterem em meu ombro. Era Mike. Ele se inclinou para pegar uma caixa de espirais repelentes.

— Você também? — disse ele.

— Os mosquitos estão me comendo viva — respondi.

Ele pagou ao vendedor e fomos andando até os alojamentos.

— O que vai fazer agora? — perguntou ele.

— Nada — respondi.

— Então venha conversar comigo.

Ele apontou para a arquibancada em frente à pista de atletismo. Fomos até lá e nos sentamos na fileira de baixo. Mike tirou uma das espirais da caixa e acendeu a ponta. Eu me senti embalada pelos sons ambientes: grilos cantando e as gargalhadas que vinham do estacionamento. A espiral exibiu um tom âmbar, e uma fumaça cinza subiu dela. Mike me flagrou olhando para ele.

— Estou com medo — disse ele. — Da forma como você olha para mim, como se eu tivesse roubado seu dinheiro. Você é uma dessas mulheres que não confiam em ninguém?

— Sou uma dessas mulheres que quer confiar em alguém.

Ele levantou a espiral e a colocou entre nós.

— Isso é bom — disse ele.

Mike falava baixinho e fazia pausas entre as frases. Eu falava até quase morder a língua e adiava o momento de engolir saliva até chegar à conclusão das histórias.

— Que menina — dizia ele. Mike quase não ria.

Ele foi criado perto de Enugu, uma cidade da Nigéria Oriental que era o coração de Biafra. Os pais eram professores na universidade estadual. A mãe dava aula de teatro, e o pai, de história. Durante a guerra civil ele foi mandado para um lar adotivo na Inglaterra, e eu impliquei com ele porque, depois de tantos anos, ainda tinha um resquício de sotaque inglês por cima do sotaque ibo dele.

— Eni-tan — corrigi, quando ele pronunciou errado meu nome pela centésima vez.

— Eni-ton — disse ele.

— Ã! Ã! Faça assim com a boca... ã... ã...

— On.

— Pelo amor de Deus.

Era terrível saber que nós dois tínhamos vivenciado de formas tão distintas a guerra civil. Na faculdade, eu finalmente tive noção do holocausto que foi Biafra, lendo biografias e livros de história e vendo fotos de gente sem os membros; crianças com a barriga inchada pelo kwashiorkor e com caixas torácicas tão finas como as nervuras de uma folha. Os pais estavam quase todos mortos. Executados. Esfaqueados. Explodidos. Decapitados. Havia relatos de gente bebendo sangue, comendo carne humana, atrocidades do espírito humano que só uma guerra civil poderia gerar, enquanto em Lagos nós tínhamos seguido com a vida como se aquilo estivesse acontecendo em outro país. Nosso chefe de Estado até se casou. Em determinado momento, houve uma trégua, disse Mike, quando as tropas em guerra quiseram ver Pelé jogando futebol. Pelé. Guerra civil. Eu torcia para que ele estivesse brincando.

Uma viagem a Osogbo, na Nigéria Ocidental, foi o que suscitou em Mike a paixão pela arte. Ele visitou os institutos de arte e os bosques com santuários de deuses iorubás. Mike amava futebol, jogava, além de sonhar com ele. Às vezes, quando ele falava no assunto, eu ficava com medo de ele ter uma convulsão de tanta felicidade. Mike me contou tudo sobre o Pelé do Brasil, o Maradona da Argentina. Da Nigéria, falou do atacante Thunder Balogun e do goleiro Okala, seu primeiro herói.

— Okala tinha poderes místicos. Vi com meus próprios olhos.

— Não me venha com essa... — falei.

Na sexta-feira, saímos do campo de orientação para comer no Mama Maria's, um restaurante na ilha Victoria. Uma madame da região era a dona, e o local era administrado pelas prostitutas dela. Eu já tinha ouvido alguns colegas da faculdade de direito falarem sobre esse lugar e achei que seria o tipo de lugar que Mike gostaria de visitar. Fomos no carro dele, um Citroën branco e velho no qual ele fazia carinho de vez em quando, como se fosse um cachorro. Notei um buraco de ferrugem no chão, pelo qual se via a rua.

— Como você faz quando chove? — perguntei.

— Evito as poças — respondeu ele.

— Isso não te incomoda? Esse buracão?

— Não, nem meus faróis dianteiros — respondeu rindo.

— Qual é o problema com eles?

— São presos com fita isolante.

— Um dia só vai sobrar o volante no seu carro.

Fomos parados em todos os postos de inspeção da polícia. Alguns policiais até riam quando seguíamos viagem. Quando passamos com o carro pelos portões do Mama Maria's, um grupo de prostitutas cercou o veículo. Mexiam a língua e pressionavam os seios no para-brisa. Faziam ruídos estridentes como se fossem caçadoras. No instante em que perceberam que não éramos dois homens brancos, nos deixaram de lado.

Ao entrar, vimos que o lugar estava lotado de expatriados barrigudos. Nós nunca os chamávamos de imigrantes. Eu já vira aqueles caras trabalhando em construções no exterior. Um ou dois estavam com prostitutas no colo. As prostitutas ficaram nos olhando enquanto nos encaminhávamos para a mesa com vista para a lagoa. Eram imponentes, e eram feias. Um homem estava me "inutilizando", diriam elas, com toda a minha decência e instrução, então o que eu estava olhando? Notei os cartazes de linhas aéreas nas paredes por trás do bar.

— É algum tipo de hall da fama?

Mike olhou para aquilo.

— Estão mais para lápides.

De início, não entendi o comentário dele, depois me lembrei da Aids. Eu não sabia muito sobre a doença, mas tinha certeza de que as pessoas ocultariam e ignorariam o problema, como aconteceu com as drogas nos anos setenta, até a coisa sair do controle. Até então, em Lagos, nós culpávamos os expatriados e as prostitutas pela Aids.

Uma das mulheres se aproximou de nós, e pedimos dois pratos de comida. Ela nos deu cerveja e começamos a beber. As luzes dos postes de rua de Ikoyi resplandeciam na lagoa. Era possível acreditar que eu poderia facilmente atravessar o local a nado. Meu olhar baixou para a beira da água a poucos metros do Mama Maria's. Havia uma garrafa de cerveja quebrada à direita, um pneu de carro à esquerda. Uma linha de algas apodrecidas os unia.

— Que imundície — disse Mike.

Passei os dedos na garrafa de cerveja Gulder e me perguntei se era o malte gelado ou a voz de Mike que me relaxava.

— Você nunca fala da sua mãe — disse ele.

— Falo, sim — retruquei.

— Não, só do seu pai, mas nunca da sua mãe.

Tomei outro gole de cerveja e enxuguei a boca. Uma filha não deveria se desentender com a mãe. Principalmente uma filha única. Pensar na minha mãe me fez sentir como se eu tivesse deixado a porta de um cofre aberta para os ladrões.

— Ela pertence a uma igreja, ou melhor, a um culto. Um daqueles que tira seu dinheiro e incute medo em você. Ela frequenta essa igreja desde que eu me entendo por gente. Acho que foi atraída para ela por causa do meu irmão. Minha mãe acha que eu idolatro meu pai. Mas nunca tive ilusões sobre ele. É preciso nutrir amizade com pelo menos um dos dois. Você não acha?

— Acho.

— Então é isso, minha mãe.

Houve um tempo em que eu me abria mais sobre o nosso relacionamento, mas os comentários eram sempre os mesmos: "Mesmo assim, minha querida, ela é sua mãe." "Mãe só tem uma." "Sua mãe te botou no mundo! Ela sofreu por você!"

— Quando foi a última vez que você a viu? — perguntou Mike.

— Eu a vejo o tempo todo.

— A última vez foi?

— Na minha formatura.

— Você deveria tentar vê-la em breve.

— Deveria? Por quê?

— Porque sim.

Nossas mães eram maravilhosas. Nos protegiam das verdades sobre nossos pais, permaneciam em casamentos ruins para nos propiciar uma chance. Mas eu tinha visto, conhecido e ouvido falar de filhas que admitiam que as mães eram vaidosas, fracas, implicantes, desleixadas, bêbadas. A diferença entre essas filhas e mim é que eu não conhecia minha própria mãe e tinha mantido em sigilo nossa falta de relacionamento, com frequência mentia sobre o assunto. Como eu poderia contar para Mike sobre minha foto de formatura, aquela para a qual minha mãe tinha se recusado a posar caso meu pai estivesse ao seu lado? Eu lhe pedi que deixasse o dia terminar sem brigas, e ela me acusou de estar defendendo meu pai. O dia da minha formatura terminou em silêncio. Tirei duas fotos, uma com ela e outra com ele, e prometi para mim mesma que eles nunca mais me envolveriam em suas brigas.

— Porque sim — repeti.

— É — disse Mike.

— As coisas são tão simples assim?

— Por que parar no B se você pode ir do A ao Z?

— Mas não é disso que se trata a vida? As paradas ao longo do caminho, o desenrolar?

— Quando a morte bate à porta, quem se lembra do desenrolar? Só o resultado é importante, creio eu.

— Então a gente podia nascer e morrer logo.

— Sinto muito — falou ele.

— Não precisa sentir. Só estou dizendo, não acho que os laços familiares sejam tão simples como as pessoas daqui gostam de falar que são. É só isso que estou dizendo.

Ele pegou minha mão.

— Por que estamos brigando? Você está muito séria hoje. E esse lugar é deprimente, na verdade, é para turistas. Da próxima vez, vou te levar a um lugar melhor.

— Você que sabe — falei, de um jeito infantil.

Ele me incomodava como uma folha em branco. Eu queria procurar as manchas, as sujeiras escondidas.

Era dia de Makossa. A noite acabou com a gente vendo os outros dançarem passando vergonha até que tocaram "Soul Makossa", de Manu Dibango, e chegou a nossa vez de passar vergonha.

A caminho do campo de orientação, diminuímos a velocidade ao passar por um mercado noturno. As luzes fluorescentes das barracas iluminavam a rua. Era uma rua estreita e música *jùjú* saía alta de um toca-fitas velho colocado em cima de um banco de madeira. Os ambulantes estavam sentados vendendo caixas de açúcar, esponjas de banho, sardinhas em lata, paus de mascar, cigarros e chicletes Bazooka Joe. Um grupo de velhos estava amontoado se distraindo com um jogo de tabuleiro. Um lampião de querosene iluminava o rosto deles, projetando enormes sombras numa parede atrás. Nós paramos, e eu encostei no vidro da janela do carro para observá-los movendo as peças. O ar estava quente, e o céu, escuro como breu. Ouvi um estrondo acima do ruído da música. De início pensei que fossem fogos de artifício, mas não seria a época certa do ano para isso, e como um dos regimes militares havia banido fogos de artifício, eles eram raros.

Um homem veio correndo pelo meu lado da rua. As mãos estavam jogadas para o alto e ele gritava. A música abafava o que ele dizia. Vi algumas pessoas no mercado se levantando, ouvi outro estrondo. O homem foi jogado para a frente. Ele se chocou com a traseira do carro que estava atrás de nós. As pessoas no mercado começaram a correr. Os velhos abandonaram a mesa de jogo. Mike olhava pelo espelho retrovisor. A mão dele voou para a minha nuca. Minha cabeça foi empurrada de encontro aos meus joelhos. Eu me vi olhando pelo buraco no carro dele. Num momento via asfalto, no outro, terra. Estávamos em movimento. E me perguntei como; havia outros na nossa frente. Ouvi ruídos de motores de carros. Mike apertou a buzina, e eu tapei os ouvidos. Passamos por um calombo na terra, e meu joelho bateu no queixo. Não via mais o buraco. Ele pousou a mão nas minhas costas.

— Assaltantes armados — falou.

— Eles vinham por trás? — Eu me sentei direito.

Estávamos agora numa via expressa iluminada.

— O carro atrás de nós seguiu por dentro do mercado — explicou ele. — Fui atrás dele e todos os outros foram atrás de nós.

— As pessoas no mercado?

— Elas se espalharam.

Eu devia sentir alguma coisa. Não sabia o quê.

— Ouvi dizer que são estudantes universitários. É verdade?

— Não sei.

Não falamos mais nada até chegarmos a um posto de inspeção da polícia. Mike informou sobre o assalto, e o policial pediu que ele mostrasse a carteira de motorista. Durante o restante do percurso, permanecemos em silêncio.

— Como você está? — perguntou ele, enquanto dirigíamos para dentro do campo.

Eu vinha esfregando o queixo.

— Bem — respondi. — Você?

Ele bateu de leve no meu ombro. Paramos na entrada do alojamento de mulheres e eu passei por Baba, o zelador, que dormia com o chicote no colo. Eu sabia que devia estar sentindo alguma coisa; ainda não sabia o quê. Entrei no meu quarto, fechei a porta e me encostei nela. Era como faziam nos filmes.

— É você? — perguntou minha mãe.

Notei uma ruga no meio da testa dela, onde franzia o cenho. Fios grisalhos começavam a aparecer na linha do cabelo, e o tempo havia lançado sombras sob seus olhos. Eu sabia que esse seria o meu destino.

— Sou eu — falei, forçando um tom alegre.

— Você continua trançando o cabelo? — perguntou ela.

— Continuo.

— Não quer tentar um penteado novo?

— Não.

— Vocês jovens e todos esses apliques. — Ela andou até a cadeira.

A casa da minha mãe cheirava a lençóis sem uso, armários fechados, válvulas enferrujadas, naftalina, pavios de vela e incenso para oração. As vidraças da janela estavam cobertas de poeira, e eu tinha certeza de que se ela tivesse empregado alguém, estariam limpas; mas todas as empregadas que ela teve haviam fugido.

— Como é no campo? — perguntou ela.

— Legal — respondi.

— Só legal? Você não pode continuar com essa atitude. Deve tentar apreciar mais a vida.

Eu quase ri alto. Logo ela que estava sempre anunciando ou prevendo alguma desgraça. Se estivesse sol, poderia chover. Se chovesse, mijo poderia cair do céu.

— Como você está? — perguntei.

— Bem, mas meu remédio, o preço dele aumentou. E meus inquilinos, eles estão atrasados com o pagamento do aluguel de novo.

— O que aconteceu dessa vez?

— Eles não podem pagar. Vou dar um prazo até o fim da semana que vem. Se não pagarem, serão despejados.

Os inquilinos dela nunca pagavam o aluguel em dia. Meu pai mandaria uma notificação para eles, prometi.

— Isso é Lagos — disse ela. — As pessoas só se mudam à força. Enfim, seu pai, e ele lá se importa? Fica falando de direitos humanos. Ainda nem passou a casa para o meu nome. E os meus direitos?

— Não passou?

— Talvez, se você pedir, ele passe. Sabe como é a relação de vocês. Ele acha que você é a advogada dele. — Deu umas batidinhas no peito. — Você nem perguntou por mim durante o golpe. Podia pelo menos ter vindo aqui para saber se eu estava bem.

— Nós não tínhamos permissão para sair.

Minha mãe ficou calculando datas, situações, traições e olhando para mim por tempo suficiente para resumir a minha vida. Ainda estava zangada com a minha formatura, eu sabia. Mas eu também estava zangada, e isso não havia começado no dia da minha formatura. Ressentimentos haviam sido gravados em seus ossos como cimento, e era difícil ficar ao lado dela.

— Quer que eu vá embora? — perguntei, por fim.

— Quando você chegou aqui, eu estava sozinha — disse ela. — Se quiser, pode ir.

Então tomei coragem para falar o que queria.

— Tudo isso por causa de uma foto. É isso que você quer? Estragar cada um dos dias bons da sua vida por causa de um homem?

— Pode ir embora agora, se é assim que vai falar comigo.

— Ele não está nem aí. Você não consegue ver isso?

— Volte para aquela casa onde aprendeu a insultar sua mãe.

— Você fica com raiva e meu pai esquece. Tudo isso é passado para ele.

— Não é passado você estar morando na casa dele.

— Não me importa quem está certo ou errado.

— Não é passado ele estar se exibindo por aí como se fosse um homem cheio de escrúpulos.

— Eu não ligo para isso.

— Não é passado eu viver numa casa que não me pertence.

Dispensei as palavras dela com um gesto da mão.

— Sempre — disse ela. — Você estava muito ocupada seguindo os passos dele.

— Como?

— Foi sempre assim — disse ela. — E ele nunca te deu uma chance.

— Você se lembra das coisas como é conveniente para você.

— Desde o dia que você nasceu, colocando ideias na sua cabeça. Não cozinhe, não faça isso e aquilo. Talvez você devesse ter nascido menino para satisfazer seu pai.

— Pelo que exatamente você não me perdoa? — perguntei. — Por eu gostar do meu próprio pai?

— Ele não prestava.

— Para mim, ele presta.

— Se não presta para mim, não presta para você. No dia que se der conta disso, estarei aqui à sua espera. O estrago já foi feito. Você continua muito cega para perceber.

Eu me levantei.

— Você quer que eu duvide de mim mesma? É isso?

— É — disse ela. — É, você nunca quer ouvir. Nunca sobre seu pai. Continue assim. Continue a se enganar.

Eu não acreditava mais nela; magoada num momento, magoando em outro. Ela conseguia se lembrar de palavras ditas por meu pai dez anos atrás e, no entanto, interpretava erroneamente toda a minha infância. Ela que levou um filho à igreja para curá-lo. Ela que tomava remédios regularmente. Ela era uma daquelas mães que punham os pés dos filhos no fogo para que parassem de ter convulsão. Por que não punham os próprios pés, se acreditavam tanto no poder de cura do fogo?

— Continue — disse ela. — Quem mandou você vir aqui com seus problemas? Você não me deu um minuto sequer de paz quando criança, agora quer me criticar. Me perguntar por que eu não quis estar ao lado dele numa foto. Por que eu me postaria ao lado dele? Por qual razão? Aquele homem nunca me deu nada. Nada, mesmo com todo o nível de instrução dele, é como todos os homens. E eu posso não ter pagado suas mensalidades escolares, mas lembre-se de que eu te dei à luz. Lembre-se disso, enquanto estiver andando por aí com um diploma na mão, se declarando advogada. Alguém te deu à luz.

Precisei de todo o meu controle para fechar a porta devagar. No portão, jurei que nunca mais iria à casa dela. Algumas pessoas eram felizes por hábito; outras, não. Não tinha nada a ver comigo.

Fazia meia hora que estávamos no teste de resistência, uma corrida de dezesseis quilômetros. Eu tinha esperança de chegar até minha antiga escola, para ver como estava. Mike e outras pessoas saudáveis ocupavam a dianteira. Eu havia ficado para trás. Minha respiração ficava cada vez mais curta à medida que meus batimentos cardíacos aceleravam. Eu tentava correr com alguma dignidade, ao contrário de alguns integrantes do meu pelotão, que usavam as mãos para apoiar as costas.

Essa parte de Lagos era uma verdadeira favela. Passamos por uma casa pintada de amarelo esbranquiçado, e um bando de crianças barrigudas apareceu correndo. Um menino quase caiu na sarjeta ao longo da rua, e a mãe o levantou, dando um tapa em sua orelha. O garoto começou a uivar. Passamos por uma aleia de palmeiras e por um prédio branco e rosa com uma placa que dizia: "Cabelo de Hollywood. Manicure. Pedicure. Lavagem e Penteado. Ovos Frescos e Coca-Cola." Uma mulher, a proprietária, talvez, estava sentada em um banquinho com um pano enrolado no corpo. Ela limpava os dentes com um pau de mascar e fez uma pausa no movimento para cuspir na sarjeta. A área toda cheirava a fezes de cabra e névoa da manhã. Resolvi voltar para o campo de orientação.

Os soldados de plantão ficaram me olhando enquanto eu atravessava os portões da escola. Lembro de como tentei suborná-los para dar uma fugidinha durante o dia, como minha colega de quarto fazia. Eles ficaram esperando enquanto eu pegava o dinheiro no bolso. Mais tarde, Mike disse: "Você os cumprimenta todos os dias, depois lhes dá uns trocados para a cerveja. É assim que você faz. Sem tirar do bolso um maço de notas de *naira*. De onde você vem?"

Eu poderia ter socado a cabeça dele.

Um carro buzinou. Eu me virei e vi que era um novo Peugeot. Saí do caminho para o veículo passar, mas ele parou. O para-brisa era escurecido, então não deu para ver quem dirigia o carro, mas assim que o vidro foi baixado eu vi quem era.

— Sheri Bakare — falei.

Foi como encontrar uma flor prensada da qual não me lembrava mais. Seu sorriso não era mais tão largo; as gengivas rosadas pareciam ter desaparecido.

— *Àbúrò* — disse ela. — É você?

— O que está fazendo aqui?

— Vim ver meu irmão — disse ela, sorrindo.

— Qual deles?

— Gani.

— Gani está aqui? Estou ficando velha. Muito velha.

Logo estávamos de mãos dadas. Ela usava um *agbádá* com a gola bordada em dourado e tinha vários anéis de ouro nos dedos.

— Posso te dar uma carona? — perguntou ela.

Dentro do Peugeot, senti cheiro de perfume e de carro novo. Não encostei as costas no banco de couro porque eu estava molhada de suor. Sheri diminuiu a marcha em um quebra-molas.

— Por que está no Serviço Nacional? — perguntou ela.

— Acabei de sair da faculdade de direito da Nigéria.

— Você é advogada?

— Sou, e você?

— Estudei educação.

— Você é professora?

— Eu? Não.

Passamos de carro pela pista de atletismo e paramos na porta do alojamento feminino. Quando saímos, Sheri enrolou seu lenço na cabeça e reclinou-se no carro. Ela se deslocava com o ritmo das mulheres encorpadas que eu admirava; como um barco estável em águas revoltas. Notei que usava sandálias pretas de salto alto com fivelas de strass. Eram dez e meia da manhã.

— Você está com uma cara boa — falei.

— Você também — disse ela. — Continua esbelta, e não tente me dizer que estou também.

— Eu não ia falar isso, Miss Nigéria. — Eu ri.

— Ah, nem me lembre disso — disse ela. — Aquelas meninas magrinhas. Mas ainda tenho um rosto bonito, *sha*.

— Lindo — falei.

Mesmo com orelhas grandes. Suas bochechas ficavam encovadas quando ela falava.

— Ouvi dizer que você foi para a Inglaterra naquele verão. Quem me dera ter ido, para a universidade, pelo menos.

— E por que não foi?

— Meu pai morreu.

— Sinto muito. Eu só soube que você tinha se mudado.

— Ele morreu — falou ela, arrastando a sandália no chão. — E perdemos Alhaja também. Logo depois.

Fiquei observando suas sandálias se encherem de poeira.

— Lembra de Kudi? — perguntou ela.

— Como poderia me esquecer?

— Ela está no primeiro ano na Universidade de Lagos. Acabei de visitá-la. Você devia vê-la, todas elas, meninas de 19 anos usando roupas da última moda. Não é de admirar que ela esteja sempre pedindo dinheiro.

— Mas elas não deveriam estar focadas nos estudos?

Sheri chupou os dentes.

— Elas não têm a cabeça nos estudos. Vivem atrás de caras com carros. Eu disse a Kudi, "Se você quer roupas, pegue algumas das minhas." Mas ela falou que não queria usar nada meu.

— Por que não?

— Ela disse que eu me visto como uma matrona. Dá para acreditar? Que ela me disse isso? As crianças de hoje. Zero respeito. Nós nunca fomos assim, tenho certeza.

— Como está a Kudi? — perguntei, sorrindo.

Era como se eu a tivesse visto um dia atrás. Ela continuou a falar sobre a irmã e eu fui lhe dando corda, porque era uma conversa fácil. Antes de entrar, peguei seu endereço e prometi que ia vê-la no fim de semana. Sheri morava num bloco de apartamentos não muito longe da casa do meu pai, e eu sabia que ela não tinha condições de viver ali por seus próprios meios. Mas era "queridinha de coroa rico", como dizíamos em Lagos; tinha um caso com um homem bem mais velho, talvez da idade do meu pai, que pagava o aluguel.

— Não deixe de ir me ver — pediu ela. — Estou me sentindo sozinha lá.

No sábado de manhã, atravessei de carro a ponte principal até a ilha de Lagos para visitar Sheri. Uns navios cargueiros estavam atracados na enseada da marina. Na descida da ponte, tive uma visão parcial do centro comercial que já conhecia de passar de carro por ele. Uma confusão de arranha-céus se estendia pela linha do horizonte. Espalhados entre eles, havia construções de concreto de um só andar com telhados de ferro corrugado. Eram, em sua maioria, estabelecimentos comerciais. Todas tinham placas precisando de pintura. Fios elétricos e linhas telefônicas se cruzavam por cima delas.

O Atlântico margeava os contornos de Lagos. Às vezes calmo e barrento, outras vezes estridente e salgado, adquirindo diferentes nomes: águas de Kuramo, riacho Five Cowrie, marina de Lagos, lagoa de Lagos. A água era a mesma. Pontes asfaltadas ligavam as ilhas ao continente, e o céu sempre parecia triste como alguém por quem a pessoa amada tinha perdido o interesse. Raramente isso era notado, nem o pôr do sol cor de âmbar. Quando o sol começava a se pôr, significava que logo ficaria escuro, e os lagosianos precisavam enxergar seu caminho. As luzes dos postes de rua aqui nem sempre funcionavam.

Milhões de pessoas viviam em Lagos. Algumas haviam nascido ali, mas a maioria tinha raízes nas províncias. Ficavam de bem e de mal com os quatro elementos, como se as condições climáticas fossem criadas para punir e recompensar: "O sol esquentou minha cabeça", "A brisa me refrescou". Na maioria dos dias, parecia que um bilhão de pessoas andava pelo labirinto de ruas pequenas e grandes: mendigos, secretárias, empreiteiros do governo (ladrões, diriam alguns), *area boys*, meninos de rua. Era possível dizer a quanta comida tinham acesso pelo estado dos sapatos. Os mendigos, obviamente, viviam descalços. Se ninguém reparava no céu é porque estavam ocupados de olho nos veículos. Havia um barulho constante de carros, canos de descarga pipocando, motores batendo pino, gente que ia de casa para o trabalho de ônibus, e vice-versa, tentando entrar nos coletivos amarelo-canário e nas vans particulares que chamávamos de *kabukabu* e *danfo.* Estas exibiam epitáfios bíblicos: Leão da Judeia, Deus Salva. Seus motoristas dirigiam como loucos, aumentando a incongruência geral: gado pastando em um depósito de lixo, um portador de deficiência atravessando a rua numa cadeira de rodas, um vendedor ambulante com um dicionário Webster em uma das mãos e uma escova de lavar privada na outra.

Havia inúmeros outdoors: Pepsi, Benson and Hedges, Daewoo, Macarrão Instantâneo Indomie, Dirija com Cuidado, Lute Contra o Abuso Infantil. Todos os cheiros se fundiam em um: pele suada e gases de escapamento. O calor era do tipo que fazia a testa franzir, e franzir, até se testemunhar algo que provocasse um sorriso: um motorista de táxi fazendo comentários melodramáticos; pessoas se amaldiçoando a torto e a direito; "*All right-Sirs*", nossos cantores de louvores urbanos, ou pedintes inveterados, que saudavam qualquer pessoa por dinheiro. Chefe! Professor! Excelência!

Era uma cidade difícil de amar; uma confusão de comércios. Transações comerciais floresciam nas menores esquinas; em lojas; na cabeça dos ambulantes; até nas áreas residenciais, onde casas eram convertidas em instituições de crédito e salões de beleza, conforme a necessidade. O resultado disso era uma pilha de sujeira nas ruas, nas sarjetas abertas e nos mercados, verdadeiros tributos tanto à imundície quanto ao comércio. Minha hora favorita era de manhã cedo, antes de as ruas ficarem lotadas de gente, quando o ar era fresco e eu só ouvia os chamados da mesquita central: *Allahu Akbar, Allahu Akbar.* Todo aquele lamento quando a cidade estava mais silenciosa, isso fazia sentido.

Na altura da catedral da Igreja de Cristo, cheguei a um ponto em que duas pistas viravam uma, o que afunilava o trânsito, e fui cercada por um grupo de doentes de hanseníase. Um bateu na minha janela, e eu baixei o vidro para colocar dinheiro na latinha dele. Um grupo de crianças refugiadas do Norte da África, ao verem meu gesto, correram até meu carro. Esfregaram os dedos nas minhas janelas implorando com suas caras de desespero exagerado. Fiquei constrangida quando desejei que desaparecessem das ruas. Pedestres invadiam as escadas da catedral sem a menor consideração. Antes um monumento ao longo da marina, as pessoas agora podiam comprar inhame frito, sutiãs e espiriais repelentes de mosquitos a poucos centímetros das portas de ébano da catedral. Um carro me deu passagem, e segui em frente.

Eu me lembrei do remédio da minha mãe e me desviei do meu caminho, entrando num bairro comercial para verificar os preços. As ruas ali eram estreitas como corredores, e as sarjetas passavam a poucos centímetros dos pneus do carro. As barracas movimentadas exibiam lâmpadas fluorescentes azuladas. Seus telhados de amianto colidiam uns com os outros. Gritei para um rapaz atrás do balcão de uma barraca de remédios.

— Você tem propanolol?

Ele fez que sim com a cabeça.

— Posso ver? — pedi.

Ele veio correndo e segurou o vidro. Reparei na data de validade.

— Está vencido — falei.

Ele tirou o vidro da minha mão e foi embora.

Dirigi rápido até me aproximar de uma grande rotatória. Algumas esposas de policiais estavam sentadas no centro da rotatória, esperando clientes que viessem trançar o cabelo. Algumas carregavam bebês presos às costas, mas abordaram meu carro. Reconheci uma que trançava meu cabelo regularmente e acenei para ela. Lagos era infestada de gente: dirigindo, vendendo, comprando, vadiando, pedindo. E loucos. Estes às vezes saíam à rua apenas com sujeira cobrindo suas partes íntimas. Um dia vi uma mulher assim. Estava grávida.

Quando cheguei à casa de Sheri, meus ombros estavam tensos. Ela abriu a porta, vestida com outro *agbádá* colorido e uma faixa na cabeça combinando. Dei uma fungada.

— O que você está cozinhando?

— Um almocinho — disse ela.

— Para mim?

Ela cutucou meu ombro enquanto eu entrava. O apartamento da Sheri exibia uma verdadeira coleção de flores de plástico. Cada móvel tinha um motivo floral em cima; umas em tons pastel, outras em vermelhos e amarelos berrantes. Tive a impressão de que daria para sentir o cheiro daquela mistura de flores, e não das cebolas e pimentas nas panelas da cozinha.

— Sente aqui enquanto eu termino — disse ela.

Eu me afundei numa poltrona de narcisos e reparei nas miniaturas de porcelana na mesa de centro. Havia gatinhos, uma mulher com uma sombrinha e uma casa com a inscrição "Lar é onde está o coração". Os gatinhos estavam enfileirados. Tive certeza de que se tirasse um deles do lugar, ela notaria. As almofadas estavam dispostas da mesma forma no sofá, equidistantes.

O vapor da pimenta fez coçar o fundo da minha garganta. Ouvi uma panela trepidando em cima de uma chapa quente.

— Espero comer um pouco disso aí — falei.

— Coma o quanto quiser — falou Sheri. — Ibrahim não come muito.

— Ibrahim?

Sua cabeça apareceu na fresta da porta.

— Hassan. O brigadeiro. Não ouviu falar dele?

Um homem alto e magro que jogava polo. Colecionava pôneis para polo e mulheres tão jovens quanto suas filhas, e estava sempre nos jornais durante o torneio de Lagos.

— Ele tem úlcera no estômago — explicou ela, desaparecendo na cozinha.

Fiquei olhando para o local onde o rosto dela tinha estado.

— Ele te trata bem?

Sheri apareceu de novo, limpando as mãos num pano de prato.

— Eu moro aqui. Não preciso me preocupar com dinheiro.

— Sim, mas ele te trata bem?

Ela se sentou.

— Quais dos nossos homens tratam realmente bem as mulheres?

— Não conheço muitos.

— Pois bem — disse ela.

Examinei minhas unhas.

— Ele não é casado, Sheri?

A poligamia era considerada algo repreensível. As mulheres da nossa geração que optavam por isso acabavam parecendo o oposto do tradicional.

Ela fez que sim.

— Com duas mulheres, e pode se casar com mais duas se quiser. Ele é muçulmano.

— É isso que você quer?

— O que eu quero? — Ela riu. — Por favor, não venha me falar sobre querer. Quando meu pai morreu, quem se lembrou de mim? Chefe Bakare morreu, Deus abençoe sua família. Nós nem sabíamos de onde viria nossa próxima refeição e ninguém se importava. Nem meu tio, que pegou todo o dinheiro do meu pai.

— Mas seu pai e seu tio eram tão próximos.

— Não deixe ninguém te enganar. — Ela balançou a cabeça. — Reze para nunca ficar numa situação de dependência. É numa hora dessas que se aprende quanto são dois mais dois. Ouça, eu cuido da minha família e até do Ibrahim. Estou cozinhando desde cedo. Talvez ele não apareça, e não vai ser a primeira vez. Então, se eu tiver de cobrir a cabeça ao sair...

— Você tem de cobrir a cabeça?

— Ele é muçulmano ortodoxo.

Revirei os olhos. Eu conhecia muçulmanos ortodoxos. Tio Fatai era um deles. Era gentil e monogâmico. Seu único vício era ser glutão. Sua esposa era juíza estadual de Lagos e cobria a cabeça porque queria.

— E se eu não posso sair de vez em quando... — Sheri começou.

— Ele proíbe você de sair? E o que mais? *Purdah*?

Ela riu.

— Você acha isso engraçado? — falei. — Você é melhor que isso, Sheri. Pode ter qualquer homem que quiser.

— Quem disse isso? Lembra do que aconteceu comigo?

Eu só lembrava que Sheri era a menina mais poderosa que eu conhecia e que depois deixou de ser, e fiquei decepcionada com ela.

— Não que... — falou ela. — Você consiga falar sobre isso. Eu não os estuprei, eles é que me estupraram e, se me virem por aí, é melhor atravessarem a rua.

— Ou a fronteira, ou o hemisfério — murmurei.

— Isso mesmo — disse ela. — Eles podem atravessar esses aí também, porque, se eu puser as mãos neles, não vai sobrar ninguém para atravessar nada.

Na minha memória, aqueles meninos eram uns disparatados, com seus olhos vermelhos e sua maconha, os corpos franzinos. Eu precisava exagerá-los na minha cabeça para conseguir explicar por que eles haviam estragado a vida dela e por que eu ainda não conseguia abrir a boca para falar deles.

— Eu não tinha noção — falei, em tom de desculpa. — Eu não devia ter falado com você como se a culpa fosse sua.

— A mesma coisa digo de mim — falou ela. — O que eu sabia? Enfiar um cabide no corpo, com toda a biologia que estudei. Ainda pensava que tinha um buraco negro dentro de mim. Então, que homem solteiro de uma família normal aceitaria uma mulher como eu?

Era melhor ser feia, aleijada ou até ladra do que ser estéril. Nós duas tínhamos sido criadas acreditando que os grandes dias da nossa vida seriam: o nascimento do primeiro filho, o dia do casamento e o da formatura, nessa ordem. Uma mulher poderia ser perdoada por ter um filho fora do casamento se não tivesse esperança de se casar e seria dissuadida de se casar se não tivesse um diploma. O casamento podia apagar imediatamente um passado comprometedor, mas, fosse ela um anjo ou não, tinha de ter filhos. Para mim, voltar para a Nigéria foi como me mudar para os anos cinquenta na Inglaterra.

— Você é forte — falei.

— Não tenho escolha — disse ela.

Eu estivera olhando para as minhas mãos. Minhas unhas eram fracas e não cresciam além da ponta do dedo. Nunca me preocupei em passar esmalte. As de Sheri eram pintadas e, às vezes, ela as estalava enquanto falava. Mesmo que ela soasse cínica, eu sempre considerei os cínicos honestos, como os loucos: eles não podiam ser levados a fingir que era bom ignorar as coisas ruins da vida.

— Vamos comer — disse ela.

Suas madrastas haviam mantido a família junta comprando e vendendo joias. O ouro da Itália era o melhor, disse Sheri. Era ouro 18 quilates, e os comerciantes italianos não eram diferentes dos nigerianos: gostavam de gritar e pechinchar. Ouro saudita também era bom. Eles tinham aquelas peças de 24 quilates que as pessoas de Lagos usavam em cerimônias tradicionais. Sheri não gostava muito do ouro de Hong Kong. Era muito amarelo e não combinava com nossa cor de pele. Nem o da Índia. Ela nunca compraria ouro 14 quilates como os americanos, nem de 9 quilates como os britânicos. Jamais.

Minha boca encheu de água quando ela veio trazendo um pirex fumegante atrás do outro. Sheri havia preparado pratos que eu quase nunca via na casa do meu pai: arroz *jollof*, sopa de *egusi* com sementes de melão moídas e *ẹ̀bà*, uma iguaria feita com farinha de mandioca. A quantidade de pimenta que ela adicionava durante o preparo dos pratos era suficiente para arrancar meu céu da boca. As lágrimas caíam enquanto eu comia. Enquanto isso, Sheri salpicava pimenta-do-reino em seu ensopado, pois nada daquilo era picante o suficiente para ela.

— Eu cozinho para uma semana — explicou. — Ibrahim às vezes aparece com amigos, e tem que ter comida. Faço a dele em separado. Ele não pode comer pimenta por causa da úlcera.

— Isso é um absurdo.

— Por quê?

— Você não é cozinheira dele.

— É assim que você pensa?

— Quem tem tempo de ficar na cozinha de manhã até de noite?

— Você ficou fora por muito tempo. — Ela balançou a cabeça. — E se tornou uma "comedora de manteiga", uma mimada, sem noção da realidade.

— É insensível da parte dele, se comportar dessa forma, só isso.

Ela riu de cuspir a água que estava bebendo.

— Foi isso que você aprendeu no exterior, *àbúrò?*

Esperei que ela terminasse de falar.

— Você pretende se casar um dia?

— Talvez — respondi.

— Vou dizer uma coisa que talvez você não saiba porque foi criada pelo seu pai. — Ela se inclinou para a frente. — Quero te poupar de uma dor de cabeça no futuro. Esqueça essas bobagens. Os estudos não mudam o que corre nas veias de uma pessoa. Por mais que você grite e bata com a cabeça na parede, vai terminar na cozinha. Ponto final. A minha diferença com relação à maioria das mulheres é que eu mato quem levantar a mão para me bater. Deus não se zanga com isso. Além do mais, enquanto estiver cozinhando para ele, não estarei pensando em pôr veneno na comida só porque ele vai comer o ensopado de outra mulher.

— Por quê?

— Eu consigo o que quero em troca — disse ela.

— Amor?

— Por favor, irmãzinha.

— Sexo?

Ela chupou o tutano de um osso.

— Por favor, os dois dão no mesmo.

— Dinheiro?

Ela jogou o osso no prato.

— Um dia você vai abrir os olhos.

Quando chegou a hora de ir embora, eu estava inchada de tanto comer, mas Sheri não quis saber. Colocou um pouco de *jollof* num pote da Tupperware e me entregou.

— Você deveria abrir um serviço de bufê — falei.

— Eu bem que gostaria — disse ela.

— O que a impede? Você mora num ponto ótimo, suas madrastas sabem cozinhar e você confia nelas.

— Eu não posso ir e vir quando bem quero.

— Não me venha com essa, Sheri.

— Não posso mesmo — disse ela.

Percebi que o negócio era sério.

— Ok — falei. — Às vezes, meu pai recebe uns amigos, e a comida dele é horrível. Vou falar de você para ele.

Ela me levou até a porta.

— Obrigada, *àbúrò.*

Quando saí da casa dela, eu me toquei que me sentia aliviada por não ser bonita. A beleza podia encorajar as pessoas a tratar mulheres como boneca, uma com a qual se brinca, joga para o alto, manuseia, desmembra e depois descarta. A beleza também era capaz de deixar uma mulher preguiçosa, se ela fosse elogiada por isso com muita frequência e remunerada por muito tempo. Sheri era a mulher ideal para o homem nigeriano: bonita, boazuda, ainda por cima de pele clara, e com apreço pelos afazeres domésticos. Agora era uma mártir da cozinha e talvez tivesse esquecido como usar a cabeça.

Levei o *jollof* dela para meu pai; o Tupperware ainda estava quente quando cheguei. Ao longo dos anos, nosso bairro havia mudado. Novas casas e condomínios ocupavam o espaço do parque, a maioria construída em área pantanosa, mas mesmo assim o parque Ikoyi ainda era considerado um ponto nobre. Encontrei meu pai sentado na varanda, lendo um processo.

— Minha querida — disse ele.

— Você está sozinho? — perguntei.

— Estou.

Sentei-me na cadeira de vime ao seu lado.

— Hum. Trabalhando no fim de semana. Não me diga que Peter Mukoro está encrencado com o governo de novo.

Meu pai não confirmou, mas Peter Mukoro tinha processos suficientes para manter cinquenta advogados ocupados.

— Onde está Titus? — perguntei.

— Está de folga hoje — respondeu ele.

— Sorte sua. Eu trouxe um pouco de *jollof* para você.

Ele brincou, assumindo uma expressão de perplexidade.

— Sei que não foi você que cozinhou isso. Faz parte do treinamento militar?

— Foi minha amiga que fez. Ela tem um serviço de bufê. — Eu sorri.

— Que amiga sua faz isso?

— Sheri.

— Não me lembro dela.

— Ela morava na casa ao lado.

Ele acompanhou meu dedo com o olhar.

— A filha do Chefe Bakare?

Eu assenti.

— Aquela que...?

— É, aquela que... E ela agora tem um serviço de bufê, então, se um dia você precisar de ajuda...

— Vamos ver se cozinha bem. — Meu pai voltou à leitura.

Fui para a cozinha e coloquei o Tupperware na geladeira. A não ser por duas garrafas de água, uma laranja enrugada e três potes, a geladeira do meu pai estava vazia. Titus, o cozinheiro, era um velho míope de Calabar. Ele não conseguia distinguir pimentões de tomates, mas mesmo assim entrava na sala de estar e anunciava "O jantar está servido". A primeira vez que testemunhei isso, perguntei ao meu pai o que estava acontecendo na casa dele. O jantar consistia em feijão e banana fritos. O jantar era sempre feijão e banana fritos, exceto quando havia inhame cozido e ensopado de carne-seca.

— Titus trabalhava para uma família inglesa. Ele que faça o que quiser, desde que não me dê batata para comer — explicou.

Meu pai confiava tanto em Titus que o deixava sozinho em casa. Titus às vezes corrigia meu inglês.

Voltei para a varanda.

— Como você está? — perguntou meu pai.

— Bem — respondi.

Ele acariciou meu braço.

— Isso vai acabar quando vier trabalhar comigo.

— Só peço que me pague bem.

— Vou pagar conforme sua experiência.

— É bom não ser sovina comigo.

— O quê? — perguntou, fingindo não ouvir.

— Eu disse que é bom você não ser sovina comigo, porque há muita gente que gostaria de me contratar.

— Quem, por exemplo? — perguntou ele.

— Tio Fatai — respondi.

— Fatai paga menos que eu.

— Bem, cuidado como me trata. Um dia vai implorar para eu ficar à frente do seu escritório.

Ficamos olhando a lagoa. A água estava parada, não havia ondulação nem em torno das varas deixadas pelos pescadores para marcar as armadilhas para os peixes.

— Tivemos problemas durante a semana — disse meu pai.

— O que aconteceu?

— Pescadores. Pularam a cerca e roubaram três cadeiras.

— Pensei que as cadeiras estivessem guardadas na garagem.

— Foram roubadas.

— O que pescadores vão fazer com cadeiras de vime?

— Vender.

— Nós temos essas cadeiras há anos.

— Eu não ligo para elas — disse ele. — Mas para o que está acontecendo no nosso país. Homens que pescam para ganhar a vida estão virando ladrões. Estamos em apuros.

— O que vai nos salvar nesse lugar, papai?

— Quando o exército sair do poder. Quando pudermos votar num bom líder.

— Mas pense no último governo civil, dando festas regadas a champanhe, desviando dinheiro público e tudo mais.

— Isso foi em 1979.

— É o mesmo tipo de político que vai aparecer da próxima vez.

— Eles que venham. Nós os tiraremos do poder com votos. Qualquer coisa menos o que temos agora. Esses militares não se importam com coisa alguma. Entram com uma política ou outra, suspendem a Constituição, bagunçam nossa lei com seus decretos... prendem gente sem acusação formal. Tenho certeza de que estão tentando deliberadamente arruinar o país.

— Como eles podem se beneficiar com isso?

— Quem sabe? A maioria está milionária. Talvez façam isso por esporte. Também não consigo entender.

Meu pai ainda era apaixonado por política, mas um único acontecimento havia me arremessado para outro universo. Eu via o mundo com um olhar estrábico, um olhar de fora, vendo problemas sobre os quais eu pouco podia fazer. O brigadeiro de Sheri, por exemplo, era um desses militares que me privavam do direito de votar ou um desses ditadores do lar que me faziam sentir vontade de bater em alguém?

— Vinte e cinco anos depois da independência — continuou meu pai. — E ainda todos esses absurdos. Sem luz, sem água, gente morrendo por todo lado de uma doença ou de outra.

Lembrei da minha mãe.

— Eu vi minha mãe na semana passada — falei.

— É mesmo? Como ela está?

— Disse que o remédio subiu de preço.

Meu pai não falou nada.

— E que os inquilinos estão com pagamento atrasado. Você pode mandar uma notificação para eles?

— É perda de tempo. Vou mandar um dos meus meninos lá.

— Ela disse também que as casas ainda estão no seu nome.

Meu pai esfregou a testa com a mão.

— Não tive tempo de transferir para o nome dela ainda.

— Depois de dez anos?

— Sua mãe não fala comigo, como vai me lembrar de fazer isso?

— Bem, eu estou te lembrando. Por favor, ponha as casas no nome dela.

— Sua mãe pode esperar — disse ele. — Depois do que ela fez, falando mal de mim aos quatro ventos, tentando fazer com que eu perdesse a licença para advogar. Se eu puser a propriedade no nome dela, vai doá-la para aquela igreja dela.

— Por favor — falei. — Deixe a mamãe ter a casa no nome dela.

— O aluguel já vai para o bolso da sua mãe. Que diferença faz em nome de quem está a casa?

— A casa é dela — falei.

Não disse mais nada, mas me perguntei por que ele agia assim, como se não tivesse noção das coisas. Ouvi a voz da minha mãe de novo, me acusando de ficar sempre do lado dele, e decidi acompanhar o assunto dali em diante.

Fiquei com ele até o sol começar a se pôr. Meu pai me disse que seria melhor voltar logo para o campo de orientação, por causa dos assaltantes armados que andavam pelas ruas à noite. Estava escurecendo quando atravessei a ponte de Third Mainland, com a lagoa de Lagos abaixo parecendo um lençol de ferro. A ponte era uma opção menos esburacada que a maioria dos percursos da cidade, mas não havia postes de luz, e algumas das grades de aço haviam sido arrebentadas por ladrões, que as derretiam para fazer garfos e facas. Senti o cheiro de madeira queimada vindo de um vilarejo próximo. Era uma madeireira. Pensei em Mike. Vinha sentindo sua falta. Ele estava trabalhando numa peça e só voltaria amanhã. Decidi fazer uma surpresa para ele. Não era tão tarde assim.

*

A região estava sem luz quando cheguei. Nessa parte de Lagos, as casas eram construídas bem juntas, separadas apenas por um muro alto de tijolo, com cacos de vidro presos no topo para deter ladrões. Alguns adolescentes passeavam indolentemente do outro lado da rua. Estacionei o carro em frente à casa e bati no portão. Um homem apareceu na porta, com calça de pijama e camiseta branca.

— Boa noite — falei.

— Boa noite — disse ele, passando a mão na barriga.

— Vim ver o Sr. Obi.

— Obi? Ele mora na casa de trás.

Ele apontou para os fundos. Vi alguém saindo de lá com um lampião. Era Mike. O homem entrou em casa.

— Quem era aquele? — perguntei, quando Mike destrancou o portão.

— Meu senhorio — respondeu ele.

Ele retirou a corrente grossa e empurrou o portão, como se já estivesse esperando a minha chegada.

— Você não está surpreso por eu ter vindo? — perguntei.

— Estou feliz — falou ele, segurando minha mão. — Venha, eu estava prestes a começar algo.

Ele seguiu na frente, mantendo o lampião erguido. Fomos andando por um corredor lateral.

O cantinho do Mike era um estúdio de arte, ou pelo menos parecia ser. Pertencia ao filho do senhorio, um ex-colega de turma dele que estava fora da cidade, participando do Serviço Nacional. Mike o havia alugado por um ano: um cômodo grande com duas portas que se abriam para uma cozinha pequena e um banheiro. No canto, no chão, havia um colchão coberto com uma colcha feita de vários retalhos tingidos, e, ao lado dele, um rack de madeira onde Mike pendurava calças e camisas. O único lugar para sentar era um sofá velho coberto com um grande tapete fulâni, bordado em preto e vermelho. Tudo mais estava ligado a seu trabalho: um cavalete, uma prancheta, papel de desenho e pardo, lápis, giz, uma pasta de couro preta, fita. Encostados nas paredes havia diversos mosaicos já concluídos, e em cima de uma mesa estava uma placa de madeira rodeada de frascos coloridos.

— O que é isso? — perguntei, pegando um deles.

— São contas.

Andei até o mosaico mais próximo e me ajoelhei diante dele.

— Traga o lampião mais para perto.

Ele assim o fez, o que projetou minha sombra no mosaico. Dei um passo para o lado e olhei de novo. Era uma mulher de perfil. Ela era feita de contas marrons com olhos salpicados de verde.

— Quem é ela?

— Ala.

— Quem?

— A mãe da terra.

— Da terra de quem?

— É uma deusa ibo. — Ele sorriu.

Segui para o próximo.

— Hum. O que é esse aqui?

Em uma placa de madeira quase do comprimento dos meus braços esticados via-se a forma de uma mulher nua, de ombros musculosos, feita de contas pretas e brancas.

Estiquei a mão.

— Posso tocar? — perguntei.

— Com cuidado — respondeu ele.

Passei os dedos na sobrancelha dela, o que fez cosquinha.

— Contas — murmurei. — Você as cola?

— Uma a uma — explicou ele.

— Quanto tempo leva?

— Levei oito meses nesse mosaico — disse ele.

Respirei fundo.

— É uma mulher ou um homem?

— Nenhum dos dois.

— Hermafrodita? Eu achava que era hermafrodita. Antes de começar a menstruar.

Ele riu, sacudindo a luz pelo quarto todo.

— É Obàtálá.

Torci o nariz.

— Quem? — indaguei.

— Você é iorubá? — perguntou ele.

— Nascida e criada.

— E não conhece seus deuses?

— Devia conhecer?

— Nós não respeitamos nossas heranças o suficiente.

— Eu respeito minhas heranças; seu direito de evoluir e mudar.

Ele andou até a mesa e colocou o lampião em cima dela.

— A religião iorubá é a religião africana mais exportada. Cuba, Brasil, Haiti.

Sim, sim, sim, eu disse à menção de cada país. Ele me ignorou.

— Todos conhecem Afrodite, mas se perguntar sobre Oxum...

— Quem é esse? — interrompi.

Sorri. Eu vinha brincando com ele desde o início. O que Mike estava dizendo? Ele era católico, não iorubá. O quanto ele realmente entendia sobre nossos deuses? E minha iorubanidade era como minha feminilidade. Se eu raspasse a cabeça e plantasse bananeira pelo resto da vida, continuaria sendo mulher e iorubá. Não havia paradigma. Toda civilização começava e terminava com o ser humano imperfeito.

— Oxum é nossa Afrodite — disse ele.

— E esse Obàtálá?

— É o criador da forma humana.

— E mesmo assim você o desenhou como mulher.

— Algumas culturas, acho que os descendentes brasileiros dos iorubás, o cultuam como mulher.

— Por que você usou branco e preto?

— Dizem que todas as coisas brancas lhe pertencem: leite, ossos.

Toquei na borda do mosaico.

— Eu gosto — falei. — Embora sinta um pouco de medo.

— De quê? — perguntou ele.

— De evocar deuses.

— Isso é arte, não idolatria.

— Não é certo. — Balancei a cabeça.

Ele foi para junto da placa de madeira em cima da mesa.

— Quem pode dizer o que é certo? Os iorubás acreditavam que o mundo era feito de água. Os deuses desceram em uma corrente carregando uma cabaça cheia de terra, um galo e um camaleão. Eles jogaram a terra na água. O galo espalhou a terra, o camaleão andou por cima para ver se era seguro, outros deuses vieram e o mundo nasceu. Uma bela história. Tem menos credibilidade que a história de dois seres nus em um jardim? Não sei.

Eu me esquivei de um raio imaginário. Entre a devoção religiosa da minha mãe e a indiferença do meu pai, eu, também, havia desenvolvido uma crença própria em uma alma que parecia uma árvore coberta de cipós: vaidade, raiva, ganância; eu as despia antes de rezar. Às vezes, só conseguia fazer isso logo antes de cair no sono. Deus era a luz em direção à qual minha árvore crescia. Mas o Deus da minha infância, aquele que tinha a aparência de um homem branco, com dois metros e meio de altura, com pintas na pele e usando toga, por mais bondoso que fosse, ainda era um Deus que eu temia, algo além da razão. Eu não tinha vergonha de dizer isso. Aqueles que quisessem desafiá-Lo, que fossem livres para fazê-lo. Eu já tinha sido queimada antes, em um dedo ou outro, e não queria ter essa sensação no corpo inteiro, por toda a eternidade.

— Venha cá — disse Mike.

Fui até a mesa.

— Pegue um frasco — disse ele.

Eu escolhi o que tinha contas vermelhas.

— Abra — instruiu ele.

Eu desenrosquei a tampa.

— Agora, ponha algumas contas nas palmas das mãos e jogue--as por cima da placa de madeira.

— Por cima dela?

— É. Elas vão colar onde quer que você as jogue. Há cola na madeira.

Derramei algumas contas nas palmas das mãos e joguei-as por cima da placa de madeira, como se estivesse diante de uma tábua de *Ifá*.

— Eu sou um oráculo — falei, olhando para as contas espalhadas pela placa.

Mike pegou a minha mão.

— Agora fique aqui e me diga. O que você vê?

Olhei para as contas.

— Contas.

— Olhe de novo.

Semicerrei os olhos por um instante.

— Nada — falei.

Ele me puxou para perto e me abraçou pela cintura.

— Pense.

Senti sua respiração no meu pescoço. Ele era como um quadro--negro atrás de mim.

— Um céu — falei.

— Tem certeza?

— É um céu — afirmei.

— É isso que vou fazer em seguida.

— Meu céu?

— Seu céu.

Bati palmas.

— Mike, você é uma figura.

Mike trabalhava tal qual uma costureira. Seus dedos se movimentavam depressa, para cima e para baixo do quadro. Ele já expusera seu trabalho em Enugu. Havia conversas sobre uma exposição em Lagos, organizada por uma francesa que ele conheceu no consulado. "Acho que ela só queria dormir comigo", admitiu ele. A mulher lhe encomendara um trabalho, assim como algumas amigas dela. Ele queria experimentar a técnica de mural. Era isso que buscava, a oportunidade de ir além da arquitetura.

Logo ele começou a andar de um lado para o outro diante da placa, murmurando algo. Eu me senti como se estivesse me intrometendo em uma confissão, então fui para o sofá e me deitei. Havia um enrolador de cigarro metido num canto.

— Não sabia que você fumava — falei.

— Eu não fumo — disse ele.

Eu o empurrei ainda mais para dentro. Se pertencia a ele ou a outra pessoa, eu não queria saber.

— Você está ficando cansada — falou ele.

— Não acredito que ainda vou ter que dirigir até o campo.

— A essa hora da noite? Você não vai a lugar algum.

— Só passou um pouquinho das oito horas.

— Mesmo assim, você não vai. Esqueceu? Assaltantes?

— Mas eu não trouxe nada. Nenhuma muda de roupa.

— Você pode usar uma das minhas camisas.

— Eu não quero ir. Mas seu senhorio...

— Ele não toma conta da vida dos outros. Sua pior preocupação deve ser seu carro novo na rua. A gente devia trazê-lo para dentro.

Mike foi ao banheiro lavar as mãos, e, logo depois, fomos lá fora estacionar meu carro atrás do dele. Quando voltamos para dentro, o ar parecia mais pesado.

— Está quente — falou ele, como se lesse meus pensamentos.

— Espero que a energia volte mais tarde — falei.

Nós nos acomodamos no sofá. Ele colocou o lampião em cima da mesa e me puxou para perto.

— Descanse a cabeça aqui.

Encostei a cabeça na sua barriga. Era firme como um tambor.

— O que você fez o dia inteiro para se cansar assim? — A voz ressoou dentro dele.

— Fui visitar meu pai — respondi.

— E foi legal?

— É sempre legal com meu pai.

— E o que mais?

— Fui visitar uma velha amiga.

— Uma velha amiga. Que velha amiga?

— Sheri Bakare. Minha melhor amiga da infância.

Fiquei escutando o coração dele bater por um instante.

— E você? — perguntei.

— Fui visitar meu tio.

— Seu tio. Que tio? — disse, imitando-o.

— Meu tio, o arquiteto para quem eu ia trabalhar.

— Mas?

— Ele me passou um serviço que me fez mudar de ideia.

— Que tipo de serviço?

— Um homem que queria ampliar a casa.

— O que tem de errado nisso?

— Eu vi a casa. É uma série de ampliações. É como um formigueiro por dentro.

— Por que ele está sempre ampliando a casa?

— Novas esposas. Mais filhos.

— Então você se sentiu artisticamente comprometido?

Mike suspirou.

— Eis um homem que tem na sala de visita um retrato de si mesmo dentro de um aquário.

— Não.

— Juro por Deus.

— Ele contratou seu serviço, imagino.

— Curvado, olhos fechados.

— Mike! — Bati no braço dele. — Todo mundo precisa de trabalho em Lagos. Todo mundo precisa de um carro que funcione.

— Não vou mais fazer isso, não depois dessa. — Ele me abraçou mais forte. — A remuneração não é boa, e o trabalho é horrível. Meus pais nunca tiveram muito dinheiro, mas estavam satisfeitos com seus empregos.

Eu poderia argumentar que isso tinha sido muitos anos atrás, que eles moravam no campus, uma casa da universidade.

— Então você vai se dedicar às suas obras de arte?

Ele fez que sim com a cabeça.

— Vou dar aula, encontrar serviços menores que me deem um sustento. Meu aluguel não é caro, e o pagamento é mensal.

— Que coragem. Não tenho certeza se quero ser advogada em tempo integral, mas tenho medo de pensar nisso.

— Por que estudou direito?

— Quem sabe? Escritório de advocacia do pai, filha única. Mas ele não me paga muito bem, e me sinto frustrada por não poder ter meu cantinho.

— Arrume outro trabalho. Saia da casa do seu pai.

— Uma filha? Isso não se faz.

— O que é "isso" que não se faz?

— Você sabe o que eu quero dizer. — Eu me sentei direito.

— Milhares de mulheres solteiras vivem por conta própria em toda a cidade.

— Bem, eu não sou essas mulheres e elas não são eu. Prefiro voltar para a Inglaterra sem um centavo a morar numa favela em Lagos. Que país é esse, no fim das contas? Você se forma e tem o privilégio de viver à custa dos pais, ou de algum coroa rico, ou de algum contrato do governo. Ele devia pelo menos me pagar melhor. É mais que justo, Mike.

Ele sorriu, contente por ter me feito ver além do meu mundinho. Sim, eu estava agindo como uma menina mimada, mas não era ele quem se sentia cerceado o tempo todo pelos pais. Fiquei curiosa.

— Fale de quando você era pequeno — pedi.

— Com que idade?

— Onze — respondi, encostando a orelha na barriga dele.

Enquanto ele falava, caí no sono sonhando com ele, um menino de 11 anos de short cáqui, segurando um rifle feito de bambu, dançando música *highlife* com a mãe e aprendendo a beber vinho de palmeira da cabaça do pai. Seus pais jogavam cartas deitados no chão. Era como uma história para dormir.

Quando acordei, havia luz no ambiente. Fiquei impressionada como tudo estava tão claro. Eu me espreguicei.

— Quando a energia voltou? — perguntei.

— Há uma hora — respondeu ele.

— E você ficou sentado aqui?

— Sua cabeça — explicou.

— Foi mal — falei, me levantando. — Qual é a porta do banheiro?

Ele apontou.

Lá dentro vi o creme de barbear e a escova de dente na pia. Os azulejos azuis da parede do boxe estavam esbranquiçados por causa do uso do sapólio. Mofo preto espreitava entre eles. No canto, havia um balde de alumínio para tomar banho, pois a pressão da água em Lagos não era suficiente para chegar ao chuveiro. Lavei o rosto, saí do banheiro e vi Mike deitado no sofá, sem camisa.

— Você pode pegar qualquer camisa minha — falou ele, apontando para o *rack* de roupas.

— Não quero uma camisa — falei, desabotoando minha blusa.

Ele ficou me observando enquanto eu me despia, e fiz uma careta. Fui para junto dele, tentando me mostrar confiante.

Mike beijou minhas costas de alto a baixo. Eu chorei, mas só por causa da delicadeza dele. Mais tarde, enquanto ele dormia, eu me esgueirei até o banheiro, enchi o balde de alumínio com água fria e me lavei. Dormi com o nariz na axila dele.

Nosso treinamento terminou num desfile com a presença de integrantes do governo e oficiais militares. Alguns membros do nosso pelotão foram escolhidos para participar do evento, mas Mike e eu não estávamos entre eles. Em vez disso, ficamos aplaudindo da arquibancada.

Na segunda-feira, depois do desfile, comecei a trabalhar no escritório do meu pai. Eu era uma "sócia passiva", dizia ele, não importando o quanto eu ralasse. "Em cinco anos estarei morto, segundo as últimas estatísticas! Ainda assim não tenho ninguém sério a quem possa entregar meu escritório! Esse é o meu destino!

Com o tempo, meu pai se tornou infeliz de verdade, o que não era de admirar. Seu trabalho consistia em apaziguar proprietários rabugentos depois de brigas de socos e *jùjú*. Um novo contrato de locação, uma quebra de contrato antigo, um aviso de cobrança para um expatriado que não pagava o aluguel, ou um inquilino nigeriano que decerto jogaria o aviso de cobrança fora e continuaria sem pagar. Processo judicial atrás de processo judicial envolvendo disputas de propriedades, de terras, dissolução de famílias, irmãos que não se falavam havia anos, desde que o pai morrera.

No escritório havia dois sócios seniores trabalhando para o meu pai. Dagogo John-White, um homem reservado cujo nome dava margem a zombarias. (Da gol gol, Da gago, Da iô-iô e, pelo breve período em que ele se dedicou à religião, Dadivoso, Dá e receberá.) Não fiz menção ao João-Branco dele, deixei isso para Alabi Fashina, um sujeito temperamental de quem não ousávamos caçoar. Sempre que meu pai viajava, Dagogo e Alabi ficavam implicando um com o outro por causa de suas cidades natais. Alabi era de Lagos, Dagogo, da ilha de Bonny, no Delta do Níger.

— Colono de Lagos — dizia Dagogo.

— Colono de Bonny — retrucava Alabi. — Hum. As mulheres de Bonny. São as mais atrevidas do mundo. Fui lá uma vez. Elas se atiravam em mim como formigas no açúcar, rastejavam sobre mim. Fiz o que um homem tinha de fazer.

— Flint Contra o Gênio do Mal! — dizia Dagogo.

— Foi uma operação precária.

— 007!

— Mas eu tinha licença para matar.

Nossa dupla de comédia particular. Terminavam a esquete com um aperto de mão, estalavam os dedos e chamavam-se de "*man mi*", meu homem. Dagogo era alto, com um pescoço de pelo menos 15 centímetros de comprimento; naturalmente ficava olhando para baixo. Alabi era atarracado, com um pescoço de 3 centímetros; ele olhava para cima. Temperamentos diferentes, mas, sempre que se confrontavam, era de igual para igual.

Felizmente, eles quase nunca ficavam no escritório. Os outros eu via mais: Peace, a recepcionista e secretária, cujos malabarismos com o chiclete superavam novos limites todos os dias. Ela não falava com clareza ao telefone porque não queria borrar o batom e de vez em quando faltava alegando Fraqueza Geral do Corpo — os ossos dela estavam doendo, se você pedisse a ela para descrever os sintomas dessa doença oficialmente reconhecida. A Sra. Kazeem, responsável pelo serviço administrativo do escritório. Parecia estar sempre irritada, e nós a chamávamos de Mãe de Gêmeos porque ela estava grávida de dois. E, por fim, o Sr. Israel, o motorista lúgubre. Às vezes nós o chamávamos de Papa, porque ele era tão velho como Moisés. Falava em iorubá com todos, até com Dagogo, que não entendia uma palavra.

— Quem quer amendoim? — perguntei, olhando em volta.

Dagogo levantou a mão na mesma hora, Alabi disse que não e Peace estourou o chiclete. Sr. Israel e Sra. Kazeem não estavam. Tirei umas notas velhas da bolsa e fui comprar amendoim torrado da mulher que ficava sentada junto ao nosso portão.

O escritório do meu pai parecia uma sala de aula sem quadro-negro. Nós nos sentávamos em carteiras de frente para a sala dele, e, sempre que meu pai saía dela, era difícil não reagir como se reage a um professor. Ele era uma pessoa diferente no escritório, vivia com a cara tão fechada quanto um dos livros de capa dura que havia acumulado em suas estantes. Eu também tinha descoberto como ele era mesquinho. Fazia mais de cinco anos que não aumentava o valor do vale-refeição, o que não me surpreendia. Não conseguia me lembrar de ter muitos trocados para gastar quando criança. Ele sempre falava que não tinha dinheiro. Os "meninos do petróleo" é que eram ricos, dizia ele, referindo-se aos advogados que davam consultoria às multinacionais de petróleo. Advogados como ele tinham de ralar para ganhar a vida.

Meu pai trabalhara bastante para comprar uma grande propriedade. Agora só trabalhava porque queria. Dispensou a maior parte da equipe, restando apenas os sócios seniores, mas mesmo assim pagava mal. Coloquei a embalagem de amendoins na minha mesa quando voltei e ofereci a todos, depois fui até a sala dele.

— Entre — pediu ele, enquanto escrevia num pedaço de papel. — O que posso fazer por você?

— Você está ocupado?

— Estou sempre ocupado — disse, sem levantar os olhos.

— Quer que eu volte depois?

— Não — respondeu ele, pondo a caneta na mesa.

— São três coisas. — Sentei-me na cadeira dos clientes.

— Quais?

— Nosso vale-refeição.

— Qual é o problema?

— O valor é muito baixo.

— Como assim? — falou, cerrando os punhos.

— Cem *nairas* por mês? Acabei de comprar um saco de amendoim por 10 *nairas.*

— Diga logo o que você quer.

Falei bem devagar.

— Nosso vale-refeição precisa ser aumentado, pelo menos levando em conta a inflação.

— A inflação — repetiu.

— Sim.

Meu pai recostou-se na cadeira.

— Nós dobraríamos esses vales todo ano. Foi minha equipe que pediu para você vir aqui?

— Não.

— Minha querida, eu administro esse escritório há mais de trinta anos...

Eu levantei a mão.

— Deixe-me terminar — pediu ele. — Eu administro esse escritório há muitos anos e acho que a essa altura sei como fazer isso bem. Os benefícios que ofereço são justos. Pergunte ao pessoal lá fora. Se alguém estiver insatisfeito, vá embora.

Pensei nos advogados de "porta de cadeia" que ficavam em frente aos tribunais, pedindo trabalho.

— E para onde iriam? Você acha que é fácil encontrar emprego?

— Estou ocupado — disse ele.

— Pense no que falei — pedi.

— Qual era o próximo assunto?

— Fiz uma minuta do documento de transferência.

— Que documento de transferência?

Das casas dele para minha mãe, expliquei. Meu pai ouviu sem fazer comentário.

— E o terceiro assunto?

— Sheri pode fazer a comida para o jantar que você vai dar? Ela é uma ótima profissional. Por favor. O pai dela morreu e o tio ficou com a herança à qual ela tinha direito. E não tem emprego. E Titus cozinha muito mal. Sheri é muito melhor que ele. Por favor.

Meu pai ficou tão irritado que achei que ia jogar a caneta em mim.

— Você está me fazendo perder tempo.

— Obrigada — falei, me levantando. — Obrigada. Eu sabia que você diria sim.

Voltando à minha carteira, vi que a embalagem dos amendoins estava pela metade.

— Quem comeu meus amendoins? — perguntei.

Ninguém levantou a cabeça.

— Como está se virando? — perguntei a Sheri.

Nossa cozinha estava limpa demais, ao contrário do habitual. Ela secou a água em volta da pia e limpou a gordura do fogão. O vestido de Sheri não tinha um vinco sequer, nenhuma mancha, enquanto o meu estava amarrotado do ombro até a barra. Ainda bem que eu estava de preto, porque além disso havia derrubado vinho na roupa.

Cozinhar era um dom, pensei; uma forma de arte. No nosso país, apreciávamos o resultado, não o processo artesanal, talvez porque não usássemos nomes bonitos para as etapas do processo. Pelar era "cortar". Cortar em tiras à Julienne era "cortar bem". Picar era "cortar muito bem", e assim por diante, até chegarmos ao purê, cuja instrução era simplesmente "amassar". Quando alguém usava utensílios para calcular as quantidades de um ingrediente na cozinha era porque não tinha a menor noção do que estava fazendo.

Sheri estava preparando o que chamava de refeição ao estilo europeu para o jantar do meu pai: galinha ao curry com arroz de coco frito, peixe grelhado, camarões no espeto e uma tigela de salada nigeriana que deixaria qualquer salada *niçoise* no chinelo. Ela continha atum, feijão cozido, batatas, ovos e um montão de maionese. De sobremesa, Sheri tinha feito uma torta de abacaxi, além de uma travessa de mamão papaia e mangas fatiados e temperados com suco de limão. Verifiquei um dos pratos.

— Já posso levar para a mesa?

— Por favor — murmurou ela.

Ela dobrou um pano de prato para limpar as migalhas do forno. Na sala, inspecionei a mesa. Sheri insistira que usássemos uma mesa só para as comidas. Os convidados teriam de se servir, tipo bufê, disse ela. Concordei só porque era indiferente à logística de um jantar e ao modo de receber os convidados. Morando com meu pai, eu raramente pisava na cozinha, e ele se satisfazia com as refeições que seu cozinheiro preparava. Naquela noite, a comida seria pelo menos "comível", pensei. Os convidados estavam na varanda, e eu os chamaria para jantar dentro de poucos minutos.

Pensei em Mike. Ele se encontraria com meu pai pela primeira vez, e planejamos ficar na varanda durante o jantar. A campainha tocou enquanto eu ajeitava os guardanapos na mesa. Era ele.

— Eu estava pensando em você.

Mike vestia-se da forma tradicional: túnica branca e calça preta. Ele se inclinou para levantar algo apoiado na parede e arrastou aquilo para dentro. Era um mosaico de diferentes cores, como um arco-íris recortado.

— Meu céu — falei.

— Eu não falei que ia dar para você — disse ele.

Levei-o para conhecer meu pai, que conversava com a tia Valerie, uma jamaicana cuja voz soava como um calipso. De início, meu pai pareceu sitiado, mas então entreguei o mosaico para ele. Meu pai o apoiou na mesa.

— Que peça maravilhosa — disse tia Valerie. — Foi você que fez isso, meu rapaz?

— Foi — respondeu Mike.

— Ele é artista plástico — expliquei.

— Que maravilha — disse ela. — Sam, venha cá ver uma coisa.

O marido careca se aproximou da mesa com o tio Fatai. A esposa do tio Fatai, tia Medinot, ficou para trás. Em solidariedade à minha mãe, ela raramente nos visitava. Só de vê-la ali, me senti culpada, embora soubesse que meu pai convidara minha mãe e ela se recusara a comparecer. "Por que razão eu iria?", ela havia perguntado.

— Sam, esse rapaz fez esse mosaico — disse tia Valerie. — Não é uma maravilha?

— Parece um pôr do sol — disse seu marido.

— Ou fogo — falou tia Valerie, jogando a cabeça para trás.

— Ambos — disse tio Fatai.

Eu me aproximei do meu pai.

— Ele é arquiteto, mas faz isso nas horas vagas.

— É mesmo? — disse meu pai.

Mike se aproximou de nós com um sorriso constrangido.

— Nunca pensei que eles...

Dei um tapinha em seu ombro quando voltamos para a sala de estar. Ele merecia ficar sem graça por ter levado um presente para meu pai.

— Aquela mulher disse que quer ver meus trabalhos — falou.

— Mostre a ela. Mas guarde Obàtálá para mim.

Peguei o mosaico da mão dele e o levei para o quarto do meu pai. Lá, ajeitei o vestido e passei um pouco de colônia.

Voltei depressa. Peter Mukoro havia chegado durante a minha ausência. Um homem enorme com um bigode preto e grosso, já era o centro das atenções.

— Nosso último regime tinha a intenção de combater a indisciplina, mas não conseguiu combatê-la em suas próprias fileiras. Golpes militares são a pior forma de indisciplina. Não há respeito à Constituição. Não há respeito aos que estão no poder...

— Nosso povo é indisciplinado — falou tio Fatai.

— Como? — perguntou Peter Mukoro, cofiando o bigode.

— Você está dirigindo e de repente alguém tenta te tirar da estrada.

— Tentando evitar os buracos — retrucou Peter Mukoro.

— E os avanços de sinal?

— Fugindo de assaltantes armados.

— Professores que não aparecem para dar aula?

— Não têm dinheiro para a condução.

— Funcionários de hospitais vendem suprimentos no mercado paralelo?

— Benefícios em espécie.

— Subornos?

— Gorjetas — falou Peter Mukoro.

Ele continuou a falar como se estivesse propondo um brinde aos presentes e girou o cigarro na boca. Fui para junto de Mike.

— Vamos, quero te apresentar a Sheri. Esse homem não vai parar de falar. Ele adora a própria voz.

— Eu já conheci Sheri — falou ele.

— Quando?

— Ela entrou aqui quando você saiu.

— O que achou dela? — Eu me sentei no braço da cadeira.

— Ela parece uma pessoa... reservada.

— Sheri?

— Comigo ela foi.

Eu me levantei.

— Com licença, tenho de verificar a comida.

Na cozinha, encontrei Sheri pondo o ensopado de curry em uma grande tigela de cerâmica. O garçom esperava ao lado para levá-la até a sala. Dava para sentir o cheiro do arroz de coco e do gengibre doce da torta de abacaxi no forno.

— Está tudo pronto? — perguntei.

Ela fez que sim.

— Pode chamar os convidados para a mesa.

Fiz uma pausa perto da porta, antes de sair.

— Você conheceu Mike?

— Conheci — respondeu ela.

— O que achou dele?

— Parece ser boa gente.

Ao longo da noite os dois foram cordiais um com o outro. Eu esperava ver algum interesse, alguma camaradagem até, mas logo percebi que os dois não tinham nada em comum. Mike deve ter achado Sheri velha demais, e ela, que Mike era jovem demais.

Enquanto isso, Peter Mukoro continuava a dominar a conversa. Ele previa o fim do nosso país sob o novo governo militar. Estavam planejando desvalorizar a nossa moeda e abolir as regulações de moedas estrangeiras. A maioria de nós que precisava de moeda estrangeira para negócios ou viagens aprovava a ideia. Sonhávamos com o dia em que não teríamos mais de sucumbir às taxas do mercado paralelo. Havia lugares em Lagos aonde se podia ir para comprar dólares americanos e libras esterlinas de vendedores ambulantes que ficavam nas ruas parecendo traficantes. Era preciso ter cuidado para não comprar dinheiro falso.

— Vai ser o nosso fim — disse Peter Mukoro. — A *naira* vai virar papel higiênico. E, se pedirmos empréstimo ao FMI, adeus independência.

Meu pai parecia estar gostando daquele discurso, oscilando o corpo para a frente e para trás. Abasteci sua taça com mais vinho.

— Sirva mais vinho ao meu amigo também — disse ele, apontando para Peter Mukoro.

Fiz o que ele pediu com certa relutância.

Peter Mukoro deu um tapinha no meu braço.

— Eu estava chamando aquela senhora, aquela amarela que está na cozinha, mas ela me ignorou. Diga-lhe que precisamos de mais arroz. Por favor.

— O nome dela é Sheri.

— Sim. Diga-lhe que precisamos de mais arroz. E cerveja. Vinho é como água para mim. Sou africano.

Dei o recado a Sheri, palavra por palavra.

— Ele não pode estar falando comigo — disse ela.

— Com quem então? — perguntei.

— Deve estar falando com a mãe dele.

Eu ri. Titus já a deixara irritada quando pediu que ela servisse os convidados pela esquerda e não pela direita. Sheri usava um turbante que cobria suas sobrancelhas. Sua aparência beirava o ridículo. Ela estava levando seu trabalho muito a sério, pensei. Tive vontade de puxar seu turbante e fazê-la correr atrás de mim. Levei uma tigela de arroz para a sala de jantar e uma garrafa de cerveja gelada.

— Ah, obrigado — disse Peter Mukoro. — Irmão Sunny, você deve pedir um bom dote pela sua filha. Olhe para ela, boa anfitriã, advogada e tudo mais.

— Eu já ficaria feliz se alguém me livrasse dela de graça.

Eles riram como só homens com muito dinheiro riem. Eu os ignorei e voltei para a varanda.

— Algum problema? — perguntou Mike.

— Peter Mukoro — falei. — Toda vez que ele abre a boca.

Mike sorriu.

— Ele agrada os homens. Seu pai parece gostar dele.

Olhamos para a sala de jantar. Sheri havia saído da cozinha e estava inclinada sobre meu pai.

— E parece gostar de Sheri também — disse ele. — Mas não de mim.

— Cale a boca — falei.

No fim da noite, minha cabeça estava cheia de vinho. Levei Mike até o carro e ele me beijou com tanta intensidade que quase me puxou pelo vidro. Falamos com os lábios colados.

— Volte comigo.

— Meu pai vai me matar.

— Você não é mais criança.

— Para ele, sou.

— Bobagem.

— Hummm. Onde estão suas irmãs?

— Trancadas em casa, que é o lugar delas.

Afora alguns carros estacionados, a rua estava vazia. Antes de ele sair, fiz uma espécie de striptease. Mostrei um seio e me virei para rebolar, apenas para dar de cara com Peter Mukoro parado junto ao portão.

— Ê-ê? — disse ele. — Estamos convidados? Ou é uma festinha particular?

Ficou rindo quando passei apressada por ele. Ajeitei as dobras do vestido antes de entrar em casa e mantive uma expressão tão neutra quanto a de uma âncora de noticiário. Sheri e meu pai estavam na sala. Meu pai preenchia um cheque.

— Aquele rapaz — falou ele. — Como você disse que se chamava mesmo?

— Mike.

Um ponto contra ele: seu nome não era nigeriano. Isso poderia significar que sua família não tinha classe suficiente para manter nossas tradições.

— Obi — continuei.

Esperei que ele perguntasse "que Obi".

— Artista plástico, você disse? — perguntou ele.

— Sim. — Dois pontos.

— E que desistiu da arquitetura?

Três pontos. Hesitei.

— Não exatamente.

Meu pai espiou por cima dos óculos.

— Isso não é bom.

— Por quê? — perguntei.

Ele se virou para Sheri.

— Diga a ela. Por favor. Se eu disser alguma coisa, ela vai achar que sou antiquado.

Sheri riu.

— Você precisa admitir, Enitan. Um artista em Lagos?

Meu pai lhe entregou o cheque.

— Obrigado — falou. — Foi um prazer.

Eu a levei até a porta.

— Muito bem — sussurrei. — Agora não vou ter mais sossego nesta casa. Por que você disse aquilo?

— *Àbúrò*, o artista enfeitiçou você?

— Acho que já estou crescida demais para você continuar a me chamar assim.

— Se não quiser, não chamo mais. — Ela levantou a mão.

— Obrigada.

— Até logo — disse ela, num tom alegre.

Fechei a porta com cuidado e dei de cara com meu pai. Ele tirou os óculos, o que em geral significava que ia fazer um sermão. Eu me preparei.

— Sabe — começou ele. — Eu posso não saber muito sobre os jovens de hoje, mas sei algumas coisas e acho que você não deveria baixar tanto a guarda para um homem que acabou de conhecer.

— Em que sentido? — Cruzei os braços.

— Sua conduta. A mulher deve ser mais... comportada. E pode parar de levá-lo lá fora quando estiver desacompanhada.

— Desacompanhada?

— Sim. Ele pode achar que você é fácil. Vulgar. Estou falando isso para seu próprio bem.

Eu me retirei. Desacompanhada, tá. Olhe para ele. Olhe só para ele e para aquela Sheri, se dizendo minha irmã.

— Nós estamos na moderna Lagos — falei, olhando para trás por cima dos ombros. — Não na Londres vitoriana.

— Esta é a minha casa. — Eu o ouvi dizer. — Não seja malcriada.

Enquanto eu estava no Serviço Nacional, recebia um soldo mensal de 200 *nairas* do governo. Isso eu gastava em uma semana. Em troca desse soldo, toda segunda-feira eu tinha de prestar serviço comunitário. Eu me encontrava com outros integrantes que moravam no meu bairro para realizar tarefas em meio expediente. Às vezes, catávamos lixo na rua; outras vezes, cortávamos a grama de parques municipais com facão. Na maioria dos dias, implorávamos para o chefe da equipe, um homem que me lembrava Baba, nos liberar. Ele ficava diante de nós, satisfeito de nos ver pedir com tanta insistência. Os facões eram mais pesados do que eu imaginava, e a grama alta fazia minhas pernas coçarem. Essa experiência me fez respeitar o trabalho de Baba no nosso jardim.

Agora que Mike havia decidido não trabalhar mais para o tio, ele estava dando aulas de arte em uma escola pública perto da casa dele. Certa manhã, depois do serviço comunitário, eu fui visitá-lo lá. Essas escolas eram um legado de um ex-governador do estado de Lagos. Vários anos depois, sem verba suficiente, havia excesso de crianças e falta de professores. A maioria das salas de aula não era pintada, e algumas não tinham janelas nem portas. Passei por uma e ouvi as crianças recitarem o alfabeto; passei por outra e as ouvi repetindo a tabuada. Pela porta, vi um professor junto ao quadro-negro com um chicote na mão.

A próxima sala era a dos professores. Dentro dela, uma mulher estava sentada numa cadeira. Ela comia uma laranja. Sua pele era descolorada, e o cabelo, todo dividido em tranças. No canto, um homem apoiava os pés em cima da mesa. Ele demonstrava o poder de seu chicote para uma aluna de cerca de 15 anos, ajoelhada de cara para a parede, os braços levantados. Suas axilas eram escuras, as solas dos pés estavam sujas de poeira. Havia vergões na parte detrás de suas pernas.

— Boa tarde — falei.

— Tarde — disse o homem.

A mulher olhou para meus jeans.

— O Sr. Obi está por aqui? — perguntei.

A aluna se virou e olhou para mim. Seu rosto estava banhado de lágrimas.

— Vire essa cara feia para a parede — gritou o homem. — Olhe para você. Roubando mangas da mangueira mesmo depois de ter sido alertada várias vezes consecu... — Deu mais umas chibatadas nas pernas dela. — Consecu... — repetiu, com mais chicotadas. — Consecutivas. — Ele chupou os dentes. — Ladra.

— O Sr. Obi está por aqui? — perguntei.

Ele palitou os dentes.

— Obi?

— Sim, o Sr. Obi, professor de arte. Por favor, sabe onde ele está? — Falei com sotaque britânico para ofendê-lo. Ele pensaria que eu estava tentando ser superior.

— Na sala de aula — respondeu ele.

— Que sala?

— Lá fora. Dobre à direita e depois à direita de novo.

— Foi muita gentileza sua — falei.

Ele deu uma chicotada no ombro da menina. Ela esticou o corpo.

A sala de aula de Mike era a última do corredor adjacente e tinha um cheiro igual ao de um canil. Havia cerca de 25 crianças numa sala projetada para comportar metade dessa quantidade. As carteiras estavam encostadas nas paredes e os alunos se aglomeravam em volta de cinco grandes tigelas com água, onde enfiavam as mãozinhas. Mike andava pela sala.

— Comportem-se — disse ele.

— O que elas estão fazendo? — perguntei.

— Estão fazendo papel machê.

As tigelas tinham uma espécie de mingau cinza dentro. Um dos alunos, um menino magricela com os joelhos sujos, se aproximou.

— Sr. Obi?

— Sim, Diran — disse Mike.

— Pitan me jogou no chão.

— Pitan! — gritou Mike.

Pitan levantou a cabeça grande.

— Sim, Sr. Obi?

— Pare com esses empurrões. Essa é a última vez que aviso. Se empurrar mais alguém, todos terão de correr em volta da escola, estão me ouvindo?

— Sim, Sr. Obi — responderam eles.

Mike virou para mim.

— Eles estão me dando nos nervos.

— Pensei que gostasse de dar aula para crianças — falei.

— Foi o maior erro da minha vida.

— Pensei que nunca se arrependesse de nada. E que tipo de gente dá aula aqui nessa escola? Eu fui à sala dos professores e um homem estava dando chicotadas numa menina por ter roubado uma fruta. Você devia ter visto.

— É o Sr. Salako, nosso professor de agricultura prática.

— Ele é um monstro.

— A mãe dela provavelmente bate ainda mais. A maioria das crianças, quando sai daqui, vai para casa e passa o resto do dia vendendo alguma coisa na rua. Acham que sou bobo porque não uso o chicote em ninguém. Todos os outros professores usam.

A cabeça das crianças oscilava como um mar de boias salva-vidas. Os pais batiam nos filhos por amor e com amor, diziam, para que não se comportassem mal quando crescessem. Os professores batiam, os vizinhos batiam. Quando as crianças chegavam aos 10 anos, os adultos que conheciam já teriam destruído com surras toda a petulância que poderia se desenvolver em sagacidade; todos os devaneios que poderiam levar à criatividade; toda a insolência que poderia levar à liderança. Apenas os fortes sobreviviam; o restante passava a vida em busca de iniciativa. Era assim que se criava uma criança africana, uma aldeia de batedores, mas, se alguém colocasse as mãos no pescoço de uma criança e aplicasse a menor pressão que fosse, os outros o acusariam de crueldade, porque estrangulamento não tinha nada a ver com disciplina.

Diran falou de novo com Mike, coçando a cabeça.

— Sr. Obi?

— O que foi? — perguntou Mike. — Por que você está coçando a cabeça? Está com piolho?

As crianças riram.

— Pitan bateu na minha cabeça — queixou-se Diran. — Agora ela está quebrada.

Mike bateu palmas.

— Tudo bem. Chega.

Ouviu-se um murmúrio pela sala. Mike postou-se no centro.

— Vejo que estão implorando para serem castigados hoje.

— Sr. Obi? — disse Pitan, com o braço levantado.

— Silêncio! — disse Mike, baixinho. — Não quero mais ouvir meu nome. Basta. Agora ponham as tigelas de lado, voltem para as carteiras e façam fila para correr em volta da escola.

As crianças colocaram as tigelas num canto com risinhos. Ouvimos o sinal tocar.

— Deus salvou todos vocês — anunciou Mike. — Vamos sair logo daqui — disse ele para mim.

Voltamos para a casa dele e tiramos a roupa. Mike tinha uma coleção de discos de Bob Marley, e nós cantamos juntos. Fizemos amor no colchão e depois no chão. Ele começou a falar com o mesmo entusiasmo com que falava de futebol. Será que eu conseguia sentir? Era uma fusão de tempo e espaço. Nós éramos a geração do reggae e do soul. Nossos pais eram da geração do jazz. Os próximos seriam do hip-hop.

— Pare de falar — pedi.

Mas ele não parou. Eu o envolvi com minhas pernas.

— Basta — falei. — Você gosta muito de sexo.

Ele agarrou meu pé e começou a fazer cócegas. Seu senhorio, a vizinhança — o mundo inteiro até — estavam prestes a descobrir o quanto ele gostava de sexo.

— Vão pensar que sou uma puta! — falei. — Por favor! Vão pensar que sou uma... Merda.

Fiquei rouca de tanto gritar.

Estava no banheiro me lavando quando Mike bateu na porta.

— Quer uma cerveja? — perguntou ele. — Vou buscar ali na esquina.

— Não — falei.

Derrubei o balde de água no chão. Mike entrou.

— Você está bem?

Eu me levantei.

— O que foi? — perguntou ele.

Eu queria contar tudo para ele, mas a história não era minha. Meu trauma era por tabela.

— O que foi? — insistiu ele.

Comecei a falar mesmo assim. Quanto mais rápido falava, mais fácil se tornava: o piquenique, a chuva, a lagoa, a Kombi. Os meninos. Minhas palavras pareciam falsas até aos meus ouvidos. Aos olhos da minha mente, eu estava de pé lá, naquele dia, grata por estar a salvo, feliz por estar imaculada.

— Venha cá — falou Mike quando terminei.

Ele me abraçou com tanta força que achei que o medo ia ser expulso do meu corpo. Tirou o balde da minha mão, encheu-o com água e levou-o para o boxe. Ele me abaixou e começou a me lavar. Fechei os olhos esperando sentir alguma dor, algum incômodo, alguma coisa.

A última pessoa que me lavou foi Bisi, nossa empregada. Eu tinha 9 anos. "Afaste as pernas", dizia ela, e eu afastava as pernas, odiando o movimento de serra que ela fazia. Mas Mike me lavou com gestos delicados, como uma mãe lavando seu bebê. Tive certeza de que meu medo era como qualquer outro medo; como o medo da mordida de um cachorro, ou do fogo, ou de cair de uma grande altura, ou da morte. Tive certeza de que nunca mais me sentiria envergonhada.

Nós não tomamos cerveja. Em vez disso, bebemos o vinho de palma que estava na geladeira dele e comemos o resto de um ensopado apimentado com inhame. O ensopado estava uma delícia, e, depois de umas duas taças, o vinho me deixou sonolenta.

— Quem o ensinou a cozinhar? — perguntei.

— Minha mãe — disse ele.

— Você dará uma boa esposa — falei.

Peguei minha taça. É claro que ele era o cara certo para mim. Até mesmo Obàtálá parecia estar piscando para nós.

*

Os Bakare abriram um negócio de bufês. Como eu previa, não foi uma transição difícil para eles. A casa na ilha Victoria era espaçosa, e parte do quintal dos fundos, cimentada. Eram muitas mãos trabalhando. As madrastas de Sheri cuidavam da cozinha, e ela, das finanças. Os irmãos e irmãs tinham tarefas menores. O quintal era usado para cozinhar, e o chalé foi convertido numa lanchonete com bancos e mesas feitos por carpinteiros locais. Quase todos os clientes eram funcionários de bancos próximos, que vinham saborear o prato do dia. Eu fui lá só uma vez, porque não conseguia perdoar Sheri por ter apoiado meu pai e porque o percurso até o local era demorado demais para meu horário de almoço de uma hora.

Certo dia, no escritório, perto da hora do almoço, a Sra. Kazeem olhou pela janela.

— Nossa amiga está aqui — disse ela.

— Quem? — perguntou Peace.

— Miss Nigéria — respondeu a Sra. Kazeem.

Olhamos pela janela e vimos Sheri.

Sheri era uma dessas mulheres. Outras não gostavam dela, e eu sempre me perguntava se ela notava isso. Raramente ia ao nosso escritório, mas, sempre que aparecia, as mulheres se comportavam como se ela tivesse ido ali para brigar. Por outro lado, os homens arrumavam pretexto para vir à minha mesa. Hoje eles estavam fora, só havia mulheres na sala. A Sra. Kazeem cruzou os braços sobre a barriga, Peace mascou seu chiclete. Sheri abriu a porta.

— Enitan, pode chegar aqui um instante?

Eu me levantei, ciente de que estava sendo observada. Não cumprimentar as pessoas era considerado falta de educação. Do lado de fora, o sol aqueceu minha cabeça. Fomos até o carro de Sheri, estacionado junto a uma vendedora de laranjas sentada com um bebê amarrado nas costas. Ela descascava uma das frutas com um canivete enferrujado.

— Por que você não cumprimentou as outras? — perguntei.

— Aquelas invejosas — falou Sheri.

— Ninguém tem inveja de você.

— Quem se importa? Eu lido com isso há muito tempo. Além do mais, vim falar com você, e não com elas.

— O que você quer?

— Nós estamos brigadas?

— Não — respondi.

— Por que você não tem me procurado?

— Ando muito ocupada. Meu pai me mantém ocupada. Estou fazendo minutas de documentos desde cedo.

— Você nunca vai ao tribunal?

— Ele tenta me manter aqui — respondi.

— Estou surpresa.

— Você não conhece meu pai. Ele dirige esse escritório como se fosse um quartel.

Ouvimos um grito vindo do outro lado da rua.

— *Pupa!* Amarela!

Um motorista de táxi estava com a cabeça para fora da janela do veículo. Ele segurava a alavanca que costumava entregar aos passageiros que queriam baixar o vidro da janela. Um dos seus dentes da frente parecia mais comprido que os outros.

— É, você com essa *yansh* enorme — gritou ele.

Sheri fez um gesto obsceno com o dedo.

— Nada de bom vai acontecer com você.

— Puta — zombou ele. — Um dia eu te pego.

— Não me force a xingar sua mãe — disse ela. — É melhor usar esse dentão comprido para baixar esses vidros. Pode ser que isso conserte o problema, e seus passageiros não vão sufocar com o fedor do seu sovaco.

Baixei a cabeça.

— E você, *Dúdú* — falou o motorista do táxi.

Assustada, levantei a cabeça.

— Sim, você da cara escura. Onde está escondida sua *yansh*?

Eu o encarei ferozmente.

— Nada de bom vai acontecer com você.

— O quê? — Ele riu com a língua para fora. — Vocês estão virando a cara para mim? Vocês nem são tão bonitas assim, nenhuma das duas. Calem a boca. Ah, calem a boca vocês duas. Deviam estar felizes de serem notadas por um homem. Se não tomarem cuidado, vou comer as duas.

Sheri e eu lhe demos as costas.

— Idiota — falei.

— Pênis tipo caneta Bic — disse ela.

Nós nos abraçamos, rindo.

— Então, o que aconteceu? — perguntei.

— Ibrahim quer que eu pare de trabalhar no bufê — disse ela.

— Por quê?

— Ele não quer que eu saia de casa.

— E está disposto a dar o dinheiro que você ganha?

— Não.

— Então por que perde tempo com isso?

— Eu queria sua opinião — disse ela.

— Desde quando?

— Por favor — disse ela.

— Largue esse homem — falei. — Você não precisa dele.

Ela levantou a mão.

— O que vai acontecer comigo quando o aluguel vencer? Onde vou morar? Não posso voltar para a casa do meu pai. Você viu como está aquele lugar?

No dia em que fui lá, estava cheio de clientes e amigos. Eu me perguntei se em algum momento eles tinham alguma privacidade.

— Espere a hora certa — falei. — Até seu próximo aluguel ser pago. Depois disso, procure mais clientes. Há casamentos, enterros e batizados todo fim de semana por aqui. No próximo ano, poderá pagar o próprio aluguel. Mas isso, vou te falar, é um absurdo. Você é brilhante, é jovem, e esse homem trata você como empregada.

— É fácil para você falar assim.

— Você pediu minha opinião.

— Você nunca teve de se preocupar.

— Se um dia tiver, por favor, bote juízo na minha cabeça.

Ela se virou.

— Sheri — falei.

— O que foi?

— É para seu próprio bem — falei.

— Como? Eu nem sei se vamos poder continuar com nosso negócio. Meu tio foi lá em casa reclamando que estamos fazendo mau uso da propriedade. Tenho certeza de que quer tirar a casa de nós.

— Mas ele não pode fazer isso.

— Por que não? — falou ela. — Ele já tirou todo o resto recorrendo ao direito costumeiro como herdeiro legítimo do meu pai. Por que seria diferente com a casa?

— A casa está em nome de quem agora?

— Do meu pai.

— Ele deixou testamento?

— Não.

Que papel a lei realmente tinha nos assuntos de família? Na faculdade de direito, eu tinha aprendido aquele conjunto de códigos coletivamente chamados de direito indígena e costumeiro. Eles existiam antes da adoção do direito civil, antes de nos tornarmos uma nação com uma Constituição, e estabeleciam direitos individuais relativos a heranças e casamentos. Pelo direito civil, o marido só podia ter uma esposa, mas podia trazer outra para casa pelo direito indígena. Era poligamia, não bigamia. Se desejasse, podia bater na mulher, expulsá-la de casa, com ou sem os filhos, e deixá-la sem nada. Seus parentes poderiam pedir que ele fosse misericordioso, mas ela não tinha direito à propriedade dele. Sob alguns direitos costumeiros, se ele morresse, o filho herdaria sua propriedade em vez da viúva. Em alguns casos, a viúva não podia herdar terra nenhuma. Mesmo com os direitos progressistas, as viúvas herdavam de acordo com o número de filhos, e os filhos homens podiam herdar o dobro que as filhas.

Os tribunais determinavam como partilhar os bens de um homem de acordo com o modo como ele viveu a vida: o jeito tradicional ou o "jeito civil". Na verdade, seus parentes podiam entrar na casa dele, expulsar a viúva e ficar sentados na varanda da frente ameaçando amaldiçoá-la caso ela ousasse desafiá-los. É claro que havia exceções; mulheres que lutavam por seus direitos nos tribunais e fora deles, e quase sempre venciam.

— Você pode recorrer a algumas medidas — falei. — Mas o mais importante é encontrar um bom advogado.

— Seu pai é um bom advogado — disse ela. — Posso pedir ajuda a ele?

Eu não tinha certeza se queria que Sheri pedisse isso ao meu pai. Não tinha certeza se queria que ela pedisse qualquer coisa a ele, principalmente porque a situação com a minha mãe ainda não estava resolvida.

— Pode — falei, já que tinha aberto a boca.

— Obrigada, minha irmã — disse ela.

Quando ela foi embora em seu carro, olhei para a vendedora de rua que tinha acabado de descascar a laranja. Uma espiral completa de casca verde balançava na ponta do canivete. O bebê em suas costas estava de boca aberta.

— Bom dia — disse ela.

— Bom dia — respondi.

*

Começaram com Peace os acontecimentos que se seguiram à visita de Sheri ao escritório do meu pai. Eles começaram e terminaram com Peace. Certa tarde, ela trouxe uma revista para o escritório e anunciou: "Venham ver nosso cliente Sr. Mukoro em um triângulo amoroso."

Nós nos reunimos ao redor da mesa dela. Era um exemplar da *Weekend People*, uma revista de fofocas. Peace a comprava todo mês e me emprestava. Às vezes, Sheri aparecia como ex-Miss Nigéria, "Rainha da beleza sai de cena" e coisas assim. Na primeira página desta edição, havia a foto de uma mulher de turbante. A câmera havia capturado seu sorriso de escárnio. A manchete dizia "Mukoro é hipócrita".

A mulher era a esposa de Peter Mukoro. Os dois estavam casados fazia 22 anos, e, recentemente, ele tinha desposado uma segunda mulher. Para incrementar a leitura das alegações da mulher, Peace improvisava reações de perplexidade e gritinhos. O destaque da entrevista era a história de como Peter Mukoro chegou em casa com uma falha nos pelos púbicos. A amante havia tirado uma amostra enquanto ele dormia. A amostra foi enviada para um curandeiro preparar uma poção que o amarrasse a ela. Alabi ficava rindo o tempo todo, Dagogo fingiu estar acima daquilo tudo, mas passou um tempão ali perto grampeando os mesmos papéis. Eu tinha que mostrar aquilo ao meu pai.

— Não quero ler isso — disse ele. Mas leu a página inteira.

— Dá para acreditar? — falei.

Ele pareceu entediado quando empurrou a revista na minha direção.

— A mulher desgraçou a si mesma.

— A ele — falei.

— Só a ela — disse meu pai. — Ela não tem nada melhor para fazer, indo aos jornais com essa bobagem.

— Ele vai aos jornais — falei. — Para tudo. E se autointitula crítico social.

— Não é a mesma coisa — interrompeu meu pai. — Isso é um assunto privado.

— Ah — falei, pegando a revista.

— O que é esse "Ah"? Você tem alguma coisa a dizer?

Balancei a cabeça.

— Diga o que está pensando, já que veio até aqui.

— Eu não acho que seja um assunto privado — falei. — Um cruzado social praticar bigamia. Acho que é bom que as pessoas saibam.

— Pela *Weekend People?*

— Sim. É um bom sinal eles considerarem essa história como notícia. E, sério, eu não sei por que nós continuamos a seguir o direito indígena de qualquer forma, quando o direito civil já está em vigor. Ele não tem qualquer fundamento moral, nem propósito, a não ser a opressão da mulher...

Meu pai riu.

— Quem é oprimida? Você é oprimida?

— Não estava falando de mim, mas, sim, de certa forma.

— Como?

— Eu faço parte desse...

— Desse o quê?

— Desse grupo, tratada como um bem móvel.

— Não vamos começar com histeria.

— Mostre um caso para mim — falei. — Só um, de uma esposa com dois maridos, uma mulher de 50 anos casando-se com um menino de 12. Nós temos juízas, mas uma mulher não pode pagar fiança. Eu sou advogada. Se fosse casada, precisaria do consentimento do meu marido para renovar o passaporte. Ele teria o direito de me disciplinar com um ou dois tapas, desde que não me causasse danos corporais graves.

— Você defendeu o seu ponto de vista — disse ele. — Sua avó casou-se aos 14 anos, entrou para uma família na qual já havia duas outras esposas e teve de provar que era digna do seu dote melhorando suas habilidades culinárias. Não sei bem qual é a sua queixa. Eu investi na sua formação acadêmica, encorajei você a atingir suas metas profissionais...

— Você pode mudar a nossa cultura para mim? — perguntei.

— O quê?

Eu não tinha intenção de bancar a histérica. Fui até lá para rirmos da matéria. Agora meu batimento cardíaco estava acelerando, e eu nem sabia ao certo por quê, e minha argumentação era confusa.

— Você pode mudar nossa cultura?

Meu pai juntou as mãos, ainda com ar de tédio.

— Nós sabemos que há problemas com o direito indígena e costumeiro, mas essas coisas estão mudando...

— Como sabemos? As mulheres não vão aos tribunais, e, quando vão, são homens como você que conspiram...

— Eu? Conspiro?

— É, todos vocês, conspirando.

Ele riu.

— Quando foi que eu conspirei? Não acredito que gastei tanto dinheiro para mandar você para a faculdade. Isso seria tudo muito bonitinho, se você não estivesse ficando velha.

— Eu não sou velha.

— Vem me acusando de conspirar. Você não é oprimida; é mimada. E muito. Na sua idade, eu já tinha comprado uma casa, já tinha inaugurado meu escritório de advocacia. Sustentava meus pais. Sim. Não o contrário.

Quando ele tinha a minha idade havia menos concorrência para advogados. Naquela época, não havia uma recessão econômica no nosso país. Era mais fácil ser o chefe, quase todos os profissionais da geração dele eram. Eles substituíram os "senhorismos" e "madamismos" colonialistas pelos deles e ficaram a postos enquanto os militares nos levavam para um buraco negro. Agora, nós, seus filhos, dependíamos deles. Eu não disse nada disso.

— Por que você não me leva a sério? — reclamei. — Nem como profissional. Durante três anos, fui respeitada e bem-paga. Volto para casa, você me trata como uma burra, não me paga nada...

— Você não devia estar trabalhando? — Meu pai ficou sério.

— É hora do almoço — respondi.

— Mande Dagogo vir aqui antes de sair para o almoço. — Ele se reclinou na poltrona. — E pare de ler esse lixo...

— Não é lixo — falei.

— É, sim. Espero que você não esteja usando a matéria da *Weekend People* como ponto de partida para discutir a difícil situação das mulheres neste país.

— Por que não?

— Você não deveria nem estar discutindo a difícil situação das mulheres, pois nunca fez nada além de falar sobre isso. E quantas mulheres você conhece, no fim das contas, nessa sua vida protegida?

Senti meu coração acelerar, sem necessidade, e disse a mim mesma que nunca mais devia discutir com ele, não sobre isso. Era uma matéria idiota, de qualquer jeito.

— Falar sobre isso já é um começo — falei, baixando a voz.

— Mande Dagogo aqui — disse ele.

Ao chegar à porta, me virei.

— Eu também acho que Peter Mukoro é um hipócrita — falei, e saí depressa.

Os outros me receberam com olhares. Eu sabia que tinha de dizer alguma coisa. Devolvi a revista para Peace.

— Homens como o Sr. Mukoro deviam ser... — comecei.

— Deviam ser o quê? — perguntou a Sra. Kazeem, olhando-me de cima a baixo.

— Processados — respondi.

Todos riram.

— Então processe o advogado que vai te representar — disse a Sra. Kazeem. — Processe o juiz que julgará o caso. Processe o motorista que a levará do tribunal para casa depois que seu caso for encerrado. E então, quando chegar em casa, processe seu senhorio.

— Processe todo mundo — falou Dagogo.

— Processe Deus — disse Alabi.

Peace estalou o chiclete na boca e suspirou.

— Bem-vinda à Nigéria — disse a Sra. Kazeem.

Kukuruku é como o povo do meu país imita o canto do galo. Kukuruku. Há quem diga que o canto do galo é mais para *cocoricó*, embora os galos do mundo inteiro cantem da mesma forma.

Não que eu não pertencesse mais àquele lugar, que tivesse me tornado uma estranha. Viver no exterior nunca mudou o que eu sabia instintivamente antes de partir. O que mudou foi a tolerância dos outros com relação a mim. Eu estava velha demais para me enganar.

Sheri seguiu meu conselho e começou a cozinhar para outros eventos sociais. Como ela previa, seu tio foi brigar no tribunal com a família dela para tomar posse da casa, e meu pai concordou em representá-la. No dia em que ela me contou isso, não consegui trabalhar. Fazia semanas que vinha tentando convencer meu pai a assinar a transferência da casa para minha mãe. "Só preciso de cinco minutos do seu tempo", eu dizia, mas ele falava que não tinha tempo.

Tentei de novo.

— Não tenho tempo.

— Mas é só uma assinatura — disse, rondando a mesa dele.

— Preciso ler primeiro.

— Por quê?

— Você está me perguntando isso? Logo você?

Esperei que ele se acalmasse.

— Posso deixar aqui até você ter tempo para assinar?

— Não. Já tenho papéis demais aqui.

Tirei o documento da transferência de cima da mesa dele.

— Sheri disse que você vai assumir o caso dela.

— Quem? — perguntou ele, levantando os olhos.

— Minha amiga, Sheri Bakare. Ela me ligou hoje e disse que você vai pegar o caso.

— Sim, a Srta. Bakare.

— Vai mesmo? — perguntei.

— Vou o quê?

— Vai pegar o caso?

— Vou.

— Eles têm alguma chance?

— Não há nada a provar. O tio dela não tem chance alguma. Ele já surrupiou a herança da família. Os filhos e as esposas têm direito àquela casa.

— Pelo direito indígena? — perguntei.

— Você devia saber disso. Os bens são divididos entre os filhos, conforme o tipo de vida do marido.

— Não conforme as esposas desejam viver a vida delas?

— As esposas nem sempre estão em concordância. Essas, por acaso, estão. Querem incorporar e transferir a propriedade para a empresa de bufê.

— Elas querem?

— O que você acha? Elas são mulheres de Lagos. Já lidam com comércio desde antes de você nascer. Dê a elas as opções, e elas farão o que têm que ser feito.

— Você está tão ocupado assim? — perguntei, observando os papéis dele.

— Por quê? — perguntou.

— Se está ocupado, por que pegou um caso como esse?

Ele pôs a caneta na mesa.

— Eu pego o caso que quiser, Enitan, e pelo menos sua amiga é uma moça respeitosa, ao contrário de outras.

Era como tentar capturar um girino. Eu me censurei, mas da vez seguinte que Sheri veio ao escritório, eu a analisei tão detalhadamente como as outras faziam. Ela veio à minha mesa antes de entrar na sala do meu pai. Ficou dez minutos lá dentro e saiu.

— Ele é muito legal. Não vai me cobrar nada. Dá para acreditar?

— Espero que esteja fazendo isso por bondade — falei.

Meu pai nunca trabalhava de graça. E também saiu da sala dele sorrindo. Ele nunca sorria no escritório. Se você fizer isso, pensei, se der em cima da minha amiga, nunca se esquecerá do que eu terei para te dizer, e, depois disso, não haverá mais nada a ser dito da minha parte.

Não era improvável, ele com uma mulher mais jovem; Sheri com um homem mais velho. Alguns caras em Lagos davam em cima das amigas das filhas. Eram chamados de "tio" e se fazia uma reverência diante deles ao cumprimentá-los. Algumas garotas davam em cima do pai da melhor amiga por dinheiro.

Sheri sorriu.

— E por que outro motivo nos ajudaria?

— Só ele sabe o que faz — falei — e por quê.

Quando eu era pequena, sabia que meu pai saía da linha. Escolhi não pensar no assunto. Atualmente, quando ele levava mulheres para casa, eu as tratava como se fossem amigas dele. Era difícil discernir se ele estava interessado em uma ou em outra. E eu não fazia questão de saber. Descobri isso depois que uma de suas clientes, uma mulher casada, começou a visitá-lo regularmente. Pensei que as visitas tivessem relação com o trabalho, até que um dia fui buscá-lo no aeroporto quando ele voltava do exterior e a vi lá. Meu pai era esperto, pensei. Esperto o suficiente para justificar uma emboscada. Certa tarde, cheguei em casa cedo achando que o pegaria em flagrante. Encontrei-o na sala com Peter Mukoro.

— Oi — falei, olhando de propósito só para meu pai.

Eu não suportava sentir as unhas arranhando um quadro--negro ou as pontas dos dentes passando por um tecido de algodão. O ar de zombaria de Peter Mukoro eu também não suportava. Ele ficou cofiando o bigode e me observando.

— Já voltou? — perguntou meu pai.

— Sim — respondi, me encaminhando para meu quarto.

— Enitan — chamou meu pai.

— O quê? — falei.

— Não está vendo o Sr. Mukoro sentado aqui?

— Estou.

Eu sabia que estava em apuros. E quase fiquei contente por isso. Meu pai foi ao meu quarto depois que Peter Mukoro foi embora.

— Venho observando você — disse ele. — Você vive com a cara amarrada por aí e eu tenho tido muita paciência. Não sei o que a está incomodando, mas nunca, nunca mais faça isso na minha presença.

— Eu não gosto dele — falei.

— Não me importa se gosta ou não.

— Por que você não assina o documento da transferência? — perguntei. — Só sabe ajudar outras pessoas. Sheri, esse... homem horrível.

— O que ele fez para você?

— Assine o documento.

— Quando eu estiver pronto.

— Assine agora.

Meu pai deu um passo atrás.

— Você acha que somos iguais? Acha que somos iguais agora? Eu a trato como adulta e você retribui dessa forma? Sua mãe sempre dizia que eu era frouxo com você. Mas isso vai mudar. Se não puder me respeitar na minha própria casa, você já tem 25 anos, vá para onde quiser.

— Assine o documento.

— Não vou falar outra vez. Você não tem nada a ver com isso. Estou te dando uma opção. Ou faz o que digo ou sai desta casa.

Fiquei olhando para a porta. Deixe minha amiga em paz! Eu queria gritar.

Ela estava ali; uma antiga ansiedade. Porém, eu estava velha demais para bancar a criança, e ele, velho demais para bancar o pai. Se forçássemos esse tipo de relacionamento, ficaríamos sujeitos a brigas de verdade.

Sheri estava contando notas velhas de *naira* em pilhas separadas na mesa de seu escritório quando cheguei. Lambeu o polegar e misturou as pilhas como se fossem cartas de baralho.

— Só um minuto — disse ela.

— Não tem pressa — falei.

Usei quase a hora de almoço toda para dirigir até lá, mas a ansiedade estava fora de controle. Estava me mantendo acordada à noite. Queria acabar com isso.

Havia duas pilhas de caixas no canto da sala: leite Peak, sardinhas Titus e açúcar Tate and Lyle. Um retrato das madrastas e outro do pai sozinho. Umas cortinas velhas cor de mostarda estavam dobradas e empilhadas sob a janela. A tela verde para mosquito estava rasgada em dois lugares. Poeira. Por todo lado. Sheri não aguentava aquela bagunça, tenho certeza. Ela terminou e se afundou na cadeira.

— Por que veio aqui hoje?

— Vim te ver — respondi.

— Viu aquela gente lá fora? Viu quanta gente?

— Vi sim.

— Estamos ganhando dinheiro.

— Eu sei.

Havia uma grande quantidade de gente na hora do almoço. Tinham que esperar para conseguir um lugar para sentar e os talheres não vinham limpos nem secos. Alguns cortavam a carne frita com colheres. Quando reclamavam, as cozinheiras os ignoravam. Tinham aquela expressão das cozinheiras dos melhores restaurantes do Harlem, da Bahia, de Kingston: *Não encham o meu saco.* Os clientes continuavam a vir assim mesmo. A comida era boa: vagem, peixe fresco, arroz, ensopado de legumes com pé, intestinos, pulmões e todas as tripas do boi, pois nessa parte do mundo não se desperdiçava carne nenhuma.

Sheri batia com rapidez as unhas na mesa.

— É melhor eu voltar ao trabalho — falei.

— Mas você acabou de chegar — disse ela.

— Minha hora de almoço acabou.

Ela riu.

— Por que se deu a esse trabalho?

— Estava de passagem. Quis te ver.

Se não tivéssemos sido amigas de infância, eu gostaria dela? Sheri era insolente e vaidosa. Sheri tinha sempre sido insolente e vaidosa, a diferença era que na infância isso era bonitinho. E não importava o que ela dissesse, estava claro que não se dava muito valor. Gostava de homens ricos. Sim, gostava. Em Lagos, usávamos a palavra "gostar" dessa forma. Você gosta de olhar fixo para alguém, gosta de criticar, gosta de marcar hora e perder a hora. Havia a presunção — maus usos do idioma à parte — de que, se fizesse algo com frequência, você gostava daquilo.

Se fizer isso, pensei, se der em cima do meu pai, não terei nada a te dizer. Será suficiente, mais do que suficiente, para saber que você não se dá o menor valor.

— Agora já me viu — disse ela, em iorubá.

— É a mesma de sempre — falei.

Fomos juntas até meu carro. Lá fora, o trânsito da hora do almoço bloqueava a rua. Alguém tocou a buzina. O sol castigava. Protegi os olhos com as mãos.

— Meu pai já veio aqui? — perguntei.

— Não.

— Ele disse que vinha?

Nós nos encaramos. Sheri olhou para além de mim, para a rua.

— Espero que não venha — murmurou ela. — Este lugar está uma bagunça. Olhe, aquele homem vai...

Um Peugeot havia acelerado demais ao andar e batido na traseira de um Daewoo. O motorista do Daewoo saiu e deu um soco no outro pela janela aberta. O Sr. Peugeot pulou para fora do carro e puxou o Sr. Daewoo pela camisa. Mas o Sr. Daewoo era maior. Jogou o Sr. Peugeot de encontro ao carro e levantou-o pelo pescoço.

— Você está louco?

— Você é que é maluco!

— Bater no meu carro?

— Bater na minha cara?

— Vou te matar!

— Desgraçado!

Pessoas dos prédios em volta vieram assistir à cena: homens, mulheres e crianças, idosos tão velhos que não conseguiam nem andar direito. Nas ruas de Lagos, a justiça era feita logo. Se você batesse no carro de alguém, levava uma surra. E todos vinham ver a briga. Se batesse em alguém, batiam em você. Se roubasse alguma coisa, apanhava até morrer.

Os outros motoristas buzinaram, irritados. Estavam tão bloqueados quanto a minha mente; estanque e não indo a lugar algum. As buzinas não tinham a ver com isso, dois homens brigando loucamente por causa de um amassado no para-choque, e, depois de um tempo, as buzinas não tinham nada a ver com o atraso.

Era como pressionar uma região inchada e dolorida. Eu não conseguia parar. Certa tarde, o telefone do escritório do meu pai tocou. Peace estava no almoço, então atendi. Era a secretária da agência de viagens. Falei que ele estava no tribunal.

— As passagens estão prontas, já podem ser coletadas — informou, com a voz arrastada.

— Vou dar o recado quando ele voltar — falei.

Eu sabia que meu pai ia viajar, mas só me dei conta de que ia com alguém depois que desliguei o telefone. Achei o número da agência de viagens e esperei para ouvir o tom de discagem. Nosso sistema telefônico ainda não havia sido modernizado. Tínhamos de esperar dois minutos até ouvir o tom de discagem, e, todo mês, quando recebíamos contas telefônicas com cobranças de ligações para o Alasca, o Qatar, lugares de cuja existência nem sabíamos, meu pai ameaçava desligar nossos telefones.

A linha estava ocupada. Desliguei e tentei outra vez.

— Agência Star, boa tarde?

— Você ligou para o escritório do Sr. Taiwo?

— Liguei.

— As passagens. Estavam nos nomes de quem?

Meu coração batia forte. Ela me fez esperar, consultou alguém, que perguntou quem eu era. Falei que era secretária dele.

— Uma é para o Sr. Taiwo — disse ela.

— Sim — falei.

— A segunda é para, hum, Sr. Taiwo.

Franzi a testa.

— Quem?

— Desculpe, para o Dr. Taiwo — disse ela.

Não existe essa pessoa, pensei.

— Dr. O. A. — disse ela. — Iniciais Oscar Alpha.

— Essa pessoa não existe — falei.

— Espere um instante — disse ela.

Uma voz masculina atendeu.

— Alô, Peace? Por que essas perguntas?

Eu expliquei que não era Peace.

— Quem é você, então? — perguntou, bruscamente.

— Eu trabalho aqui — expliquei.

— Ah — disse ele. — Bem, as passagens são para o Sr. Taiwo e seu filho Debayo. Você é nova aí?

Essa pessoa não existe, essa pessoa não existe, pensei.

— Peace vai saber. Dê o recado a ela. O Sr. Taiwo e o filho vão viajar. As passagens estão prontas. Ela sabe de tudo.

Desliguei o telefone. Essa sensação era como a de estilhaços sendo extraídos do corpo, eu tinha certeza.

A culpa nunca era exibida no rosto do meu pai. Eu era testemunha disso. Era assim que ele ganhava seus casos. Foi assim que levou minha mãe à loucura. Testemunhei isso também.

Minhas duas avós tiveram casamentos poligâmicos. Minha avó materna era comerciante. Guardava dinheiro para pagar a escola dos filhos debaixo do colchão. Um dia, meu avô pegou o dinheiro que ela vinha economizando e o usou para pagar o dote de uma segunda esposa. Minha avó morreu de coração partido por causa do dinheiro dela. Minha mãe mesmo nunca se recuperou do choque. Menina mimada, passou a disfarçar seu constrangimento com uma atitude esnobe. Minha avó paterna era a esposa mais jovem. As duas mais velhas negavam comida ao meu pai, na esperança de que ele ficasse raquítico e não sobrevivesse. Por isso é que meu pai comia pouco; por isso é que nunca cedeu às ameaças da minha mãe de deixá-lo sem comida; por isso é que, anos mais tarde, preferia ter um idoso na cozinha.

Esperei por ele naquela tarde. Minha cabeça parecia um cântaro chacoalhado. Cada vez que o destampava, não sabia que emoção tirar de lá. Não era raro que homens casados, principalmente da geração dele, tivessem filhos ilegítimos. Mas isso? Mentir durante anos? Eu me lembro de como ele me punia por mentir quando eu era pequena, como nunca me perdoou por ter saído com Sheri sem dizer nada a ninguém. Não era ela — era ele em quem eu não podia confiar.

Era dito como piada que as famílias descobriam a existência uma da outra durante o enterro do homem. Que elas brigavam até caírem no túmulo. Mas a realidade era que quase todos os que ainda conseguiam sustentar esse tipo de vida dupla acabavam confessando ou eram desmascarados muito antes disso. Afinal, quais eram os requisitos para ser bem-sucedidos? Dizer para uma das famílias "Não ligue para a minha casa, fique longe da minha família legítima"?

Isso era um absurdo.

Meu pai chegou tarde naquela noite. Eu abri a porta.

— Você conhece um Debayo Taiwo? — perguntei.

Meu pai botou a pasta na mesa.

— Sim.

— Ele é seu filho?

Ele empertigou o corpo. Sim, falou. Debayo era seu filho, quatro anos mais novo que eu. Morava em Ibadan. Assim como a mãe. Não, eles nunca se casaram. Ele havia terminado o curso de medicina lá no ano passado. Nasceu um ano depois que meu irmão morreu.

— Eu mesmo teria te contado — falou ele.

— Quando? — perguntei.

— Queria que vocês dois se conhecessem. Não assim.

Comecei a organizar meus pensamentos, enumerando-os na ponta dos dedos. Se não fizesse isso, não saberia como falar. Mas falei com toda a calma. Ele não assumiria o controle dessa conversa.

— Que eu achava que era sua única filha, posso conviver com isso. Que quase tudo que fiz na vida remonta a isso, foi escolha minha. Que tenho uma mãe que me despreza porque fiquei morando com você, é meu destino. Assim como o fato de eu morar num lugar onde todo tipo de comportamento...

— Cuidado como fala comigo — disse ele com calma.

— ...comportamento asinino é tomado por masculinidade.

— Tome muito cuidado.

— Mas não venha me dizer que é hora de eu conhecer seu filho. Isso não é escolha minha. Não é meu destino, e não tenho que conviver com isso.

— Eu não pedi nada a você.

— Minha mãe sabe?

Ele não respondeu.

— Ela sabe?

— Não — disse ele.

A vergonha o havia dominado. Sua voz saía muito baixa.

— Está vendo? — falei baixinho também. — Foi você que errou, não ela. Não ela.

— Não fale assim comigo. Filha minha não fala assim comigo.

— Não vou ficar mais aqui. — Eu me virei.

— Para onde você vai? — perguntou ele.

— Para a casa do meu namorado — respondi.

Meu pai apontou.

— Saia por aquela porta e não será mais bem-vinda aqui.

— Mentiroso — falei.

Botei algumas coisas em uma bolsa e fui embora sem nem olhar para a cara dele. Por mim, ele podia pegar meu hímen, esticá-lo e pendurá-lo na parede ao lado do mosaico de Mike.

A rua de acesso à casa de Mike estava obstruída. Fiquei socando o volante. Talvez fosse um sinal. Nenhuma filha deveria ir embora de casa assim. Era um sacrilégio. E oneroso também. Xinguei nossa economia, que não me permitia me sustentar sozinha.

Sempre acreditei que minha mãe tinha escolhido depender do meu pai. A prova disso eram seus diplomas guardados e empoeirados. Outras mães saíam todo dia para trabalhar, mas ela, não. Agora não me sentia nada diferente dela, dirigindo o carro que ele havia comprado. Meu pai me deu um carro, mas não me pagava o suficiente para eu comprar um com o meu dinheiro. Se eu estava ficando com o carro, era por merecimento. Se minha mãe ficasse com a casa, com as duas até, ela merecia isso. O poder sempre tinha estado nas mãos do meu pai.

Parei num cruzamento. Um Peugeot velho cruzou a rua principal na minha frente. O motorista ficou me olhando de boca aberta. Ele dirigia devagar, como se estivesse ganhando tempo para se masturbar. Eu não fazia a menor ideia do porquê daquilo. Uma cara mais amarga que a minha, eu nunca tinha visto. Buzinei.

— Está olhando o quê?

Ele coçou a cabeça e acelerou o carro.

Quando cheguei à casa de Mike, bati no portão. Ele veio me receber só de short.

— Você não avisou que vinha — falou.

— Eu não sabia que vinha.

Ele abriu o portão e eu entrei. Ele viu minha mala.

— O que é isso?

— Preciso de um lugar para ficar — falei. — Por favor. Só esta noite.

Ele foi andando na minha frente e eu não vi nada de mais naquilo porque ele podia estar trabalhando ou jogando futebol. Ao subir as escadas, ele parou na porta.

— Você não disse que vinha, Enitan.

— Quer que eu vá embora?

— Não, não. Não estou te mandando embora.

— Você não... precisa — falei, olhando para ele. Seus ombros estavam caídos. — Tem alguém aí com você?

Ele desviou o olhar.

— Mike, estou falando com você.

Ainda assim ele não disse nada. Passei por ele e abri a porta. Deitada no sofá, estava uma mulher usando nada além de uma camisa. Uma camisa dele. Eu conhecia aquela camisa. O cabelo dela era curto como o de um menino, os lábios eram acobreados, e os olhos, tão altivos que nem piscavam. Era tão escura e tão bonita que eu poderia ter me mijado de tristeza. Ela pegou um cigarro.

Mike pôs a mão no meu ombro. Eu me desvencilhei dele e desci a escada correndo. Ele correu atrás de mim, me agarrou pela cintura, e eu lhe dei uma cotovelada. Nós estávamos grudados, respirando pesadamente no rosto um do outro. Tive vontade de cuspir na cara dele.

— Me solta!

Ele me agarrou com mais força e me abaixei. Eu o chutei. Ele me soltou.

— Não abra a boca — falei, o dedo na cara dele.

Lembrei como eu o havia chamado de mentiroso quando o conheci.

— Seu desgraçado pretensioso — falei, saindo. — Você não vale nada, e seu trabalho não vale nada.

Ele me seguiu. Tentei abrir a tranca, mas tive dificuldade, então a chutei. O portão sacudiu em protesto.

— Abra essa maldita tranca — gritei.

O portão foi escancarado. Empurrei Mike para o lado e saí. Cheguei ao meu carro, enfiei a chave na fechadura e abri a porta.

— Ouça... — começou ele.

— Por quê? — perguntei. — Me diga? Por que eu deveria ouvir uma única palavra saída da sua boca?

— Não sei — disse ele.

— Não sabe? — falei. — Nem eu.

Mike era uma dessas pessoas. Ou viviam como bem entendiam ou eram os maiores fingidores. Numa sala com dez pessoas, quantas o chamariam de idiota? Eu meio que sabia. Eu meio que sempre soube.

Um pensamento tomou conta da minha mente. Aquela mulher não podia se safar assim. Se eu entrasse no meu carro e fosse embora sem destilar minha raiva, isso acabaria comigo.

Saí do carro e voltei para a casa.

— A-aonde você vai? — perguntou Mike.

— Não sei — respondi, sacudindo o dedo.

Ele veio correndo atrás de mim. No alto da escada, vi que a garota espreitava pela fresta da porta. Deu uma olhada rápida em mim e voltou para dentro depressa. Ouvi uma porta se fechar e me dei conta de que ela estava fugindo de mim. Que imbecil. Fugindo de mim.

Corri lá para cima. Fui direto para Obàtálá, agarrei o mosaico pelas orelhas, que foi o que pareceu, e o arrastei para fora. Mike estava ao pé da escada. Olhava para mim como se eu tivesse uma arma na mão. Levantei o Obàtálá acima da cabeça, joguei o Obàtá-lá por cima do corrimão, ouvi as contas rolando pela escada. Mike pôs as mãos na cabeça. Coloquei a placa de madeira quebrada no chão e desci a escada.

— Diga a ela — falei. — Diga que ela devia estar fugindo de você, não de mim.

— Meu trabalho, não — disse ele.

— Minha vida, não — respondi.

Liguei o carro. Pelo portão, vi o senhorio de Mike, parado, de boca aberta. Dava quase para ler seus pensamentos. Mulheres direitas não gritavam na casa de ninguém. Mulheres direitas não brigavam no meio da rua. Mulheres direitas não saíam à procura de homens. Mulheres direitas ficavam em casa.

Meus dedos tremiam segurando o volante, e meus olhos estavam marejados de lágrimas, mas elas não caíam. Dirigi o mais rápido que pude até a casa de Sheri. O tráfego estava bom.

Ao chegar lá, chorei.

Sheri pediu que eu me reconciliasse com meu pai. "Essas coisas não são nada", disse ela. Eu não era a primeira e não seria a última a passar por isso. Metade de Lagos tinha uma família fora do casamento, e a outra metade não sabia que tinha. Eu me recusei e arrumei uma transferência para trabalhar no Ministério da Justiça pelo restante do ano. Fui para casa um dia enquanto ele estava no trabalho e arrumei uma mala.

Quando conheci minha nova chefe, esperei uma hora até ela chegar e mais trinta minutos até ela terminar de comer inhame com ovos trazidos de casa num pote da Tupperware. Ela era uma dessas pessoas — fazer perguntas era uma confusão desnecessária. Sua reclamação preferida era que suas obrigações eram, na verdade, obrigações de outros. Pelos meses seguintes, passei a frequentar o tribunal com ela como assistente, na promotoria em processos federais. Da primeira vez que tive de me dirigir à juíza, tentei impostar a voz. A juíza era uma mulher de meia-idade.

— Senhorita, esse é algum estilo novo? — perguntou ela.

— Não — respondi.

— Então fale com voz normal, por favor — disse ela. — Isso é muito maçante.

Estava muito quente no tribunal, principalmente sob nossas perucas, que eram feitas de crina de cavalo, então nunca as lavávamos, e elas pinicavam. O salário da juíza não compensava a procissão que ela tinha que presenciar: um escriturário esfarrapado, um criminoso analfabeto, minha chefe sempre mal preparada e pedindo um alargamento de prazo, "se Vossa Excelência estiver de acordo".

Essa Excelência em particular não estava de acordo. Tinha de fazer anotações porque não havia estenógrafo. Anotava tudo à mão e, ó, céus, os diferentes jeitos de falar. Depois enfrentaria o trânsito na volta para casa.

Os esquemas fraudulentos haviam aumentado. No exterior, eram chamados de "crime nigeriano". Aqui, de "419", em referência ao código penal. O tráfico de drogas também havia aumentado, e, se os relatórios mais recentes estivessem corretos, a Nigéria era agora uma das maiores fornecedoras para os Estados Unidos e a Europa. As embaixadas estrangeiras relutavam em nos conceder vistos, e os que conseguiam corriam o risco de ser revistados de alto a baixo nos aeroportos. Muitas das acusadas eram mulheres solteiras, mulas, apanhadas a caminho da Europa ou dos Estados Unidos e vindas do Extremo Oriente. Algumas engoliam camisinhas cheias de heroína e cocaína; outras enfiavam as drogas na vagina. Houve o caso de uma mulher que enfiou uma camisinha com cocaína na garganta do bebê morto e o ninou durante toda a viagem de avião. Foi apanhada quando a aeromoça notou que a criança não estava chorando.

Eu detestava sair do tribunal e deparar com familiares implorando que seu filho ou sua filha fossem poupados, velhos e velhas prostrados. Em um julgamento, a acusada — uma menina de 19 anos — alegou que não sabia o que estava carregando. Uma mulher lhe entregara um pacote e desaparecera. O tribunal a considerou culpada. Um mês antes, o novo regime havia fuzilado pessoas pelo mesmo crime, como parte da guerra deles contra a indisciplina. As execuções eram realizadas retroativamente, para punir os que haviam sido julgados e condenados antes de a lei entrar em vigor, mas, depois de um protesto público, as execuções seguintes foram adiadas.

O rosto daquela menina me atormentava. O modo como os óculos dela ficavam escorregando pelo nariz, eu a imaginei como uma bibliotecária de escola em sua cidade natal, vindo a Lagos em busca de uma vida melhor. Quando comecei a acreditar na história dela, percebi que não conseguia manter o distanciamento necessário para ser bem-sucedida em casos de litígio. Além do mais, não sabia nem se gostava de tribunal. Os processos levavam muito tempo, dependiam de gente demais. Eu os via através de olhos cansados e meu coração latejava como uma dor de dente.

Eu tinha perdido peso, mesmo com a comida de Sheri. Sempre que me lembrava de Mike e do meu pai, sem conseguir dizer uma palavra sequer, deixava a cabeça cair. Se eu me importava com alguém, gostava de demonstrar isso. A pior parte era ser privada de praticar a afeição. Eu carregava parte da vergonha deles. Logo comecei a fazer o mesmo horário que a minha chefe e aprendi a disfarçar meus sentimentos. Nem me importava com os olhares que os outros colegas me dirigiam.

Morando com Sheri, vi como era a vida de uma mulher sustentada por um cara mais velho. Ela limitava seu envolvimento nos negócios de família para agradar o brigadeiro. Arrumava a casa toda depois que eu ia embora e depois que os sobrinhos e as sobrinhas dela saíam também, após visitá-la. Tirava o pó da casa com pano e, às vezes, até com os dedos. Afofava almofadas quando se levantava, tirava lanugens do tapete, ouvia as músicas tristes da Barbra Streisand. Pelo restante do tempo, preparava-se para o brigadeiro Hassan: cuidava do cabelo, das unhas, botava perfume e cozinhava. Não perdia um segundo sequer com a indignação alheia, principalmente daqueles que vinham de famílias como a minha, com pais errantes e mães que rezavam com todas as forças pensando em quais boas famílias suas filhas acabariam.

Em um arranjo familiar bizarro, que me parecia incestuoso, as esposas do brigadeiro Hassan estavam tentando recrutar Sheri como a terceira esposa. Elas sabiam que o marido tinha algumas namoradas e achavam que, se ele tivesse de se casar de novo, o ideal seria alguém que não fosse passível de ficar o tempo todo lá no clube de polo, uma *chukka* atrás da outra, exibindo óculos escuros caros. Sheri achava um tédio esse esporte. As filhas do brigadeiro gostavam dela. Era menos de dez anos mais velha que a primogênita e nunca daria com a língua nos dentes se visitassem os namorados. Todas haviam frequentado cursos de etiqueta e bons modos na Suíça, e seus casamentos seriam arranjados. O pai também achava que elas deveriam permanecer virgens até que saíssem de casa. A mais velha alegava que cavalgar a havia deixado mais larga. Nesse ínterim, ele levava Sheri a Paris, a Florença, de primeira classe. Logo Sheri, que tinha dificuldade de se lembrar das coisas: "Aquele lugar em Florença com o mercado de ouro", "aquela rua em Paris com as lojas", "aquele relógio, começa com P? Isso mesmo, Patético Philippe". Eu me lembrava de todas as minhas viagens à Europa e até do nome de cada uma das pensões pocilguentas em que me hospedei, e, se alguém tivesse se dado ao trabalho de me presentear com um relógio caro, eu pelo menos tentaria me lembrar da marca dele.

Entre as duas culturas divergentes, Sheri havia escolhido qual delas seguir. Sua avó, Alhaja, se encarregara disso. Viúva aos trinta e poucos anos, Alhaja dirigiu um sindicato de mulheres comerciantes e ganhou o suficiente para enviar os filhos para estudar no exterior. Ficou decepcionada quando o filho se casou com uma branca, mas criou Sheri ela mesma, para que nenhuma outra esposa a maltratasse. Quando as outras esposas vieram, tinham mais medo da ira de Alhaja que da ira do próprio marido. Alhaja visitava a casa delas quando descobria que estavam brigando. Chegando lá, ela as ameaçava. Seu filho tivera uma esposa branca e se livraria de duas africanas briguentas em dois tempos! Também ia à casa das filhas quando os maridos batiam nelas. Os maridos acabavam implorando seu perdão. Quando soube do que aconteceu com Sheri no piquenique, foi à casa de cada um dos meninos com um bando de gente a reboque. O bando começou com os vigias, ou qualquer um que tivesse dado o azar de abrir o portão. Eles quebraram as portas e janelas das casas. Quando partiram para a destruição dos móveis, Alhaja partiu para os testículos dos meninos. Ela só os largou quando as mães, os pais e até os avós se deitaram no chão para implorar o perdão da neta dela. Depois disso, visitou seu curandeiro para acabar com o que havia sobrado da linhagem deles.

Sheri era uma verdadeira filha para sua avó. Certa vez, tentei explicar para ela a síndrome do "mulato trágico". Ela disse que aquilo era absurdo. Todo tipo de gente tentava encontrar sua identidade. Por que o mulato era trágico? Não havia nada de trágico nela. No concurso de Miss Mundo, uma jovem do Zimbábue lhe disse que a expressão "meia-casta" era depreciativa; que no país dela Sheri seria considerada uma pessoa "de cor". Sheri falou que não dava a mínima para como a chamavam. No dicionário inglês-iorubá havia uma frase inteira para descrevê-la: "a criança de uma pessoa negra com uma pessoa branca", e isso bastava.

Mas isso nem sempre foi tão claro para ela. Sheri tinha 8 anos quando, de saco cheio de um menino da escola que ria das feições dela, foi correndo até em casa, cortou o cabelo, aparou os cílios e esfregou graxa de sapato marrom na cara. Sua avó Alhaja encontrou-a parada diante do espelho e ordenou que ela voltasse para enfrentar o menino. Ele estava cantando uma música iorubá, "Eu me casei com uma mulher amarela", quando Sheri o agarrou. "Dei uma surra nele", ela me contou. "Depois abri a mochila dele, joguei o material todo na cabeça dele e o empurrei para a sarjeta. Nunca vou me esquecer do nome daquele garoto. Wasiu Shittu."

Como uma típica princesa de Lagos, a nobreza vinha à tona quando pisavam no calo dela. Uma briga de socos? Sheri só largaria o osso se a matassem. Insultos? Sim, ela insultaria, tão logo a provocassem. Fazer a pessoa se sentir diminuída em três olhares: cabeça, tronco e pernas? Num segundo, se torcessem o nariz para ela. E, quem quer que fossem, ela logo botava todo mundo no seu devido lugar: "Quem você pensa que é? Quem?"

Porém, Sheri não comia carne de porco. E, toda manhã, quando fazia as orações com um lenço enrolado na cabeça, a expressão em seu rosto era de humildade. A mais humilde que exibiria no dia. Insolente e entediada seriam as mais frequentes dali em diante. O tipo de insolência que advinha de ser uma criança privilegiada e o tipo de tédio que advinha de não se ter muita coisa para fazer.

Eu evitava me encontrar com o brigadeiro, só sentia o cheiro dos seus charutos e os achava estranhamente sedutores. Eu o imaginava de acordo com o estereótipo: vestido com uma túnica branca longa, gola estilo Mao, abotoaduras de ouro e um grande relógio com diamantes no pulso. Seus braços logo se estendiam para um aperto de mão. A barra de suas calças se agitava na altura dos tornozelos. Os pés dele eram pequenos nos chinelos de couro. Nada de conversas. Não tinha o costume de conversar com mulheres. Não desse jeito.

Mas eu não ousava dizer uma só palavra, nem sobre a bebida e os charutos, considerando que ele era muçulmano ortodoxo. Eu estava morando no apartamento dele, no mesmo lugar do qual eu dissera para Sheri se mudar. Sempre que ele a visitava, eu ia nadar no Clube Ikoyi, e ela ficava contente. "Esqueça aquele artista idiota", dizia ela.

Eu nadava regularmente. Meu corpo tomava a dianteira. E então parecia que minha mente, que vinha ficando para trás, logo começava a dizer: "Espere por mim. Espere por mim."

Eu estava nadando certa noite quando um homem alto, com pernas de nadador olímpico, entrou na piscina do clube. Mergulhou e nadou depressa. Fez com que eu me sentisse lenta e desajeitada. Uma ou duas vezes, cruzei com ele no meio da piscina, mas quase sempre estávamos em extremidades opostas. Num dado momento, fiz uma pausa para descansar na parte rasa. Ele parou de nadar e emergiu como se fosse uma espécie aquática.

— Olá — disse ele.

Seu sorriso era cor de marfim. Um dente lateral saía um pouco do alinhamento.

— Oi — falei.

Ele espalhou água pelo tórax.

— Você se incomodaria se eu lhe dissesse uma coisa?

— Me incomodaria.

Ele enfiou o queixo na água.

— Por que está sendo grossa?

— Ouça, eu venho aqui para nadar.

— E eu também — disse ele. — Só queria dizer que seu nariz está escorrendo.

— O quê?

— Meleca. Pendurada no seu nariz.

E apontou. Levei a mão ao nariz enquanto ele saía da piscina. Dei de ombros e continuei a nadar. Idiota, pensei.

Duas noites depois, eu estava subindo a escada do vestiário para o chuveiro da piscina, de maiô. Ele estava descendo a escada do bar da piscina em direção ao mesmo chuveiro.

— Desculpe — falei, sem jeito.

Em geral, eu ficava sozinha na piscina à noite. As crianças, na maioria expatriadas, já tinham ido embora. Havia alguns casais de marido e mulher no bar da piscina, tomando refrigerante. Os lugares de maior movimento eram a casa principal do clube, onde cerveja e outras bebidas alcoólicas eram servidas, e as quadras de squash, repletas de jogadores assíduos. Eu não esperava vê-lo de novo. Ele fez um gesto igual ao de um boiadeiro, pensei, para eu passar.

— Pelo menos diga obrigada — falou ele, quando eu não agradeci.

— Por quê? — perguntei.

Fui para debaixo da ducha e fiquei de costas para ele, sem me importar que ele visse minhas estrias. Ele também não era perfeito. Pernas bonitas, talvez, mas alto demais, de queixo pequeno, e a barriga podia ser mais chapada.

Ele fez um "hum" como meu pai faria, em tom desafiador. Não como as mulheres faziam, estendendo o som e virando a boca para baixo. Foi esse o som que fiz em resposta.

— Não há de quê — disse ele, quando me afastei.

Nadamos como se cada um de nós estivesse sozinho na piscina naquela noite.

Em outra ocasião, topei com ele. Dessa vez, na casa principal do clube, depois de nadar à noite de novo.

— Srta. Grosseria — disse ele.

— Eu não sou grossa — falei.

Ele passou por mim, e eu me virei por capricho.

— Com licença.

— Pois não — disse ele.

— Meus modos são meus — falei. — Você não precisa chamar minha atenção para eles, nem para a minha meleca. Nada disso tem a ver com você. E, sempre que me vir, tente não dizer nada, se realmente quiser evitar um insulto.

Ele sorriu.

— Liberte-se. Liberte-se.

— Libertar-me do quê?

— Da amargura — respondeu ele. — Ela te consome.

Olhei-o de alto a baixo.

— Vejo que você não tem papas na língua.

— É o que dizem.

— O que você sabe sobre mim? Você não sabe nada sobre mim. Só digo isso, pare de fazer comentários quando me vir.

— Liberte-se.

Agora nós dois sorríamos, a diferença era que ele estava rindo de mim. Não havia necessidade de eu me zangar com ele, pensei. O cara era um bobão.

— Qual é a graça? — perguntei.

Ele continuou a sorrir, e eu quis chocá-lo.

— Gostaria de tomar um drinque? — perguntei.

Ele pôs a mão em concha na orelha.

— Perguntei se você gostaria de tomar um drinque.

— Eu venho aqui para nadar — disse ele.

— Depois que você acabar de nadar — falei.

Fiz uma careta pelas costas dele. Não tenho medo, pensei. De nenhum de vocês. Se eu quiser um drinque, vou tomar um.

Ele se juntou a mim na casa principal. Nós nos sentamos no bar, enquanto o barman me lançava olhares de reprovação.

Niyi Franco. Advogado, mas, no momento, gerente de uma empresa de seguros. O avô era advogado. O pai e quatro irmãos eram advogados. A mãe era enfermeira e parou de trabalhar no ano que ele nasceu. Ele nadava pela equipe do estado de Lagos e achou que faria isso pelo resto da vida. Então um dia rachou a cabeça em um trampolim e os pais o proibiram de entrar na piscina para sempre.

— Africanos não sabem nadar — falei, brincando.

— Eu descendo de brasileiros — disse ele, levantando o queixo.

— Meu amigo — falei. — Você é africano.

Contei sobre minhas experiências recentes no tribunal, falando quase nada sobre minha família. Andamos juntos até nossos carros e foi difícil acompanhá-lo porque ele dava passadas enormes. Nessa hora, estávamos conversando sobre as perucas e as becas dos advogados. Debatia-se muito na imprensa a questão da mudança nos trajes para refletir nossa herança cultural.

— Nós nunca mudaremos — ele me assegurou.

— Espero que sim — falei. — Aquelas perucas são horríveis.

— Graças a Deus não tenho de usar aquilo.

— Quando foi a última vez que usou? — perguntei.

— Um ano depois de formado — respondeu ele.

— Quando se formou?

— Em 1977.

Dei um passo atrás.

— Não.

— Sim — disse ele.

Aquele foi o ano do Festival de Artes e Cultura, que chamávamos de Festac. Stevie Wonder veio tocar no nosso teatro nacional em Lagos, além de Miriam Makeba, Osibisa e várias outras celebridades africanas. Achei que ia morrer por estar no colégio interno na Inglaterra. Pela primeira vez tivemos televisão a cores no nosso país, e todos cultivavam verduras e legumes no quintal em apoio ao programa do governo "Operação Alimente a Nação". Minha mãe fez um canteiro de quiabo, e meu pai disse que todo o regime, sua "Operação Alimente a Nação" e o Festival de Artes eram absurdos.

— Olhe nos meus olhos — disse ele. — Eu nunca minto. Tenho um filho de 6 anos.

Fiquei boquiaberta.

— Você é casado?

— Divorciado — respondeu ele.

— Você é casado — insisti, porque para mim ele era casado. — Bem — falei. — Foi um prazer te conhecer.

— O prazer foi meu — disse ele.

— Melhor eu ir para casa.

— Gostei de conversar com você.

— Obrigada — respondi sem pensar.

E quase fiz uma reverência. Quantos anos eu tinha em 1977? Dezessete. Estava determinada a descobrir mais sobre a esposa dele da próxima vez que nos encontrássemos.

Desta vez, nós nos sentamos no lounge.

— Você deve sentir falta do seu filho — falei, enquanto esperávamos nossas cervejas.

— Sinto.

— Você passa algum tempo com ele, imagino.

— Não — respondeu.

— Que pena — falei.

Achei que deveria parar com meu interrogatório. Não era da minha conta.

— Ele mora na Inglaterra com a mãe — falou.

— Sua esposa está na Inglaterra?

— Ela não é minha esposa.

O garçom chegou com as bebidas. Niyi pegou a carteira e pagou. O garçom fechou a cara por um instante.

— Você mandou a pobre mulher para a Inglaterra? — perguntei, pegando minha garrafa.

— Ela me deixou. Eu tinha 23 anos. Deixe-me ver... ela estava grávida, ainda na faculdade de medicina. Eu trabalhava para o meu pai. Meus pais são católicos praticantes, mas eu não me casei por causa disso. Meu pai não era um homem muito fácil de lidar. Vivia ameaçando me pôr no olho da rua. Um dia dei um basta e fui embora. Foi o início dos nossos problemas.

"Arranjei outro emprego, mas foi difícil. Ela estava trabalhando no hospital universitário, nós morávamos em Festac Village. Meu filho é asmático. Um dia o carro dela foi roubado, uma queixa aqui, outra ali, você pode imaginar. Mas ela tinha um grupo de amigas. Umas ratazanas, aquelas mulheres, rainhas das bolsas e dos sapatos. Estavam sempre usando algo de marca, viajando para algum lugar. Ela queria tudo isso. Certo dia, seus pais lhe deram uma passagem e ela viajou. Foi para a Inglaterra com meu filho. Só me deu notícia depois que arrumou um emprego, depois telefonou chorando e me pedindo para ir me juntar a ela lá."

— O que você falou?

— Eu tinha um emprego aqui. Não possuía licença para advogar lá. O que eu ia fazer? Quem me empregaria? Ela era médica, e eu seria o quê? Durante o tempo que vivemos em Lagos, ela dizia para todo mundo que eu não tinha dinheiro para sustentá-la. Então, de repente, ela queria que eu fosse morar em outro país e arranjasse um emprego qualquer?

— Teria sido difícil.

— Eu poderia ter ido por causa do meu filho.

— Ela teria feito o mesmo por você? — perguntei.

Enquanto ele bebia a cerveja, eu o observava. Cada movimento que ele fazia era amplo.

— Não — falou, esfregando a testa. — Ela sabia exatamente o que queria. Sempre soube. Queria se casar. Queria viajar. Queria trabalhar na Inglaterra. Só que não admitia isso. As mulheres fazem esse tipo de coisa, você sabe.

— O quê?

— Driblam os homens e marcam um gol. Um futebol mental.

— Você está generalizando — falei, sorrindo.

— Você não é assim?

— Eu não sou perfeita.

— Diga quais são seus defeitos — pediu, sorrindo também.

— Eu confio muito rápido — falei. — Não perdoo com facilidade. Sou terrível, muito terrível, nesse quesito e tenho medo da morte.

— Da sua?

— Da minha e dos outros.

— Isso não é defeito.

Eu me via como uma bêbada batendo com a cabeça na parede, achando que em algum momento daria para atravessá-la. Sempre tive esperança nos homens.

— Sou esperançosa — falei.

— Isso é bom — falou ele, dando outro gole.

Olhei para as mãos dele.

— Você toca piano?

Ele examinou as mãos, parecendo satisfeito.

— Como você sabe?

Levei o copo aos lábios.

— Como você sabe? — repetiu ele. — Você deve ser uma Mami Wata, frequentando piscinas, procurando homens para seduzir e abanando esse seu rabo.

Minha cerveja desceu pelo buraco errado.

Sheri estava sentada na cama dela. Parei diante do espelho com minha roupa de trabalho: um tailleur que sempre precisava ser ajustado.

— Você não pode sair assim — disse ela.

Verifiquei o batom.

— Por que não?

— Para ir ao Bagatelle? As pessoas se vestem bem para ir lá. Seu tailleur parece que não foi passado.

— Ninguém vai reparar nisso.

Ela andou até o guarda-roupa e começou a vasculhá-lo.

— Você não vai encontrar nada aí que me sirva — falei.

— Espere só. Você vai ver — disse ela.

— Eu não vou gostar, Sheri. Sei que não vou gostar e não vou mudar de roupa para te deixar feliz.

Sempre. Ela perguntava se eu havia comido. Ajeitava meu cabelo enquanto eu me encaminhava para a porta, me fazia passar minhas roupas. Eu dizia que ela tinha alma de velha. Ela respondia que por isso era a mais sábia. Pegou uma roupa preta com um estampado dourado. Era um vestido justo com gola um pouco grande, no estilo senegalês.

— Diga que não gosta desse — falou ela.

Eu o vesti. Niyi chegou cedo. Achei que estaria mais arrumado, mas apareceu com a roupa do trabalho. Sheri não via a hora de conhecê-lo, mas ele acabou não entrando. Nós estávamos atrasados, alegou ele, mas depois confessou que estava com fome.

— Há quanto tempo ela mora aqui? — perguntou ele, quando saímos de carro do condomínio.

— Há dois anos — respondi.

— Ela progrediu — disse ele.

— O que você quer dizer com isso?

Estávamos nos aproximando do cruzamento que levava à rua principal.

— Morando aqui, sem emprego — murmurou ele.

Vi um carro passar, depois outro. Eu ia responder quando ele assobiou. Seu olhar seguiu um carro vermelho que parecia uma nave espacial em miniatura naquela rua antiquada. O carro diminuiu a marcha no portão do grande condomínio do outro lado da rua.

— O que foi? — perguntei.

— O novo BM — falou ele.

— Que BM?

— W — explicou.

Ficou olhando fixamente para as luzes vermelhas do freio. O portão abriu e o carro entrou.

— É... Podemos ir agora? — perguntei.

A rua principal estava livre. Ele deu uma olhada rápida antes de sair.

— Tão materialista. — Funguei.

Ele me olhou de cima a baixo.

— Você não gosta de coisas boas, Madame Socialista?

Virei o rosto para a janela. Ele bateu no meu joelho.

— É bom ver que a política não afeta sua forma de se vestir. Você fica bem de preto e dourado.

Continuei olhando para a janela. Não queria que ele me visse sorrir. Como ele me irritava.

Mas eu sabia que ele só brincava por se achar imperfeito. Não da forma como a maioria das pessoas era imperfeita, na encolha, por obsessão própria, mas imperfeito publicamente, de um jeito que todo mundo podia ver: uma esposa que o largara, um filho que ele não estava criando. Em qualquer outro lugar do mundo, seria difícil lidar com isso, ainda mais aqui. Quando chegavam à idade adulta, as mulheres já estavam mais que acostumadas a humilhações. Eram capazes de exibi-las como coroas, podendo até dar uma inclinadinha nelas para deixar mais estilosas, e desafiar qualquer um a questioná-las. Os homens usariam as humilhações como um manto largo e comprido demais.

— Tire essa carroça da minha frente — gritou ele.

Niyi dirigia feito um louco, como se estivéssemos indo para o aeroporto pegar o último voo partindo de Lagos, acusando os outros motoristas de andarem devagar demais.

— Por favor — falei. — Não bata com o carro.

O Bagatelle era um dos melhores e mais antigos restaurantes de Lagos, propriedade de uma família libanesa. Eu ri muito durante o jantar. Niyi pediu lafa-lafa, em vez de falafel. Quando chegou, disse que aquilo lhe daria gases. Eu perguntei do que ele gostava. Respondeu que preferia comida caseira.

— Desculpe, mas eu não cozinho — falei.

— Sério?

Ele pensou na minha declaração por um instante, depois deu um soco na mesa.

— Mas vou me casar com você assim mesmo.

— Ai, meu Deus — falei, a mão na cabeça. Se eu me casasse com ele, teria problemas.

— Coma — pediu.

— Já comi demais — falei.

— Você está desperdiçando comida — disse ele. — Pensei que fosse socialista.

— Você me chamou de várias coisas desde que me conheceu.

— Coma, ô-menina.

— Calma, deixa eu digerir isso primeiro.

Como aquele homem me irritava. Ele tinha uma língua afiada, até mesmo para beijar.

Fiquei surpresa ao encontrar a porta da casa de Sheri entreaberta quando cheguei. Empurrei para abri-la completamente e espiei a sala. Havia uma panela virada no sofá. Meu pé deslizou e me dei conta de que havia quiabo no chão.

— Sheri — falei, levando a mão ao peito.

Dei a volta no sofá, vendo mais ensopado pelo chão. Na cozinha, vi um saco de farinha de inhame pela metade no chão.

— Sheri! — falei.

Sua voz veio de seu quarto. Fui correndo até lá e encontrei-a deitada na cama.

— O que aconteceu?

Ela se levantou devagarinho.

— Ninguém bate em mim. Você bate em mim, eu bato de volta. Deus não se zanga com isso.

Havia farinha de inhame no cabelo dela.

— Quem bateu em você?

Ela bateu no peito.

— Me dizendo que sou puta por sair. Puta é sua mãe. Levante a mão para bater em Sheri Bakare, e sua mão nunca mais vai ser a mesma. Homem idiota, ele vai achar difícil jogar polo a partir de agora.

— Sheri, você bateu no brigadeiro?

Com uma panela, confessou ela. A guerra civil não o havia preparado para ela. Sheri bateu nele por todas as pessoas que haviam cruzado seu caminho na vida. Falei que ela não possuía uma gota de sangue branco no corpo. Gente de sangue branco não bateria num brigadeiro assim, com uma panela de ensopado de quiabo.

— Eu fui criada no centro de Lagos — disse ela. — Leve a rainha da Inglaterra até lá. Ela vai aprender a brigar.

Sheri foi varrer a farinha de inhame do chão da cozinha.

— Você sabe que terá que sair daqui — falei.

— Sei.

— E sabe que pode ser que ele mande alguém para te dar uma lição.

— Ele que mande o presidente — disse ela. — Ou até as tropas das Nações Unidas.

— Está preparada para morrer?

— Eu conheço gente que daria uma surra nele só por 10 *nairas*. E sei de coisas sobre ele que o levarão à prisão de segurança máxima em Kirikiri pelo resto da vida, caso ele tente fazer alguma bobagem. Ele é um covarde. Por isso bateu em mim. Não vai ousar mandar ninguém aqui. Se fizer isso, vai ler na *Weekend People* que apanhou de uma mulher.

Balancei a cabeça.

— Não sei quem é mais maluca, eu ou você.

— Depois do que meus olhos viram? Se eu não for maluca, o que mais poderei ser? O homem tem ciúme de mim. Dá para acreditar? Tem ciúme do meu sucesso. Com tudo o que ele tem. Não quer que eu tenha nada, a não ser as coisas que me dá. Disse que vai pegar tudo de volta. Eu falei, pegue! Tudo! Eu não vim para cá nua.

Olhei para a sala.

— E seus móveis?

— Nós não temos mesas e cadeiras na casa do meu pai? Ele que fique com esses móveis. Eu só quero meus CDs da Barbra Streisand.

— Deixe que eu faço isso — falei, ao vê-la varrendo o chão com certa dificuldade.

Ela arrastou uma cadeira enquanto eu juntava a farinha.

— Enitan — disse ela, depois de algum tempo. — Vou te dizer uma coisa que não tem a ver com o que aconteceu aqui e espero que você preste atenção.

Eu estava prestes a ajoelhar.

— Sim?

— Minha mãe não está morta. Meu pai me disse que ela morreu, mas a verdade é que ele me tirou dela.

— O quê?

— Você sabe como a Inglaterra era naquela época. Os negros eram tratados como macacos pelos *òyìnbós*. Ele tinha acabado de se formar. Ela trabalhava num hotel. Levava comida para ele. Eles nunca se casaram, e ele quis que eu conhecesse nossas tradições.

— Que tradições? — murmurei.

Ele nem se preocupou em criar a filha. Entregou-a para a mãe dele e depois para as esposas.

— Alhaja me contou tudo antes de morrer. E pediu desculpas. Eu disse que eram águas passadas. Pare de me olhar assim. Não sou a primeira nem a última. Pelo menos ele não me deixou na Inglaterra como alguns fazem, e, de qualquer forma, eu tenho duas mães.

— Mas sua mãe de verdade...

— A pessoa que nunca veio me procurar. Isso não é uma mãe de verdade.

— O que seu pai fez foi errado — falei, os olhos fechados.

— Eu posso aceitar isso, como qualquer um pode. Você está tentando me dizer que sente minha dor mais do que eu mesma sinto?

Ela estava sorrindo. Eu sabia que era melhor parar por ali.

— Foi mal.

— Faça as pazes com seu pai. É só o que eu te peço. Já chega. Vou me mudar daqui amanhã e voltar para a minha família. Acho que você deve fazer o mesmo. Essas coisas acontecem em todas as famílias. Acontecem. O importante é o que você faz depois. Seu pai te criou. Nunca te abandonou. Não seja teimosa.

— Eu tenho o direito de estar zangada.

— E então nega aquele que te criou.

— Não são só as mentiras dele.

— Há mais alguma coisa?

— Eu não confio nele. Nem com minhas amigas.

— Que amigas?

Apontei.

— Você acha que seu pai está dando em cima de mim? — perguntou, os olhos arregalados.

— Querida isso, querida aquilo. — Eu o imitei.

— Ele fala assim com você também.

— Eu o conheço. Ele pensa que não, mas conheço.

Eu me levantei, consciente de que soava como minha mãe.

— Isso aqui é Lagos — disse ela. — Você não pode se comportar assim. Não será a primeira nem a última. Nós sabemos como são nossos pais. Temos de aceitá-los como são.

Joguei a sujeira da pá na lata de lixo grande.

— Enitan!

Eu me senti envergonhada quando percorri o caminho de cascalho. As filhas deviam prestar atenção, e eu não havia prestado atenção. Parei antes de tocar a campainha; toquei duas vezes e ouvi passos. A porta foi aberta. O cabelo dela estava completamente grisalho. Talvez tivesse se esquecido de passar tinta. Pela primeira vez, tive medo de que minha mãe morresse sem me perdoar.

— É você? — perguntou ela.

— Sou eu — falei.

— Entre — disse ela.

Ela ouviu o que eu tinha a dizer.

— Você foi insolente com ele. Terá que pedir desculpas. Isso é proibido, chamar seu pai de mentiroso.

Tirou os chinelos. Eram originalmente azuis, mas os pés dela haviam deixado marcas marrons neles, e o tecido estava coberto de poeira.

— Ele não prestava. Depois que você nasceu, eu disse que não queria outro filho. Deus nos abençoara com uma filha saudável. Por que nos arriscar a ter outro? Mas a família dele não quis saber disso. Ele precisava de um filho homem, então começaram a ameaçá-lo dizendo que teria de arranjar outra esposa, e a mãe dele, aquela mulher que sofrera tanto, me ameaçou também. Seu pai não disse uma só palavra para me apoiar.

"Eu era muito reservada. Discreta. Seu pai gostava disso. Achava que tinha de estar acima dos outros. Talvez por ter sido negligenciado quando menino. E eu não me importava em usar o que ele comprava para mim, roupas, joias. Eu tinha tudo, mas, depois que seu irmão nasceu, o que importavam essas coisas? Imagine o sofrimento daquela criança. Ele chorava e chorava e nós não podíamos tocar nele. Eu não podia tocar no meu filho. Para quê? Para um homem que não se deixava deter. Saindo o tempo todo, como se meu filho não existisse, como se eu não existisse. Ele dizia que eu não me cuidava mais. Eu não tinha tempo para mim. Dizia que eu vivia com raiva. É claro que estava com raiva. Era como engolir cacos de vidro. Não se pode expelir cacos de vidro do corpo. Isso causaria rasgos. É melhor guardar tudo lá dentro.

"Nunca faça sacrifício por um homem. Quando você disser, 'Olhe o que eu fiz por você', será tarde demais. Eles nunca se lembram. E, no dia que você começa a retaliar, eles nunca esquecem. Reze para nunca ter um filho doente. Você não sabe se deve amá-lo de mais ou de menos. Quando ele piora, você o ama da única forma possível, como se fosse uma parte sua.

"No dia que seu irmão morreu, seu pai estava fora. Levei seu irmão para a igreja. Todos começaram a rezar. Como rezamos naquele dia. Seu pai não me perdoou, dizia que eu devia ter ido para o hospital. Por que não o levou para o hospital, por que não o levou para o hospital? O que o hospital pode fazer? Não pode tirar a anemia falciforme da criança, não pode fazer com que a criança que está morrendo viva. Eu não sou ignorante. Não existe mãe no mundo que não acreditaria que a fé pudesse curar o filho depois que a medicina falhasse, mesmo as jovens de hoje, que fazem planejamento familiar."

Eu concordei. Naquela época, os casais se arriscavam. Agora, casais com dinheiro viajavam para o exterior para fazer exames no primeiro trimestre da gravidez. Se o exame acusasse que o feto tinha anemia falciforme, a mulher faria um aborto com discrição. Nós acreditávamos em espíritos reencarnados tanto quanto na santidade do início da vida.

— Sim — continuou minha mãe. — Um filho, você diz. Não me surpreendo. Era questão de tempo até ele vir à tona. Gostei de saber. Todos aqueles anos, eu queria que seu pai admitisse que estava vivendo em erro. Ele nunca admitiu.

Tentei me lembrar do meu irmão. Era magricela; sempre o jogávamos no ar e fazíamos cosquinha nele, exceto quando adoecia. Às vezes, eu queria saber como era estar doente. Um dia, tentei fingir que estava tendo uma crise. Ele riu e me empurrou para fora da cama, e gritou tanto que minha mãe apareceu. Ela perguntou se eu achava aquilo engraçado.

No dia do enterro, nenhum de nós compareceu. Meus pais não foram porque os pais não podem enterrar os filhos, de acordo com o costume. Fiquei com eles porque meu pai disse que eu era muito pequena. Anos depois, fantasiei que meu irmão estava me pregando mais uma peça, dessa vez se fingindo de morto. Eu queria vê-lo de novo, me metendo em confusão e dando uma espiada para avaliar minha reação, mas tinha medo de fantasmas. Meu irmão que era o corajoso, pensei. Sempre que ele ficava internado, eu preferia me esconder debaixo da cama a visitá-lo e, depois que ele morreu, tive medo de que ele viesse me visitar como um mascarado macabro. Durante um tempo, a morte tornou-se a conclusão lógica para cada situação. Minha cabeça coçava, então eu a coçaria, e então sangraria, e sangraria até morrer. Uma aranha na cortina, então ela cairia na minha boca, picaria minha garganta, que incharia tanto que eu morreria. À medida que fui ficando mais velha, as conexões entre os eventos se tornaram menos precárias.

Eu me lembrava de coisas da minha mãe também, de como fazia chá de capim-limão sempre que eu ficava doente e ia ver como eu estava várias vezes à noite, como uma enfermeira, sem piedade: "Abra a boca. Muito bem." Em outro país, ela talvez tivesse buscado aconselhamento psicológico ou feito terapia. Aqui, as pessoas ou enlouqueciam ou não enlouqueciam. Quando enlouqueciam, andavam nuas pela rua. Quando não enlouqueciam, ficavam dentro de casa. Houve uma época em que minha mãe tinha 33 vidros de perfume na penteadeira, antes de começar a usar aquelas roupas da igreja com cheiro de cloro e goma. Eu contava os perfumes. Ainda conseguia me lembrar dos dias de glamour, do cafetã de veludo com espelhinhos circulares. Eu a imaginei com cacos de vidro no estômago. Eles estavam ali nos seus olhos. Minha mãe era uma mulher bonita. Fazia tempo que não me recordava disso.

1995

As pessoas dizem que, aos vinte e poucos anos, eu era esquentadinha. Não me lembro de ter sido esquentadinha. Só me lembro de expressar minhas opiniões. No meu país, quanto mais as mulheres desistem do direito de protestar, mais são apreciadas. No fim, morrem deixando para as filhas apenas a abnegação; um triste legado, como sulcos se abrindo em uma garganta seca.

Da primeira vez que falei com Niyi sobre casamento, eu tinha descoberto que minha mãe vinha catando no lixo meus absorventes usados para levá-los para as orações da igreja, pois o padre lhe dissera que se não fizesse isso eu não teria filhos. Ela ainda frequentava a igreja dele e agora era irmã sênior. Acendia velas pela manhã e à noite para rezar, falava sozinha e cantava hinos religiosos. Trancava a porta de casa às seis da tarde e fechava as cortinas. Eu saía para ver Niyi só para me afastar dela e da casa onde me sentia presa desde pequena. A casa lhe pertencia agora. Meu pai havia se rendido e assinado os papéis três semanas depois que fui morar lá. Recebi o documento da transferência e um bilhete em que ele me acusava de ter mudado de lado. Respondi agradecendo por ele ter me criado e argumentando que nunca tive a chance de escolher um lado. E pedi desculpas pela minha falta de respeito. Realmente, eu não deveria ter chamado meu próprio pai de mentiroso.

Minha mãe começou a se vangloriar para as amigas da igreja, dizendo que eu, enfim, havia enxergado a hipocrisia do meu pai. Passava os domingos com elas, mas, quando voltava para casa, ficava dizendo que eram mesquinhas. Eu fingia dar ouvido às reclamações dela. Sabia que minha mãe sofria por causa dos sacrifícios feitos durante a vida de casada e entendi por que se dedicou à igreja com tanto fervor. Se tivesse apelado para o vinho ou para a cerveja, seria chamada de bêbada. Se tivesse procurado outros homens, seria chamada de puta. Mas quem a censuraria por se dedicar a Deus? "Deixem a mulher em paz", diziam. "Ela é religiosa."

Eu tinha visto minha mãe rezando e o jeito como brandia as mãos e exagerava no sorriso. Sempre que dizia amém, eu tinha a impressão de que ela poderia muito bem estar dizendo *nyah-nyah*. Ela havia enganado todo mundo. Sua fixação na religião nada mais era que uma rebeldia perpétua. A fé não a havia curado, e eu esperava que o nascimento de um neto resolvesse isso.

Mas, quando falei que ia me casar com Niyi, ela afirmou que a loucura dominava a família dele. Ah, sim. Uma das tias estava sempre lavando as mãos, e outra, muito bonitinha, teve um bebê e não tocou nele durante dias. "Imagine uma mãe fazer isso", comentou.

Comuniquei o noivado ao meu pai, e de repente ele virou religioso também. "Não é permitido", disse ele, o dedo em riste; não era permitido pelo Papa, dizia ele. Niyi era um católico divorciado, então meu pai não nos daria sua bênção.

Foi preciso tio Fatai convencê-lo a concordar com a nossa união. Então ele instruiu Niyi sobre como o casamento teria de funcionar, o que acabou com qualquer amizade que os dois pudessem ter desenvolvido. Niyi, por sua vez, aflito com as atividades religiosas da minha mãe, a evitava como se fosse uma feiticeira.

No dia do meu noivado tradicional, me ajoelhei diante do meu noivo de acordo com os rituais. Ele apresentou um dote para minha família — um tecido trabalhado à mão e joias de ouro. Eu não queria um dote e não queria me ajoelhar. Niyi relutou em participar daquele ritual, disse que estava muito velho para aquilo e que já tinha um filho. Durante a cerimônia meus pais brigaram, e minha mãe se recusou a se sentar ao lado do meu pai. Ele disse que não se importaria se ela assistisse a tudo do outro lado do portão. Uma semana depois, no casamento civil, me senti sufocada com o mal-estar no cartório de Ikoyi.

Não derramei uma só lágrima quando saí de casa. Logo eu, que chorava à toa. Depois dos ritos finais, quando a noiva se ajoelha diante dos pais para pedir a bênção, ela deve chorar. Todos os convidados aguardam esse momento durante a festa, quando dizem: "Nossa, como aquela menina chorou. Ela ama muito os pais." Mas eu sempre desconfiei daquilo. De que serviam aquelas lágrimas com hora marcada? Uma noiva de quase 40 anos, com cabelos grisalhos, chorava como se os pais a tivessem vendido. Eles quase tinham desistido dela. Por que chorar? Eu não guardava ressentimento dos meus pais. Como ocorre na maioria das famílias, nossas mágoas foram superadas o suficiente para nos manter em contato, mas sabíamos que poderíamos desmoronar a qualquer grande estresse. Eu ainda não conhecia o filho bastardo do meu pai, meu meio-irmão. No começo foi porque eu queria que meu pai soubesse que eu não havia me esquecido da sua mentira. Depois, foi uma questão de ser leal à minha mãe. Depois de um tempo, foi porque outras questões me ocupavam, como o trabalho, por exemplo.

Na época, eu trabalhava no Ministério da Justiça e complementava a renda com um processo de abertura de empresa aqui, outro ali. Depois que me casei, Niyi me apresentou a uns amigos que trabalhavam no setor bancário, e arranjei um emprego na área de controle de crédito. Não estava preparada para essa nova ambientação, lidando com grandes quantias de dinheiro em prazos apertados. De um lado, os intrujões da tesouraria me pressionavam a aprovar os pedidos, do outro, a gerência me mandava examinar as linhas de crédito. O grupo da tesouraria aparecia dez minutos antes do fim do prazo, calculando quanto o banco poderia perder se eu não aprovasse as transações. Eu tinha azia de tanto discutir com eles. Um dia aprovei por engano uma linha de crédito insuficiente, e o gerente me deu uma chamada daquelas.

Depois do trabalho fui para casa chorando. Niyi olhou para mim e disse:

— Você precisa ser mais firme, menina. Não pode deixar os outros te tratarem assim. Mande para o inferno quem te pressionar.

— Você não entende — expliquei. Banqueiros não eram como advogados. Nós estávamos habituados a esperar pelo fim do processo. Contávamos com atrasos. Niyi puxou meu nariz. — Pare com isso — falei, empurrando sua mão.

Ele deu um tapinha de leve na minha cabeça.

— É assim que você deve falar.

Eu consegui ir para o trabalho no dia seguinte. A partir dali Niyi passou a fazer esse tipo de ritual comigo. Meses depois, quando a secretária-executiva da empresa saiu, assumi o cargo dela.

No trabalho eu tentava conscientemente imitar Niyi, dizer "não" sem balançar a cabeça, sustentar o olhar dos outros. Em casa, ele me matava de rir das coisas que ele fazia e dizia com o olhar. Tocava umas músicas no meu piano e tinha a audácia de dizer que aquilo era jazz. Para mim, parecia mais um rato correndo no teclado de um lado para o outro. Ele andava pela casa só de cueca, mais nada. Em mais de uma ocasião, virou de costas e puxou a cueca para baixo a fim de verificar as hemorroidas, que o incomodavam pelo menos duas vezes por ano. Eu disse que essa fraqueza oculta nas tripas dizia algo sobre a personalidade dele. Ele falou que eu devia me habituar com isso, com supositórios e unguentos. Com o tempo me acostumaria com essas e outras surpresas conjugais. Não sabia que um homem podia ter um jeito tão peculiar de espremer a pasta de dente. Nunca imaginei que ficaria a ponto de pular sobre a mesa de jantar para esganar um homem só pelo modo como mastigava a comida. Em momentos mais sérios, ele franzia o cenho, e eu sabia que não diria mais nenhuma palavra. Isso ocorria sempre que vinham à tona os rancores contra a ex-mulher, contra os amigos que ficaram do lado dela e contra a própria família. Nunca me acostumaria com isso.

Depois que Niyi saiu do escritório do pai, os irmãos o evitaram com medo de contrariar o pai. Só a mãe dava uma fugida para visitá-lo de vez em quando. Passado um tempo a esposa o abandonou. No dia em que ela arranjou um novo namorado, o filho parou de ligar para ele. Anos depois, embora todos eles já se falassem, Niyi jurou que não se esqueceria da atitude de cada um deles. Sempre que queria falar com o filho, era eu que ligava para a ex-mulher. Ele era cauteloso com o pai e os irmãos, e protegia a mãe a ferro e fogo.

Toro Franco era uma dessas mulheres que, assim que se casavam, perdiam a voz. Era enfermeira, mas o marido e os filhos, todos advogados, achavam que ela não conseguia entender os termos mais básicos relacionados à análise de oferta e aceitação de contratos, então ela agia como se não entendesse mesmo. Ela dizia "presidência" quando queria dizer "precedência". Andava com a anágua aparecendo por baixo da saia. Toda vez que tentava participar de uma discussão jurídica, eles diziam "Mamãe, olhe só para a senhora. Seu sábado está aparecendo por baixo do seu domingo". E riam quando ela ajeitava a anágua. Se mencionassem a palavra fome, ela corria para a cozinha, dava ordens aos empregados e me chamava para ajudar. Eu sabia que ela me achava um desastre na cozinha, pois eu derrubava colheres no chão, pegava em cabos de panela quentes, cortava os dedos.

— Está quente aqui — eu dizia.

— Não se preocupe — retrucava ela.

— Os rapazes deviam ajudar.

— Rapazes? O que eles podem fazer?

— Eles sabem como implicar com a senhora.

— Com quem mais vão implicar?

Um dia tentei fazer com que ela se abrisse comigo.

— A senhora nunca se sente sozinha aqui? A cozinha não é o lugar mais solitário da casa?

Ela me olhou como se eu tivesse falado uma coisa de outro mundo.

— Basta — pediu. — Agora chega.

Continuei a mexer o ensopado, imaginando minha sogra em uma capela mortuária, em uma sepultura, com a anágua aparecendo e o marido e os filhos lhe dizendo como ela era boa.

Todos diziam que minha sogra era boa. Eu só acreditaria quando ouvisse uma palavra sincera sair dos lábios dela. O marido gostava de ensopados preparados da forma tradicional, com carne frita em óleo de amendoim, e gostava tanto da esposa que só comia ensopado preparado por ela e por mais ninguém. Quarenta e cinco anos depois ele tinha problemas arteriais, e as mãos dela estavam tão secas e enrugadas quanto a carne que fritava. Senhor doutor advogado Francis Abiola Franco. Quando nos conhecemos, ele perguntou:

— Você é filha de Sunny Taiwo?

— Sou, sim, senhor — respondi.

— Vê-se logo que sua raça é boa.

"E por acaso eu sou algum cavalo?", perguntei a Niyi depois.

"Ele é que é um cavalo", disse Niyi. "Um cavalo velho."

Ele era um daqueles advogados seniores da Nigéria, mas perdera o contato com o direito e a realidade. Mandava os filhos discarem no telefone quando precisava fazer uma ligação. Sentava-se sempre no banco detrás do carro, mesmo quando um dos filhos dirigia. Parou de falar comigo quando discordei dele em um assunto jurídico. Discordei só por discordar. Eu não gostava muito dele, mas adorava meus cunhados. Os quatro se pareciam com Niyi, a mesma pele escura e o nariz fino. Eu os beijava com uma pontada de libido e de espírito maternal quando invadiam minha casa e diziam "Enitan da África!", "*Obirin Meta!* Três mulheres em uma!", "*Aláiyé Bàbá!* Mestre da terra". Era como cumprimentar quatro vezes o meu marido. Eu nem me importava de ficar sentada ao lado deles vendo todos coçarem o saco e mencionarem as partes do corpo feminino: os peitos, o traseiro, os "acessórios". Sobre Sheri diziam: "Ela é muito talentosa. Rá-rá-rá."

Eu sabia. Eles morriam de medo das mulheres, embora negassem.

— Quem tem medo de mulher? — perguntavam.

— Enganando — eu respondia. — Mentindo. Vocês mentem até o último suspiro. E depois não conseguem nem chegar na cara da pessoa e dizer que o relacionamento acabou. Isso é ter medo.

— Se é assim que você pensa... Rá-rá-rá. — Coça, coça, coça.

Às vezes, eles traziam namoradas que na visita seguinte já não existiam mais. Às vezes, brincavam de esconde-esconde com as namoradas. Um dia eu perguntei:

— Vocês estão esperando para se casar com sua mãe, ou o quê?

— É claro — respondiam, inclusive Niyi.

— Muito bem. Não acham que deviam ser menos exigentes?

— Não — respondiam eles, exceto Niyi.

Meu marido implicava com os irmãos da mesma forma que fazia comigo, mas se irritava facilmente no meio das brincadeiras. Depois me chamava de lado e dizia, "Cuidado com o que fala. Daqui a pouco eles vão me chamar de faixa de mulher", um pano que as mulheres amarravam na cintura e uma forma de dizer que um homem era fraco, controlado pela esposa. Eu o achava paranoico. Eu dizia que sentia muito. Foi ele quem me encorajou a ser firme no trabalho. E agora me pedia que agisse dentro de parâmetros específicos. Eu gritava com ele ao conversar sobre isso, mas ele não dizia uma só palavra. Depois falava que não estava acostumado a discutir dessa forma, justificando-se. "Na nossa família nós não elevamos a voz quando discutimos."

Os Franco eram uma família de descendentes de escravos libertos do Brasil, em outros tempos a fina flor da sociedade de Lagos. Consideravam-se bem-nascidos porque o bisavô, Papa Franco, fora educado na Inglaterra. Na época, ele adquiriu uma imensa propriedade, que sobreviveu à derrubada da favela que se espalhou por quase todo o bairro brasileiro em Lagos. Alguns dos prédios agora davam a impressão de que um punho gigantesco havia descido do céu e os esmagado. Os que permaneceram de pé pareciam construções frágeis com portas tipo veneziana altas e varandas de ferro forjado. Nada foi feito para melhorar o sistema de drenagem, as sarjetas e latrinas datavam dos tempos coloniais. As casas eram ocupadas em sua maioria por ambulantes e comerciantes.

O único filho de Papa Franco, avô de Niyi, teve 26 filhos com três mulheres distintas que morreram antes dele, e seus bens passaram por vários processos judiciais. Cada facção dos Franco sentava-se em bancos distintos na igreja católica que frequentavam. A igreja deles me lembrava a da minha mãe: o incenso, as roupas brancas e os cânticos. Quando a bandeja de coleta passava, eles davam muito pouco. O dinheiro do petróleo não havia chegado às mãos deles, e os salários do serviço público eram irrisórios. Os homens da família empinavam o nariz, as mulheres exibiam os decotes cobertos de contas de ouro e de coral, com as roupas cheirando a cânfora. Tinham o orgulho e a falta de ambição de uma geração que não havia atingido a riqueza e se ignoravam mutuamente por achar que era vulgar brigar às claras. Alguns exemplos de como resolviam suas diferenças: tia Doyin, a bonita, trancou-se em um quarto até o pai permitir que ela se casasse com um protestante; o pai de Niyi parou de falar com ele durante um ano quando saiu da Franco & Associados; o próprio Niyi me ignorava durante dias.

Da primeira vez que isso aconteceu, havíamos brigado por causa de algumas bebidas. Bebidas. Seus irmãos estavam nos visitando e eu tinha acabado de voltar do trabalho. Como sempre, ele me pediu:

— Enitan, você pode servir umas bebidas para esses animais?

Niyi dizia que era totalmente inepto na cozinha. Seu truque favorito era fingir ataques de pânico na porta, apertando a garganta com as mãos e caindo de joelhos no chão. Normalmente eu achava graça porque tínhamos empregada, mas naquela noite não achei graça nenhuma. Eu estava com hipoglicemia e tremia por causa disso; tinha passado o dia me defendendo dos caras da tesouraria.

— Você tem duas mãos — falei.

— Minha amiga, mostre algum respeito por mim.

— Vá para o inferno — falei.

Nos meus 29 anos, nenhum homem jamais havia me pedido para lhe mostrar respeito. Nunca foi preciso. Eu já tinha visto como as mulheres respeitavam os homens e acabavam arcando com todo o fardo, como aquelas pessoas que carregavam lenha na cabeça e tinham o pescoço comprido como torres de igreja e a testa achatada. Mulheres demais, pensei, acabavam tratando as frustrações domésticas como leves casos de indigestão. A partir da geração da minha avó, elas começaram a se formar e a seguir carreira. A geração da minha mãe foi de profissionais pioneiras. Esperava-se que a nossa fosse também. Não tínhamos escolha na atual recessão. Mas havia um ditado, que só ouvi da boca de mulheres, que dizia que livros não eram comestíveis.

Era uma sobrecarga de deveres, pensei, algumas vezes autoimposta. E a expectativa de subordinação me aborrecia muito. Como eu podia me submeter a um homem cujo traseiro eu já vira e tocara? Obedecer a ele sem sufocar com a minha demonstração de humildade, como se tivesse uma espinha de peixe presa na garganta? E quem quer que tirasse a espinha diria: "Olha, foi a humildade que a sufocou. Agora ela está morta." Poderia ter sido minha redenção, pois meu marido precisava de uma esposa de quem pudesse pelo menos sentir pena. Mais tarde naquela noite ele me chamou de lado e disse:

— Por que falou daquela forma na frente dos meus irmãos?

— Por que você não pode servir bebidas para seus irmãos pelo menos uma vez? Por que não pode entrar na cozinha? O que vai acontecer com você se entrar? Será mordido por uma cobra?

Ele não falou comigo durante duas semanas, e eu pensei em me separar só por causa disso — ele podia pelo menos se lembrar de que já era um homem maduro, embora eu mesma, de propósito, desse esbarrões nele e fizesse careta pelas suas costas. Mas ninguém que eu conhecesse havia se separado porque o marido vivia emburrado. Eu queria uma família e já tinha visto como Niyi sofria pela dele. Eu o conhecia dos pés à cabeça. Quando não estávamos brigando, gostava de vê-lo se contorcendo todo ao ouvir uma mulher ou outra com voz melosa cantar, como a que ele chamava de Sarah Vaughan. Eu não distinguia uma música da outra, mas ela dizia tudo que eu não estava preparada para dizer, usando poucas palavras.

Às vezes eu te amo
Às vezes eu te odeio
Mas quando eu te odeio
É porque eu te amo.

Fiquei grávida e logo depois sofri um aborto. Senti a primeira contração no trabalho. Quando cheguei em casa era tarde demais, e um coágulo de sangue já tinha sido expelido. Chorei até ensopar o travesseiro. Não há nada pior que perder um filho, mesmo antes de nascer. Quando um filho morre sob seus cuidados, as pessoas entendem que você se sinta responsável. Mas, quando morre dentro do seu corpo, imediatamente tentam te absolver: "Foi a vontade de Deus, não se deve chorar por isso." Não se sabe por quê.

Engravidei de novo. Dessa vez o bebê se desenvolveu fora do útero e poderia ter me matado se não fosse por um médico inteligente. Tive de ser operada de emergência. O médico disse que minha chance de ter outro filho era reduzida. "Mas continue tentando", falou. Um ano depois ainda tentávamos. Os parentes de Niyi começaram a pressioná-lo. "Está tudo bem?" Olhavam para a minha barriga antes de olhar para minha cara. Alguns me repreendiam diretamente. "O que está esperando?" Minha mãe me convidou para ir às suas vigílias, meu pai se ofereceu para me mandar ao exterior para consultar outros médicos. Eu perguntava por que atormentavam as mulheres assim. Nós éramos maiores que o nosso ventre, maiores que a soma das partes do nosso corpo.

— Pelo amor de Deus — disse meu pai, solenemente. — Não estou brincando.

Sheri sugeriu que eu tentasse uns remédios contra infertilidade. Disse que todas as mulheres estavam tomando.

— Verdade? — perguntei.

— É claro. Depois de um ano ou até mesmo seis meses sem resultado natural, elas tomam.

— Seis meses?!

Ela citou vários casos. Uma mulher que não tinha filhos, outra que tinha duas crianças, mas ambas eram meninas, e uma terceira que queria engravidar para prender o marido.

— Onde elas conseguem esses remédios? — perguntei.

— Com os médicos.

Indaguei se eram especialistas em infertilidade, mas Sheri não soube responder, só sabia que havia tratamento e que os medicamentos eram obtidos de forma clandestina.

Gravidez de gêmeos, laparoscopia, ciclos de remédios. Ela me deu detalhes e perguntou se eu queria o telefone de um dos médicos. Eu só queria ficar em paz, falei. Como meu marido já tinha um filho, ninguém poderia me acusar de ser responsável pelo fim da linhagem Franco.

Eu nunca duvidei que seria mãe. Nem uma só vez. Só não sabia quando, e não queria ser uma cobaia na mão dos médicos. Mais dois anos se passaram, e nós continuamos tentando. Finalmente concordei em ver um ginecologista especializado em infertilidade. Niyi marcou um horário para mim, e eu enfiei a cabeça no travesseiro quando ele se recusou a dar um nome falso à secretária alegando que não íamos a uma clínica de doenças venéreas. Quando chegamos lá, vimos vários carros estacionados na rua, e algumas mulheres da idade da minha mãe. Eu era uma das únicas com o marido ao lado. O médico chegou uma hora depois, de queixo erguido e barriga protuberante. Cumprimentou-nos com um grunhido. Eu me encolhi um pouco na cadeira, como as outras mulheres. Nem sei por quê.

Em pouco tempo, Niyi e eu estávamos brigando sobre a dinâmica da fertilidade. Parecíamos animais acasalando. A cada pequeno acontecimento vinha uma acusação, e fui reduzida ao tamanho do meu útero. Eu olhava para os filhos dos outros e imaginava aquelas mãozinhas macias e pegajosas nas minhas, sentia falsos enjoos matinais e praguejava quando minha menstruação vinha. Quando não vinha, eu comprava roupas de bebê e fazia testes de gravidez. A certa altura me convenci de que era uma punição, um castigo por alguma coisa que eu fizera. Lembrei da história de Obàtálá, que certa vez fez com que as mulheres da terra se tornassem estéreis. Pedi perdão. Lembrei também de quando eu falava demais e achei que, se dissesse mais um palavrão, tivesse mais um pensamento ruim, permaneceria estéril. Como penitência, parei de falar.

Foi assim que cheguei à casa dos trinta, em estado de silêncio. Eu me sentia como se tivesse corrido no ar durante anos. Essa constatação me fez rir. "Satisfeita?", perguntei a mim mesma em voz alta certo dia. Como não ouvi nenhuma resposta, disse: "Que bom."

Procurei não ir mais fundo que isso; preferia equilibrar minha casa em um alfinete a ir mais a fundo.

No dia em que engravidei, me sentei no chão do banheiro e chorei segurando o teste. "Obrigada, Deus", falei. "Deus o abençoe, Deus." Fui correndo até Niyi, já me imaginando de barriga grande. Caí em seus braços, e os olhos dele se encheram de lágrimas.

— Achava que não tinha mais jeito — disse ele.

— Sempre tem um jeito — respondi.

Prometemos não discutir. Meu médico sugeriu que eu ficasse de cama durante três meses, e pedi demissão porque meu diretor administrativo, que uma vez me disse que eu era sexy, muito sexy, e que daria em cima de mim se não fossem minhas pernas finas, estava só esperando uma oportunidade para colocar uma prima no meu lugar. Por isso se recusou a aceitar meu pedido de licença médica.

— Sra. Franco, nosso banco não pode se dar ao luxo de ter uma secretária-executiva ausente.

Argumentei que o banco tampouco poderia se dar ao luxo de ser processado por mim. Não ia abrir mão do cargo com facilidade. Pensei em processar a empresa, mas desisti logo da ideia porque realmente queria mais ser mãe do que secretária-executiva. Soube disso quando comecei a vomitar no vaso sanitário toda manhã, a me olhar no espelho e sorrir. Então resolvi aceitar o convite do meu pai de ser sócia dele.

No primeiro mês de repouso eu lia os jornais locais, algo que normalmente não tinha tempo de fazer quando estava trabalhando. O que mais lia eram artigos de jornais menos respeitáveis: *Mulher dá à luz uma serpente. Centenas de pessoas aglomeram-se para ver a Virgem Maria aparecer na janela da latrina.* E também lia as páginas de obituários: *Descanse em paz, ó gloriosa mãe e esposa, morta depois de uma breve enfermidade. Em memória do nosso pai.* Aquelas eram notícias reais, pensei. Os obituários eram sempre propícios e sem censura, a não ser quando ocultavam mortes causadas pela Aids.

Às vezes, eu lia editoriais sobre o futuro da democracia. Havia se passado mais de um ano desde 12 de junho de 1993, início da terceira transição do nosso país à democracia. Mas ela terminou duas semanas depois, quando o governo militar anulou as eleições gerais e assumiu o poder. Um governo transitório durou três meses até que outro golpe aconteceu. Esse novo regime restaurou parcialmente a Constituição, acabou com os partidos políticos, extinguiu o Senado e a Câmara e instituiu uma coisa chamada conferência constitucional para fazer a reforma democrática.

Entre os ativistas da campanha pró-democrática, um era o cliente antigo do meu pai, Peter Mukoro, agora editor da revista *Oracle.* Ao longo dos anos, Mukoro ganhara muitos adeptos em razão do tipo de reportagens que fazia: denúncias sobre esquemas de drogas, vazamentos de petróleo no Delta do Níger, cultos e gangues nas universidades, guerras religiosas no Norte, esquemas de prostituição nigeriana na Itália. Quando Peter Mukoro escrevia, o povo lia, então, quase sempre, ficava em maus lençóis. Ele respondia a vários processos. Meu pai continuou a defendê-lo. Às vezes perdiam, às vezes ganhavam, outras vezes o processo ficava suspenso. A casa de Peter Mukoro foi assaltada duas vezes, mas nada foi roubado. Depois houve o misterioso incêndio na redação da revista. A certa altura ele se declarou "o homem mais azarado da cidade" porque até para o padrão de Lagos sua vida era "extremamente amaldiçoada". Quando escreveu um editorial a favor da reintegração dos resultados da eleição geral, foi preso, e sua revista passou a ser uma publicação clandestina. Ele não foi acusado formalmente, mas sua prisão foi considerada legítima conforme o Decreto 2, decreto militar de uma década atrás, segundo o qual suspeitos de atos nocivos à segurança nacional podiam ser presos sem acusação formal. Até eu senti pena dele. Pelo menos Peter Mukoro não era um desses jornalistas que faziam crítica ao governo e no fim arranjavam um cargo público. Ele não trabalharia para um jornal estatal nem para ninguém com afiliações militares.

Meu pai imediatamente publicou uma declaração na *Oracle*, dizendo que continuaria a apelar até Peter Mukoro ser solto. Eu me preocupei com sua segurança, pois o Decreto 2 justificava qualquer prisão. Naquela época, meu pai chegou até a pedir que os militares deixassem o poder. Eu também queria os militares fora, principalmente depois que fuzilaram manifestantes durante uma passeata. Mas havia milhares de outras formas de morrer no meu país: buracos pouco visíveis nas estradas, remédios falsificados contra malária. As pessoas morriam porque não podiam pagar soro intravenoso. Morriam porque bebiam água contaminada. Morriam de miséria, sem água e sem luz. Morriam porque acordavam de manhã e percebiam que estavam segregados, empobrecidos. O ano de 1995 fez com que eu agradecesse pelas calamidades das quais minha família e meus amigos haviam escapado, e não com que protestasse contra o governo. Eu estava grávida de quase dois meses e achava, como muitos nigerianos, que era melhor manter minhas prioridades dentro de casa. O que eu queria, no início do ano, era que meu bebê nascesse em paz.

*

Niyi me entregou o exemplar mais recente da *Oracle.*

— Leia isso — falou.

— O que houve? — perguntei.

— Seu pai está falando de novo.

Ele saiu do quarto e eu li o artigo. Meu pai dera uma entrevista sobre prisões recentes em nome do Decreto 2. Defendia uma greve nacional. Joguei a revista na cama e me vesti. Niyi ficou surpreso ao me ver descendo a escada, baixou o jornal e perguntou:

— Você vai sair?

— Vou ver meu pai. Vou tentar pôr um pouco de bom senso na cabeça dele.

— E o seu repouso?

— Estou cansada de repousar.

— Cuidado — disse, voltando a ler o jornal.

Eu lhe assegurei que tomaria o maior cuidado. Quando fui dirigindo para a casa do meu pai, respirei fundo. Fazia tempo que não saía sozinha e, durante o harmatão, as noites eram mais frescas. Eu só enxergava poucos metros à frente na pista por causa da poeira trazida pelo vento. Ele soprava as folhas e açoitava os olhos das pessoas. As crianças ainda chamavam esse ardor nos olhos de conjuntivite Apollo.

Eu devia ter planejado o que diria ao meu pai. Ele estava dentro de casa. Não se sentava mais na varanda à noite depois que os ladrões invadiram de barco a casa ao lado.

— O que está fazendo fora da cama? — perguntou.

— Eu não estou doente.

Com o passar dos anos, seu cabelo se tornara bastante grisalho e os olhos desbotaram para um marrom acinzentado. Andava com os ombros encurvados, como se estivesse sempre resmungando.

— Você devia estar deitada — insistiu ele.

— Eu li sua entrevista, papai — declarei, mostrando a revista.

— Leu?

— Está conclamando uma greve nacional?

— Sim.

— E se eles te pegarem?

— Você veio me visitar ou brigar?

— Vim te visitar.

— Então é bem-vinda aqui. Caso contrário, pode ir embora.

Pegou uma almofada e afofou-a algumas vezes antes de se sentar. Eu me acomodei no sofá. Sentia o cheiro de cera no piso de madeira, que era encerado todo mês. Ele não abria mão disso. Nas paredes havia três relógios de cristal falso, decerto presentes corporativos. Haviam parado de funcionar, marcavam 16h45, 7h30 e 2h27. Meu pai não trocava as pilhas e vivia rodeado de bagunça. Havia também quadros não pendurados e lâmpadas de lava tão antigas que estavam na moda de novo. O lugar onde ficava meu piano era agora utilizado para guardar discos e presentes. Do meio daquela desorganização ele tirava uma garrafa de vinho do Porto, uma biografia, um disco de Nat King Cole ou de Ebenezer Obey.

— O que posso fazer para te convencer?

— Convencer de quê?

Eu não tinha de explicar.

— Você sabe.

— Então eu não devo falar? — perguntou, movimentando os braços. — Um... um homem inocente é preso e eu não devo dizer nada?

— Só estou dizendo para você tomar cuidado.

— Cuidado com quê? Ao andar pela rua? Ao sair de carro? Cuidado na hora de dormir em casa? Comer? Respirar?

— Não tem graça.

— Mas você é engraçada. Assim como Fatai e todos os outros. “Não faça isso, não faça aquilo.” Até parece que sou eu que estou destruindo este país.

— Nós estamos preocupados.

— Preocupe-se com seus problemas, que eu me preocupo com os meus.

Ele não estava disposto a ouvir.

— Você faz alguma ideia? — disse ele, com voz normal. — Nós somos centenas de milhões, e eles, menos de dez mil, mas ainda assim querem governar este país... Como se fosse um clube e eles fossem o dono do clube.

— Eu sei.

— Aí nos dizem — falou, batendo no peito. — Dizem que não devemos falar. Não devemos dizer nada, senão seremos presos. É isso? Fatai também veio aqui hoje de manhã me aconselhar a tomar cuidado. Estou decepcionado com ele. Parece uma mulher medrosa.

Ele notou minha expressão e amarrou a cara para me imitar.

— Como seu marido deixou você sair de casa?

— Eu não sou um animal de estimação — respondi rindo.

— Vocês, esposas modernas!

— Estou vendo que tudo é brincadeira para você.

— Humor foi a única coisa que me restou. — Ele cruzou os braços.

Sua raiva era incontrolável. Parecia uma criança com o nariz sangrando, esperando a oportunidade de revidar.

— Então nada que eu fale vai mudar sua opinião — falei.

— Nada.

— Ativistas terminam na cadeia.

— Eu não sou um criminoso. Por que teria medo de ser preso? E quem me chamou de ativista? Você já me viu entrar para algum grupo pró-democracia?

— Não.

— Já me viu apelar para a Anistia Internacional?

— Não.

— Então. Estou só fazendo o meu trabalho, como sempre fiz. Minha obrigação é cuidar dos interesses jurídicos dos meus clientes, e não posso me abster disso com a facilidade com que eles pensam. Peter Mukoro tem que ser solto. Ele não cometeu nenhum crime.

Havia advogados que construíam sua reputação lutando pelos direitos humanos, mas meu pai não era um deles. Nunca fora ligado a grupos. Perdera o prestígio com alguns colegas por causa de sua associação com Peter Mukoro, que chamava os advogados seniores de "advogados senis".

— Olhe a situação em que nos encontramos — disse ele. — Os mais velhos têm medo de falar, os mais jovens estão ocupados demais ganhando dinheiro. Essa situação não incomoda a juventude?

— Incomoda, sim.

— Mas nenhum de vocês fala nada?

— Nós nos preocupamos com a falta de dinheiro, a falta de luz. Quando nos juntamos em grupos, eles nos vencem jogando gás lacrimogêneo na nossa cara. O que podemos fazer?

— E as mulheres? Nunca se manifestam.

— Mulheres? Para que você quer que elas se manifestem?

— Onde elas estão? São mais da metade da população.

— Nós temos nossos problemas.

— Que tipo de problemas? Mais importantes que isso? Nossa Constituição sendo ridicularizada?

Comecei a enumerar com os dedos meus argumentos.

— A falta de maridos, maus maridos, namoradas dos maridos, mães dos maridos. Os direitos humanos nunca importaram, até que os direitos dos homens foram ameaçados. Mas não há nada na nossa Constituição que fale dos direitos em casa. Mesmo que o exército vá embora, nós ainda temos de responder aos nossos maridos. Então o que as mulheres têm a dizer?

— São dois assuntos distintos — falou ele.

— Ah, sim. Tragam as mulheres quando o inimigo é o Estado. Nunca quando o inimigo está dentro de casa.

Meu pai me olhou. Sempre que eu começava a discursar ele queria que eu parasse. Quando ele discursava, considerava suas ideias a base da verdade. Eu sorri para aborrecê-lo mais ainda.

— Está tudo bem na sua casa? — perguntou ele.

— Não deveria estar?

Ele olhou para o sofá. Eu sabia que ele estava procurando os óculos de leitura. Ele simulou golpes de luta com os punhos.

— Você é muito...

— Eu não sou mais assim.

— Desde quando?

— Sou pacífica agora.

— Você já causou muita confusão, muito *wàhálà*.

E você também, tive vontade de dizer.

— Só não acabe na cadeia. Não vou te visitar lá.

Ele encontrou os óculos entre as almofadas.

— Não preciso dos seus alertas.

— Você está ficando velho.

Ele colocou os óculos.

— Se veio aqui para me lembrar da minha idade, perdeu seu tempo e o meu, pois sei muito bem quantos anos tenho.

— Eu falei o que tinha de falar, papai.

— E eu ouvi.

— Você vai se arrepender.

— Não mais do que já me arrependi.

Passamos o restante da noite discutindo nosso plano de trabalhar juntos depois que o bebê nascesse.

— Seja uma advogada de verdade, em vez de redigir minutas ou seja lá o que faz no banco.

Meu pai não confiava na minha geração de banqueiros, com MBAs e outras qualificações. Dizia que eram escorregadios e mal-

-educados. Queriam correr antes de aprender a andar. O tempo provou que ele tinha razão. Alguns diretores administrativos que eu conheci foram presos quando o banco faliu.

A caminho de casa, passei pela lagoa de Lagos. Dava para sentir o cheiro de animais mortos, fruta doce e pneus queimados. Eu continuava sensível a odores fortes, mas agora conseguia controlar minha náusea. Uma motocicleta passou fazendo barulho. O motorista estava inclinado sobre o guidom, com uma mulher atrás, agarrada na cintura dele. Sua echarpe branca esvoaçava como uma bandeira da paz. Encostei a mão na protuberância abaixo do meu umbigo e imaginei meu filho enroladinho. Senti a tensão por um momento. Tudo daria certo desta vez. Eu não aguentaria enfrentar outro aborto.

Passei por uma fileira de casas com varandas e telhados verdes em forma de pirâmide. Ficavam ocultas por trás dos muros altos, acima dos quais cresciam coqueiros e palmeiras. Nessa parte da cidade havia algumas escolas públicas. Crianças uniformizadas, vindas das favelas próximas, andavam por ali com meias até os joelhos. Dali, só as torres de El-Shaddai e da Igreja Celestial eram visíveis. Parei na guarita do nosso condomínio. Vendedores ambulantes estavam sentados atrás das barraquinhas de madeira de um pequeno mercado ao longo do muro da frente. Eram os fulânis do Norte. Os homens usavam solidéus brancos, e as mulheres, echarpes de chiffon enroladas na cabeça. As barracas eram iluminadas por lampiões de querosene. Eles falavam alto na sua língua, parecendo carpideiras ululantes. Ao reconhecer meu carro, os guardas abriram o portão.

— Boa noite, madame — disse um deles.

— Boa noite — falei.

Nosso condomínio, o Sunrise, ficava nos arredores de Ikoyi, mas os moradores diziam que viviam na Velha Ikoyi. Eram na maioria casais jovens com profissões bem remuneradas. Na primeira casa morava um banqueiro com a esposa advogada. Na segunda, um rapaz que também trabalhava no setor bancário, casado com uma moça que vendia Tupperware e roupas de bebê. No terceiro ninguém sabia o que o morador fazia, mas ele se vestia com belos ternos; a mulher, Busola, tinha uma escolinha, que usava o método Montessori em um galpão do quintal, pintado de verde. Nós morávamos na casa quatro, e assim se seguiam os lotes. As ruas não tinham nome.

Havia muita fofoca no Sunrise: quem ganhava menos do que dizia, que marido não conseguia engravidar a esposa, quem devia dinheiro no banco. Sempre que saíamos juntos, as mulheres se sentavam de um lado, e os homens, de outro. Os maridos falavam basicamente de carros e dinheiro, as esposas falavam sobre os preços dos alimentos, medicamentos infantis, etiqueta corporativa e brinquedos da Disney. O mundo da publicidade talvez não soubesse quem éramos, mas nós comprávamos os produtos destinados a outros mercados sempre que chegavam ao nosso país e quando viajávamos para o exterior. Comprávamos para estocar, para nos exibir, para compensar algo e para uso próprio. Comprávamos o que o outro havia comprado, o que todos estavam comprando. Consumismo não nos constrangia, nós nos sentíamos privilegiados por fazer parte de um círculo que não mudava muito, a não ser com moda.

Alguns diziam que éramos novos-ricos. Mas eu achava que todo o dinheiro nigeriano em si, *naira* e *kobo*, era novo, já que desvalorizava rapidamente e jamais conseguia fazer o país funcionar. Então que carro as pessoas dirigiam? Iam para onde, com aquelas crateras nas ruas? Que relógio uma vítima usava quando um ladrão o arrancara do seu pulso? Que aparelho de som, que sapato, que vestido? E, por mais grana que uma pessoa tivesse, ela veria seus excrementos permanecendo no vaso, pois não havia água para dar a descarga.

Nós vivíamos em condições invejáveis, em casas pré-fabricadas que valiam milhões de *nairas*, pois o *naira* valia pouco. Estávamos no meio de outra falta de água. Às terças-feiras, um carro-pipa trazia água que era armazenada em grandes tonéis para os vasos sanitários e para o banho, para cozinhar e escovar os dentes. Água potável era comprada em engradados. Às vezes, encontrávamos sedimentos dentro, mas bebíamos assim mesmo. Não havia linha telefônica, tínhamos de usar celulares. As faltas de luz apodreciam nossas carnes e as panelas ficavam pretas com o fogareiro de querosene, a não ser que tivéssemos geradores de energia próprios. À noite, os mosquitos faziam buracos nas nossas pernas, e todo ano havia alguém para enterrar: pessoas mortas com um tiro na cabeça por assaltantes armados, atropeladas por caminhões desgovernados ou vítimas de malária, tifo e outras doenças indistintas.

Os conhecidos iam até a casa do morto para lamentar o ocorrido. Mas em geral nós nos reuníamos para celebrar aniversários, feriados e batizados. Minha única exigência, sempre que eu recebia visitas em casa, era que as mulheres não servissem os maridos. Isso sempre causava uma reação da parte delas. "Você sempre diz o que pensa." E dos maridos: "Niyi, sua esposa é uma má influência!" E do próprio Niyi: "Não posso fazer nada. Ela é a chefe desta casa."

Eu contribuí para essa ilusão declarando que havia me livrado da vida doméstica e encorajei nossos amigos a discutir sobre a divisão das tarefas de casa. Os homens disseram que assumiam tarefas masculinas, como programar gravações do videocassete, abrir garrafas e trocar lâmpadas queimadas. As mulheres reagiam com tentativas tão malsucedidas de se mostrar indignadas que fiquei tentada a me posicionar do lado dos homens só para estimular uma discussão real. Mas não fiz isso. Então, do lado oposto, vinha uma acusação tão venenosa que eu quase caía para trás com seu impacto: feminista.

Eu era feminista mesmo? No meu país bastava a mulher espirrar para ser chamada de feminista. Eu nunca havia procurado saber o exato significado dessa palavra antes, mas será que existia uma palavra que pudesse descrever como eu me sentia de um dia para o outro? E deveria haver um vocábulo para isso? Eu já tinha visto a metamorfose das mulheres, como, com a idade, elas andavam mais devagar, falavam com mais calma, com a voz mais suave, distorciam o que saía da boca. Escondiam seu descontentamento para que outras mulheres não as privassem disso. Quando ficavam idosas, milhões de personalidades eram canalizadas genericamente para três protótipos: fortes e silenciosas, tagarelas e alegres, fracas e bondosas. As outras todas eram consideradas mulheres horríveis. Eu tinha vontade de dizer a todo mundo: "Não estou satisfeita com essas opções!" Estava pronta para destruir qualquer noção que as pessoas pudessem ter sobre as mulheres, como um cãozinho que puxa com os dentes até rasgar a bainha da calça. Não as deixaria em paz enquanto não restasse nada além de retalhos, enquanto não me ouvissem. Às vezes parecia que eu estava lutando contra a aniquilação. Mas com certeza era no interesse da autopreservação lutar contra o que parecia uma aniquilação. Se alguém enxotasse uma mosca e ela voasse bem alto, será que isso a tornaria uma defensora das moscas?

Eu achava que não, mas isso tinha sido durante os meus vinte e poucos anos. Naquela época, se eu seguisse esse caminho, pareceria vaidade, infantilidade, como se quisesse viver perigosamente.

As casas do nosso condomínio davam de frente para a rua e tentavam assumir identidade própria dentro de pequenos espaços. Uma tinha uma palmeira na frente, a outra, um gazebo com cobertura de sapê. Várias possuíam antenas parabólicas no telhado para poder captar a CNN e outros canais de televisão do exterior. Todas tinham as janelas e portas gradeadas.

O farol do meu carro iluminou o portão de ferro. Além dele, ficava nossa casa, com um canteiro de buganvílias roxas. O porteiro destrancou o portão, e eu notei que ele segurava um rosário de contas. Decerto interrompera suas orações. Em breve viria o período de jejum dos muçulmanos, o Ramadã.

— *Sanu*, madame — disse ele.

— *Sanu, mallam* — respondi com a única expressão hauçá que eu conhecia.

— E então? — disse Niyi, apontando o controle remoto para o aparelho de som. A melodia estridente das clarinetas soou aos meus ouvidos como as buzinas no trânsito de Lagos. Meu marido estava exaltado e ouvindo jazz de novo.

Coloquei as chaves do carro na bolsa.

— E então? — repeti.

— O que ele disse?

— Você conhece meu pai. Ele não quis me ouvir.

Niyi apertou um botão para baixar o volume.

— Mas desta vez vai ter de ouvir.

— Estou com medo de voltar a trabalhar com ele. Meu pai é intransigente.

Niyi fez que sim com a cabeça. Ele gostava de ouvir mulheres cantando e homens tocando. Nunca o contrário. "E se uma mulher souber tocar trompete?", eu perguntava. "Elas não sabem", ele respondia. "E se um homem souber cantar?" "Eles não sabem." Niyi sonhava em comprar fones de ouvido até o ano 2000 para poder ouvir os instrumentos com clareza. Eu esperava que ele ficasse satisfeito com nosso Hitachi no ano 2000, pois nossas economias eram destinadas a comprar um novo gerador elétrico, já que o antigo estava quebrado.

Tirei os sapatos e diminuí a luz, que estava forte demais. Nossa sala tinha cadeiras de couro preto e mesas de vidro combinando com as teclas do meu velho piano, em cima do qual ficavam umas revistas sobre mercado financeiro. Parecia um tabuleiro de xadrez. Tinha plantas, mas não flores, pois elas murchavam em um dia, uma gravura emoldurada de gazelas da Costa do Marfim e um banquinho de ébano no qual Niyi descansava os pés.

Baixei o volume da música e fui para junto dele. Niyi pôs os pés no chão e seus joelhos foram para cima. Nunca havia espaço suficiente para ele.

— Você tem genes de gigante — falei, colocando a mão na cabeça dele.

— Que bom. Vou passar esse gene adiante.

— E se for uma menina?

— Será gigante também.

— Quem vai querer sair com uma gigante?

— Ela não vai sair com ninguém. Mas vai ser bonita e parecida comigo.

— Pés grandes e nariz fino?

— São minhas raízes estrangeiras — comentou, virando de perfil.

Não pude conter o riso.

— Estrangeiras uma ova!

Niyi gostava de falar da sua origem brasileira, como um inglês gostaria de dizer que tinha sangue francês ou de algum outro país. Ele fazia coro com os negros de ascendência estrangeira direta — vindos das Antilhas e de outras regiões da América. Eu sempre dizia que não havia uma única alma negra que não descendesse da África. Seus ancestrais ficariam felizes. Eles estavam de volta às suas origens.

Fiquei olhando para ele por um instante, achando graça. Como era calvo, podia passar por um desses jogadores de basquete americanos, mas uma mulher parecida com ele não teria vez num lugar onde os homens gostam de mulheres pequenas e com formas definidas.

— Você conseguiu ligar para Londres? — perguntei.

Ele fez que sim.

— Aquela louca atendeu o telefone.

— O que ela disse?

— Que ele está querendo chamar atenção.

Eu dei de ombros.

— Adolescentes! Talvez seja isso mesmo. É tentador pôr o pai contra a mãe, e vice-versa.

Ele tentara falar com a ex-mulher o dia todo. O filho se recusava a chamar o padrasto de "papai", e a mãe insistia em ser obedecida. Niyi disse que o menino nunca deveria precisar fazer isso para início de conversa.

— Mulher idiota. Eu ficava com ele enquanto ela trabalhava. Ela praticamente o sequestrou. Agora se queixa de que o menino é difícil. Eu falei que, se ela não consegue conviver com ele, que o mande de volta para cá. Ele pode estudar aqui. Eu não estudei no exterior e não há nada de errado comigo. Ela não estudou no exterior e não há nada de errado com...

Ele percebeu de repente que estava quase elogiando a ex. Esticou a perna tão depressa que derrubou meu banquinho de madeira.

— Mulher idiota. Se ela estivesse aqui, estaria implorando para eu ver meu filho.

— Não quebre o único móvel que tenho no mundo — pedi, sorrindo.

Dois homens insatisfeitos, em uma noite só. A verdade é que nenhum deles estava acostumado a se sentir impotente. Niyi não se deixaria dominar pela raiva para o bem do filho. Preferia atrapalhar a vida do menino e trazê-lo para casa doze anos depois.

— Ela não sabe a sorte que tem — murmurou ele.

— Por amor ao seu filho — falei —, esqueça que odeia essa mulher. Não importa quem está certo ou errado.

— Por que as pessoas dizem essas besteiras?

— Ok, importa, sim. Mas tente dar seus próprios telefonemas daqui em diante. Eu não deixei a casa dos meus pais para me tornar mediadora no meu próprio lar.

Como ele não respondeu, achei que eu pudesse estar sendo insensível.

— Pelo menos me dê a chance de desprezar essa mulher, de ter ciúme dela ou seja lá como devo me sentir, em vez de ter que atuar como conselheira. Você se preocupa, telefona, escreve, ouve. Não há pai melhor que você. Ela é quem está perdendo. Ninguém pode se meter entre pai e filho. Você já comeu?

Fiz essa pergunta só para acalmá-lo um pouco.

— Não tem nada para comer.

— Você se deu o trabalho de olhar na geladeira?

— Aquela comida está velha, não quero nada daquilo.

Eu gesticulei minha mão livre imperiosamente.

— Talvez um dia eu possa me sentar com os pés para cima e reclamar da comida. Vou ter que fazer compras no fim de semana, pois meu senhor e mestre não gosta da comida que temos em casa.

— Mulher, por que acha que paguei seu dote?

— Pelo sexo — falei, me afastando, com a pisada forte.

Ele disse que, como eu não estava mais de repouso, teria de cumprir minhas obrigações conjugais.

— É assim que você fala com a mãe do seu filho?

— Seus peitos cresceram.

— E os seus também, e você deve ficar muito feliz se eu voltar a fazer sexo com você depois de todo o sexo que fizemos para gerar esse bebê.

— E minhas necessidades, como ficam?

— Cuide você mesmo delas.

Eu me casei com um homem com quem podia dormir, não um homem que me manteria acordada a noite toda. Disse que ele só me faria gritar na cama se peidasse por baixo das cobertas. Um dia eu lhe devolveria meu dote, faria uma cerimônia e devolveria os presentes. Mas fui para a cama sonhando com o supermercado. Sexo uma ova.

— Me dê outra bandeja — pediu Sheri.

A vendedora do mercado lhe passou outra bandeja de tomates sem olhar, ajeitando a que Sheri rejeitara.

— Quanto é? — perguntou, examinando a outra bandeja.

— Vinte — disse a mulher. Seu cabelo era todo trançado, e o rosto era marcado por rugas.

— Você deve estar brincando — disse Sheri. — Vinte *nairas* por isto? Quinze é o bastante.

— Não tenho como fazer por quinze — replicou a mulher, afastando as moscas da barraca.

O sol queimava minhas costas. Fui me proteger debaixo da barraca de ferro corrugado e espantei as moscas das tranças. As moscas infestavam o mercado, pousando nas mangas, nas folhas de espinafre e nas peças de carne bovina. Depois iriam para as sarjetas e para os esgotos entupidos e, em seguida, voltariam para o mercado. Deixei Sheri pechinchar. Ela era melhor nisso. Às vezes, as mulheres a julgavam e ela imediatamente dizia: "Você sabe de onde eu venho?" Uma respondeu: "Não é minha culpa. Eu nunca vi uma branca agindo como você."

Na mesma barraca, outra mulher em uma mesa de madeira vendia quiabos, pimentas-cereja e cebolas roxas. Seus braços eram tatuados. Um bebê nu estava sentado em cima de um tapete aos seus pés, com cuspe saindo da boca e muco amarelo do nariz. Os olhos do bebê eram delineados com *kohl*.

— Quanto é isso? — perguntou Sheri.

— Dez *nairas* — respondeu a primeira.

— Dez *nairas!* — exclamou Sheri.

Era um verdadeiro jogo. Fiquei observando a segunda mulher, que levantou o bebê, chupou o muco do seu nariz e cuspiu na sarjeta. A primeira mulher enrolou os tomates nas páginas de obituário do jornal.

O mercado era uma série de barracas amontoadas como essa, construídas em fileiras numa área de quase dois quilômetros quadrados, cobertas de chapas de ferro enferrujadas. A única luz ali era a do sol. Uma pequena rua asfaltada, larga o suficiente para passar um carro, separava o lado leste do oeste. Carros e bicicletas não eram permitidos. Ficavam estacionados na entrada, perto de um depósito de lixo cheirando a vegetais podres. Os fregueses enchiam a rua, andando em uma direção só, como peregrinos. Por cima da voz deles, ouviam-se as buzinas dos carros das ruas próximas.

Nos açougues, preferi ficar debaixo do sol a entrar. Não aguentava o cheiro das tripas das vacas. Observei Sheri a distância dando instruções ao açougueiro. Ele riu e cortou a lateral de uma vaca com o facão, e secou a testa com a gola da camisa manchada de sangue.

Sheri veio falar comigo. Notei pelo seu rosto que ela perdera um pouco de peso.

— Você está magrinha — falei.

— É mesmo?

— Está fazendo jejum?

— É a ginástica. Eu não faço jejum.

Abanei o rosto com as mãos. O sol parecia que ia me derreter.

— Todo mundo faz ginástica atualmente — murmurei.

Eu ouvira os homens dizerem que mulheres como Sheri não envelheciam bem, ficavam enrugadas cedo como as brancas. Fora o fim de uma discussão que havia começado quando eles a chamaram de banana amarela pela primeira vez. Felizmente Sheri nunca precisou do elogio deles e não se importava com os insultos. Ela não era uma dessas beldades que entravam em uma sala e imediatamente começavam a avaliar quem era mais bonita para poder relaxar.

Paramos numa banca de tecidos do outro lado da rua e enchemos a mala do carro com as nossas sacolas. Na saída do mercado, vimos um vendedor sentado junto da sarjeta, vendendo milho assado.

— Quer um? — perguntou Sheri.

— Não — respondi.

Não podia me arriscar a contrair tifo. Ela botou a cabeça para fora da janela e acenou para o vendedor. Entrei no trânsito costumeiro de sábado. Os carros formavam duas faixas na rua estreita de mão única. Alguns paravam para falar com os vendedores ambulantes, causando engarrafamentos. Os clientes se espremiam no meio. Vi na nossa frente um ônibus amarelo velho. O motorista pendurou-se na porta e anunciou aos berros que o ônibus ia para a SMC.

Era a abreviatura da escola da Sociedade Missionária Cristã, próxima à marina. Só duas pessoas desceram do ônibus e cerca de dez entraram. Não havia espaço suficiente para todos lá dentro. Lagos estava se tornando cada vez mais superlotada. Parecia um favelão. As casas nunca eram repintadas, as ruas não eram conservadas. Meu carro começou a fazer uns ruídos estranhos. Já tinha dez anos, e eu ia ao mecânico quase todo mês, mas mesmo naquele estado podia ser vendido por três vezes mais do que custara. Eu ainda o usava para o que chamava de "minhas viagens mais difíceis". Naquela época, os nigerianos economizavam para comprar carros assim como outros economizavam para comprar casas no restante do mundo.

— Niyi está falando em dar uma festa no meu aniversário — falei.

— Sério?

— Sim. Falei que tem que ser uma festa pequena, só com as pessoas que eu quero. Você pode se encarregar do bufê?

— Posso.

— Com desconto? — perguntei.

Ela terminou de comer o milho e jogou-o pela janela. Eu ia conseguir meu desconto; ela ajudaria na cozinha, mas não viria à festa. Não estava interessada em gente que fofocava sobre ela ou se gabava de suas posses. Meus amigos, em particular do Sunrise, olhavam-na de cima a baixo sempre que a viam, procurando sinais nela de infelicidade, frustração sexual e outros problemas, para dizer que a vida dela estava arruinada. Sheri, acostumada a classificar as pessoas entre quem morreria por ela e quem a invejava e desejava sua ruína, ignorava todos de uma forma que me dava vontade de aplaudi-la, tão desesperada eu estava para me livrar de nosso círculo social.

Niyi não estava em casa quando chegamos.

— Ele está no trabalho — expliquei enquanto tirávamos as sacolas da mala do carro.

— Seu marido trabalha demais.

— Todo mundo trabalha demais. Eu vou ter que trabalhar demais também.

— Você tem que cuidar da casa do seu marido — brincou, como se fosse uma velha.

— Detesto ouvir isso — falei, olhando dentro de uma sacola de compras. — Principalmente cuidar de um homem que não leva nem um copo para a cozinha.

— Não leva mesmo?

— Eu nunca vi. Ele se comporta como se eu fosse sua empregada.

Contei que, de um dia para o outro, ele havia passado a largar copos de cerveja no tampo de vidro das mesas de canto da sala, e eles grudavam de tal forma que, quando eu os tirava de lá, quase levantava a mesa junto. No nosso quarto, eu vivia catando suas roupas do chão. No banheiro, havia manchas em volta do vaso sanitário que pareciam de cerveja, mas, na verdade, eram de urina.

— Você devia saber disso antes — disse ela.

— Eu não ficava tanto tempo em casa.

— A culpada é a mãe dele, tenho certeza.

— Estou chegando ao meu limite. Minha paciência está se esgotando.

— Converse com ele, *jo*.

Eu lhe passei uma sacola e suspirei.

— Nós estamos em tempos de paz.

Falamos sobre trivialidades como as conversas do Sunrise. Separamos as verduras embrulhadas em jornais censurados. Sheri contou de novo que vira um homem ser atropelado na semana anterior e que o motorista que o atingira não parou por medo de ser atacado. Quatro passantes tiraram o atropelado da rua, segurando-o pelos braços e pernas. Iam gritando, e a vítima também berrava de dor.

— Por que está me contando isso? — perguntei.

Ela suspirou.

— Nem sei.

Peguei mais sacolas na mala.

— Você deve quebrar o jejum conosco este ano — disse ela.

— Mas você não jejua, Sheri.

Alá que a perdoasse. Ela não podia parar de comer nem por uma hora.

— Mas venha mesmo assim. Nós vamos cozinhar.

— Eu estarei lá.

Sheri suspirou.

— Espero que tenhamos luz nesse dia. Toda essa conversa sobre democracia. Eu aprovo qualquer tipo de governo que garanta a eletricidade.

— Qualquer governo?

— Até mesmo um regime comunista.

Eu sabia que ela não estava falando sério.

— Só luz?

— É só disso que eu preciso — disse ela.

— Algumas pessoas não têm rede elétrica.

— Quem? As pessoas das aldeias? Eles não se importam. Acendem um fogo e a fumaça espanta os mosquitos. À noite o apagam e dormem. Ter água potável para beber é o problema deles, não a luz. A doença do verme-da-guiné pode acabar com a aldeia toda.

Duas crianças passaram pelo meu portão de bicicleta, pedalando depressa e gritando.

— Nós estamos melhor que eles — falei.

Sheri me passou um pacote.

— Não sei.

— Temos que agradecer a Deus por tudo. Temos saúde, comida, um teto para morar e uma cama para dormir.

— E um marido rabugento — disse ela.

— Pelo menos ele não vive dando suas voltinhas por aí.

— Nenhuma outra mulher quer esse homem.

— Está vendo? O que mais posso desejar? E pelo menos tenho um carro. Mesmo funcionando mal, ele anda. Não vou ser atropelada na rua. O que vamos fazer? Estamos em 1995 e ainda não temos um serviço decente de ambulância na cidade. Nem um hospital decente. Nada.

— Eu prefiro morrer atropelada na rua a ir para um hospital daqui.

— Então, se tiver uma dor de cabeça, comece a arrumar as malas.

— Se eu tiver dinheiro para sair daqui — disse ela.

— Se não tiver, comece a cavar a sepultura.

— E reúna sua família para os últimos rituais. Não se esqueça de mandar escrever na lápide: "Os safados fizeram o pior que puderam."

Nós rimos. Sheri me passou mais um embrulho.

— Mas as pessoas sofrem — falei.

— É um país difícil.

Nossas sacolas foram finalmente separadas.

— Minha irmã. — Eu bati nas suas costas.

— Lembranças para o Papa Franco — retrucou ela.

Sheri chamava Niyi de Papa Franco pelas costas, porque ele vivia de cara amarrada. Eu não podia dizer a ela que ele amarrava a cara porque a considerava má companhia. "É tão gasta quanto madeira seca. É por isso que ninguém a quer", dizia. Eu ficava rouca de tanto brigar com ele. Sheri não precisava de homem nenhum. Eu estava lá quando ela largou aquele brigadeiro nojento.

— Sim, sim, ela tem um passado — afirmava Niyi.

— E um futuro — eu dizia.

Quando Sheri vivia à custa do brigadeiro, usava salto alto durante o dia, comprava qualquer decoração com motivo floral e nem podia ficar tanto tempo no exterior porque não gostava do frio. Agora ganhava o próprio dinheiro, cuidava das finanças como uma contadora. Eu invejava sua liberdade de gastar como quisesse, seu tino comercial, sua facilidade de barganhar. Sheri dizia que não tinha cabeça para os livros, mas sabia quando um negócio era bom. De fato ela quase não lia, nem as revistas de fofocas que eu lia às vezes. Dizia que eram escritas por idiotas para idiotas, especialmente nas raras ocasiões em que era fotografada por paparazzi chatos de Lagos nos eventos sociais para os quais ela trabalhava. Um deles a chamara de "meia-casta e meia". Sheri só lia os romances da sua infância. Usava marcadores de couro nas páginas. Levava várias semanas para terminar um deles, mas tinha um dom natural para o comércio. Quando havia um velório, um casamento ou um batizado, lá estava ela, conversando e guardando os segredos dos clientes como faria um médico. Um ano depois que começou seu negócio, conseguiu comprar um carro de segunda mão, bastante usado, e depois de dois anos alugou uma casa.

Sheri não gostava de homens nem de dinheiro. Gostava de comida. Estava sempre mastigando uma carne frita, um milho ou biscoitos. Conseguia botar para dentro uma dúzia de picolés de banana e arregalava os olhos sempre que comia. Eu estava presente quando sua idolatria por comida começou, e isso não fazia sentido para mim, porque às vezes eu passava fome em razão das minhas atribulações. Hoje conheço mulheres que fazem exatamente o oposto. Sheri ganhou peso ao longo dos anos. Usava tamanho 16 inglês, 14 americano e 2 da família Bakare, como dizia. Mas perdera quase toda a alegria da infância. Muitas vezes eu me lembrava da época em que ela ria até os hibiscos caírem do seu penteado afro, o que ainda me fazia chorar de rir.

Ela era minha amiga mais antiga, minha melhor amiga. Havíamos nos afastado em certa época, e às vezes a amizade parecia inconstante, como ocorre com quase todas as irmãs, e ela foi o mais perto que eu cheguei de ter uma irmã nesse lugar onde as famílias não cansavam de se expandir.

Ao chegar à cozinha, tirei os alimentos e guardei os sacos plásticos para serem reutilizados. A cozinha era equipada para preparar comida local e nada mais; uma mesa de madeira, duas cadeiras de ferro dobráveis, uma panela elétrica, um fogão a querosene, em caso de cortes de energia, um freezer grande o suficiente para guardar um corpo humano e uma geladeira com uma máquina de fazer gelo que eu nunca havia usado. Na despensa eu guardava sacolas plásticas, difíceis de ser encontradas em Lagos, pequenos barris de óleo de palma, óleo de amendoim, sacos de arroz, farinha de inhame, mandioca seca ralada, uns inhames empoeirados e umas bananas-da-terra pegajosas. Nas prateleiras havia pilhas de pratos, potes da Tupperware, enormes panelas de alumínio e cabaças cortadas para servir de concha. A porta que dava para o quintal dos fundos era gradeada. As janelas também eram gradeadas e cobertas com telas verdes contra mosquitos. A tela prendia os mosquitos e juntava poeira e gotas de chuva. Às vezes, quando ventava, eu sentia o cheiro desses três elementos e espirrava.

Pierre, meu atual empregado, começou a lavar as verduras e os legumes em uma tigela com água. Era um menino troncudo de uns 19 anos, da República do Benin, vizinha à Nigéria. Francês era a única língua que tínhamos em comum. Ele falava fluentemente, mas com sotaque africano. Eu, no entanto, quase não lembrava nada do meu francês da época de escola. Pierre não sabia cozinhar. Limpava a casa, buscava água e gostava de estar em companhia de mulheres. Nós não conseguíamos pronunciar bem seu nome com o sotaque francês e o chamávamos de "P'yeh". Niyi o achava preguiçoso e dizia que ele nunca estava perto quando o chamávamos.

Eu pedi a Pierre que colocasse os quiabos na tábua de cortar.

— *Ici* — falei, apontando. — Ali, por favor.

— *La-bas*, senhora? — perguntou arqueando as sobrancelhas.

— Meu amigo, você entendeu muito bem o que eu disse.

Era minha culpa ter tentado falar francês com ele. Agora ele arqueava a sobrancelha vinte vezes por dia.

— Por favor, ponha os quiabos ali.

Nosso continente era uma Torre de Babel. Os africanos falavam as línguas coloniais — francês, inglês, português — e os próprios idiomas nativos. A maioria dos empregados domésticos de Lagos vinha de fora, das províncias e dos países africanos vizinhos. Como não tínhamos uma língua em comum, nos comunicávamos em inglês *pidgin*. Vigias noturnos, cozinheiros e jardineiros. Em geral, chamávamos os empregados de "menino da casa" ou "menina da casa". Não era do nosso feitio sentir culpa e adotar expressões mais educadas. Quando traziam amigos, achávamos que eles poderiam nos roubar. Quando olhavam muito para as nossas coisas, achávamos que as estavam cobiçando. E, sempre que brigavam, nós nos divertíamos. Bebiam em copos separados dos nossos, eram obrigados a lavar as mãos e recebiam ordens das nossas crianças. Ajudavam nas tarefas diárias em troca de casa, comida e um salário. Quase todos estavam em idade ativa e tinham baixa escolaridade, mas alguns eram aposentados e muitos eram crianças. Em lares de gente boa, eram às vezes tratados como primos distantes, mas, se os patrões fossem perversos, não recebiam comida suficiente e eram espancados. Mais de uma vez falei que se assemelhavam aos negros do antigo Mississippi e do apartheid da África do Sul. "Mas isso é racismo", me diziam.

Pierre começou a picar o quiabo, e eu a moer as pimentas e cebolas. Depois ele lavou e cortou a carne para eu assar. Trabalhamos juntos, cortando e fritando, mexendo e despejando. Meus olhos lacrimejavam com a pimenta, e a fumaça do óleo de palma entrava nas minhas tranças. O vapor escaldava meus pulsos. Três horas depois terminamos quatro ensopados diferentes. Pierre colocou-os em Tupperwares e pôs tudo no freezer. Eu lhe dei um prato de comida e fui tomar banho.

Por trás da porta do banheiro guardávamos um tambor de água. Enchi o balde de banho e acrescentei água fervendo. A não ser pela protuberância abaixo do meu umbigo, meu corpo era o mesmo de antes de engravidar. Eu havia terminado de me ensaboar quando o gerador da casa ao lado começou a roncar.

— Que merda! — disse, lembrando da comida no freezer. Rapidamente joguei água no corpo e saí do banheiro. Niyi estava subindo a escada.

— Não temos luz?

— Acabou neste instante — reclamei batendo o pé no chão.

— Por que você está com raiva? — perguntou, também parecendo irritado.

— Porque cozinhei o dia inteiro.

— Você cozinhou? Que bom.

Ele voltou descendo as escadas, e eu falei:

— Alguém devia fazer uma conferência nacional sobre reforma alimentar. No dia que uma africana puder preparar um sanduíche para as refeições, será o máximo. Gastei o dia todo naquela maldita cozinha...

— Onde está a comida?

Eu me encostei no corrimão.

— Quando você estiver com bastante fome encontrará a comida rapidinho.

Ele sabia que eu estava falando sério. Se duvidasse de mim, logo ficaria diante da versão africana da menina de *O Exorcista*. A energia voltou antes da meia-noite, e a comida não estragou. Niyi disse que o gosto estaria melhor se eu cozinhasse com mais boa vontade.

— O problema é que você não gosta das tarefas domésticas. Não tem essa qualidade tão... adorável — disse ele antes de dormirmos.

Falava gesticulando, como se eu não conseguisse captar a essência do que ele dizia. Estava deitado no meu lado da cama, e eu o empurrei.

— Eu sou muito adorável — argumentei. — Você sabe disso. Por favor, vá para o seu lado.

Ele disse que eu fazia suas bolas encolherem. E eu não ia parar até que ficassem do tamanho de passas.

— O que você está fazendo pela minha feminilidade? — perguntei, esticando os braços. — Eu também não sou um templo do milagre da criação?

Todas as imagens, anúncios e filmes que eu via de grávidas mostravam seus parceiros massageando-lhes os pés e coisas assim. Eu não esperava isso dele, nem que me dissesse que eu estava bonita. Eu tinha de admitir que era um milagre ele não se queixar quando eu acordava de manhã com o rosto inchado depois de vomitar. Era sua maior demonstração de afeição, a atitude mais romântica desde o dia em que nos conhecemos.

Ficamos de mãos dadas até dormir. Na manhã seguinte lemos os jornais de domingo, Niyi no andar de baixo e eu no de cima. Ele terminava uma parte e passava para mim de tempos em tempos. Eu estava folheando um jornal do governo. Um grupo de esposas de soldados criara um programa para ensinar as mulheres de uma aldeia a erradicar a desidratação infantil. Na primeira página, uma das voluntárias aparecia com uma gargantilha de ouro no pescoço. Na página seguinte, um homem havia jogado ácido no rosto da amante. Em outra página, alguém fazia uma campanha de caridade pelo olho de um menino com um tipo raro de câncer que teria de se tratar no exterior. Mais adiante, um diretor de banco com óculos tartaruga falava sobre investimentos de capitais. Depois vinha a notícia sobre nossas tropas de paz na Libéria e a história de uma criança que vendia mercadorias nas ruas e havia sido molestada. Como ela não soube se expressar no julgamento, abriu a roupa para mostrar onde tinha sido tocada. O magistrado ordenou que ela se cobrisse. A legenda da foto dizia: "A nudez não é necessária."

Niyi entrou e eu lhe mostrei o jornal.

— Você leu isso? — perguntei.

Ele estava boquiaberto. Meu coração acelerou.

— O que foi? — perguntei.

— Eles o prenderam.

— Prenderam quem?

— Seu pai.

— Não! — gritei botando as mãos na cabeça.

— Hoje de manhã. Baba veio nos contar. Ele está lá embaixo.

Dei um pulo da cama.

— Eu avisei a ele, eu avisei.

Desci as escadas correndo e encontrei Baba na sala de jantar com os olhos assustados e molhados. Uma mosca pousou na sua pestana branca, e ele a enxotou com a mão trêmula.

— Eu estava fazendo meu trabalho. Fazendo meu trabalho, como sempre, quando chegou um carro com dois homens. Deixei os homens entrarem, voltei a trabalhar e o tempo passou. Então seu pai me chamou na varanda e falou: "Avise Enitan. Diga que eles me levaram. E avise Fatai também." Entrou no carro e eles partiram.

— Eram policiais? — perguntei.

— Parecia gente da polícia.

— Como estavam vestidos? — perguntou Niyi.

Baba passou as mãos nodosas no peito.

— Com uma coisa... com uma coisa...

Tentei me lembrar das últimas prisões sobre as quais tinha lido. Eram nomes longos, com fotos pouco nítidas, fantasmas no jornal. Foram levados para responder aos interrogatórios da Segurança Nacional e desapareceram durante meses.

No restante da manhã tentamos telefonar para amigos e para a família. Não me lembrava de nenhum número, e Niyi foi procurar meu caderno de endereços. Minha mãe ainda não tinha telefone. Ligamos para o tio Fatai, para os pais de Niyi e, mais tarde, para Sheri. Na hora do almoço estavam todos na minha casa.

Falaram sobre o desaparecimento do meu pai como o povo de Lagos falava sobre a morte. De início fizeram as perguntas usuais. Como? O quê? Quando? Depois veio a resignação. Meu sogro começou a citar outras pessoas detidas, jornalistas, advogados, um líder sindicalista.

— Eu o conheço bem — disse ele.

Discursou devagar, mastigando as palavras. Sempre que falava, levantava o queixo como se estivesse dando uma contribuição à humanidade, com os olhos fechados, certo de que quando os abrisse alguém ainda estaria prestando atenção. Minha sogra sempre o ouvia até o fim.

Niyi se aproximou de mim.

— Devemos convidá-los para almoçar — falou.

— Almoçar? — repeti, como se ele tivesse sugerido oferecer excremento de cavalo.

— Sim, eles estão aqui há horas.

— Pierre está de folga e eu não sei se... — comecei a explicar.

— Eu ajudo — disse Sheri.

— Obrigado — respondeu Niyi, batendo no meu ombro.

Informou a todos que eu ia servir um almoço. Eu me levantei e minha sogra também, mas fiz um sinal para ela se sentar.

— Não, *ma*, Sheri vai me ajudar.

Minha voz estava extremamente aguda. Parecia o espetáculo de um menestrel, pensei, mas ninguém prestou atenção quando Sheri e eu entramos na cozinha.

Lá dentro, bati no fogão com uma panela vazia.

— O que estou fazendo aqui?

— Por onde eu começo? — perguntou Sheri.

— Meu pai foi preso e eu estou cozinhando?

— As pessoas têm que comer.

Ela olhou em volta como se procurasse uma arma. Imaginei nós duas quebrando pratos e batendo panelas.

Sheri fez um gesto.

— Fale logo. Onde ficam os talheres?

Eu não comi. Meu sogro e tio Fatai se sentaram nas duas cabeceiras da mesa. Ao ver os dois mastigarem, fiquei imaginando uma nova forma de estrangular os dois.

— Quero falar com você — disse tio Fatai, quando peguei seu prato vazio. Niyi e o pai inclinaram a cabeça como se fossem líderes mundiais em uma conferência.

— Você pode ajudar? — perguntei, num impulso, a Niyi, que levantou os olhos como um líder mundial confrontado pela esposa em uma conferência.

Meu sogro interveio.

— Sua amiga pode fazer isso.

Sheri levantou-se depressa e me cutucou para voltarmos à cozinha.

— Quero essa gente fora da minha casa — falei baixinho para ela. — Fora.

Sheri tocou no meu ombro.

— Eles não vão ficar aqui para sempre. Vá falar com seu tio. Vá.

Empurrou-me porta afora e fui conversar com tio Fatai na sala de jantar. Ele apertou as mãos.

— Quem vai cuidar do escritório do seu pai agora?

— Eu.

— Muito bem.

— Há alguma coisa que possamos fazer por enquanto? — perguntei.

— Nada — respondeu, limpando a boca com o guardanapo.

— Não devemos tentar procurar o meu pai?

— Onde?

— Não podemos entrar em contato com alguém?

Ele notou minha expressão e chegou mais perto de mim.

— Enitan, seu pai sabia o que estava fazendo. Você compreende? Sinto muito, mas isso é consequência de uma decisão que ele tomou sozinho. Quando começou a falar sobre essas coisas, eu lhe disse para tomar cuidado. Tudo o que podemos fazer agora é garantir que seu escritório continue funcionando. Entende?

— Sim, tio.

— Se Deus quiser ele vai sair logo da prisão. Agora preciso de uma tigela de água.

Os nós dos dedos dele exibiram sulcos quando ele levantou as mãos.

— Para lavar minhas mãos — explicou.

Não consegui dormir. Tudo que meu pai havia me contado sobre cárceres veio à minha cabeça: escuridão, umidade, cheiro de urina seca, baratas, ratos. Não havia camas nem ventilação, mas havia excesso de presos. Alguns haviam sido presos por não estar presentes nos dias designados para a limpeza da casa, outros deviam estar em instituições psiquiátricas ou até em cemitérios.

De madrugada, me obriguei a imaginar meu pai. Via suas mãos cobertas de chagas. "Olhe onde eu vim parar", dizia. "Nós dormimos molhados com a urina um do outro neste lugar. A comida parece o fundo de um buraco de latrina. Não consegui comer nada."

"E suas mãos?", perguntei.

Ele as levantou. "Minhas mãos estão machucadas. Coçam muito, mas eles não chamam um médico. Mandam a toda hora a supervisora da prisão, que não sabe o que está fazendo, mas os homens adoram vê-la."

"Homens?"

"Eu não estou sozinho. Tenho amigos. Um assaltante armado, que se chama de Tunji Rambo. Tem muita heroína no sangue e muitos filmes americanos na cabeça. Diz que é tão criminoso quanto um general que lutou na guerra civil e matou os biafrenses, quanto um ministro do governo que desviou o dinheiro destinado à saúde do povo. Diz que Deus os julgará do mesmo modo."

"Morte é morte."

"O general era gordo, agora está mais magro que você. Mandaram-no para cá porque estava planejando um golpe. Podia ter sido nosso presidente. Hoje é apenas mais um criminoso. Ele reza com um bibliotecário que chamamos de Professor, por ser uma verdadeira enciclopédia. Foi preso por estar andando pelas ruas no dia de limpeza da casa. Agora idolatra os ratos e chama-os de deuses."

"Por favor, não fique igual a ele."

Na segunda-feira de manhã fui ao escritório do meu pai. Peace começou a chorar assim que mencionei a palavra prisão. Eu me senti desonesta ao garantir que seus empregos estavam assegurados. O que eu sabia dos negócios do meu pai? Trabalhara num banco desde o Serviço Nacional. Minha experiência com direito imobiliário era limitada e obsoleta.

— Nós teremos de dar continuidade aos processos até ele voltar — concluí.

Quando eles se dispersaram, rangi os dentes. A mesa do meu pai estava abarrotada de papéis. Ele não mostrava a ninguém as chamadas informações sigilosas e memorizava os arquivos. O Sr. Israel, o motorista, entrou.

— Uma pessoa aqui quer ver a senhora — disse.

— Quem?

— Uma jornalista.

— Diga-lhe para entrar.

O sorriso da repórter era tão doce que ela podia se passar por uma vendedora de bíblias.

— Meu nome é Grace Ameh — disse ela, estendendo a mão. — Da revista *Oracle*. Nós entrevistamos seu pai na semana passada. Tínhamos outro encontro esta manhã, espero que você não se importe de conversar conosco.

Seus dentes da frente eram bastante separados, e as gengivas eram da cor do chocolate.

— Sobre o quê?

— Sobre a prisão dele. O motorista, Sr. Israel, me contou. Sinto muito.

— Tudo isso aconteceu ontem.

Eu não estava pronta para conversar com uma estranha. Ela era forte da cintura para cima. Seu vestido tinha uma gola borboleta, e ela carregava uma pasta de couro marrom ressecado. Tirou um bloco da pasta para escrever.

— Eu só preciso de algumas palavras suas sobre o ocorrido.

Senti o peito apertado.

— É seguro?

— Falar? Nunca é seguro falar.

— Eu nunca fiz isso.

— Está com medo? — perguntou, levantando os olhos.

— Não sei se você deveria estar aqui.

Ela esperou que eu me retratasse. Fui a primeira a desviar os olhos. Grace Ameh era mais velha, confiante, e sua desaprovação estava começando a anuviar o escritório do meu pai. Seu olhar era forte.

— É uma pena — admitiu. — Pensei que você estivesse disposta.

— Na semana passada meu pai deu uma entrevista para sua revista. Hoje está preso.

— Talvez nós tenhamos começado com o pé esquerdo...

— "Nós" quem?

— Por favor, ouça o que estamos enfrentando. — A voz permaneceu calma, mas os lábios pareciam impacientes. — Nossos repórteres estão sendo levados toda semana sem nenhuma explicação. São detidos por semanas, interrogados ou ficam simplesmente encarcerados, o que me disseram que é ainda pior que o interrogatório. Ninguém fala com eles enquanto estão detidos. Quem não coopera é transferido para uma cadeia distante e empilhado com presos doentes. Podem acabar com pneumonia ou tuberculose e não têm atendimento médico adequado. Icterícia, diarreia... A comida nos cárceres nigerianos não é muito boa. Perdão, sinto muito. Estou deixando você abalada?

— Não — falei, mas estava.

— Quero que você compreenda por que as pessoas devem ouvi-la. Isso pode acontecer com qualquer um nos dias de hoje. Seu pai não tinha razão para se envolver. Ele também poderia ter permanecido calado. Então, está disposta a falar conosco?

Fiz que sim, com relutância.

— Estou.

— Obrigada.

Ela fez umas anotações curtas no bloco.

— Meu pai não é nenhum criminoso — comecei.

Fui à casa da minha mãe à tarde. Tio Fatai havia prometido que lhe contaria sobre meu pai, mas eu não tinha certeza se ele havia cumprido a promessa. Quando cheguei, a filha da vizinha estava sentada em cima do portão, uma menina de uns 7 anos, com joelhos sujos, usando uma camiseta com as palavras "*Kiss me I'm sexy*" escritas. Alguns de seus dentes de cima estavam faltando. Atrás, seus dois irmãos jogavam um barulhento tênis de mesa, enquanto um terceiro acompanhava com movimentos da boca os deslocamentos da bola. A menina parecia prestes a cair.

— Ei, *Kiss me I'm sexy* — falei. — Cuidado para não cair daí.

Seus irmãos morreram de rir por cima da mesa.

— Meu nome não é *Kith me I'm thexy* — disse ela.

— Desculpe. Como você se chama?

— Shalewa.

— Shalewa, você tem que descer daí.

Ela franziu a testa. Os irmãos dela dançavam e cantavam "*Kith me I'm thexy!*" em volta da mesa de tênis. Eu me senti mal por ter sido a causadora dessa zombaria.

Shalewa pulou para o chão. As pernas compridas e finas tremeram.

— Pestinhas! — disse ela.

Minha mãe abriu a porta.

— Essas crianças são muito bagunceiras.

— São filhos dos seus inquilinos?

— Estou cansada delas. Mas pelo menos a mãe é agradável.

Ao longo dos anos as expressões da minha mãe se reduziram a duas: triste porque alguma coisa boa acontecera, feliz porque alguma coisa ruim acontecera. Senti cheiro de mentol. Como sempre, falamos em iorubá.

— Fatai me contou sobre seu pai — disse ela.

— Ah.

— Disse que ele foi preso ontem.

— É só isso que sabemos.

— O que vocês vão fazer agora? — perguntou.

— Não podemos fazer nada. Nem sabemos onde ele está. Uma jornalista com quem conversei hoje de manhã acha que ele pode estar em uma dessas instituições de segurança nacional...

Apertei as têmporas. Minha mãe ficou observando o movimento das minhas mãos.

— Que jornalista é essa?

— Ela trabalha para a revista *Oracle.*

— Você falou com ela?

— Dei uma declaração.

— Está dando declarações agora? Está dando declarações para a imprensa?

— Não foi nada de mais.

— Você não deve fazer isso no seu estado — disse ela. — Nem pelo seu pai. Deus me perdoe, mas aquele homem está colhendo o que plantou. Fatai me contou. Disse que avisou a ele. Disse que você também avisou. Agora o que você vai fazer? Quer ser presa também?

— Eu não vou ser presa.

— Como pode saber? O governo faz o que quer há anos. O que você pode fazer? Deixe que eles continuem a agir assim. Seu marido sabe disso?

Eu não respondi. Minha mãe tossiu e esfregou o peito.

— Tenha cuidado. Esse tipo de coisa não é para mulheres. Não neste país. Não preciso te dizer isso.

— Eu quero meu pai fora da prisão.

— E se eles te pegarem também? Você está grávida, não é? Afinal, quer ou não quer esse filho?

— Quero.

— Então! Você esperou muito tempo. Agora pare com isso. Está me ouvindo? Não se arrisque por um homem que... que só me mostrou o pior lado da vida.

Eu ia responder quando uma menina de uns 12 anos apareceu na cozinha. Seu rosto era gordo, o queixo pontudo, e usava um vestido com a bainha gasta.

— Ah, Sumbo. Já terminou aí? — perguntou minha mãe.

— Já, senhora.

— Então pode ir.

A menina desapareceu. Os pés descalços rasparam o chão como se fossem lixas. Suas solas eram rachadas.

— Essa menina é nova? — perguntei.

— Sim, mas ela precisa ser treinada. Nunca lava as mãos.

— Quanto anos ela tem?

— Os pais dizem que ela tem 14 anos.

— É muito novinha — falei.

Minha mãe deu de ombros.

— Os pais a trouxeram para mim. Suas bochechas são gordas. Ela está bem. Come bem e manda dinheiro para casa. Não é tão novinha assim. Provavelmente já viu mais coisas na vida do que você. Se não tomar cuidado, ela enfia a mão na sua bolsa ou vai atrás de homens.

— Mamãe!

— É verdade.

Eu via minha mãe regularmente, por escolha própria. Calculava minhas respostas e meus silêncios. Quando me lembrava dos maus momentos, parava de pensar neles. Sempre que me sentia muito criticada, sabia que esse sentimento passaria. Eu não retaliava de forma alguma e não analisava como ou por que agia assim. Para mim, era como tirar frutas frescas de uma cesta cheia de frutas podres.

— Sua nova inquilina paga o aluguel em dia?

— Sim, não tenho problemas com isso.

— Que bom — falei.

Minha mãe me olhou de cima a baixo.

— Você parece cansada, Enitan. É melhor voltar para casa e descansar.

— Eu não estou cansada.

— Mas vá assim mesmo. Você precisa de repouso. Deixe o tio Fatai procurar seu pai, se ele quiser. Afinal, os dois são amigos.

— Tio Fatai está ocupado.

— Então, azar do seu pai. Ele não soube manter uma família unida e agora quer salvar o país?

Depois disse que meu pai não podia salvar nem a si mesmo e começou a contar mais uma vez as brigas do passado. Eu não disse uma só palavra. Quando saí, Shalewa, da casa ao lado, estava desenhando círculos no chão com uma pedra, a língua para fora. Não vi seus irmãos. Devem ter se cansado de ficar com ela.

— A que horas ela chegou? — perguntou Niyi.

Eu estava sentada no topo da escada, observando-o pelo corrimão. Ele colocou a pasta no chão.

— Por volta das dez.

— Ameh, não é?

— Grace Ameh — falei.

— Com um nome assim, deve ser de Benue.

Apertei meu roupão. Não estava interessada em saber as origens de Grace Ameh. Nosso ar condicionado estava frio demais. Comecei a tremer.

— Onde a redação está funcionando agora? Eles não fecharam?

— Estão trabalhando clandestinamente.

— O que isso quer dizer?

— Não sei.

— Como você sabe que ela é uma repórter?

— Porque ela disse que é.

— Você pediu uma identificação?

— Não.

— Imagine se ela trabalha para a Segurança Nacional?

— Ela não trabalha.

— Como você sabe?

— Ela não trabalha.

Ele saberia se tivesse visto Grace Ameh. E por que ficar me questionando? Niyi jogou as chaves na mesa de jantar.

— Você devia ter me ligado primeiro.

— Não tive tempo.

— E se pegarem você depois que o artigo for publicado?

— Eles não vão me pegar só por isso.

— Ela se aproveitou de você. Sinto muito, mas essa mulher sabia exatamente o que estava fazendo. Jornalistas fazem qualquer coisa para conseguir matérias.

— Que matéria?

— Pedir que você desse uma declaração, pôr em risco sua segurança numa época como essa. Você nem devia ter ido trabalhar.

— Eu também não devia dar almoços em casa, mas dei.

— O quê?

— Ontem.

— Estou falando sério.

— E eu também.

Não havia precedente para o ocorrido. Nós recorríamos às autoridades para reportar crimes. Mas o que poderíamos fazer se as próprias autoridades cometiam crimes? Era como se eu tivesse aberto a Bíblia e as páginas estivessem em branco.

— Da próxima vez me ligue — disse ele.

Na quarta-feira pela manhã paguei os salários de toda a equipe do meu pai. Primeiro, os de Dagogo e Alabi, depois, dos outros. Fiquei surpresa... Os salários dos dois correspondiam a uma fração do que eu ganhava no banco. Já ouvi eles brincarem que faziam duas refeições por dia e substituíam a carne por feijão. Era o princípio do "pelo menos" do povo de Lagos: pelo menos tinham comida no estômago, pelo menos tinham um teto para morar, pelo menos estavam vivos. Dizia-se que não havia classe média em um país como o nosso, apenas a elite e o povão. No entanto, existia classe média, separada apenas pelo direito de nascimento, uma expressão ridícula para um direito, pois não havia ninguém vivo ou morto que não tivesse nascido em alguma família. Nossa sociedade estava um passo atrás em comparação com aquelas pelas quais seríamos definidos. A elite nigeriana era formada pela classe média. Poucos, como funcionários do governo ou ex-governo, possuíam o tipo de riqueza que elites no restante do mundo tinham. A classe média, por sua vez, era formada pelos trabalhadores, e o povo, por pobres. Imploravam por emprego e dinheiro, serviam, invejavam e desprezavam a elite, o que fazia com que esta se sentisse mais especial e importante. Mas em Lagos, uma cidade que sempre me lembrava em que parte do mundo eu estava vivendo, eu me sentia igual aos grandes fazendeiros da Inglaterra. Que arrogância!

Saí do escritório naquela tarde de cabeça baixa. Como meu pai podia pagar tão pouco aos sócios seniores? Em casa, conversei sobre o assunto com Niyi.

— O custo de vida é que é alto — disse ele.

— Os empregadores não têm a responsabilidade de compensar isso?

Ele esfregou os olhos.

— O povo do Norte é que é responsável pelos problemas deste país. Eles arruinaram completamente nossa economia.

— Os mendigos e o nosso vigia noturno são do Norte. Os vendedores ambulantes que ficam no nosso portão também são do Norte. Não os vejo arruinando nossa economia.

Niyi não estava convencido.

— Quem lidera o nosso governo? Os nortistas. Quem lidera o exército? Os nortistas. Quando um sulista quer ser presidente, é trancafiado. Meu escritório está cheio dessa gente. Têm pouca educação, mas querem trazer para cá mais conterrâneos. Eles arruinaram nossa economia por completo. Como homens como Dagogo e Alabi sobrevivem?

Cada vez mais eu ouvia esse tipo de raciocínio; o Norte contra o Sul. Nós tínhamos campos de petróleo, mas os nortistas ficavam com os lucros. Alguns sulistas eram a favor do separatismo. Eu achava que isso poderia acabar como o derramamento de sangue que tivemos durante a guerra civil. Devido a sua pequena experiência com política governamental, Niyi passou a desconfiar dos nortistas e dos muçulmanos, mas não admitia isso. Chamava-os de *Allahu-Akbars.* Seu diretor era nortista e muçulmano, e tinha pouca instrução. Substituiu o funcionário sênior da equipe por outro nortista. Deveriam ser todos fuzilados, segundo Niyi.

— E depois? — eu argumentava. — Ninguém mais vai te incomodar no trabalho? Nenhum funcionário vai meter a mão no nosso dinheiro e depositar metade nos bancos da Suíça? Me poupe!

Imaginei de novo meu pai preso numa cela. Pela ordem de prisão, ele não teria direito de saber a razão da prisão nem teria acesso à família ou a aconselhamento jurídico. As ordens de prisão eram renováveis, e os tribunais não podiam fazer nada contra isso. Alguns presos eram soltos depois de umas semanas, outros, contudo, eram mantidos durante períodos mais longos e ninguém sabia por quê. Não me importava se um nortista ou um sulista era responsável por isso.

— Você acha que ele será solto logo?

— Acho — disse Niyi.

— E se tentarem matá-lo?

— Eles não farão isso.

Cheguei mais perto e encostei a cabeça no ombro dele.

— Se alguma coisa acontecer com meu pai, alguém vai sofrer as consequências.

Ele se espreguiçou e o sofá de couro rangeu.

— Está cansado? — perguntei.

— Exausto.

Niyi pôs o braço à minha volta. O estresse com as desavenças de família, perdas e ausências nos aproximou. O coração dele batia quase no mesmo ritmo que o meu quando o ar-condicionado começou a tremer e depois parou. Ficamos sentados no escuro.

— Meu Deus — disse ele.

Ouvimos o gerador dar partida na casa ao lado. Ele foi à cozinha e trouxe uma imensa lanterna a bateria, que nos iluminou como se fosse a luz da lua. Lá fora os grilos cantavam. Comecei a sentir calor.

— O problema vai além da rivalidade entre o Norte e o Sul — falei. — Nós todos temos participação nessa bagunça, não nos importamos com as condições em que os outros vivem. Pense bem. Nós moramos nesta casa e pagamos uma ninharia para o Pierre...

— Pierre é um preguiçoso. Eu trabalho mais que ele.

— Eles moram em lugares que...

— Ele tem sorte de ter um teto para morar.

— Com má ventilação e uma latrina imunda? Você gostaria de viver assim?

Um mosquito passou em volta da minha orelha, e eu o enxotei. Se eu não gostaria de viver assim, por que alguém ia gostar?

Niyi virou-se para mim.

— Por que estamos falando sobre Pierre? Já não temos problemas suficientes?

A pele da minha barriga estava começando a suar. Niyi disse um dia que eu não devia pensar tanto. Respondi que era impossível; mesmo com um milhão de pensamentos, era impossível. Invejei-o por se sentir tão seguro de si.

Ele colocou as mãos por trás da cabeça.

— A gente mora neste país e sofre de certa forma. Uns mais que os outros, mas a vida é assim — falou, e, ao notar minha expressão, continuou: — A vida é assim, menina, a não ser que você queira que Pierre venha dormir na nossa cama hoje à noite.

Fiquei magoada e me afastei, mas logo depois me aproximei de novo porque sabia que a culpa não era dele. Se as pessoas não se importavam, é porque havia muitas outras questões com que se preocupar. Depois de um tempo, o sofrimento podia parecer uma sabotagem, sal no mingau doce. A cara de um mendigo junto da janela do carro podia parecer rancorosa, a falta de jeito de um empregado podia parecer deliberada. A simples maldade podia começar pela necessidade de autoproteção.

Naquela noite dormimos sem ar condicionado. No dia seguinte, Niyi voltou do trabalho com dois vasos de planta.

— Soube de alguma coisa? — perguntou.

— Nada — respondi.

— Puxa — comentou, desolado.

Fui até a varanda lhe fazer companhia. Tínhamos a mesma conversa várias vezes ao dia. "Alguma novidade?" "Nada."

— Muita gente ligou para o escritório durante o dia, mas eu não tinha nada a dizer. Quando as autoridades detêm alguém, deveriam pelo menos dar alguma notícia aos familiares, não é?

Segurei a mão de Niyi quando ele tocou meu ombro. Nosso jardim, cuidado por ele, era pequeno, mas tinha as flores de cactos de que eu gostava e os lírios de que ele gostava. Niyi trazia as plantas de um viveiro próximo e fazia maravilhas com as mudas: cortava as folhas e as replantava, e de uma muda fazia duas. Um dia eu o encontrei aparando as folhas de uma espécie de seringueira. Eram de um rosa esbranquiçado e meio pegajosas. Não me lembro do nome da planta.

— Você adora tanto esta casa, que traz flores para cá toda semana — falei.

Ele esfregou o ombro e resmungou "Hummm".

— Você deu um mau jeito? — perguntei.

— Isso passa.

— Por que não chama Pierre para te ajudar?

— O quê? Eu não sou feitor de escravos.

Eu aguardava com ansiedade o momento de encontrá-lo para compartilhar com ele os pensamentos que eu tivera durante o dia.

— Ninguém está te chamando de feitor de escravos. Só estou dizendo que não podemos mais ver as coisas como víamos antes.

Esperei uma resposta, mas ele deu socos no ar com a mão livre.

— Como foi o trabalho? — perguntei.

— O mesmo de sempre. Akin ligou pouco antes de eu sair.

Minha cabeça estava em outro lugar. Em meio a todos os telefonemas que recebi no escritório, fiquei pensando que a única pessoa a quem podia pedir conselhos era quem mais precisava ser ajudado: meu pai. E mais ninguém.

— Ele e uns outros sujeitos — disse Niyi. — Estão abrindo uma firma de corretagem e precisam de alguém para trabalhar com eles. Parece uma boa ideia, considerando que a privatização deve ocorrer em breve. Dá para imaginar? Poderemos ter um sistema de eletricidade que funcione neste país, um sistema telefônico que funcione... Você não está me ouvindo.

— Desculpe. Eu estava pensando.

— Em quê?

— Pensei em muitas coisas o dia todo. No Decreto 2. Lembra quando entrou em vigor pela primeira vez? Lembra? Na época não me importei, me considerava uma advogada. Agora... — falei, balançando os braços. — Agora nosso país não é mais seguro. Nem mesmo para a gente pensar.

— E então?

— Então esse é o resultado, não vê? Nada ficará melhor se não fizermos alguma coisa. Era nisso que eu estava pensando.

Ele deixou a mão cair.

— Alguma coisa como...

Dei um passo atrás.

— Será dinheiro sujo se eles privatizarem. Eu não entraria para uma firma assim. Esses militares cretinos estão sempre aprontando alguma: Decreto de Indigenismo, Programa de Ajuste Estrutural, Operação Alimente a Nação, Guerra contra a Indisciplina, Conferência Nacional para Reforma Democrática. Agora a privatização. Estou cansada de todas essas malditas iniciativas. Poucos enriquecem, e o povo continua a morrer. Devemos nos alegrar porque um grupo de generais e seus amigos estão pensando em comprar o que pertence ao povo? Eles que privatizem o que quiserem. Mas não conseguem mais enganar o povo.

Pela forma como Niyi olhou para mim, parecia até que eu estava falando de um antigo namorado. Ele se preocupava mais com a perda do poder financeiro que com qualquer outra coisa. Mas eu não estava interessada nos lucros dos empreendimentos dos sequestradores do meu pai, nem que isso significasse uma mudança de carreira para Niyi.

— Eu me responsabilizo pelo que fiz — disse ele. — Só pelo que fiz.

— E pelo que nós não fizemos? — perguntei.

Eu esperava que ele me dissesse que eu tinha razão.

— Em algum momento temos que esquecer isso — disse ele.

Esquecer. Meu pai, os empregados, as crianças que vendiam coisas nas ruas, os mendigos. Víamos a cara dessa gente todo dia e não nos importávamos. Achávamos que a má situação de alguém era de certa forma merecida. Eles eram pobres, analfabetos, radicais, subversivos, não eram como nós.

Como vivíamos confortavelmente em uma ditadura? A verdade é que, em lugares como o Sunrise, talvez não pudéssemos nos expressar abertamente, mas tínhamos certa liberdade, até onde era permitido, para falar de nosso país decadente, dos assaltantes armados e de inflação. As autoridades mandavam que nos calássemos e obedecíamos; apareciam com suas sirenes e nós deixávamos as ruas livres; espancavam alguém e nós olhávamos para o outro lado; prendiam um parente e tínhamos que esperar que o melhor acontecesse. Se nossas preces fossem ouvidas, o único a sofrer com a ditadura seria o nosso bolso.

Eu devia ter chegado ao fim do meu exame de consciência, mas isso só ocorreu na sexta-feira de manhã. Cheguei tarde no escritório, pouco depois das 11 horas. Todos já estavam lá, menos a Sra. Kazeem, que sempre se atrasava. Eu estava na sala do meu pai quando o telefone tocou. Achei que era um cliente.

— Aqui é Grace Ameh — disse ela.

— Sim?

— Tenho notícias do seu pai. Por favor, não diga mais nada.

Ela não deu detalhes. Eu anotei o endereço.

— Ele está... como ele está? — perguntei.

— Venha à minha casa.

Telefonei para o escritório de Niyi assim que consegui o tom de discagem.

— Sou eu. Aquela jornalista, Grace Ameh, tem notícias do meu pai. Vou à casa dela.

— Quando?

— Agora.

Fez-se silêncio do outro lado.

— Alô? — falei, impaciente.

— Você acha que deve ir?

— Acho — respondi.

Outro silêncio.

— Ok, mas tenha cuidado.

— Pode deixar.

Como se eu tivesse controle sobre a situação.

— Ligue depois.

— Não se preocupe.

Eles me deixaram nervosa, da mesma forma que as famílias muito unidas me deixavam nervosa. Falavam alto e andavam pela casa toda. Por trás de nós havia uma estante repleta de livros. Grace Ameh estava ao meu lado no sofá. Ela era esposa e mãe. Dividia o cabelo em quatro tranças grossas e tinha o hábito de mexer na alça do sutiã quando falava. O marido andava arrastando os chinelos pela sala. Usava um short azul desbotado e uma camiseta branca apertada na barriga. A filha, uma menina de 14 a 15 anos, observava o irmão usando o computador, que parecia uns dois anos mais velho que ela.

Grace Ameh me levou para o andar de cima e disse que ali era seu escritório, mas que também era o lugar ao qual a família ia para se esconder das pessoas que vinham procurá-la depois que foi liberada pela polícia. O cômodo, com luz fluorescente, mais parecia um depósito. O restante da casa era grande demais para uma família de quatro pessoas e pouco mobiliada. Eles haviam alugado ou herdado a propriedade. Essa parte de Lagos tinha prédios residenciais inacabados, e durante o dia assaltantes armados emboscavam os moradores quando eles cruzavam os portões. No alto da rua havia um posto de vigilância.

— Joe — disse Grace Ameh para o marido.

— Grace — respondeu ele sem olhar para ela.

— Se mais repórteres aparecerem, diga que não darei mais entrevistas.

Ele pegou um jornal na mesa e saiu.

— Acho que falei para as paredes — murmurou ela.

Ele enfiou a cabeça pela porta e me disse:

— Minha esposa escreve. Mas, em vez de receber royalties, é presa. Percebe meu problema?

— Joe! — falou Grace.

— Mas eu acho que poderia ser pior para mim. Eu poderia ser corno.

— Joe!

— Já estou indo — falou ele.

— Não ligue para o Joe — comentou Grace, virando-se para mim. — Ele se considera casado com uma renegada.

— Mamãe — interrompeu a filha. — "*Nkosi sikelel' iAfrika*" não quer dizer "Deus abençoe a África" em suaíli?

— Sua?

— Íli — disse a filha.

— Não.

— Eu te disse — falou o irmão.

— Se não é suaíli, é o quê? — perguntou a menina, zangada.

Grace Ameh suspirou.

— É xhosa ou zulu. Por que está me perguntando isso? *Na wa*, vocês não têm pena de mim? Aliás, por que estão aqui? Vocês sabem que este é o meu quarto do silêncio.

— Desculpe — falou a filha.

— Desçam os dois, pelo amor de Deus, antes que eu perca a cabeça.

Como que por encanto, eles desapareceram. As pernas eram compridas demais para o corpo, e eles tinham a mesma postura de adolescente.

— Não vejo a hora de eles se formarem — disse Grace Ameh. — Bem. Eu estive em Shangisha na noite passada, a sede do Serviço de Segurança Nacional, quando voltei de uma conferência na África do Sul. Os censores leram um dos meus manuscritos e disseram que meu material era subversivo. Perguntei como uma obra de ficção podia ser subversiva. Eles me levaram a Shangisha para explicar por que eu havia feito menção a um golpe militar em uma obra de ficção. Eu implorei para sair daquele lugar. O que mais podia fazer com filisteus? Não ia ficar ali. Pedi que tivessem piedade de mim e acabei conseguindo os nomes de alguns detentos de lá. Disseram que seu pai passou por lá, mas foi transferido. Ninguém sabe para onde.

— Você não o viu?

— Não.

— Você acha que devo ir até lá?

— Shangisha? — perguntou ela, balançando a cabeça. — Não faça isso, minha querida. Hoje em dia, se eles não te encontram, prendem sua família. O que farão com você se chegar lá? Os detentos não são interrogados, são torturados. Arrancam unhas, dão banhos de gelo. Se tiver sorte, te jogam numa cela e você tem que se virar para sobreviver. Mosquitos? Muitos. A comida? Insuportável. Homens de barba na cara choram lá dentro como bebês. Fogem do país para evitar isso. Eu disse, implorei de joelhos para me deixarem sair de lá.

Mordi o lábio. De repente ela se tornou um borrão na minha frente.

— Pelo menos você sabe que ele está vivo — falou ela. — É melhor que nada, não é?

Eu não sabia dizer.

— Seque suas lágrimas. Você vai ter que ser forte.

— Sim. — Foi tudo que consegui dizer quando ela me consolou, acariciando meu ombro.

— Ela me parece estranha — observou Niyi.

Ele ouviu minha experiência na casa de Grace Ameh como se eu tivesse contado algo que ocorrera numa festa. Tive a impressão de que estava ressentido.

— Ela não foi estranha.

— O que essa mulher escreve?

— Ela escreve para a revista *Oracle.*

— Eu nunca ouvi falar dela.

— Mas ela escreve para essa revista — argumentei.

Estávamos sentados no chão da sala. Ele estremeceu quando se levantou. Às vezes, as articulações do joelho de Niyi doíam.

— Mas é corajosa — falou ele.

— Sim. Enquanto implorava para sair de Shangisha, pensava num jeito de enganá-los.

O estômago dele roncou tão alto que eu escutei.

— Puxa, estou com fome...

Ele olhou para mim com aquela cara, como se esperasse que a comida aparecesse num passe de mágica. Eu o ignorei e arrastei o indicador no tapete.

— Preciso contar sobre meu pai ao pessoal do escritório.

— Eu não faria isso.

— E por que não?

— A última coisa que você vai querer fazer é falar sobre isso.

— Por quê?

— Não é seguro.

Eu me apoiei na cadeira para me levantar e fui para junto dele.

— Está preocupado com a segurança de quem?

Ele levantou a mão.

— A gente fala sobre isso depois.

— Quando?

— Depois.

Ele estava perto da porta da cozinha. Eu corri e bloqueei sua passagem.

— Sabe que eu detesto quando você foge do assunto.

Niyi segurou a maçaneta da porta e eu coloquei minha mão por cima da dele.

— Fale comigo agora.

— Saia da minha frente — pediu ele, rindo.

— Não. Aliás, o que você quer na cozinha? Quando é que você já entrou aí?

— Estou com fome.

— Você está sempre com fome. Responda minha pergunta.

— Ok! Quem são essas pessoas, afinal? Vão ao seu escritório e você conversa com elas. Quando te chamam, você vai. Como sabe que não vão te colocar em perigo?

— Está me vendo em algum perigo aqui?

— Isso era exatamente o que seu pai dizia. Agora ele está na prisão, e eu estou surpreso...

— Está surpreso com o quê?

— Você está grávida.

— Eu sei.

— E já teve um aborto.

— Eu. Sei.

— Mas parece não se importar com isso.

Eu pus o dedo em riste na cara dele.

— Não vou ouvir de você uma coisa dessas.

— Isso não tem nada a ver com a nossa relação!

— Por que não disse isso antes? Por que não disse que não queria ser envolvido nisso?

— Você. Não quero que você se envolva nisso.

— Eu já estou envolvida.

— Ainda não. Mas, considerando a forma como vem agindo, vai acabar se envolvendo. Não preciso anunciar aos quatro ventos que estou com medo. Agora, por favor — disse, fazendo um movimento com as mãos para poder passar.

— Não — falei, socando-o algumas vezes.

Niyi olhou para o peito como se estivesse machucado.

— O que há com você?

— Não ouse falar assim comigo.

Ele baixou a voz.

— Ouça, eu não estou acostumado com... esse tipo de melodrama.

— Ah! Só porque alguém na sua família escolhe viver como um zumbi não significa que não tenham problemas.

Ele encostou o punho na boca.

— Saia da minha frente.

— Não! — falei.

— Não vou falar de novo.

Niyi era da altura da porta. Quando chegou mais perto, eu saí para o lado.

— Vai. Vê se isso resolve alguma coisa. Quando terminar na cozinha, por que não fazemos algumas compras e fingimos que está tudo bem, como sempre?

Ouvi Niyi bater a porta da geladeira, e ele voltou com um saco de pão congelado.

— Se você tivesse ideia, alguma ideia, do que é rezar para conseguir dinheiro, como a maioria do nosso povo reza, não ficaria aí falando essas idiotices.

Eu apontei para a porta da cozinha.

— Não é por isso que passamos metade da vida aqui dentro? Cozinhando isso, cozinhando aquilo, para poder ter algum controle sobre alguma coisa em momentos como este?

— Diga o que quiser. Você está procurando sarna para se coçar, mas eu não vou deixar isso acontecer — retrucou enquanto lutava para desfazer o nó do saco.

— Não vai deixar? — gritei.

— É. Se você não tem bom senso, pelo menos eu tenho. Quer que eu entre no palácio presidencial e peça para soltarem o pai da minha esposa? "Por favor, senhor. O pai da minha esposa foi preso. Por favor, solte-o, senhor." É isso que você quer?

— Nós não temos eletricidade — continuei. — Compre um gerador. Não temos água, mande cavar um poço artesiano. Está com medo? Contrate um segurança. Precisa de um país de verdade para morar? Compre uma bandeira e coloque-a no telhado. E chame o país de República dos Franco.

— Enquanto você estiver morando aqui, não tente arruinar a vida de todos bancando a...

— Bancando a o quê? — perguntei aos gritos.

Ele rasgou o saco do pão.

— A maldita ativista política. Ou qualquer outra merda dessas.

Niyi não disse uma palavra comigo até o fim daquela noite, e fui dormir no quarto de hóspedes com a intenção de não sair de lá enquanto ele não se desculpasse. Será que pessoas como meu pai vinham de um lugar diferente? Ou nasceram prontas para lutar ainda que fossem presas? Chequei as portas e janelas duas vezes antes de ir para a cama. Fui dormir depois da meia-noite. Quando acordei, três horas depois, minhas gengivas latejavam e minha boca estava com um gosto como se eu tivesse chupado bolinhas de ferro. Desci para tomar um gole de água e vi uma réstia de luz debaixo da porta de Niyi. Não, aquela não era hora para brigar, pensei. Eu lhe daria um tempo para aceitar. Nós estávamos todos vulneráveis.

*

Minha memória às vezes me traía e me contava mentiras. Lembrava-me do meu pai todo orgulhoso e da minha mãe contando piadas. Minha memória só não conseguia apagar uma sensação: um enjoo, um cheiro, um gosto, como o picolé cremoso de banana. Às vezes minha memória se tornava um terceiro olho, observando a distância. Era assim que eu sempre me lembrava dos momentos de conquista, daqueles em que me superei: minha primeira volta de bicicleta, minha primeira vez na água sem boia nos braços, meu primeiro mergulho em uma piscina.

Meu pai ficava na parte rasa. Eu me postava na borda, de maiô entrando no bumbum e o nariz escorrendo, agachada como se fosse fazer xixi, e mergulhava dentro da piscina.

— Está vendo? Não é tão difícil — dizia ele ao me segurar.

Eu afundava o rosto em seu peito. Batia na água com força. Foi meu pai quem me deu minha primeira aula de natação, embora ele mesmo não fosse um bom nadador. Segundo ele, na maior parte do tempo, aquela era uma aula de coragem.

Eu não conseguia me livrar da sensação de que havia falhado com ele. Falei com meus amigos e minha família sobre Grace Ameh, e com mais ninguém. Tio Fatai disse que não podíamos fazer nada, a não ser esperar que ele fosse solto.

Eu esperei. No silêncio da minha casa, eu esperei. O harmatão passou, e o período muçulmano de jejum antes do Ramadã se aproximava. Quem tinha tempo e dinheiro esperava ansiosamente pelo dia de lua nova que os muçulmanos festejavam. Niyi continuava em silêncio, e minha barriga crescia. Meu aniversário de 35 anos foi um dia como outro qualquer. O que foi um alívio.

Assim que a edição de fevereiro da *Oracle* saiu, fui de carro até perto de Falomo para comprar um exemplar. Como sempre, o trânsito estava engarrafado na entrada e na saída da ilha Victoria, na ponte de Falomo. De um lado, ficava a Igreja da Assunção, do outro, o conselho local construíra uma fileira de quiosques de concreto junto ao quartel da polícia. Chamavam o lugar de Mammy Market. A rua era toda esburacada. O quartel parecia uma construção de favela acima do mercado: empoeirado e cinzento por causa da fumaça dos caldeirões, pedaços de madeira que faziam as vezes de janelas, crianças descalças. Galinhas.

Assim era o subúrbio. Uma mendiga raspava com um pedaço de papelão as cinzas de uma pilha que queimava. Um ambulante anunciava uns saquinhos de plástico com água potável. Pendurados em um muro, estavam à venda quatro imitações de tapetes persas, e na calçada, uns triciclos para crianças. Um homem carregando uma máquina de costura no ombro oferecia-se para consertar um zíper ou um rasgão. Não havia um só canto sem cestas e barraquinhas de madeira. Um guarda fazia abluções em uma sarjeta, outro fazia xixi em um muro onde estava escrito *Não colar cartazes.*

Ainda que andassem devagar, as pessoas não estavam desocupadas. Faziam espetos de carne, enchiam pneus, vendiam malas de relógios dourados falsificados. Já que ninguém os empregava, trabalhavam para eles mesmos. O Estado não lhes dava nada, nem aquilo pelo qual pagavam. Alguns adultos pediam esmola, e algumas crianças, também. Uma menina estava em pé segurando uma bandeja com lascas de coco do outro lado da rua. Ao seu lado, um menino erguia um cartaz dizendo "Por favor, me ajudem. Estou com fome". Os outdoors anunciavam os produtos: a Kodak mantém a África sorrindo; a Canon trazia copiadoras de última geração para escritório; a Duracell dura seis vezes mais que outras pilhas. E anúncios indicando nomes de igrejas, limpeza de tapetes, a Aliança Francesa, bancos, serviços veterinários, um viveiro com plantas em vasos e outra que dizia: "Vendem-se saladas frescas" — sem pesticidas nem corantes, por isso os pepinos eram menores e as laranjas tinham um tom verde-amarelado.

Logo que comprei a revista, não consegui ler nada porque estava muito nervosa, mas, no caminho para casa, parei em frente a uma entrada de garagem particular e procurei o artigo que me interessava. Era uma coluna de oito centímetros: "A filha de Sunny Taiwo resolve falar." Grace Ameh descrevera os acontecimentos que eu lhe contara e terminara com a frase: "Quando pedi que falasse sobre a prisão de seu pai, ela declarou: 'Meu pai não é nenhum criminoso.'"

Coloquei a revista no banco do carona e saí. Uns metros adiante havia uma blitz da polícia. Vi dois policiais ao lado de tambores enferrujados de gasolina, um de cada lado da rua, com armas penduradas no ombro. Um deles fez sinal para eu parar, e seu olhar percorreu o interior do meu carro.

— Sua habilitação — pediu.

Tirei o documento do porta-luvas. Ele o examinou e me devolveu.

— Tem seguro?

Passei o seguro, e ele olhou o papel de cabeça para baixo.

— Minha irmã, por que você parou daquele jeito? — perguntou ele, me devolvendo o papel do seguro.

— Onde?

— Lá longe.

E apontou para onde eu havia parado.

— Eu estava procurando uma coisa.

— O quê?

— Meus óculos — falei.

Ele coçou o queixo.

— Não é permitido parar assim, minha irmã. Não é permitido. Você quase causou um acidente.

Seus olhos pararam na bolsa sob as minhas pernas. Não havia nenhuma placa indicando isso. Mas eu sabia que não devia discutir com a polícia. A saída era dar algum dinheiro, ou me desculpar e seguir em frente.

— Isso não é verdade — falei, com calma. — Não há nenhuma placa ali, nada dizendo que não posso parar lá.

— Ei — gritou ele. — Quem te disse isso? Sai do carro. Sai do carro.

Ele bateu na porta do meu carro. Eu saí e fiquei de pé junto dele. Do outro lado da rua seu companheiro olhou para nós e continuou concentrado na blitz. O policial fingiu que estava zangado.

— Minha irmã, você não tem medo? Eu posso te prender nesse minuto.

— Prender por quê?

Ele agarrou meu braço e eu puxei de volta.

— Eu estou grávida. Tenha cuidado comigo.

Seu olhar baixou até minha barriga.

— Sim, estou grávida.

O policial abriu um sorriso forçado.

— Por que não disse antes? Você deve estar perto de parir.

Eu não respondi.

— Pode ir — falou ele, me pondo no carro. — Vá em frente. Você teve sorte hoje. Muita, muita sorte. A história podia ter sido outra.

Sorriu de orelha a orelha. Os mortos e as grávidas, pensei.

Niyi estava sentado no sofá com as pernas em cima do meu banquinho de ébano. Como sempre, ele escutava aquela música barulhenta. Eu ouvi um clarinete.

— E aí — falei.

Tambores.

— O artigo saiu hoje. Não temos nada...

Trompetes.

— ... com que nos preocupar.

Os instrumentos me atordoavam como uma algazarra em um mercado. Niyi acenou com a cabeça no ritmo do baixo. Coloquei a revista na mesa da sala de jantar e subi.

O quarto de hóspedes parecia menor. Talvez fosse do tamanho da cela do meu pai. Baixei as cortinas e me deitei. Lentamente esfreguei a barriga, tentando imaginar meu bebê lá dentro, a pele esticando, os ossos se formando. Minhas palmas sentiam falta de ser tocadas, porém eu não estava mais sozinha.

Na minha imaginação, meu pai aparecia mais magro, os olhos amarelados. Tentei vê-lo melhor, mas só consegui vislumbrar sua sombra.

"Eu dei entrevista para a *Oracle* sobre você", falei.

"Deu?", perguntou.

"Eles o estão chamando de um prisioneiro da consciência."

"É mesmo?"

"Você acha que fiz bem em falar com eles?"

"Você acha que fez?"

"Sim."

"Então não há mais nada a dizer. Pode ficar tranquila", falou ele.

Ouvi o som de um baixo no andar inferior. Do lado de fora, um alarido de crianças brincando. Havia um silêncio sobre meu país. Ouvi isso também, e, para minha frustração, pareciam homens aprendendo a ser mulheres.

No meu primeiro ano de casada, eu via sempre uma vendedora ambulante sentada junto ao portão de vigilância do nosso condomínio. Ela vinha do Norte, era fulâni. Nós nunca trocamos uma só palavra, eu não conhecia sua língua e ela não conhecia a minha. Mas sorríamos uma para a outra, e isso bastava.

Os fulânis eram tradicionalmente criadores de gado, mas os que moravam em Lagos trabalhavam em estábulos ou eram artesãos, vigias noturnos ou vendedores de rua. O povo de Lagos dizia que eles espalhavam tuberculose porque estavam sempre cuspindo. A elite dos fulânis era composta do tipo de gente que Niyi responsabilizava pela degradação do nosso país, os mascates do poder. Eram muçulmanos, influenciados pela cultura árabe, e ricos. O brigadeiro de Sheri era um deles.

Essa ambulante vendia balas e outros artigos expostos em um tabuleiro: pastilhas de menta Trebon, chicletes Bazooka Joe, cigarros Silk Cut e analgésicos. Eu sempre a via agachada junto ao tabuleiro, ajeitando os artigos à venda como se estivesse jogando xadrez sozinha. Às vezes, parava para comprar alguma coisa e, com o tempo, passei a chamá-la de "minha mulher". Ela juntava as palmas das mãos quando sorria de forma muito graciosa, e eu a observava como se fosse uma bela árvore ou uma paisagem.

Niyi me perguntou se eu era lésbica quando me ouviu chamá-la de "minha mulher". Eu respondi que sempre gostara de homens, mas que as mulheres me interessavam. Um dia, ao voltar do trabalho, não a encontrei ali. Achei que talvez estivesse se preparando para as orações ou descansando no prédio abandonado, onde ela e outros da sua comunidade passavam a noite. Perguntei ao vigia do portão, e ele informou que ela fora embora. Para onde? Fiquei observando as outras fulânis acenderem os lampiões de querosene para a noite e colocarem-nos sobre seus tabuleiros. Imaginei uma história sobre a "minha mulher". Seu nome seria Halima. Seu marido trabalhava em um estábulo e se chamava Azeez. Um dia Halima se cansou de ficar em Lagos e foi a pé até Zaria, no Norte, atravessando o deserto do Saara vestida com suas túnicas e com o xale de chiffon. Durante o dia, o sol batia em sua cabeça, mas ela não morria, e à noite suas argolas de ouro tocavam música quando o vento soprava.

Fevereiro começou com o Ramadã e falta de gasolina. Os moradores do Sunrise ficaram irritados, pois não podiam sair de casa para trabalhar. No primeiro dia ligamos uns para os outros: em que tipo de país estávamos vivendo? Como poderíamos sair de casa? No segundo dia as crianças ficaram maravilhadas. Dois dias inteiros sem escola! No terceiro estavam enlouquecendo os pais. Então logo surgiram soluções. Certo banco mandou um ônibus passar pela nossa área. Alguém conhecia um empregado de uma empresa de petróleo que tinha um pouco de gasolina de sobra. Outro conhecia uma pessoa que conhecia uma pessoa que vendia gasolina ao mesmo preço do mercado paralelo.

Era preciso ficar em filas durante três dias para conseguir gasolina nos poucos postos abertos. O combustível era passado de tambores com funis para os tanques dos carros. Eu fiquei em casa até a situação se normalizar. Decerto nenhum dos empregados do escritório do meu pai ia trabalhar. O transporte público ainda não havia voltado ao normal, e o preço da passagem ficou quatro vezes mais caro. Economizei o máximo do meu combustível para uma emergência que jamais ocorreu.

Niyi ia trabalhar todo dia. O motorista da empresa vinha buscá-lo. Nossa situação em casa era ridícula. Ele continuava sem falar comigo, e eu me mudei de vez para o quarto de hóspedes. O silêncio se tornara barulhento: portas se fechando, cortinas se abrindo e fechando, e à noite o som do jazz e dos grilos. Às vezes eu ouvia Niyi rindo ao telefone. Tinha vontade de dizer que estava sentindo uma pressão no ventre, ou o quanto era difícil dormir de barriga para baixo, e queria falar com alguém sobre meu pai.

No dia do *Eid ul-fitr,* saí de casa pela primeira vez naquele mês para quebrar o jejum com os Bakare. As ruas estavam entupidas de veículos, e senti mais calor que o normal. O harmatão já havia passado em Lagos, e nós esperávamos algo novo, da forma como a estação chuvosa deixava as cores mais fortes, vivas e brilhantes. Era sempre mais fácil ver que uma estação amena havia passado depois das chuvas. Mas, depois do harmatão, só sobrara um calor úmido. As sarjetas estavam secas, como se não lembrassem que um dia correra água por ali. A estação seca não tinha graça nenhuma em Lagos e durava a maior parte do ano.

Ao passar pelo portão, ouvi um carneiro chorando no quintal dos fundos da casa dos Bakare. O animal estava amarrado a uma mangueira havia duas semanas e seria morto para a comemoração do *Sallah*. Estacionei o carro, passei pela lanchonete e saí em um pátio cimentado. Sheri e uns familiares estavam ali vendo um açougueiro desamarrar o carneiro. Um ajudante de açougueiro de perna torta esperava com as mãos nos quadris. Fui direto cumprimentar as madrastas de Sheri.

— Minha menina, como vai você? — perguntou Mama Gani.

— Há quanto tempo não a vemos — acrescentou Mama Kudi.

Eu me desculpei e disse que não estava saindo de casa por causa da falta de gasolina. Fevereiro tinha sido um mês parado por causa disso.

— Como vai seu marido? — indagou Mama Gani, com o dente de ouro brilhando.

— Está ótimo — respondi.

— E sua mãe?

— Vai bem, obrigada.

— Ainda não souberam nada sobre seu pai?

— Nada ainda — falei.

Ela bateu palmas.

Insha'Allah que nada aconteça com ele, seu pai foi muito bom para nós.

Não havia uma só ruga no rosto das duas, como se elas não tivessem envelhecido desde que as conheci; estavam apenas mais gordas, com o mesmo andar vagaroso, as maçãs do rosto salientes, olhos brilhantes e um lenço de chiffon enrolado na cabeça. Os padrões de beleza mudaram ao longo dos anos, entre a invenção do satélite, a televisão a cabo e as viagens transoceânicas, mas não para mulheres assim. Elas queriam ser gordas, gostavam disso e se irritavam com as estrangeiras chorando na televisão porque estavam acima do peso.

Era como se o marido tivesse se casado com a mesma mulher duas vezes, pensei, sem considerar as personalidades de cada uma. Mama Gani, que me mandava ajoelhar diante dela quando eu era criança: a durona, mas legal. O fato de ser durona acabou salvando a família no fim. Sempre desagradável, confrontava os parentes do falecido marido. E brigava no momento certo; como dizia Sheri, tirava o lenço da cabeça para dar na cara de alguém. Mama Kudi, a mais jovem, falava três línguas: iorubá, hauçá e inglês. Sabia um pouco de italiano para pechinchar, mas quase nunca falava. E tinha um namorado.

Eu me perguntava como elas conseguiam viver de acordo com os papéis tradicionais e como continuavam juntas sem o homem que as havia unido. Sheri uma vez me contou que elas raramente discutiam e que no passado cada uma dormia uma noite com seu pai, assim nunca brigavam. Na casa do seu tio, as esposas brigavam e tentavam envenenar os filhos das outras, mas isso porque o homem não prestava.

— Se a relação de um homem com uma só mulher fosse tão maravilhosa, as mulheres não viveriam de coração partido — disse ela.

— Não somos nós que partimos nosso próprio coração — argumentei.

Os filhos de lares polígamos sempre diziam que os casamentos monogâmicos não funcionavam. Gabavam-se de ter numerosos parentes e consideravam a mãe uma santa. "Guarde a pena para si mesma, nós não somos infelizes com nossa organização familiar", eles me diziam. E raramente falavam de suas brigas domésticas: quem recebia mais dinheiro do pai, qual mãe tinha mais filhos, que filhos tinham melhor desempenho na escola. Eu achava que talvez sentissem vergonha dos pais, que tinham o pinto maior que o cérebro. Mas quão bem-sucedidos eram os casamentos monogâmicos? Os casais ficavam presos por certidões legais e confusos com o amor romântico. A mulher cujo marido tinha um filho fora do casamento; a mulher que dormia com o chefe porque o marido estava dormindo com a subordinada. Se nosso país lutava contra estruturas religiosas e governamentais, lutava também contra estruturas familiares diversas. No nosso condomínio ocorriam casos amorosos a toda hora, e Niyi julgava os casais como só um homem que fora largado por uma mulher poderia julgar. Era triste ver mulheres agindo como os pais por se negar a seguir os passos das mães, e pior ainda era vê-las entrarem para a igreja buscando refúgio do casamento, como algumas mães tinham entrado.

Os irmãos mais novos de Sheri me cumprimentaram quando atravessei o pátio cimentado.

— Oi, irmã Enitan.

— Há quanto tempo não vemos você.

— *Barka de Sallah*, irmã Enitan.

Eu me senti estranha sorrindo. Estava quase respondendo quando o carneiro escapou da corda do açougueiro e desembestou pelo pátio. Sheri e eu nos trombamos. Os outros fugiram. Em pouco tempo, o açougueiro agarrou o animal e seu ajudante prendeu as patas traseiras. O carneiro berrou mais alto ainda, e eu tapei os ouvidos por causa do barulho.

— Vão matar o bichinho agora? — perguntei.

— Vão — respondeu Sheri.

— Não quero ver — falei.

O ajudante levou o carneiro para fora do pátio cimentado e o açougueiro pegou uma faca. Puxou a cabeça do animal para trás e passou a faca pela garganta. O chão escuro ficou coberto de sangue. As crianças menores gritavam e se agarravam umas às outras. As madrastas de Sheri riam.

— Eu detesto isso — falei, baixinho.

Lembrei das galinhas que Baba matava para minha mãe. Decapitava as pobrezinhas e as deixava sair correndo sem cabeça até cair mortas. Lembrei de Sheri sendo arrastada por dois meninos.

O carneiro caiu morto no chão e o açougueiro começou a abrir sua barriga.

— Vamos sair daqui — falei, puxando Sheri pelo cotovelo.

Fomos nos sentar na varanda que dava para o pátio cimentado. O açougueiro castrou o carneiro morto e colocou os testículos ao lado dele. Pareciam mangas cabeludas.

— Você nunca jejua — falei —, mas celebra o *Sallah.* Que tipo de muçulmana é você?

— Se eu não jejuar até morrer irei para o céu — falou ela contente.

— Tem certeza? Ouvi dizer que nenhum de vocês vai entrar no Reino de Deus.

— Por que não? — perguntou ela em tom de zombaria.

— É o que os cristãos dizem — respondi sorrindo.

Uma mulher enfiou a cabeça pela porta de correr, embalando uma criança.

— Irmã Sheri, desculpe o atraso. É o bebê de novo.

Vi uma moeda no umbigo do bebê para conter sua hérnia.

— O que aconteceu? — perguntou Sheri.

— Ele não evacua há dias — respondeu ela.

— Você lhe deu suco de laranja?

— Dei — respondeu.

— Traga o bebê aqui.

Sheri beliscou a barriga da criança.

— Não é para você dar tanto trabalho para sua mamãe.

— Ele tem ficado muito agitado, não consegui sair um minuto do lado dele.

— Ele está bem — disse Sheri, entregando o bebê para a mãe, que foi embora ninando o filho.

— Você é mágica — falei.

— Não ligue para ela, *jo* — disse Sheri. — Está só fingindo. Toda vez é a mesma coisa, uma desculpa atrás da outra. Ela nunca consegue ajudar na cozinha.

— Quem é ela?

— A esposa de Gani.

— Você não tem bastante gente ajudando lá embaixo?

— Mas ela sabe comer, não sabe?

— Deixe a mulher em paz.

Nosso país era cheio de esposas passivo-agressivas como ela, que encontravam formas de tapear os parentes do marido.

Como a avó Alhaja, Sheri esperava que as cunhadas desempenhassem as funções familiares. As madrastas de Sheri também esperavam isso. Por meio delas, o espírito de Alhaja continuava vivo, mantendo a próxima geração de esposas sob controle.

Enquanto Sheri lia o artigo da *Oracle*, assisti aos procedimentos no pátio cimentado pela balaustrada da varanda. As tripas do carneiro foram separadas e o açougueiro e o ajudante começaram a retalhar o corpo. As madrastas de Sheri inspecionavam as mulheres que tinham vindo cozinhar.

Sheri disse uma vez que não queria saber quem detinha o poder no nosso país, os militares ou os políticos. Presenciara a corrupção em primeira mão e via a gentalha que enriquecia à custa disso. Ela que dormira com um homem importante para conseguir o que queria. E ele que se envolvera com gente importante para conseguir um contrato de 1 milhão de *nairas*. Depois de ouvir isso, me perguntei se havia algum negócio no nosso país que não fosse indiretamente ligado a funcionários corruptos do governo. As madrastas odiavam os militares porque apoiavam Kudirat Abiola, a esposa do homem que viria a ser presidente. Abiola fazia campanha pela libertação do marido e pela reintegração do resultado das eleições gerais. Era sulista, muçulmana e iorubá, como as madrastas. Elas a amavam, e minha mãe dizia que ela só queria ser primeira-dama, o que eu achava uma ironia, pois o casamento de Kudirat Abiola era reconhecidamente poligâmico. O ano de 1994 simbolizou a esperança de uma África pós-colonial, com a posse de Nelson Mandela. Ruanda era nosso desespero. Kudirat Abiola se tornara símbolo de uma África que eu contestei desde a minha volta, uma esposa idosa lutando pela liberdade política do marido.

— Está bem escrito — disse Sheri, depois que leu o artigo. Se concordava, não demonstrou. — Como vai o trabalho?

— Uma grande confusão. Você devia ver. Papéis por todo lado. Vou ter que começar a organizar tudo isso em breve.

— Cada coisa no seu tempo.

Ficamos observando o retalhamento do carneiro por um tempo. O açougueiro tirou a pele, cortou a carne, e o ajudante lavou o sangue com água quente.

— Como foi seu aniversário? — perguntou Sheri.

— Tranquilo — respondi.

— Papa Franco não fez nada?

— Ele nem está falando comigo.

— Por que não?

Eu mostrei a revista.

— Por causa disso. Niyi não queria que eu desse essa entrevista. Não fala comigo há semanas.

— Sério? Eu acho que preferiria levar uma surra.

— Eu detesto esse silêncio.

— Aprendi a viver com ele — disse ela.

Na maioria das vezes eu tinha de imaginar o que Sheri pensava. Ela era muito discreta a respeito da vida pessoal, como as mulheres solteiras da nossa idade e como os desempregados eram com relação às perspectivas de trabalho.

— Como eu posso decidir o que fazer a respeito do meu pai em uma cozinha? Pensando bem, como posso decidir qualquer coisa com um projeto de Idi Amin na minha casa? — perguntei.

— Papa Franco? Ele não é tão ruim assim — comentou ela, sorrindo.

— É sim. Está sempre de mau humor.

— Se ele franzir o cenho, é só não olhar para a cara dele.

— Eu não me importaria com nada disso se eu estivesse sozinha.

Sheri balançou a cabeça.

— Não é fácil estar sozinha. Os homens acham que você está a fim deles, as mulheres têm pena e não querem te ver na casa delas. Sua própria mãe fala como se você tivesse um câncer terminal. "Ah, Enitan ainda está conosco. Vamos rezar por Enitan."

— Nada pode ser pior que isso, Sheri. Nós nos vemos de manhã e nem falamos "oi".

— Ignore seu marido.

— Ele é tão infantil.

— Não deixe que ele nem ninguém te afete. Por acaso você acha que as pessoas naquele dia na sua casa sabiam que você estava zangada ou se importavam com isso?

Eu bati no peito.

— Ainda por cima me pediu que preparasse o almoço.

— No dia que meu pai morreu, quem veio nos dar os pêsames queria comer.

— O que vocês fizeram?

— Minhas madrastas foram para a cozinha. Houve até quem pedisse mais — disse ela, rindo.

— Não acho isso nada engraçado, Sheri. Nós rimos agora e um dia estaremos rindo no túmulo.

— Ignore seu marido. Ele não pode fazer nada. E não deixe que os outros te botem para baixo. Não é bom para você nem para o bebê.

Eu devia imaginar que ela diria isso. Um dia ela me deu uma lição de vida ao ajoelhar-se para cumprimentar o tio que tentara tirar todo o dinheiro da família dela. "Como você pôde fazer isso?", perguntei na época, certa de que, se fosse eu, não conseguiria nem acenar para o homem.

"É mais fácil contornar uma pedra que quebrá-la, e mesmo assim você chega aonde quer", respondera ela.

No passado, minha tendência seria quebrar as pedras, bater com o pé no chão e dar ataques quando não conseguia o que queria. Agia sem dignidade. Era cínica, achando que a mulher africana devia ter força, ser intocável, impenetrável, mas porque eu mesma não tinha essa força.

Os Bakare não haviam se esquecido de como se divertir. Depois do almoço fiquei observando todos em fila fazendo uma série de passos coreografados ao som da música "Electric Boogie". Durante a dança faltou luz, o que nos fez rir mais ainda: não havia eletricidade para o "*boogie* elétrico".

Famílias muito unidas têm características próprias, pensei. Na família de Niyi eles falavam baixinho, na de Sheri se preocupavam com comida. "Você já comeu? Por que não está comendo? Tem certeza de que não quer comer?" Eu aceitava tudo que me ofereciam, achava o mais sensato a fazer. Eles brigavam quando alguém se recusava a comer o que ofereciam ou não comia o bastante. Enquanto dançavam, imaginei-os depois de um ataque nuclear, sem casa ou sem cabelo, mas ainda preocupados com comida.

Niyi não estava em casa quando cheguei, e uma careta de desdém tomou conta da minha boca. Essa minha reação cutucou meu ombro e foi me empurrando para cima, espalhando seus lábios sinistros pelas paredes do meu quarto. A distância, os ruídos de Lagos: buzinas de carros, motocicletas, vendedores de rua. Dali, o barulho era similar ao de latas de metal caindo no asfalto quente. Sentei-me na cama e vi uma mosca presa no mosquiteiro. Não sabia dizer se estava descansando ou tentando passar pelos furinhos. Olhei para as paredes. Por um lado, o silêncio podia derrotar uma pessoa ou até mesmo um país. Por outro, ele podia ser usado como escudo, como Sheri fazia. Um ataque e uma defesa. E ainda diziam que o silêncio era pacífico.

O telefone tocou. Era Busola, a vizinha do lado, me convidando para jantar.

— Vamos comer *bomb alaska.*

Eu disse que não poderia ir.

— Eu vi seu marido no clube hoje. Não pude acreditar e perguntei: "Você por aqui? Onde está sua cara-metade?" Ele me olhou como se eu fosse louca. Eu sei que ele me detesta.

— Ele não te detesta.

— Eu sei que não gosta de mim.

— Niyi não...

— Mas é decente e trabalhador, ao contrário desses preguiçosos que andam por aí. Vamos, anime-se.

— Não consigo — falei.

Eu conheci Busola quando estudava em Londres. Ela andava com uns nigerianos que iam à aula de Porsche e cheiravam cocaína como atividade extracurricular. Eram chamados de Alta Sociedade, e de Opressores, e faziam inveja àqueles que tinham tempo de sentir inveja depois de ter estudado e socializado. Eu sempre achei os amigos dela meio dramáticos, com seus hábitos de cocaína e a inevitável desintoxicação, o que podia significar uma internação em uma clínica na Suíça ou umas chicotadas de um curandeiro na sua terra natal. Era tanto potencial desperdiçado, e os garotos quase sempre acabavam batendo nas namoradas.

Diziam que o marido de Busola se casara com ela por causa do bom inglês dela, mas dava em cima de mulheres que mal formavam uma frase sem erro. O pai dela era um ministro aposentado, e meu pai cuidava de parte do seu grande patrimônio. Enquanto todos se inscreviam para as universidades, Busola planejava passar um ano em Paris. Acabou passando dois anos lá e voltou para Londres usando saias curtas e dizendo que fizera um curso de relações públicas. Ninguém entendeu nada. Nós tínhamos de ir para a universidade, mas Busola, não. Seus pais a mandaram de volta para casa quando descobriram que ela tinha um namorado inglês. Agora estava casada com um nigeriano cujo único objetivo na vida era usar bons ternos e fazer parte da panelinha de jogadores de polo de Lagos.

Eu gostava de Busola, de suas perucas chinesas e bolsas de Milão. Era estilosa, inteligente até. Convenceu um grupo de mulheres a enviar os filhos para suas aulas de método Montessori, organizava exposições de arte para artistas que não conhecia e aventurava-se a trabalhar com design de interiores. Todas essas coisas exigiam aptidões, eu dizia a Niyi, mas ele a chamava de "a vizinha idiota". No dia em que ela descreveu as casas do nosso condomínio como espaços perfeitos para armazenagem, ele perdeu a paciência. O pai dela roubara dinheiro público, e ela não tinha medo de falar o que pensava, ele dizia. "Por que você sempre faz amizade com gente que ninguém suporta, como aquela Sheri?", perguntou ele um dia. E Sheri, depois de passar dez minutos com Busola, perguntou: "Do que ela está falando? Ela é piadista, por acaso?"

Ser levemente ofensiva era o que eu tinha em comum com essas duas mulheres, e havia muita gente espirituosa em Lagos para animar os jantares. Essas pessoas endeusavam a cultura europeia, mas não como na época colonial dos nossos pais, em que os costumes europeus eram imitados. Eram espertas demais para isso. Davam nomes nigerianos aos filhos, usavam roupas tradicionais, falavam nossas línguas e inglês *pidgin*. Não eram muito diferentes de mim, para ser sincera. Mas eu não tinha a mesma afetação, para ser ainda mais sincera. Imaginei-as sendo abordadas pelos agentes da Segurança Nacional na festa de Busola. Ela pararia de comer a *bomb alaska* e sairia correndo e gritando pelos portões do Sunrise.

Busola era gentil. Falava do marido com toda a gentileza.

— Ele levou meu carro e só voltou na manhã seguinte. Fiquei furiosa. Muito, muito furiosa. Sabem o que fiz? Olhei para ele desse jeito, e ele viu que eu estava furiosa.

Toda vez que eu ouvia um carro chegando naquela noite, ia para a janela. O quão livre eu era, de fato, na minha vida de casada? Niyi ficava de mau humor, e logo em seguida eu também. Quando o conheci, seguia os movimentos dos seus olhos para ver se ele olharia para outra mulher. Agora que sabia que ele não fazia isso, eu me preocupava quando ele ficava fora de casa até tarde, mas não só com sua segurança. Infidelidade sempre foi meu limite. O de Sheri era qualquer forma de agressão física. Mas havia outras coisas que um homem podia fazer. Meu sogro domara a esposa, de um jeito que parecia que tinha tirado o cérebro dela com uma colher e deixado apenas o suficiente para ela se manter obediente. Seu filho agia como se eu fosse invisível até eu me comportar como ele queria.

Fui para o andar de baixo, passei o cadeado na porta da frente e tirei a chave com um floreio. Espancadores, traidores, malandros. Os piores eram os chamados decentes. Ninguém encorajaria uma mulher a fugir deles. Felizmente minha mãe me ensinara o poder do cadeado. Quando Niyi voltasse, teria que esperar um tempo para entrar na própria casa. Enquanto isso, os mosquitos lhe fariam companhia do lado de fora.

Já passava da meia-noite quando ouvi a campainha. Abri a porta, vestida só com uma camiseta amassada. Meu rosto estava inchado. Eu não dormira. Niyi deixou as chaves em cima da mesa de jantar como normalmente fazia, e eu me sentei no primeiro degrau da escada. Estava determinada a fazer as pazes com ele dessa vez. O chão estava frio sob meus pés descalços.

— Busola disse que te viu — falei.

Ele levantou as sobrancelhas como se dissesse: "E daí?"

Era fácil ler a expressão do rosto dele quando estava zangado. Mas não era o caso. Niyi não estava emburrado, mas queria que eu me rendesse. Eu esqueci que ele acreditava em princípios absolutos — não iria atrás de outras mulheres, mas me deixaria de coração partido para meu próprio bem.

— Não precisa falar nada. Quero só que ouça. Eu sei que está preocupado com a minha segurança. Eu também gostaria que meu pai não estivesse envolvido, existem algumas coisas que eu lhe perguntaria, mas nada disso importa agora. E se eu não tiver chance de falar com ele de novo? Só Deus sabe o que vai acontecer, mas minha vida tem que mudar, e você tem que me ajudar. Por favor. Isso é demais para mim. Olhe para mim.

Pela cara dele, parecia que Niyi preferiria que eu ainda estivesse lá em cima dormindo.

— Está me ouvindo? — perguntei.

A expressão não mudou. Eu dei mais um tempo.

— Então é isso. Não vou mentir, você está me magoando. Tentei o máximo que pude. Não se esqueça de trancar a porta do seu quarto.

Naquela semana, a raiva foi um fardo a ser carregado, e eu não sabia como lidar com isso. Batia na mesa com um lápis, puxava a cortina com força, chutava a porta. Quando Niyi voltava do trabalho e passava por mim no corredor, tinha vontade de fazer como Shalewa e empurrá-lo com as duas mãos, gritando "Pestinha!". Mas eu não cederia.

Fui à casa de Grace Ameh de novo, esperando que ela me aconselhasse sobre a situação do meu pai. Ela usava a mesma roupa colorida da última vez que a tinha visto.

— Minha querida, alguma notícia?

— Não — respondi.

— *Na wa*, que pena. Entre.

Colocou a mão no meu ombro e fomos para o escritório. Dessa vez eu olhei em volta e vi pilhas de papéis empacotados, um computador velho, uma máquina de datilografia, dois bustos de ébano usados como suportes de livros. Reconheci uns autores na prateleira: Ama Ata Aidoo, Alice Walker, Buchi Emecheta, Jamaica Kincaid, Bessie Head, Nadine Gordimer, Toni Morrison.

— Você escreve aqui? — perguntei.

— O quê? — perguntou, confusa.

— Você escreve aqui? — repeti.

— Vai ter de falar mais alto. Sou surda de um ouvido. É por isso que todos gritam aqui em casa.

Só então percebi que ela não estava me encarando, e sim lendo o movimento dos meus lábios. Repeti a pergunta.

— Não recentemente. Sinto a presença deles com muita força na ponta da caneta. Quero escrever uma palavra, mas penso em traição. Estou perturbada demais para escrever desde que fui solta. Você já esteve na África do Sul?

— Não.

Ela levantou o nariz.

— Eu não me senti bem lá. Tensões raciais e tudo o mais. Não compreendo por que sempre que viajo para países bonitos, melhores que o nosso, lugares em que as coisas funcionam, fico ansiosa para voltar para casa. E o que acontece quando volto?

— Você é presa — disse, sorrindo.

Ela cruzou os braços.

— Em que você trabalha? Nunca perguntei. Fui logo presumindo que era advogada como seu pai.

— Eu sou advogada.

— Que horror, mas isso tem cura.

Toquei na minha barriga.

— Estou sem atuar há um tempo. Trabalhei num banco e depois fiquei grávida.

— Quantos meses?

— Quatro.

— *Na wa*, meus parabéns. Minha mãe era parteira, trabalhava na Maternidade de Lagos. Desistiu da profissão quando soube que os ratos comiam as placentas das mulheres.

Ao dizer isso, percebeu meu desconforto.

— A placenta é nutritiva, deixa os ratos gordos. Minha mãe não aguentou isso.

— Meu marido quer saber sobre o que você escreve — falei.

Eu não conseguia me esquecer dele nem por um minuto, pensei.

Ela me olhou de esguelha.

— Já ouviu falar da minha peça *Casa de engorda*?

— Não.

— Nunca ouviu falar da minha peça *Casa de engorda*? Duas irmãs trancadas em casa e alimentadas à força pela avó?

Eu sorri.

— Não — respondi.

— Foi a minha primeira peça. Perdi muito dinheiro com ela. Os tempos eram outros. E podíamos nos expressar livremente. Eu escrevo peças para teatro e televisão. Também sou editora da coluna de artes da *Oracle*. Agora, que estamos na clandestinidade, faço o que posso para que não nos silenciem completamente.

Eu aproveitei a oportunidade.

— Meu pai diz que as mulheres não se expressam verbalmente o suficiente.

— Diz mesmo?

— Sobre o que está acontecendo.

— Muita gente não está se expressando verbalmente, homens e mulheres.

— Eu consigo entender por que as mulheres se mantêm em silêncio.

— Por quê?

— Por causa da pressão de sempre. Cale a boca e cuide da sua família.

— Eu não concordo com isso.

— Nem meu pai, mas é a realidade.

— Não a minha.

— Sua família deve te apoiar.

— Eu não aceitaria nada diferente disso.

Grace Ameh estava contando vantagem ou tentando tirar informação de mim? Afinal, ela era jornalista.

— Nem todos têm vontade de desafiar aqueles de quem gostam — falei.

— Você?

— Sim. Eu sou avisada o tempo todo. "Não se envolva", "Não diga nada". Acaba sendo fácil esquecer quem está errado.

Ela assentiu.

— Sim, sim, mas você tem uma voz, é o que sempre tento dizer aos outros. Use sua voz para incentivar mudanças. Muita gente neste país não tem chance na vida. Nascem na pobreza, passam fome desde pequenas, sem qualquer educação formal. O que me espanta é o fato de os privilegiados da Nigéria acreditarem que não fazer nada é uma opção.

— Você não acha que eu devia pelo menos tentar libertar meu pai?

— Só juntando-se aos outros. Sozinha não pode fazer nada, você é só uma outra vítima. Aqueles homens de Shangisha podiam facilmente ter me machucado.

— Mas você conseguiu se safar.

— Isso não faz de mim uma heroína corajosa. Não se engane, eu não vou ter nenhum reconhecimento póstumo, ao contrário deles. Depois de um tempo você é esquecida e nada muda. Talvez eu não possa escrever livremente sendo ameaçada de traição, mas não poderia escrever nada se morresse, não é?

— Você ainda acha que não devo ir a Shangisha?

— Acho.

— É frustrante não fazer nada.

Ela pegou uma folha de papel em uma mesa de canto e me entregou.

— Leia isso. Talvez você queira participar. Fui convidada para falar. É um grupo bom. Trabalham com autores do exterior para divulgar o que está acontecendo aqui.

Era um convite para um evento em apoio aos jornalistas presos. Peter Mukoro era um deles.

— Uma leitura — falei.

— Algumas pessoas lá estão envolvidas na campanha pela democracia, pelos direitos humanos e organizações de liberdade civil. Ninguém vai querer que você fique calada.

— Obrigada.

Ela sorriu.

— Você veio aqui só para me ver?

— Sim.

— Com falta de gasolina e tudo mais?

— Sim.

— *Na wa*, estou lisonjeada. É bom ver seu rosto de novo. Tente ir a esse evento. Será bom termos apoio. Dizem que as grandes mentes pensam da mesma forma, mas neste país só os idiotas têm consenso.

Decidi ir ao evento. Queria estar no meio de gente que se posicionava contra nosso governo. Em casa, o silêncio de Niyi me incomodava, e eu não conseguia me esquecer da prisão do meu pai. Convidei

Dagogo e Alabi, mas eles disseram que não iam desperdiçar gasolina preciosa para ouvir poemas ou coisa parecida.

Para ser sincera, eu também não estava interessada em assistir a um evento literário. Nunca soube que os escritores do meu país faziam isso, a não ser dentro de círculos acadêmicos, ou quando um senador, general ou diplomata aposentado escrevia suas memórias e dava uma grande festa para levantar fundos. Sabia que alguns autores publicados não viam a cor dos direitos autorais porque os editores simplesmente não pagavam. A biblioteca da minha casa não tinha muitos autores nacionais, pois, em uma economia como a nossa, os livros eram escassos ou banidos pelo governo. Se algum dia vi algum livro nacional, foi em Londres, quando saí para comprar bananas-da-terra e acabei entrando numa livraria de bairro com cortinas de tecido kente. Nenhum dos livros que encontrei tinha personagens tão diversos quanto as pessoas que eu conhecia. Os autores africanos sempre explicavam os mínimos detalhes para o restante do mundo, o que, para o leitor africano, era um excesso. Como o harmatão, por exemplo: a estação de dezembro a janeiro que levava poeira aos olhos e provocava tosse, com manhãs frias e tardes de fazer suar as axilas. Quando eu lia livros estrangeiros, eles não explicavam coisas simples como a neve; como ficava presa por baixo dos sapatos e caía no rosto com toques quentes e gelados, o prazer de pisoteá-la e o desgosto de quando ficava toda lamacenta. Ninguém jamais se importou em dar explicações para um africano. Isso nunca me ocorreu, até o dia em que uma amiga inglesa comentou que meu sotaque mudava sempre que eu falava com amigos nigerianos. Eu disse que aquele era meu sotaque natal e que, se eu falasse com ela daquela forma, ela não entenderia. Ela pareceu surpresa. “Não acredito”, falou com sinceridade. “Isso é tão gentil da sua parte.”

Depois que percebi que estava sendo gentil, fiquei irada com um mundo que não era nada gentil comigo. Livros sem explicações necessárias, livros que descreviam uma África colonial tão exótica que até eu gostaria de conhecer, vestida com roupa de safári, servida por um quicuio silencioso e digno, ou algum outro nativo igualmente silencioso e digno. Ou uma África sombria, com cobras, trepadeiras e dialetos uga-buga. A minha África era clara, não sombria, nós tínhamos muito sol. E a África era um turbilhão de sensações, como certa vez tentei explicar a um grupo de colegas ingleses: era como comer uma laranja. Quantas sensações se pode ter com uma laranja? Uma fruta fibrosa, polpuda, com sabor forte, azeda, doce. Com polpa, sementes, pele. Causa ardor nos olhos. E deixa um cheiro duradouro nos dedos.

Mas todos se concentravam em certos aspectos de nosso continente: a pobreza, as guerras, a fome, o mato, as tribos ou a vida selvagem. Gostavam mais dos nossos animais que de nós. Só se interessavam por nós quando batíamos palmas e cantávamos ou estávamos seminus como os massais, que sabiam sempre reconhecer uma oportunidade de ser fotografados. Os mais bem-informados diziam: "E aquele Idi Amin Dada, hein?" Falavam de Mobutu Sese Seko ou Jean-Bedel Bokassa como se qualquer um que morasse no mesmo continente pudesse provar a sanidade desses sujeitos.

Só adquiríamos um senso de continente ou de nação em um país como o meu quando viajávamos para o exterior; não tínhamos ideia da África que era apresentada lá fora. Diante de um mundo dividido entre Oriente e Ocidente, não havia lugar para nós. Diante de um mundo cheio de classificações, nosso lugar era entre os últimos, entre o Terceiro Mundo e o Quarto. Um povo nobre. Uma cultura selvagem. Era um concerto pop atrás do outro em prol da erradicação da fome na África. Livros inteiros eram dedicados à salvação da genitália das africanas. Se ao menos essas mulheres pudessem ler esses livros, avaliá-los: isso está certo; isso está incorreto; isso é um absurdo. Mas a África não podia ser salva por meio de caridade.

Niyi dizia que isso era tão simples quanto poder econômico. Isso equivalia a respeito e amor. Se tivéssemos poder econômico, o restante do mundo nos amaria; e nos amaria tanto que talvez quisesse nos imitar. Por que a Inglaterra começava a parecer uma colônia americana para mim? Por que eu pensava que a maioria das pessoas elegantes do mundo se forçava a comer sushi? Eu tinha de admitir que Niyi estava certo.

O evento começou às 19h, mas eu cheguei tarde, como era moda em Lagos. Foi realizado em um pequeno salão onde normalmente havia recepções de casamento. Era do tamanho de um auditório escolar, com portas sanfonadas que, quando totalmente abertas, deixavam o ar circular livremente. No teto havia dois ventiladores brancos. No chão, um palco baixo de madeira, onde imaginei as noivas e os noivos em suas recepções de casamento, com decoração de fitas e balões. A iluminação era fraca. Sentei-me no fundo da sala, junto da porta, debaixo de uma lâmpada quebrada. Queria observar tudo, mas não queria que ninguém me notasse.

Havia cerca de quarenta pessoas, quase todos homens. Um deles chamou minha atenção porque estava fumando cachimbo. Devia ter a idade aproximada do meu pai. Outro, alto e magro, com expressão séria, distribuía uns folhetos. Grace Ameh estava lá, rindo e batendo no peito, conversando com o sujeito sentado ao seu lado. O magrelo subiu ao palco e falou sobre ativismo e literatura. Sua voz era tão baixa que me perguntei se ele respirava. Falou de um comício em que os agentes da Segurança Nacional prenderam várias pessoas. Eles chegaram durante o primeiro discurso, e, desde então, não se soube o paradeiro dos palestrantes. Seu amigo escritor e jornalista era um deles. Ele próprio escrevia poesia e não acreditava que escritores tivessem alguma obrigação especial de ser ativistas.

— Por que devo escrever sobre tirania militar? — perguntou. — Por que não posso escrever sobre amor? Por que não posso escrever pelo resto da vida sobre uma pedra, se quiser?

A próxima oradora foi Grace Ameh. Depois que todos se ajeitaram nas cadeiras e o barulho cessou, ela começou a falar:

— No país em que vivemos, onde as palavras são tão facilmente eliminadas da nossa Constituição, de publicações e dos registros públicos, o ato de escrever é ativismo.

A plateia bateu palmas. Ela pediu desculpas por estar desatualizada, mas não lia os jornais desde que voltara para a Nigéria. As notícias eram muito censuradas, e ela detestava ver palavras como "socioeconômico" e "sociopolítico" serem usadas a toda hora por seus colegas da mídia. Ao ouvir isso, a plateia começou a assobiar. Fiquei surpresa por Grace Ameh não ter falado sobre sua prisão, só sobre a viagem à África do Sul. Ela disse que se sentiu como uma branca honorária, bebendo vinho sul-africano e discutindo literatura. Tinha medo de que o mundo julgasse Winnie Mandela como uma mulher, e não como a verdadeira general que foi durante a guerra contra o apartheid.

Grace Ameh gostava de um palco. Era uma egocêntrica assumida, tinha decidido pôr a coroa na própria cabeça já que ninguém o fizera. Flertou e citou poemas em inglês e ditados zulus. Ousava fazer movimentos delicados. Quando terminou de falar, o homem do cachimbo leu uma passagem de um conto seu sobre um cirurgião que tinha um dedo decepado; em seguida, outro participante leu um poema repleto de palavras como suor e labuta. Eu imaginei que tinha a ver com a extinção da lavoura no nosso país.

Fiquei maravilhada ao saber que essas pessoas escreviam sem qualquer remuneração ou reconhecimento e que denunciavam injustiças arriscando a liberdade e a vida. Ao mesmo tempo, achei que nenhum deles tinha plena consciência das implicações de falar o que pensavam. Possuíam só uma percepção que se manifestava por murmúrios, nomes omitidos e nomes falsos quando se discutia política em reuniões ou ao telefone. Eu vivia consciente dessa percepção havia tanto tempo que ela se tornara uma coisa normal.

Mas o que fazia alguém ultrapassar o limite de segurança? Não era uma conscientização. Talvez fosse uma raiva que a cegasse.

A noite terminou com uma abertura para perguntas. Eu teria ficado, mas já estava com fome. Naquela época, minha fome era tão forte quanto minha sede. Anotei o dia do próximo evento e saí de mansinho pela porta dos fundos. Corri para meu carro no escuro, estacionado junto do portão para não ficar imprensado entre os outros. A área do estacionamento era de mais de quatro mil metros quadrados, com uma imensa árvore de folhas laranja-avermelhadas na entrada. Como não havia iluminação, demorei um pouco para encontrar as chaves do carro. Quando finalmente as encontrei, os faróis de três carros me ofuscaram. Permaneci absolutamente imóvel ao reconhecer as formas familiares do Peugeot. Um dos carros parou ao meu lado, e os outros continuaram na direção do salão. A porta traseira abriu e um homem pulou para fora. Levantei os braços quando vi que ele segurava um rifle.

— Não se mexa — avisou.

Fomos jogadas em uma cela, Grace Ameh e eu, sob a justificativa de desobedecermos às ordens públicas.

A polícia invadiu o salão e ordenou que todos saíssem sob a mira de armas. Prenderam Grace Ameh, que era exatamente quem procuravam. E os quatro homens que foram em seu auxílio. Eu fui presa porque fui a primeira pessoa que viram.

— Por quê? — perguntei ao policial.

— Para dentro do carro — falou ele.

— Por quê?

— Para dentro do carro — repetiu, me empurrando.

Pela janela de trás vi os outros policiais entrando no salão com rifles em punho, gritando ordens. Fechei os olhos e tapei os ouvidos. Achei que iam atirar em todos que estavam lá dentro. Ouvi Grace

Ameh gritar "Não toquem em mim". Eles a levaram para o carro. Eu me senti mal por torcer para que ela se calasse, mas ela só parou de gritar quando chegamos à delegacia, onde disse a todos que eles eram covardes.

Havia doze outras mulheres naquela cela; quatorze pessoas num espaço com capacidade para sete, com buracos de ventilação em uma área do tamanho de um ar-condicionado. Não havia ar suficiente nem luz. Minhas pupilas dilataram no escuro. Lá fora os grilos cantavam. Mosquitos zuniam em volta dos meus ouvidos. As detentas estavam deitadas em esteiras de ráfia, umas por cima das outras, no chão frio de cimento. Uma delas recebeu ordens de abanar as outras com uma folha grande de papelão. Outra estava junto de um balde de merda no canto, falando sozinha: "Ré Mi Ré Dó? Fá Sol Lá Si Ré. Lá Si Lá Si..."

Grace Ameh manteve-se junto da porta. Eu me agachei por trás dela, o mais longe possível do balde. O cheiro entrava pelas minhas narinas e meu estômago estava se revirando. Comecei a arfar.

— Afaste-se da grade — gritou alguém.

Era a mulher que parecia ter assumido o controle das outras na cela e dava ordens para a abanadora. "Abane para a frente. Abane para trás. Rápido. Por que está fazendo tudo tão devagar? Está maluca?"

Sua voz era fanhosa. Imaginei um rosto redondo, mas não consegui visualizar sua expressão exata.

— Eu fico onde quiser — disse Grace Ameh.

Uma mulher de palavras, sua voz estava alterada pela raiva.

— Eu já falei, madame — retrucou a mulher brava. — Afaste-se dessa grade. Você está causando problema aqui dentro desde que chegou, e eu não gosto de confusão.

— Eu não faço parte da sua pequena brigada — disse Grace, com a voz rouca de tanto gritar.

Umas detentas espantavam os mosquitos das pernas. Alguém tossiu e engoliu o catarro. Eu cerrei os dentes para controlar a náusea.

— Só porque estudou, se acha melhor que eu — disse a mulher de novo. — Eu também tenho cultura. Leio livros. Sei das coisas. Você não é melhor que eu. Nem sua amiga comedora de manteiga ali no canto, que não aguenta o cheiro de merda.

— Você trata mal o pessoal daqui — disse Grace Ameh.

— Não fale assim comigo — gritou a mulher. — Você não é melhor que eu. Não aqui. Nós dormimos no mesmo chão, cagamos no mesmo balde. Vou dar um jeito em você se continuar a me insultar. Qualquer das minhas meninas aqui pode dar um jeito em você. Até mesmo Dó-Ré-Mi ali no canto. Pergunte a ela. Dó-Ré-Mi mata gente e não se lembra do que aconteceu. Pergunte. Ela vai te contar.

— Como pode me contar se não lembra?

— O quê?

— Se ela mata gente e não lembra, como pode me contar sobre essas mortes?

A mulher ficou em silêncio por um instante, depois deu uma risada.

— Madame, você sabe tudo. Até mais que Deus. As celas provisórias devem estar cheias, senão eu nem ia ter de lidar com gente da sua laia.

A mulher foi se deitar, e eu fechei os olhos. Quem poderia saber que eu estava ali? Quem pensaria em me procurar? A noite toda ali, e o que aconteceria de manhã? Pensei em Niyi em casa, me esperando.

Dó-Ré-Mi começou a falar mais alto. "Fá Sol Lá. Si Mi Ré? Lá Sol Lá Sol..."

— Dó-Ré-Mi, baixe a voz — ordenou a mulher. — E você, abanadora, vire para trás de novo. O pessoal daquele lado precisa de ar.

A abanadora deu meia-volta e queixou-se de que os braços estavam doendo.

— O que há com ela? — perguntou Grace Ameh.

— Ela é preguiçosa — disse a mulher mandona. — Não quer nunca fazer seu serviço.

— Estou falando da Dó-Ré-Mi.

— Ela é uma bruxa. Ouve vozes do outro mundo que lhe dão ordens, e ela obedece.

— Esquizofrenia?

— Sei lá, madame. Para mim ela é uma bruxa.

Grace Ameh suspirou.

— Acho que você sabe o que é esquizofrenia, sim.

— Tudo bem, tudo bem — disse a mulher. — Ela é doente da cabeça. O que posso fazer? Metade das pessoas aqui também é. Preste atenção. Quem é você?

Uma voz respondeu.

— Eu sou o que sou.

— Eu perguntei quem é você.

— Eu sou o que sou — disse a voz de novo.

A mulher riu.

— *In nomine patris, et filii, et spiritus sancti.* Eu a chamo de Espírito Santo. Ela acha que é Deus desde o dia em que chegou aqui, um trapo de velha que vai morrer em breve. Deve ter sofrido muito. Quero dizer, sob Pôncio Pilatos. Mas ela obedece, ela obedece...

Alguém foi fazer xixi no balde. Ouvi seus grunhidos seguidos das gotas caindo. Fiquei de estômago embrulhado.

— Por que você está aqui? — perguntou Grace Ameh.

— É da sua conta? — respondeu a mulher brava.

— Eu só perguntei.

— Não se preocupe comigo. Preocupe-se com você mesma. Nós todas fizemos alguma coisa. Algumas não sabem o quê, porque ninguém lhes disse ainda.

— Não disse?

— Estão aqui há seis anos. Podem ficar seiscentos anos esperando o julgamento.

Ouviram-se mais murmúrios e insultos. Alguém se queixou do cheiro da mulher que fez xixi. Lágrimas encheram meus olhos, e eu me afundei no chão. Eu não poderia me sentir mais enjoada, mesmo que me obrigassem a lamber o vaso sanitário. Meu estômago estava embrulhado, minhas têmporas doíam. Meu olhar ia para todos os lados.

Puxei a perna de Grace Ameh.

— Esse cheiro... não aguento...

— Minha querida, você está bem? — perguntou ela, ajoelhando-se ao meu lado.

— Você acha que o cheiro aqui é de perfume? — disse a mulher irritada.

— Ela está grávida — explicou Grace Ameh.

A mulher se sentou.

— O que disse? A comedora de manteiga está grávida? É por isso que não aguenta o cheiro de merda.

— Tente ficar calma — disse Grace Ameh.

— Eu já tive um aborto — falei baixinho.

— Ei, comedora de manteiga, está grávida de quem? — perguntou a mulher.

— Já chega — disse Grace Ameh.

— Pensei que você fosse boa demais para sexo.

— Não dê atenção a ela — falou Grace Ameh de novo.

— O que está acontecendo aí? — perguntou a voz alta de novo.

— Nada.

A mulher riu.

— Sua gravidez continua intacta? Espero que sim, porque conheço essas comedoras de manteiga. Qualquer coisinha e os bebês começam a sair, plop, plop.

Senti desprezo por ela no escuro. Plop, plop, ela continuava a dizer.

— Seu bebê está morto — falou ela às gargalhadas.

Eu vomitei, limpei a boca com a mão e me sentei ao lado da sujeira. Minha cabeça desanuviou. Usei a manga da roupa para secar as lágrimas.

O primeiro protesto veio do outro lado.

— Você não precisava falar assim com ela.

— Por que não?

— Afinal, ela está esperando um bebê.

— E ela é a primeira que fica grávida?

— Essa atitude não é cristã. Não é cristã. Ela não merece estar aqui, uma grávida.

— E eu mereço estar aqui? Alguma de nós merece? Suas estúpidas. Abanadora!

A abanadora havia soltado o abanador de papelão.

— Vou ter de falar de novo com você ou quer levar um tapa para se lembrar?

A voz lamentosa continuou, parecendo um apito quebrado.

— Não é uma atitude cristã a sua. Não é cristã. Você blasfema...

A mulher brava levantou-se.

— Cala a boca. Nós somos iguais? Somos? Eu acho que não. Não é cristã, é merdã. Onde está sua amiga "aleluia", que não aparece quando você a chama? Não a vejo aqui. No dia do juízo, aqueles que não sabem saberão, então é melhor manter a boca fechada até lá. Você só deve falar quando lhe dirigirem a palavra. Use isso como seu décimo primeiro mandamento e não se esqueça dele.

A voz lamentosa continuou.

— O que você está fazendo é terrível. Você nos trata muito mal, como se não tivéssemos problemas de sobra. Nós também somos filhas de Deus.

As outras repetiram em coro que também eram filhas de Deus, num tom infeliz e fraco.

A mulher brava levantou-se.

— Vocês não têm lealdade a mim neste lugar? Entram duas novas presas e vocês começam a me questionar assim? Depois de tudo que fiz por vocês!

Ditas essas palavras, ela começou a chorar. Todas protestaram, dizendo que não estavam contra ela. Só queriam que fosse solidária à grávida. Ela parou de chorar e pigarreou.

— Onde ela está? — perguntou, aproximando-se de Grace Ameh e de mim.

O cheiro de urina podre ficou mais forte quando ela apareceu como se fosse uma sombra. Eu prendi a respiração.

— Você está jogando todas contra mim — disse ela.

— Ela tem razão — falou Grace Ameh. — Nós estamos nisso juntas.

— A Convertida? O que ela sabe da vida? É fértil e burra. Tem tantos filhos que nem pode contar. Antes de vir para cá, o que estava fazendo? Prostituindo-se para alimentar a família. Meia dúzia de homens por noite. Boceta fedida. Mesmo que esfregasse limão ali, não conseguiria limpar nada. Agora diz que se converteu.

A mulher se ajoelhou.

— Comedora de manteiga...

Grace Ameh pôs a mão na minha barriga.

— Não toque nela.

Uma detenta gritou do outro lado.

— Você vai se ver comigo se tocar na grávida. Você não tem força para lutar, só para falar.

A mulher brava lhe deu um tapa na cabeça.

— Rá, rá! Você acha que eu faria uma coisa ruim? Pareço má? Só quero falar com ela, só isso, de mulher para mulher. Lembro quando eu estava grávida.

— Você tem filhos? — perguntou Grace Ameh.

— Gêmeos.

Sua saliva respingou no meu rosto. Ela puxou minhas tranças.

— Você já teve gêmeos, comedora de manteiga?

Cerrei os dentes para não responder. O hálito dela era de ovo podre.

— É como cagar raízes de inhame. Ela é uma verdadeira idiota. Não fala muito... — zombou, rindo.

— Você acha que está falando com uma criança? — perguntou Grace Ameh. — Ela é advogada.

A mulher soltou minha cabeça.

— Advogada? E nunca tinha visto uma cela de prisão por dentro? É uma advogada de merda. Uma advogada de merda. Eu trabalhei para uma advogada exatamente como você. Uma verdadeira afro-europeia. Falava como se tivesse uma batata quente na boca. Fyuh, fyuh. Fyuh. Usava "receio" para tudo. Receio que eu isso, receio que eu aquilo. Ela receava até não poder receber um telefonema, maldita idiota. Sua Excelência, se for da conveniência da corte, pode, por favor, me dizer por que, de acordo com os artigos escritos no meu pé esquerdo e na minha bunda, por que, "visto que" uma boa mulher como eu vivia a vida pacatamente e "visto que" eu levava uma vida séria, de repente, minha história se complicou tanto?

Eu pisquei duas vezes. Ela esperava uma resposta.

— Segunda-feira de manhã meu marido morreu. Terça-feira rasparam minha cabeça e disseram que eu tinha que ficar num quarto sozinha. Nua. Não podia tocar nos meus filhos. Gêmeos. Gêmeos, que tive por aquela família miserável — disse a mulher, voltando a chorar.

As detentas lhe pediram para ser forte. Ela pigarreou e continuou.

— Disseram que eu não podia ver meus gêmeos. E me deram para beber a água que usaram para lavar o corpo do meu marido, para provar que eu não fizera bruxaria contra ele. Eu disse que era uma secretária-datilógrafa, formada em 1988, e que não ia beber aquela água. Eles falaram que eu tinha matado meu marido.

— É por isso que está aqui? — perguntou Grace Ameh.

— Eu não matei meu marido. Eles é que disseram que sim. No dia que matei um homem, eles se surpreenderam. Ninguém na família deles jamais tinha feito isso.

Riu e balançou o corpo.

— Eu não tomei banho durante dias depois que meu marido morreu. Fiquei usando um vestido o tempo todo. Só um vestido, e não tinha nenhum lugar para ir. Nada para comer. Eles me mandaram embora e me deixaram sem nada. Fiquei andando pelas ruas. Um imbecil se aproximou de mim e me chamou de "Ei, Baby". Eu falei que não era "Ei, Baby", que era uma secretária-datilógrafa formada em 1988. Talvez ele achasse que eu era prostituta como a Convertida ou louca como a Dó-Ré-Mi. Alguns homens recrutam essas loucas para ganhar dinheiro, e algumas dessas loucas transam com homens. São loucas de cabeça, mas não tão loucas no que diz respeito a sexo. O idiota tocou no meu seio e eu lhe dei um tapa na cara. Ele me jogou no chão.

A mulher pigarreou e continuou.

— Peguei uma pedra e bati com força na cabeça dele. Não conseguia parar de bater. Ele gritou: "Socorro! Socorro!" Quando eu vi, estava morto em cima de mim. A polícia veio e me levou presa.

— Que horror! — disse Grace Ameh.

Ela secou as lágrimas com o camisolão.

— Sim. O que eu podia fazer, senão matar o homem? Me responda.

Pegou nas minhas tranças de novo com a mão áspera.

— Essa aqui não fala ou é burra?

Eu pigarreei e firmei a voz.

— Eu não sou burra.

— Ei, ela fala.

— Falo, sim — respondi, com voz calma, mas o coração acelerado.

— Então me diga por que, de acordo com suas leis, isso aconteceu comigo.

— Não deviam fazer você esperar tanto para ser julgada — falei.

Ela largou minhas tranças.

— E só o tribunal pode decidir se você é culpada.

A mulher pegou nas minhas tranças de novo.

— Essa é boa. Muito boa mesmo. Você é iorubá?

— Sou.

Ela começou a falar em iorubá.

— Uma europeia. Dá para ver. Nunca pensei que veria alguém assim aqui. Cheirando tanto a limpeza... Sua amiga não é iorubá?

— Não — confirmei.

— Por que insiste em responder em inglês? Você não é uma filha perdida de Odùduwà, espero. Sabe falar iorubá?

— Sei — respondi em iorubá.

— Então, me diga, você entrou aqui cheirando a limpeza e falando um bom inglês; se eu fosse ao seu escritório, você viraria a cara para mim? Diria que eu estava fedendo? Pediria para alguém me tirar de lá? Passaria de carro por mim quando eu estivesse andando pela rua? Sem querer saber se eu comia, se descansava, se tinha um teto para dormir?

Enquanto falava, puxava minhas tranças.

— Agora basta — disse Grace Ameh.

— O que você faria? — perguntou.

— Você tem que me soltar — pedi, e ela largou minhas tranças.

— Está vendo? Vocês não nos consideram suas iguais. Olham para nós e pensam que parecemos verdadeiros animais.

— Isso não é verdade — falei.

Ela se virou para Grace Ameh.

— Você disse que ela não é criança? Não consegue responder uma simples pergunta. Disse que só o tribunal pode decidir e outras bobagens mais.

Sua saliva respingou no meu rosto de novo, e eu limpei. Ela se levantou e foi abrindo caminho sobre os corpos deitados no chão.

— Você ainda não cresceu — disse para mim. — Ainda é uma criança.

— Eu não sou culpada por você estar aqui — falei.

— Que vergonha. Vergonha. Trazer outra criança para o mundo.

— Não fui eu que me prendi.

Tentei me levantar, mas Grace Ameh pôs a mão no meu ombro.

— Não dê ouvidos a ela. Não está vendo? É assim que ela controla as coisas.

Eu me levantei. Não senti raiva, e sim humilhação. Ela poderia ter sido uma cliente; ainda assim eu não teria permitido que me ridicularizasse.

— O que você sabe sobre mim? — perguntei.

— Espero que não esteja tentando ser como eu — disse ela. — Espero que não. Não ouse me provocar. Não sou nada agradável quando me provocam.

— Eu não tenho medo de você — falei, passando por cima de outro corpo.

— Está tremendo como uma galinha desde que entrou aqui. Não aguenta o cheiro de merda. Será que a merda do seu bebê vai ter cheiro bom? Não vai, não. É isso que sei sobre você — respondeu, rindo.

— Você me fez uma centena de perguntas, mas não me deu chance de responder.

A mulher se balançou para a frente e para trás, me imitando.

— Ô, minha querida. Ô, meu Deus.

— Ignore essa mulher — disse Grace Ameh.

— Não.

Se eu não a enfrentasse, ela acabaria comigo. Esperei até ela parar de se balançar.

— Terminou? — perguntei.

— Você ainda não respondeu às minhas perguntas — disse a mulher.

Cheguei mais perto.

— Respondi uma — falei. — Você me insultou.

— Não dê mais um passo — gritou.

— Por que não?

— Eu posso destruir essa sua preciosa gravidez.

— Vai ter de me matar depois. Porque se meu coração ainda estiver batendo, eu te mato.

Era um jogo. Ela era metida a valentona, nada mais. Balançava os braços no ar com a respiração pesada. Ouvi umas mulheres murmurarem. Mãe das Prisões. Será que ela nunca ia parar?

— O que eu fiz para você? — perguntei.

— Você fala demais. Devia ter calado a boca. Devia ter calado a boca desde o começo. Só um tribunal pode decidir. Você acha isso uma piada? Estive aqui todos esses anos. O que me impediu de enlouquecer como essas daí foi saber que nada, nada pode ser feito por mim.

Começou a chorar, dessa vez parecendo um choro de verdade.

— É esse o tipo de esperança que você tem? — perguntei.

Olhei em volta e vi umas mulheres sentadas, achando que estávamos prestes a brigar. Ouvi mais uns murmúrios. Mãe das Prisões; ela está sempre brigando, mas só tem força para falar.

Mas como eu poderia ter respondido à pergunta honestamente? Um governo determinado a erradicar a oposição. Um país sem Constituição. Um sistema judiciário amordaçado, mesmo a respeito de assuntos comerciais. Preguiçoso, preguiçoso como os intestinos de um velho.

— Desculpe — falei. — Eu devia ter ficado quieta.

— Eu não tenho nada contra você.

Segurei o braço dela; a pele era úmida.

— Está tudo bem! — disse ela finalmente.

Ficamos deitadas no chão. Grace Ameh ao meu lado e a Mãe das Prisões ao lado dela. Ela disse que não dormiria junto de gente fedorenta, e havia muitas naquela cela. Alguém protestou.

— Cala a boca — falou ela. — Cuidado, comedora de manteiga — falou para mim quando encontramos um lugar para nos deitar. — Calma, calma. Não queremos nenhum acidente aqui. Não se preocupe, vou cuidar de você.

Não havia espaço suficiente para nós, a não ser que nos encostássemos umas nas outras. Meus olhos estavam bem abertos. Ouvia todo e qualquer ruído lá de fora. Em breve alguém viria nos tirar dali. Eles abririam a porta e nos deixariam sair.

Mas ninguém veio. Lembrei da última vez que eu estivera numa delegacia. Foi no ano do meu Serviço Nacional, quando trabalhava para o meu pai. Um cliente telefonou pedindo que ele mandasse um dos "meninos dele" até a delegacia da rodovia Awolowo. Um dos seus inquilinos expatriados estava lá com uma vendedora ambulante que fora apanhada invadindo a casa.

Eu fui com Dagogo, só para ver o que tinha acontecido. Ao chegar, encontramos um inglês ensopado de suor no seu terno cinza de tecido leve. O cabelo também pingava, e as narinas estavam inflamadas. Era o Sr. Forest. Lembrei-me de todos os chefes impacientes com quem trabalhei na Inglaterra. Eu dava uma sugestão e eles me ignoravam. Cometia um erro e eles contavam para todos. Contava uma piada e eles perguntavam: "De que diabos está falando?"

Era difícil não me sentir vingativa.

— D-dagoggle? — perguntou o Sr. Forest para confirmar. Dagogo respondeu que sim. Ele explicou que uma vendedora ambulante havia invadido seu gramado para ver o primo que morava nas dependências dos empregados atrás da sua casa. Ele avisara que ela não podia entrar por ali, mas não adiantou. Toda vez que olhava pela janela, lá estava ela no gramado. Eu observei o oficial de polícia de plantão, um gorducho com dentes brancos perfeitos. Ele ouvia com uma expressão grave. Achei que estivesse devaneando. Nesse meio-tempo, Dagogo interrogou a vendedora. Por que ela invadira o gramado? Não sabia que era errado? A mulher, que vendia pipoca e amendoim, parecia não entender o que estava acontecendo. Eu sabia que ela faria aquilo de novo, mas mesmo assim estava confusa. Nós aconselhamos o Sr. Forest a deixá-la ir embora, pois ela já estava bastante assustada.

— Ela pediu muitas, muitas desculpas, Sr. Frosty — falei.

Voltando à realidade, sinto as pernas coçarem das mordidas de mosquito, o ombro doer e o estômago roncar. Eu estava com fome, com tanta fome que esqueci a náusea que senti ao entrar naquela cela. Puxei a pele ressecada dos meus lábios, engoli e senti o gosto de sangue. Meus lábios ardiam. Virei-me no chão para aliviar o ombro.

— Não consegue dormir? — perguntou a Mãe das Prisões.

— Não.

— Nem eu — falou.

O restante dormia. Algumas roncavam, e duas tossiam sem parar. O ritmo da tosse era irritante. Grace Ameh estava acordada, mas não falava. Havia confessado que ser trancada numa cela era seu pior pesadelo, e eu tinha certeza de que ela não conseguia ouvir nossos sussurros.

— Eu não consigo dormir à noite, só durante o dia — disse a Mãe das Prisões. — À noite fico ligadona.

Quanto tempo era possível resistir em um lugar assim antes de desmoronar? Uma semana? Duas? Quanto tempo até a loucura irreversível? Tive vontade de conversar com ela.

— Meu pai está preso — falei.

— O quê?

— Meu pai está preso — repeti.

— O que ele fez?

— Nada, nada. Como você.

— Onde ele está? Nas prisões de Kalakuta ou no presídio de segurança máxima de Kirikiri?

— Ninguém sabe.

Contei que ele era prisioneiro político, e o novo governo detinha as pessoas com base em um decreto de segurança nacional. Expliquei em termos simples e me perguntei por que sentia necessidade de tratá-la como criança. Ela sabia que um homem como meu pai só poderia ser prisioneiro político.

— Eu não sei nada sobre nosso governo — disse ela. — Nem sobre nosso presidente ou qualquer líder africano. Nem quero saber. Eles são todos iguais. Baixos, gordos, feios. E não têm nada na cabeça. Há quanto tempo seu pai foi preso?

— Há mais de um mês.

— Ele aguentou bem — falou ela.

Ouvimos um ronco alto. Ela fez uma careta.

— Quem roncou assim? Essas mulheres são piores que qualquer marido bêbado...

— Você deve sentir falta do seu — falei.

— Não. Aquele merda não durava em emprego nenhum.

— Mas você...

— Não quero saber de "mas". Minha vida toda foi arruinada por um "mas".

— Mas você se casou com ele — falei, sorrindo.

— Isso não quer dizer nada. Você é mulher, não é? Nós nos casamos com qualquer um só por casar, amamos qualquer um só por amar, e esquecemos de nós mesmas. Fazemos o melhor que podemos até os maridos morrerem ou nós morrermos. Olhe para mim. Tudo, tudo daquela casa foi comprado por mim, e eu ainda mandava dinheiro para meus pais na aldeia e para os pais dele também.

— Seu emprego devia ser muito bom.

— Eu trabalhava numa empresa de transporte marítimo para um grego chamado Paspidospulus, ou coisa assim. Os brancos pagam bem, ao contrário dos negros.

— Ele te tratava bem?

— Paspidospulus? O melhor homem do mundo. Ele me dava roupas usadas da esposa para manter uma aparência profissional, embora as calças dela ficassem apertadas na minha bunda.

— Meu Deus.

— E eu, boba, dizia a todo mundo que era meu marido que comprava aquelas roupas para mim, para dar uma moral para ele. Depois começou a dizer que estava contribuindo para a família. Contribuindo como? Com mais quinhentas bocas para alimentar? Aquele homem comia como um elefante. Foi a gula que o matou, não eu.

Começou a rir, e a risada rapidamente se transformou num grunhido.

— Sinto falta dos meus filhos. Não dele. Quem come assim sofre as consequências, que Deus o tenha. Ele comia tudo que eu tinha em casa. Comprava feijão para uma semana e ele comia tudo de uma vez só. A carne para um mês....

— Por favor — falei, balançando os braços. Seus grunhidos eram engraçados, e minha cabeça estava zonza de tanta fome.

— .... acabava em um dia. Ele comeria até formiga frita se eu pusesse no prato. Não saberia a diferença. Por melhor que Paspidospulus me pagasse, o dinheiro não era suficiente...

Tive vontade de rir e senti uma dor na barriga. Minha bexiga estava cheia.

Ela continuou com seus grunhidos.

— O dinheiro de Paspidospulus não bastava. Tomate. Ele gostava de tomate, na época em que o tomate estava caro. Aquele merda...

— Por favor. Pare, senão vou ter que me levantar.

— Para ir aonde? Já libertaram você?

— Para ir ao banheiro.

— Faça xixi no balde. Está pensando o quê?

Eu não podia decepcionar aquela mulher. Ela estava apreciando nossa amizade, e tive medo de que voltasse a me atormentar. O balde estava disponível para qualquer coisa. Disse que éramos todas mulheres naquela cela, que não havia razão para orgulho. Coisas piores aconteciam, piores do que eu podia imaginar. Uma detenta estava apodrecendo ali. Eu não sentia o cheiro?

— O quê?

— Ela está com câncer em estado terminal.

Eu não tinha dado um passo ainda quando senti aquele enjoo que me era familiar. Minha nuca ficou rígida, e a bile subiu do estômago para a garganta. Eu me levantara depressa demais.

— O que houve? — perguntou a Mãe das Prisões.

Minha boca se abriu involuntariamente. Eu me agachei entre dois corpos e me apoiei de lado.

— Você está bem? — perguntou Grace Ameh, sentando-se.

— Ela está tendo um aborto. Ajude-a — disse a Mãe das Prisões.

A bile deixou minha boca amarga, mas eu não tinha nada para vomitar. Estava tentando dizer que me sentia melhor. As mulheres ficaram em estado de alerta e me rodearam. A doente e as loucas, com suas dores, vermes e tuberculose. Seus corpos quentes me circundaram. Estiquei o braço para evitar que caíssem em cima de mim. Respirei fundo e fechei os olhos.

— Deixem a moça respirar. Deixem a moça respirar — disse Grace Ameh.

Mas elas continuavam se acotovelando.

— Ela está tendo um aborto — repetiu a Mãe das Prisões.

Dó-Ré-Mi começou a cantar para si mesma.

— Lá Sol Fá Mi. Si Si Ré Mi...

Uma voz estridente recitou um salmo.

— *Tu que habitas sob a proteção do Altíssimo, que moras à sombra do Onipotente...*

— Por favor, por favor, ela precisa respirar — disse Grace Ameh por cima daquela zoada, num tom angustiado. Eu queria lhe dizer que estava bem.

— *É ele quem te livrará do laço do caçador e da peste perniciosa...*

Elas colocaram as mãos na minha cabeça. Alguém chutou minhas costas. Eu me encolhi.

— *Tu não temerás os terrores noturnos, nem a flecha que voa à luz do dia, nem a peste que se propaga nas trevas, nem o mal que grassa ao meio-dia...*

Vão me sufocar, pensei.

— *Caiam mil homens à tua esquerda e dez mil à tua direita...*

Ouvi uma batida forte na porta e gritos do lado de fora.

— O que está acontecendo aí dentro? O que está acontecendo?

— *Porém, verás com teus próprios olhos, contemplarás o castigo dos pecadores...*

A porta da cela abriu e a luz brilhou no nosso rosto. O barulho diminuiu, passando a meros murmúrios. Os salmos cessaram.

Uma carcereira troncuda, que nos levara até ali, falou:

— Mãe das Prisões, você está criando problema de novo?

Quando as mulheres se dispersaram, eu finalmente vi o rosto da Mãe das Prisões. O cabelo era dividido em partes. Os lados da boca eram cobertos de feridas. Ela tremia como uma velhinha, mas tinha quase a minha idade.

— Criando problema? Que problema? Está me vendo criar algum problema aqui?

A luz me fez semicerrar os olhos.

— O que você fez com as novas prisioneiras? — perguntou a carcereira.

— Eu? A obrigação de cuidar delas é sua. Você devia se envergonhar de trancar uma grávida aqui. Se ela tivesse tido um aborto, o sangue do bebê estaria na sua cabeça. Bem aí na sua cabeça. Fui eu que tomei conta dela. Se eu não tivesse bom coração, teria havido outra morte neste lugar.

Andou com dificuldades até seu canto, coçando as axilas. As outras se deitaram, parecendo galhos de árvores retorcidos. A carcereira andou entre elas.

— Como está nossa prisioneira doente hoje?

— O que você acha? — perguntou a Mãe das Prisões. — Por que a família dela não vem buscá-la?

— Dizem que não têm dinheiro para o tratamento.

— Leve-a para o hospital. Ela não abre os olhos há dias.

A carcereira suspirou.

— Dê analgésicos para ela.

— Ela se recusa.

— Triture com os dentes e enfie na garganta dela. Você já fez isso antes.

A Mãe das Prisões levantou os punhos.

— Você me ouviu? Eu disse que ela está quase morta. Como vai engolir alguma coisa? A barriga está toda podre. Não aguentamos mais esse cheiro.

A carcereira ficou calada por um instante.

— Eu fiz o que pude — confessou.

— Não foi o suficiente — disse a Mãe das Prisões.

A carcereira apontou para mim e para Grace Ameh.

— Vocês duas, me sigam — ordenou.

Passei a mão pelas pernas para ver se estavam molhadas. Levantei-me com as costas curvadas e respirei aos poucos para controlar minha náusea.

— É melhor trazer um médico para cá — falou a Mãe das Prisões quando saímos. — Antes que tenhamos outra morte injusta neste lugar fedorento. Se acha que algum dia vou parar de falar, está enganada!

A carcereira nos mandou voltar depressa para o salão onde havia acontecido o evento, pois assaltantes armados poderiam tentar roubar nossos carros. Falou que podíamos ir embora, sem dar nenhuma explicação, que estávamos livres. Aconselhou Grace Ameh a não participar mais de atividades políticas.

O marido de Grace Ameh nos esperava do lado de fora. Pegamos o carro e voltamos para o salão, e pelo espelho retrovisor percebi que ele parecia muito irritado. Não dava para saber se estava zangado comigo, com a esposa ou com as pessoas que nos detiveram. Nem me importava saber. Só queria voltar para casa. Respirei o ar puro pelo vidro de trás.

— Desculpe ter te envolvido nisso — disse Grace Ameh antes de nos separarmos. — Eu tinha suspeitas de que estavam me vigiando, mas nunca pensei que chegariam a esse ponto. Vá para casa e fique quieta lá — acrescentou, batendo no meu ombro, e eu tive a sensação de que ela havia deixado uma parte sua em mim.

Cheguei em casa às quatro da madrugada. Niyi esperava por mim na sala e, quando apareci na porta, ele se levantou.

— O que aconteceu? Estou te esperando há cinco horas. Pensei que tivesse morrido.

Comecei a me despir. Minhas roupas caíam no chão enquanto eu lhe contava tudo.

— Não posso acreditar nisso — falou ele.

— Juro que é verdade.

— Nós vivíamos normalmente nesta casa até umas semanas atrás. Eles estavam fazendo discursos políticos. Por que você não saiu?

Eu estava só com a roupa de baixo, surpresa com o que ele não acreditava.

— Uma pessoa. Uma pessoa disse uma coisa — murmurei.

— E se batessem em você lá dentro?

— Eles não bateram.

— E se batessem?

— Não bateram.

Ele levantou os braços.

— Vamos lá. Não bastou você ter ido parar na prisão?

— Eu não pedi para eles me prenderem.

— Está me ouvindo? Não se trata apenas de você.

— Não foi você que eles prenderam.

— Estou falando do bebê.

Eu não sabia bem se ele estava a ponto de me dar um tapa na cara ou me abraçar.

— Desculpe — falei.

— Como você está?

— Bem.

— Não sei mais o que dizer. Não sei mais o que falar. Sua vida não significa nada para eles. Não vê? O que vou dizer aos outros se alguma coisa acontecer com você?

— Por favor, não diga nada a ninguém.

Ele passou por mim para trancar a porta.

— Você está confusa. Não é com eles que estou preocupado. É com você. Você é que está falando demais, não eu.

Subi para tomar um banho, depois me deitei na cama do quarto de hóspedes. Implorei que meu bebê me desse uma segunda chance. Ainda podia sentir o cheiro da prisão em mim.

Niyi não contaria a ninguém que eu havia sido presa, e eu também não. Tentaria esquecer tudo que vi lá. Dó-Ré-Mi, a Mãe das Prisões, Convertida, a Espírito Santo, a mulher com o ventre podre. Era passado agora. Niyi foi à delegacia na manhã seguinte, e disseram que minha prisão havia sido um lastimável incidente. Duas semanas mais tarde li no jornal que o salão foi bombardeado, e umas clientes de Sheri reclamaram porque teriam de procurar outro lugar para as recepções de casamento. Eu não disse nada. Não culpei a polícia, culpei a mim mesma por arriscar a vida do meu bebê. Eles não deviam ter me prendido e todos deviam ter o direito de dizer o que quisessem. Mas uma coisa era enfrentar uma comunidade africana e dizer que deviam tratar as mulheres como pessoas. Outra coisa, inteiramente diferente, era enfrentar uma ditadura africana e dizer que deviam tratar todos como cidadãos.

Eu não estava procurando encrenca naquela noite. Niyi sabia, Grace Ameh também, por isso ela falou comigo com a sinceridade de uma mãe que fala para o filho que vai para a guerra "Volte vivo para casa".

Um dia depois que voltei para casa fui ao médico fazer um check-up e fechei o escritório por uma semana após ser liberada pelo doutor. Voltei a trabalhar na semana seguinte só porque sabia que a equipe do meu pai tinha de ganhar seu sustento, mesmo que trabalhassem apenas duas horas por dia, e porque sabia que não estava segura em lugar algum em Lagos. Parecia uma piada.

Se o mês de fevereiro pareceu longo naquele ano, março se arrastou muito mais. No escritório, os clientes do meu pai começaram a se afastar porque não queriam lidar comigo; em casa, o silêncio de Niyi continuou. Eu me deslocava de um lugar para o outro como se estivesse anestesiada. Ocasionalmente ficava sem ar ao pensar na segurança do meu pai, mas logo me controlava. Não ousava pensar no pior. Um momento me levava a outro, eu não precisava mais imaginar como seriam as prisões porque estivera em uma delas. E prometi a mim mesma que não falaria mais em favor das mulheres no meu país, simplesmente porque não conhecia todas elas.

Uma manhã entrei no escritório do meu pai determinada a arrumar suas gavetas. Os papéis estavam desorganizados, e eu sabia que ele guardava tudo separado para que o restante da equipe não tivesse acesso a eles. Selecionei primeiro a correspondência bancária, depois a dos contadores. A pasta onde encontrei os detalhes sobre os salários precisava ser organizada, então folheei todos os papéis. Achei a certidão de divórcio dos meus pais: "*Uma petição foi apresentada ao tribunal acima citado por Victoria Arinola Taiwo, que abriu um processo para um decreto de dissolução de casamento e de custódia da filha única...*"

Minha mãe apresentara várias razões para se separar do meu pai: atitude negligente e desinteressada; não prover as despesas domésticas; não voltar para casa em várias ocasiões e não explicar por onde andava; encorajar a filha a ignorá-la; desrespeitar seu grupo religioso; dar alegações falsas e maldosas sobre sua sanidade mental; tramar com familiares para deixá-la isolada; causar-lhe muito constrangimento e infelicidade. Havia uma menção a um carro, mas eu não consegui ler mais.

Peace entrou.

— Tem alguém na porta para você — disse ela.

— Quem? — perguntei.

— Seu irmão.

Recusei-me a deixar meu coração se sobressaltar. Não tinha feito nada errado.

— Por favor, diga para ele entrar — falei.

Ele se parecia com meu pai, só que mais alto. Tinha olhos grandes, não herdados do meu pai. Usava uma calça azul e uma camisa amarela listrada.

— Debayo? — perguntei.

— Sim.

Seu cabelo tinha umas entradas acentuadas, igual ao do meu pai.

— Tio Fatai me telefonou, fazia tempos que eu queria vir aqui — disse ele.

Observei todos os seus movimentos. Debayo franziu a testa ao olhar uma mancha na mesa do meu pai e passou o polegar no lábio superior. Eu segurei a caneta com as duas mãos. Ele disse que não sabia se devia vir, mas que a mãe não o perdoaria se não viesse.

Lá fora o barulho de sirenes nos ensurdeceu por um instante. Poderia ser um funcionário do governo passando, uma van de segurança escoltando o dinheiro do Banco Central ou um camburão carregando prisioneiros.

— Qual é a sua especialização na medicina? — perguntei.

— Sou patologista.

— Por quê?

— Não é tão ruim assim.

— Um médico de defuntos.

— Eu queria estudar direito.

— E por que não estudou?

— Nós dois trabalhando aqui. Teria sido difícil.

Ele estava sorrindo. Não imaginei que graça achava naquelas palavras.

— Você tem direito de estar aqui — falei.

Ele deu de ombros.

— Agora não penso mais em trabalhar para o Sunny. Muita gente me empurrou nessa direção. Na minha opinião, Sunny decidiu por mim.

Ele chamava nosso pai de Sunny. Não era tão cordial quanto parecia.

— Debayo, desculpe, mas não sei onde ele está, e o pouco que sei talvez não te tranquilize muito.

— O que você sabe?

Eu contei tudo. Ele me deu um número de telefone e pediu para eu entrar em contato caso tivesse alguma notícia. À noite ia visitar o tio Fatai. Não pareceu preocupado e falou como se estivesse aliviado por ter cumprido a obrigação com a mãe. Levei-o até o carro e ficamos um instante observando a rua. Tinha orelhas de abano como as do meu pai. Pus a mão na testa para proteger os olhos do sol.

— Onde você está hospedado?

— Com uns primos — respondeu. — Meus primos.

— Como sua mãe reagiu ao ouvir a notícia?

— Minha mãe? Eles não estão mais juntos.

— Não?

— Há muitos anos.

— Eu não sabia.

Ele se virou para mim.

— Você deve saber que eu sou o mais novo da família.

— Não sei, não.

— Não sabe que tenho três irmãs mais velhas?

— Não.

— Ele nunca falou nada com você sobre mim?

— Um pouco. E falou alguma coisa a meu respeito com você?

— Não — respondeu.

— Você nunca ficou um tempo com ele?

Debayo sorriu.

— Uma vez. Só uma vez, no verão, quando minha mãe me pegou fumando. Eu ouvi um sermão dele atrás do outro...

— O que você estava fumando?

— Cigarros.

— Por que não pediu que ele te deixasse em paz?

— Eu tinha medo do meu pai.

— Tinha mesmo?

— E você não tinha?

— Não, na verdade, não.

Ele esfregou o polegar no lábio superior de novo. Ele tinha dedos flexíveis e as unhas eram quadradas e longas. Como as do meu pai.

Podia ter sido diferente com um filho. Debayo não se ofereceu para ajudar de forma alguma, mas se eu fosse ele também não me ofereceria, pensei.

— Você deve ser o único médico que resta em Lagos — falei.

— Não — disse ele, me levando ao pé da letra. — Nós somos muitos. Alguns não querem sair daqui, embora a tentação seja grande. Ouvimos dizer que os que foram para o exterior estão se dando bem, especialmente nos Estados Unidos.

— Por que continua aqui?

— Tenho um emprego fixo.

— Pelo amor de Deus — falei.

Percebi que meu irmão já devia ter dito isso muitas vezes e que estava se divertindo com a minha desaprovação. Ele conhecia todos os empregados do escritório. Antes de sair, apertou a mão de Dagogo e de Alabi. Eles o chamaram de "*Man mi*". Quando voltei para o escritório, perguntei a Alabi:

— Você conhece meu irmão tão bem assim?

Alabi fez que sim.

— Ele é nosso parceiro.

— Nosso parceiro — repetiu Dagogo.

— E eu não sou sua parceira? — perguntei.

Eles riram.

— Está sempre de cara fechada — disse Dagogo.

— Pior que a do seu pai — falou Alabi.

Voltei a trabalhar. Uns recibos de colégio chamaram minha atenção. Não eram das escolas que eu frequentara. Folheei os papéis e vi que eram relatórios escolares, cartas de um diretor. Li as cartas, que se referiam ao meu irmão. Ele era um aluno acima da média e jogava hóquei. Era bom em matemática. Uma vez teve problema porque matou aula. Meu irmão. Já era um início.

A primeira coisa que minha mãe disse é que meu irmão tinha intenção de me prejudicar.

— Senão, por que iria ao escritório? De repente quis ver você? Não receba nada dele, está ouvindo? Qualquer coisa que ele te der jogue direto no lixo. Se ele quiser encontrar o pai, deixe-o conversar com o tio Fatai para saber das novidades.

Eu estava sentada ao lado dela na mesa de jantar. Ela se debruçou sobre a mesa.

— Estamos sem água e sem luz. E agora isso. Estou cansada.

— Pelo menos Sumbo está aqui para te ajudar — falei.

— Sumbo? Ela foi embora!

— Para onde?

— Fugiu há duas semanas.

— Voltou para a casa dos pais?

— Os pais que a mandaram embora? Sei lá. Eu avisei a eles que Sumbo tinha desaparecido, que quando acordei de manhã ela não estava mais em casa. Procurei-a por toda parte. Fui até a polícia. Nada. Essa gente está sempre arranjando encrenca.

Era fácil distrair minha mãe. Ela comprara uns macacões de bebê; espalhou-os pela mesa da sala e segurou um amarelo.

— Vou comprar mais — prometeu.

— Eu nunca vi você assim — falei. — Não gaste todo o seu dinheiro.

— Por que não? Gastei dinheiro com a minha igreja, e qual foi o agradecimento? Pela primeira vez em muitos anos, no mês passado minha contribuição foi mais baixa. Eles reclamaram. Eu disse que tinha outras obrigações, e eles disseram que devo pôr Deus em primeiro lugar. Falei que ponho Deus em primeiro lugar.

Que Ele me deu um neto e eu preciso Lhe agradecer me preparando para essa chegada.

— Por que você fica nessa igreja? — perguntei, sorrindo.

— Eu não pedi sua opinião — falou, levantando os braços.

Fiz o mesmo gesto, rendida. Meus olhos se encheram de lágrimas ao ver os macacões e o brilho nos olhos da minha mãe. Eu me preocupava como se ela fosse uma abstêmia com um copo de vinho na mão. As coisas teriam de dar certo dessa vez. Se não por mim, por ela.

Enquanto conversávamos e dobrávamos os macacões, minha mãe me contou a história de uma cirurgia espiritual que tinha dado errado. Um dos integrantes da igreja, surdo de nascença, disse que passou a ouvir depois de um processo de purificação. Minha mãe falou com o homem mais tarde e lhe deu os parabéns.

— Ele não ouviu uma só palavra do que eu disse — contou ela. — Eu então perguntei ao reverendo: "O senhor diz que só aqueles que amam a Deus serão curados pela purificação. Mas quem ama a Deus não deve ficar ansioso para morrer o mais rápido possível a fim de poder estar com Ele? Por que todos querem se curar?" O reverendo não soube responder. Eu lhe disse que quando Deus me chamasse eu estaria pronta para partir.

A análise da minha mãe me surpreendeu. Ninguém censurava tanto os fiéis da sua igreja como ela. Dizia que metade era pecadora e a outra metade criticava tudo e dava presentes baratos no Natal. Eu não pude deixar de rir. Ela era uma verdadeira fofoqueira. Depois me pediu para devolver uma tigela de alumínio para a nova inquilina, a Sra. Williams, para ter oportunidade de conhecê-la. A Sra. Williams era divorciada e trabalhava para uma grande empresa de pesca.

— Ela tem um cargo alto na firma — confidenciou minha mãe. — Dizem que seu marido a expulsou de casa porque ela estava sempre indo a festas, a reuniões das Lionesses e outros lugares.

Quero que você a conheça, ela é bonita e esguia. Agora parece que tem um namorado.

— Que bom — falei, secando as lágrimas.

— Rápido assim? Não é nada bom.

— Você devia tentar arranjar um namorado também — falei.

Ela me olhou.

— Olha o respeito.

— Por que não? Você vai se sentir rejuvenescida. Só que ele tem que ser jovem, e...

— Pare com isso.

Rejuvenescida, rejuvenescida, fiquei dizendo para implicar com ela. A um certo momento ela apertou meu braço.

— Vá embora, Enitan.

Enquanto andava até a casa da Sra. Williams, fiquei imaginando que ouviria mais uma conversa sobre sexo e que reagiria com a mesma timidez. Em que idade uma mulher se contenta em viver no celibato? Ninguém jamais soube dizer. Se elas se tocavam e sentiam prazer, jamais diziam a ninguém. Esse pensamento me fez estremecer. Eu tinha vinte anos quando vi pela primeira vez meu pai beijar outra mulher. Foi um beijo bem dado, como nos filmes. Pôs uma das mãos em volta da cintura dela, dobrou os joelhos e ergueu o corpo. Eu tapei os olhos com as mãos e chorei em silêncio. Evitei meu pai pelo restante do dia, para não sentir o perfume ou alguma coisa dela nele. Nunca vira minha mãe beijar um homem, nem mesmo meu pai.

— Você deve ser Enitan — disse a Sra. Williams, destrancando o portão.

Seu cabelo era cheio de tranças que formavam uma coroa em miniatura no alto da cabeça. A roupa solta no corpo, mais justa na cintura e depois se alargava como um tutu de bailarina, dava-lhe um ar de adolescente, mas na verdade ela devia estar com quarenta e muitos anos. Os olhos dela eram serenos.

— Você é tão bonita! — falei.

— Você também.

O portão abriu.

— Tenho ouvido falar muito em você — disse ela.

— Bem ou mal? — perguntei.

— Sua mãe e eu somos amigas.

— Ela me pediu para vir agradecer o peixe.

Coloquei a tigela sobre a barriga como se esta fosse a carapaça de uma tartaruga, e ela me olhou.

— Entre. Quer levar um pouco de peixe também?

Entramos pela porta dos fundos, que dava na cozinha.

— Eu trabalho na Universal Fisheries. Sua mãe deve ter lhe dito. Eles sempre dão peixe congelado aos funcionários seniores nos feriados. Mas nossa energia tem ido e vindo a toda hora nos dois últimos dias, e tenho medo de que esse peixe todo estrague, então estou dando para algumas pessoas. — Enquanto entrava, chutou um carrinho de brinquedo junto da porta. — Cuidado. Sempre digo aos meus filhos para guardarem os brinquedos antes de saírem.

— Eles não estão?

— Foram ver o pai.

Uma mesa de aço dobrável ocupava quase todo o espaço da cozinha. Por trás havia um freezer grande como o meu. Ela tirou uma fatia grossa de peixe congelado.

— Está vendo, já está descongelando.

Dei um passo atrás enquanto ela enrolava o peixe em várias camadas de jornal e colocava na tigela.

— Pronto — falou, me entregando.

Era mais pesado do que eu imaginava.

— É o seu primeiro? — perguntou ela.

— É.

— Você deveria deixar o peixe na mesa e só pegar antes de sair.

Coloquei-o na mesa ao lado dela.

— Eu vi seus filhos. Sua menina, Shalewa, se zangou porque eu não a chamei pelo nome. Acho que estava chateada também porque os irmãos não estavam brincando com ela.

— Não se deixe enganar. Ela atormenta os irmãos. Assim que os meninos tocam nela, vai se queixar com o pai. E se queixa até de mim.

— Ela é uma gracinha. Você devia perdoá-la.

— Não é a ela que tenho que perdoar. Quando a gente está cheia de problemas, acaba empurrando com a barriga...

Ela começou a explicar as circunstâncias da própria vida, e não me importei de ouvir. Era bom lembrar que todo mundo, sorrindo ou não, superava as adversidades.

— Sinto muito pelo seu pai. Ouvi dizer que você está cuidando do escritório na ausência dele.

— Sim.

— Deve ser difícil.

— Eu tento fazer o melhor possível.

— É só o que podemos fazer neste lugar. Olhe à sua volta. Nós não pedimos para estar na situação em que estamos. Meus filhos vivem se queixando, querem ir para a casa do pai ou jogar videogames e ver televisão a cabo. Eu pergunto se eles acham que crianças sem videogames e televisão a cabo são de outro planeta. Antes de nos mudarmos para cá eles passavam o tempo todo dentro de casa na frente da TV, da manhã à noite. Agora brincam lá fora. Respiram ar puro.

— Eles não vão querer ouvir isso.

— Eu sei, mas às vezes acho que quanto mais cedo aprenderem, melhor. A decepção é menor. Não há mais torres de marfim em Lagos. As ondas vêm e vão, uma atrás da outra, e a gente tem de se manter de cabeça erguida. Senão o que acontece? Eu me habituei a ter minhas comodidades. Hoje estou habituada a ficar sem elas.

Eu sorri. Sim, nós vivíamos em uma cidade de sobreviventes, inclusive as crianças.

— São as condições — falou ela.

— Hein?

— As condições difíceis da vida nos obrigam a nos adaptar — explicou.

Durante a semana, o governo anunciou a descoberta de uma conspiração, uma nova tentativa de golpe. Os detalhes na imprensa eram duvidosos, e a última edição da *Oracle* mal tocava no assunto. Eu me perguntei por quê. Depois vieram os boatos. Não era de fato um golpe, mas uma desculpa para prender mais opositores do governo. Um antigo governante militar e seu assessor foram presos. E haveria mais prisões.

O governo avisara aos editores de jornal que não especulassem sobre o golpe. O povo começou a fazer piadas, a única coisa que podia fazer: "Você está especulando? Por que está especulando? Já foi avisado para não especular. Eu não estou especulando com você."

Passei a ler todas as matérias e editoriais. Uma mulher foi assassinada pelo empregado, que deixou o corpo dentro de casa e foi trabalhar como taxista no carro dela. Eu não conseguia tirar essa imagem da cabeça. Um canibal estava à solta, dizia outra reportagem. O editor especulava se seria uma nova versão do assassino em série Dahmer ou uma volta ao paganismo, já que não podia especular sobre nada mais. Algum figurão recebera lixo radioativo do exterior por uma boa soma e despejara na sua aldeia. Os moradores da área botavam os rádios nas árvores com esperança de a radioatividade recarregar as baterias. Depois, mais algumas notícias brincando com a radioatividade.

Eu lia as histórias mais escabrosas para escapar da minha própria vida. Duas visitas me surpreenderam no escritório no fim daquela semana. Tio Fatai apareceu depois do almoço, enquanto eu tirava os sapatos porque meus pés começavam a inchar. Eu me levantei, mas ele me mandou sentar e espremeu-se na cadeira destinada às visitas. Pela primeira vez notei como tinha dificuldade de respirar enquanto falava.

— Estou viajando para Londres para fazer um check-up.

— Espero...

— É um check-up anual de rotina, nada grave. Metade dos meus problemas desapareceria se eu não estivesse tão gordo. Você precisa de alguma coisa?

— Não, obrigada.

Os nigerianos ainda faziam peregrinações a Londres com frequência. Na Inglaterra, só nosso dinheiro era bem-vindo.

— Alguma notícia do seu pai? — perguntou ele.

— Não.

Sulcos ficaram visíveis nos nós dos dedos quando ele juntou as palmas das mãos.

— O velho Sunny vai ser solto em breve... Os funcionários estão sendo pagos?

— Sim — respondi.

— Isso é bom. E os clientes?

— Eles não telefonam mais.

— É de esperar.

— Debayo apareceu aqui, tio — falei, esperando alguma reação da sua parte, mas não houve nenhuma.

— Eu também estive com ele. Como vai seu marido?

— Vai bem.

— E sua mãe? Não tenho tido tempo de ir vê-la.

— Vai bem, obrigada.

— Que bom.

Tio Fatai nunca conversava mais que isso comigo. Não tinha assunto e acabava perguntando pela minha mãe várias vezes. Quando ele começou a erguer o corpo, tive vontade de ajudá-lo a se levantar. Tirou um lenço do bolso e secou a testa.

— Sabe, Enitan, você não é mais criança. Seu pai nunca se conformou com a perda do seu irmão... Culpava-se por não ter estado lá quando sua mãe o levou para a igreja naquele estado.

— Eu sei.

— Sunny sempre adorou você. Por ele, você seria uma eterna criança. Foi esse o erro dele. Mas, como você sabe, o homem africano não pode morrer sem deixar um filho.

Eu podia ouvir meus colegas de trabalho conversando por trás da porta. Queria dizer que não sabia pensar como uma mulher africana. Só sabia pensar por mim mesma.

— Sim, tio.

— Já era hora de você conhecer seu irmão. Eu sempre insisti com Sunny para vocês se conhecerem, mas ele é muito teimoso.

— Sim, tio.

— Cuide-se!

— Boa viagem, tio — falei.

A próxima visita foi de Grace Ameh, que chegou no início da manhã, sorrindo como no dia em que a conheci. Fiquei aliviada ao vê-la.

— Você já está andando por aí? — perguntei, dando-lhe um abraço.

Ela usava um vestido amarelo-claro de saia plissada e trazia consigo uma pasta marrom. Bateu nas minhas costas em sinal de camaradagem.

— Minha querida, não posso deixar que eles me detenham.

— Espero que não estejam mais monitorando seus passos.

— Eles devem estar cansados de mim. Tenho me movimentado bastante.

— É uma gente cruel.

Ela colocou a pasta em cima da mesa.

— Estava querendo falar com você.

— Sobre o quê?

— Você se interessaria em participar de uma campanha por Peter Mukoro e nossos amigos que foram presos, inclusive seu pai? Haverá mais prisões depois desse último golpe fracassado, imagino.

— Com certeza haverá.

— Um grupo de esposas vai liderar o movimento. Creio que se sentem alijadas da campanha. Estão procurando alguém para ser porta-voz. Achei que você seria a candidata ideal.

— Eu?

— Você é a mais qualificada. A outra senhora é funcionária de um banco, trabalha o dia inteiro e tem três filhos pequenos. Não se esqueça de que estamos começando, ainda não temos muitos integrantes. No máximo dez.

— Elas me querem?

— Eu sei que você tinha algumas ressalvas quando nos falamos pela primeira vez, mas isso já deve ter mudado a essa altura.

Lembrei da advertência de Niyi.

— Eu quero meu pai fora da prisão.

— Talvez tenha que fazer mais do que querer agora. Se o governo está inventando conspirações, pode também inventar conspiradores.

— Meu pai?

— Qualquer um dos presos. Eu sempre disse que os homens lutam pela terra, e as mulheres, pela família.

Não consegui concordar. Era a jornalista de novo me encaminhando para um movimento pró-democrático.

— Não sei — respondi. — Vou ser muito honesta. Eu conheço o tipo de conteúdo da sua revista, leio tudo regularmente e não farei campanha para políticos depostos, se é isso que está me pedindo.

Vi uma certa impaciência nos olhos dela.

— Sinto muito — continuei. — Essa gente não se importa com a democracia. Nunca se importaram, apenas com poder. Eu me lembro deles jogando dinheiro para os moradores das aldeias, fraudando eleições, difamando grupos políticos, enriquecendo...

— Os militares enriquecem. Sempre fizeram isso.

— Nós não votamos neles, votamos em políticos. Nas últimas eleições votei só porque havia uma eleição. Por nenhuma outra razão.

— Nossas eleições foram as mais justas até agora. E ninguém está fazendo campanha para políticos. É no processo que estamos interessados. Que o processo tenha início. Com boa vontade o restante deslancha sozinho.

— O que acontecerá se houver outro golpe? Nada impedirá o exército de assumir o poder de novo.

Grace Ameh conhecia os fatos melhor que eu. Era golpe após golpe, especialmente na costa oeste da África. Em 1963, Slyvanus Olympio, de Togo, foi morto. Em 1966, Tafawa Balewa, nosso primeiro primeiro-ministro, foi morto. No mesmo ano foi a vez de Kwame Nkrumah, de Gana. Depois disso as mortes não pararam mais. Ninguém no mundo reconhecia que soldados africanos lutaram contra Hitler, mas quase todos sabiam que tinham deposto seus próprios governantes, encabeçado guerras civis da Somália à Libéria e incentivado revoltas da Argélia a Angola.

— Está sugerindo não buscarmos um regime democrático em razão da ameaça de golpes militares? — perguntou ela.

— Estou dizendo que talvez nunca tenhamos um governo democrático enquanto tivermos um exército.

— Todo país precisa do exército para proteger seu povo.

— Evidentemente, na África precisamos do exército para matar nosso povo.

— Isso é inconcebível — declarou, sorrindo. — Políticos com intenções puras e um país sem exército. *Na wa*, espero que nunca pense em se candidatar ao governo.

— Não.

— Então, vai se juntar à nossa pequena campanha?

Pensei nas horas em que passei na prisão.

— Tenho que pensar no bebê que vai nascer daqui a uns meses — respondi.

— Eu não a colocaria em uma situação comprometedora.

— Então me diga em que situação está me colocando.

— Vejamos, um grupo de esposas quer se reunir uma vez por mês na casa de alguém para fazer o que as mulheres fazem bem. Fofocar — disse, piscando para mim.

— Eu nunca deixei passar uma oportunidade de fofocar.

Ela sorriu.

— Por favor, me dê um tempo para pensar — falei.

— É claro.

Elas também precisariam de tempo para levantar fundos. Seu objetivo era aumentar a conscientização sobre as prisões. As esposas achavam que só gente importante estava em foco, e Grace Ameh concordava com isso.

— Nem todos os presos são iguais.

Nesse meio-tempo, ela ia sair de Lagos para fazer uma matéria no Delta do Níger. Haviam ocorrido mais prisões lá depois dos protestos contra as empresas de petróleo.

— Peter Mukoro vem daquela região — explicou. — É filho de um fazendeiro urrobo.

— Ele não brigou com a família por causa da fazenda?

— Não, a briga foi com uma empresa de petróleo que destruiu as terras de seu pai. Ironicamente, essa mesma empresa lhe ofereceu uma bolsa de estudo. Ele recusou e se tornou jornalista.

— Eu não sabia disso.

— Pouca gente sabe. Ele é um verdadeiro filho da terra.

— Dizem que a região do Delta é infértil.

— Você devia ver — disse ela. — Derramamento de petróleo, terras áridas, aldeias queimadas. Não se reza mais para chover, pois a chuva faz murchar as plantas.

— Petróleo.

— O problema foi sempre o controle do petróleo. Eles dizem que nós não nos entendemos, culpam tensões étnicas, que os africanos não estão prontos para um governo democrático. Nós sabemos exatamente aonde queremos chegar neste país. Mas alguns cobiçosos não nos deixam chegar lá.

Pensei de novo em Niyi.

— Meu marido diz que pode citar cinco homens no país que podem pagar nossa dívida interna e uma centena de empresas multinacionais com lucro maior que nossos ganhos com a produção de petróleo. Acho que será melhor quando o petróleo finalmente acabar. Talvez então tenhamos líderes para governar a Nigéria.

— Talvez. Mas enquanto isso a ganância é nosso problema. Aqui e no restante da África.

Seca, fome e doenças. Não havia desastre maior no continente africano que o controle que alguns exerciam sobre nossos recursos: petróleo, diamante, seres humanos. Eles vendiam qualquer coisa e qualquer um aos compradores estrangeiros.

Grace Ameh pegou sua pasta.

— Já está indo? — perguntei.

— Sim. Para ser franca, não sei quanto tempo mais a revista resistirá. Atualmente, nossas reuniões editoriais são realizadas em igrejas e mesquitas. O governo nos aconselhou a não especular sobre o golpe. Você ouviu?

— Eu não especulo.

— Eles prenderão quem fizer isso.

— O que te leva a continuar? — perguntei, levando-a até a porta. — Você tem uma família para cuidar, e ainda assim arrisca a vida para escrever uma matéria.

— Arrisco a vida porque eles nos prendem e bombardeiam nossos escritórios. Não se pode matar o testemunho de um país e de um povo. É por isso que lutamos, por uma chance de ser ouvidos. E eu luto também porque amo meu país — disse, sorrindo.

E eu amava? Sabia que não podia morar nem queria ser enterrada em outro lugar. Isso bastaria para dizer que eu amava meu país? Eu mal conhecia a Nigéria. Nós tínhamos 36 estados, a tríade das regiões Norte, Oeste e Leste criada pelos britânicos antes de eu nascer. Meu pai vinha de uma cidade do centro do país, minha mãe, do Oeste. Foram viver em Lagos, onde nasci e cresci. O privilégio nunca ofuscou meus olhos, mas havia áreas da cidade às quais nunca tinha ido, locais aos quais nunca precisei ir. Não conhecia grande parte do meu país, nem o Delta do Níger ao qual Grace Ameh se referia. Só falava uma de nossas línguas nativas, o iorubá.

Às vezes, eu me sentia alguém com uma doença contagiosa ao apresentar meu passaporte nigeriano, com medo de que as autoridades da imigração me confundissem com traficantes de drogas que difamavam o país em todo o mundo; outras vezes, me sentia feliz de levantar a bandeira pelas mulheres nigerianas, mulheres africanas. Mulheres negras. Qual era o país que eu amava? O país pelo qual lutava? Esse país devia ter fronteiras?

Fui até a janela e vi Grace Ameh sair do nosso prédio e parar para comprar cana-de-açúcar de uma mulher sentada na calçada. A vendedora estava ali desde cedo e provavelmente ficaria o dia todo. Seu produto não podia valer mais que 20 *nairas*. A caneta vagabunda que eu segurava valia mais que isso. "O povo está com fome", diziam, principalmente quando o debate político esquentava. "O povo está morrendo de fome *lá fora*!" Ouvia isso com certo orgulho porque não passávamos o mesmo tipo de fome que os outros países da África, onde a população morria porque seu corpo começava a rejeitar comida a certa altura. A fome do meu país era representada por uma criança com a barriga inchada, e eu acreditava que ninguém, exceto aqueles que sofriam disso, podia falar a respeito. A não ser que estivéssemos prontos a ceder metade da nossa comida, deveríamos nos calar. Mas aquela vendedora de cana-de-açúcar comeria melhor por causa de um voto? E, se seus filhos tivessem fome, ela poderia alimentá-los com uma cédula eleitoral? Eu tinha quase certeza de que ela não votava, mas o resultado das eleições gerais era considerado a vontade do povo. Alguns corajosos tomaram balas no peito defendendo essa vontade. Eu não era como eles. Naquele dia fiquei em casa. O governo nos aconselhara a não participar dos protestos, e nossas mães nos reiteraram o conselho. Valia a pena morrer pela liberdade? Soweto, Praça da Paz Celestial. Lembrem-se.

Fiquei deitada na cama com um braço sobre a barriga e o outro por trás da cabeça. Pela tela de mosquito na janela do quarto podia ver uma imensa antena parabólica no telhado da casa do outro lado da rua. Nessas tardes quentes me dava vontade de arrancar toda a roupa. Estávamos sem luz.

Fiquei pensando em campanhas, decretos militares, direitos constitucionais. Em um regime democrático, com uma Constituição vigente, um cidadão podia delatar injustiças mesmo que o regime em si fosse falho. Com os militares no poder, sem uma Constituição, não havia outro recurso senão protestar de forma pacífica ou violenta. Eu achava que não fizera nada pelo meu país. Se ele fosse uma mulher de Lagos, riria da minha cara. "Você me deu de comer? Você me vestiu? Não. Então saia da minha frente com essa cara infeliz."

No andar de baixo minha sogra conversava com Niyi sobre *frajon*, um prato preparado para a Sexta-feira Santa.

— Enitan não sabe fazer *frajon*? — perguntou. — Estou surpresa. É muito fácil. Basta deixar o feijão de molho a noite toda, cozinhar até ficar macio, passar no liquidificador, misturar com leite de coco e ferver com noz-moscada. Mas a noz-moscada tem de ser enrolada em musselina. Lembra quando seu tio quebrou um dente? Você não quer que isso aconteça, não é? Quando o *frajon* tiver fervido, ela faz o ensopado de peixe. Você tem peixe? Não com muita espinha. Eu prefiro o peixe sem ser frito, mas isso fica à escolha dela. *Frajon* é fácil de fazer. Antigamente dava muito trabalho. Nós tínhamos de moer o feijão e os pedaços de coco na ardósia, passar na peneira...

Eu me virei na cama e me imaginei sendo embrulhada num tecido branco de musselina e afundada no *frajon* fervendo. Quando eu morresse, seria chamada a prestar contas do meu tempo aqui na Terra. Seria uma pena dizer que cozinhei e limpei a casa. Seria uma pena não confessar um pecadinho.

Imaginei que descia a escada para falar com eles, batia com o punho na mesa da cozinha e gritava "Saiam da minha casa!" Em seguida, enchia os pulmões para que nosso presidente pudesse ouvir no seu palácio presidencial: "Saia do meu país!"

Levantei da cama e me despi. O espelho da penteadeira era pequeno, só dava para ver meu torso. Gostei de ver a barriga volumosa, a tensão, a maciez dos quadris e os mamilos maiores e escurecidos. Niyi não me tocava havia quatro meses.

— Enitan?

Minha sogra apareceu na porta. Corri para a cama para pegar minhas roupas, tropeçando pelo caminho, toda atrapalhada.

— Sente-se — disse ela.

Sentei-me na cama ao lado dela, toda descabelada. Ela falou num tom muito claro.

— Niyi me contou tudo. Não quero que vocês briguem mais. Já basta.

— Sim, *ma* — falei.

Ela pegou minha mão.

— Eu não nasci nessa família. Eu me casei com ela. Não foi fácil para mim no início. Havia acabado de me formar em enfermagem quando conheci o pai de Niyi. Ele era um homem difícil. Difícil. Os Franco são todos difíceis. Mas, como você sabe, minha querida, quando dois carneiros batem de frente, nada acontece até que um ceda.

— Eu sei, *ma*.

— O que você fez pelo seu pai foi certo. O erro foi não consultar seu marido primeiro. Ele é o chefe da casa. Tem o direito de saber. Quanto ao que ocorreu depois, Niyi estava errado. Ignorar a esposa porque ela cometeu um erro não está certo. Eu disse a ele: "Você não pode tratar sua esposa dessa forma. Diga a ela o que pensa, como um homem, e encerre o assunto."

— Sim, *ma*.

— Você precisa aprender que a mulher faz sacrifícios na vida. Não é tão difícil satisfazer os caprichos do seu marido para ter paz nesta casa.

— Sim, *ma*.

— Então vamos acabar com isso. Está me ouvindo? Não quero perder outra filha.

Quando ela me abraçou, prendi a respiração. Não queria ficar tão próxima. Ela me exauria, como as pessoas de coração mole faziam. Mas de alguma forma acabei cedendo, como se o contrário significasse me aproveitar dela. Minha sogra me disse que estava jejuando durante a Quaresma pelo novo bebê.

— Obrigada, *ma* — falei.

Niyi e eu a levamos até o carro. Depois que ela saiu nos entreolhamos.

— Desculpe — disse ele. — Eu não podia deixar você correr um risco assim. Prefiro que me deteste.

Passou a sola do sapato sobre o cascalho no chão e ficou parado com as mãos nos bolsos. Quatro meses nos separaram como se eu tivesse molhado o dedo indicador e desenhado uma linha indelével no ar. Por onde começo?

— Eu não te detesto — falei.

Naquela noite, no quarto de hóspedes, tive um sonho tão claro quanto uma profecia. Segurava um bebê recém-nascido, e minha mãe dizia que ele estava morto. Tentei consolá-la, mas quanto mais eu falava mais triste ela se sentia. Então percebi que o bebê era meu. Acordei com muita dor. Entrei no nosso quarto e acendi a luz da mesa de cabeceira.

— O que foi? — perguntou Niyi.

— O bebê está chutando — respondi.

Ele fez um gesto para eu me deitar na cama. Ficamos bem juntos, e meus batimentos cardíacos se acalmaram. Ele pôs o braço por cima da minha barriga.

— O que está acontecendo aqui?

— Isso é normal? — perguntei de olhos arregalados.

Niyi acariciou minha barriga.

— É, sim. Você aí, deixe sua mãe descansar.

Na Sexta-feira Santa fiz *frajon* com minha sogra. Ela chamou a família e eu convidei Sheri. Nós duas nos sentamos à mesa da cozinha enquanto Pierre lavava pilhas de pratos sujos. Havia várias garrafas vazias de cerveja Star e Coca-Cola. Estávamos cansadas. Sheri trouxe os filhos da prima, Wura e Sikiru. Mandamos Sikiru para a sala, e ele ficou lá se balançando com cara de atormentado. Era um menino de 4 anos que vivia tropeçando, com a cabeça tão comprida que parecia Nefertiti. Quando saiu da sala, caiu por cima de umas panelas, ralou os joelhos e bateu com a cabeça num dos postes que sustentavam o varal de roupa. "Sikiru! Sikiru!", gritávamos toda vez que ouvíamos seus berros. Parecíamos duas gralhas ou aquelas tias velhas que achávamos que nunca seríamos. A irmã dele, Wura, sentou-se conosco, uma menina de 5 anos com o cabelo puxado para trás em um penteado que parecia um rabo de coelho. Olhava tanto para minha barriga que fiquei nervosa e lhe perguntei o que queria.

— Coca-Cola — respondeu ela.

— Eu não tinha permissão para beber refrigerante quando era da sua idade — falei.

— Minha mamãe não se importa desde que tive catabolha.

— Catapora?

— É. Minha gaganta doía, então ela me deixava beber.

— Garganta — ensinou Sheri.

— É. Garganta. E meu corpo tinha bolha, bolha, bolha — disse apontando com o dedinho os locais no braço. — Mas eu não podia coçar, essa era a regra. Se coçasse as bolhas aumentariam de tamanho e ficariam igual a um balão.

Esticou os braços e achou que eu estava com pena dela, quando no fundo estava surpresa.

— Foi horrível — disse, com voz rouca. — Agora posso tomar minha Coca-Cola?

Comecei a respirar forte, como se estivesse em trabalho de parto. Quando servi *frajon* a Wura, ela disse:

— Eca! Não gosto desse tal de *Free John* aí.

— *Frajon*. — Eu a corrigi.

— Posso comer só o peixe? — perguntou.

Servi um pouco de ensopado do peixe que ganhei da Sra. Williams, mas ela não gostou.

— Ei, esse peixe está muito apimentado. Tia, você tem biscoito?

Eu lhe passei a Coca-Cola. Ela tomou tudo, arrotou e foi procurar o irmão com os olhos brilhando de tanta cafeína. Um amor, essa Wura.

— Pode *mim* dar *lincença?*

Quando eu disse que sim e ela respondeu "obligada", perdoei-a imediatamente.

— Todas as crianças são assim? — perguntei a Sheri.

— Prepare-se — disse ela.

Pierre jogou os talheres na pia. Eu coloquei meu prato de lado. Já me servira duas vezes de *frajon* e de um ensopado de caranguejo de Sheri, tão gostoso que escondi de todos.

— Eu serei uma péssima mãe — falei.

Sheri espreguiçou-se.

— Não está ansiosa para ter o seu?

— Estou. Mas ainda não tive tempo para pensar nisso.

Não me sentia à vontade para falar de maternidade com ela, mas tinha consciência de uma presença em mim tão infinita quanto Deus. Tinha medo de mimar demais meu filho.

— Criança dá muito trabalho — disse ela.

— Estou vendo.

Niyi apareceu na porta.

— Pierre, traga água potável. Depressa.

Pôs a mão no meu ombro, e Sheri observou-o como observava os homens, arqueando as sobrancelhas e mantendo os olhos no diafragma dele. Niyi acariciou meu ombro e saiu.

— Ele já está falando com você? — perguntou ela.

— Está.

— E você ainda está zangada?

— Preciso de tempo.

Tempo realmente não bastava, pensei. Era preciso esquecer.

Sheri recostou-se na cadeira.

— Foi bom você ter conhecido seu irmão.

— Acho que posso vir a gostar dele.

— Espero que sim — falou ela.

— Mas não tenho que gostar dele, Sheri.

— Eu não disse que você tinha que gostar.

— Mas sei no que está pensando. Na sua família, todos são unidos...

— Eu nunca disse que éramos perfeitos. Mas nós nos gostamos, e graças a Deus, porque não sei como seria na pequena aldeia que meu pai nos deixou.

— Está querendo me confessar alguma coisa?

— Se os homens de lá tivessem só uma mulher, nossa vida seria mais simples.

— Ah!

— Mas nós também somos culpadas pelo que fazemos uma com a outra. Você já conheceu um homem que tivesse um caso consigo mesmo?

— Não.

— Então os dois lados têm culpa. Digo sempre para minhas irmãs não deixarem que os caras as tratem mal. Elas me dizem que não são fortes como eu. Forte! Eu nem sei o que essa palavra significa. Mas veja como nós fomos criadas, duas mulheres em uma casa e um homem. Um dia era a vez de Mama Kudi cozinhar para meu pai, outro dia a de Mama Gani dormir com ele. Uma menina não devia crescer presenciando isso. Mas minha família é assim. Já aceitei tudo isso.

Nós aceitamos o mundo em que nascemos, mesmo sabendo desde o início o que era certo e o que era errado. Os protestos e as queixas vêm quando percebemos que nossa vida poderia ter sido melhor, mas a aceitação sempre esteve lá.

Pierre saiu da cozinha com uma garrafa de água, e eu ousei fazer uma pergunta a Sheri.

— Você tem curiosidade de conhecer sua mãe?

— Humm — resmungou ela, com uma cara meio irritada.

— Tem vontade de procurá-la?

— Não muita.

— Por que não?

— E se ela não quiser me conhecer?

— E se ela pensar como você pensa?

— Eu não estou pronta. Não estou.

— Eu te apoiarei quando você estiver.

Não podia me imaginar tão afastada da minha própria mãe. Ficamos por um instante ouvindo a conversa dos Franco na sala.

— Você consegue se ver casada? — perguntei.

Ela deu de ombros.

— Se eu encontrar um bom homem. Mas o que existe por aí são homens ricos querendo controlar nosso futuro e pobres querendo controlar nosso passado. Alguns são desleixados, e você sabe que não suporto bagunça. Outros têm filhos e, bem...

— Você não fica revoltada às vezes?

— Por quê?

— Quando olha para trás?

— Eu sou uma mulher do presente e do futuro. Não olho para trás. Tenho meu negócio e muitas crianças à minha volta. Haverá sempre alguém de olho em mim. Ainda tenho um rosto bonito. *Abi?* — disse, fazendo beicinho. — As outras pessoas é que se preocupam com a minha vida. Eu não tenho preocupações, a não ser quanto à minha morte.

— Por quê?

— Quem vai me enterrar?

— Eu — falei, batendo no peito.

— E se você morrer antes de mim?

— Então meu filho a enterrará — afirmei.

Sheri tinha duas mães. Por que meu filho não poderia ter?

— O que eu realmente quero, realmente mesmo, *sha*, é trabalhar para as crianças. Você sabia que decorei um discurso inteiro quando concorri ao título de Miss Mundo? Eu ia falar que as crianças são nosso futuro e outras coisas mais. Fiquei aborrecida de ser eliminada porque não tive oportunidade de expor minhas ideias. Até que um dia comecei a pensar nesse discurso. Aqui as crianças pedem esmola nas ruas e os motoristas as ignoram quando passam de carro. Todo mundo está cansado. Nos jornais há sempre alguém pedindo ajuda para o filho fazer um tratamento no exterior. Por que não pensar em levantar fundos para essas crianças? Comecei a pensar...

— Em quê?

— Em caridade. Eu sou boa em pedir dinheiro, conheço pessoas influentes, e os fotógrafos estão sempre tirando fotos minhas em todo lugar. Por que não usar essas fotos? Meu problema é que não aguento que os outros saibam por onde estou andando e o que faço. Mas acho que posso superar isso. Não é um preço tão alto a se pagar.

Esse tipo de trabalho convinha muito mais a Sheri do que ela pensava. Caridade. Sua antipatia era um ponto positivo. As pessoas ficavam intrigadas com ela e, se fossem abordadas por Sheri, se sentiriam privilegiadas. Ela teria sucesso.

— Você tem que fazer isso — falei. — Vai ser tão boa nisso que se surpreenderá ao ver quanto tempo perdeu. Você não é uma pessoa de bastidores. Quer se esconder pelo resto da vida porque falam de você? Que falem! Um dia perguntarão a si mesmos o que fizeram das suas vidas. Qualquer evento social nesta cidade conta com muita gente, mesmo com quem não simpatiza com a causa. Eles comprarão entradas e darão dinheiro, desde que sejam reconhecidos. Você tem que começar a agir, Sheri. Se tivesse me falado sobre seu plano antes, eu estaria no seu pé.

— Andei pensando seriamente, espero poder começar no fim do ano. Preciso de um nome e de provedores...

— Pode contar comigo. O escritório cuidará de toda a parte burocrática. Você será o melhor fundo de caridade de Lagos.

Apesar de privada da própria mãe biológica e da maternidade, ela não pensava em rasgar as roupas e andar nua pelas ruas. Era mais forte que qualquer pessoa forte que eu conhecia. A palavra forte referia-se, em geral, a alguém que aprendia a viver com o fato de ser desprivilegiado emocional e fisicamente. Eu sempre fui motivada por medo de ser submissa, de ser pessimista, de fracassar. Eu não era forte.

Sheri planejava fazer sua próxima peregrinação a Meca. Eu não podia imaginá-la se tornando uma Alhaja. Ela precisaria ter pelo menos um dente de ouro para se encaixar na minha imagem de uma Alhaja de Lagos. Mais convidados chegaram, e ela achou que era hora de ir embora. Levei-a até o carro, e, quando voltei à cozinha, minha sogra servia mais *frajon* para as visitas.

— Eu faço isso — falei, pegando a sopeira.

— Não, não. Você já trabalhou demais — retrucou, tirando a sopeira de mim.

Quando vi, estávamos brigando por ela. Eu dei um passo atrás e ela se debruçou sobre a panela. Achei que ela estivesse buscando a própria vida, a criança não nascida que dera vida a todos menos a si mesma. Ela também era forte, forte o suficiente para viver com um homem que nem a olhava quando ela falava. Era um verdadeiro amortecedor humano.

Pierre entrou com mais pratos sujos e jogou os talheres pela pia.

Eu fui para a sala. Niyi estava sentado no chão aos pés do tio Jacinto, e os dois conversavam baixinho, como era hábito dos Franco. Tive a impressão de estar enfiando o nariz numa bomba de petróleo. Tio Jacinto era professor de direito aposentado, sempre pronto a usar expressões em latim, como *de jure, de facto, ex parte, ex post facto.* Gostava de beber, mas nunca se referiram a ele como "bêbado".

Niyi balançava a cabeça gentilmente. Se nossos amigos estivessem ali, aquela seria a hora de ele falar em defesa de si mesmo ou de mim, dizendo que era eu quem mandava em casa. Mas assim que os amigos saíam ele começava com seu "Enitan, você poderia?" de sempre. Diante da família, quando eu ouvia "Enitan, você poderia?", não podia me negar a fazer o que ele pedia, pois, segundo Niyi, eles me detestariam por controlá-lo. Olhei para meu marido e senti pena. Não era mentira, ele estava me protegendo, e eu também o protegia. Não queria que ninguém dissesse que ele era um fraco, mas achava que, quanto mais cedo sua família me detestasse, melhor seria para mim. Eu poderia voltar a fazer o que quisesse.

Cerca de vinte parentes estavam lá, e como em qualquer família grande havia várias personalidades distintas: tio Funsho, que esfregava a alça do meu sutiã sempre que me abraçava; tia Doyin, a bonita, que parou de sair e que ainda usava perucas e batom rosa-claro, como na década de 1970. Só não era tão mais bonita porque o homem por quem ela havia se trancado em casa lhe batia na cara sempre que outro a olhava. Simi, sua filha, que tinha tranças até a cintura e era ousada como o samba brasileiro. Não sorria nem procurava ser agradável. O que acontecia com essa geração nova? Eu gostava dessa atitude rebelde. Simi usava uma camiseta curta que deixava o umbigo de fora, e, depois que colocou um piercing no nariz, os Franco disseram que ela acabaria grávida, mas isso não aconteceu. Estudava contabilidade, mas a universidade foi fechada depois de um protesto estudantil. Kola, seu irmão, vivia deprimido porque a família o chamava de bronco. "Ele não aprende nada, fica tirando fotografias e acha que isso basta", diziam. Eu sabia que Kola era disléxico. E Rotimi, seu primo-irmão, que tinha um tom de voz muito agudo. Niyi e os irmãos tentavam estimular sua masculinidade com tapas nas costas e socos nas costelas magras. "Fale como homem! Fale como homem!", diziam. Eu dizia que eles iam matar o menino antes que ele descobrisse qual era sua orientação sexual. Um dia Rotimi arranjou uma namorada, mas o tom de voz continuou agudo.

Os Franco eram troncudos e gordos, pensei. Os velhos e os moços. Eu tinha certa inveja deles. Quando foi que fiz uma reunião familiar na nossa casa? A família da minha mãe era sua igreja. Meu pai evitava a dele porque os parentes sempre tentavam tirar--lhe dinheiro.

— Pé Grande — chamei, ao ver o irmão caçula de Niyi, o mais alto e magro de todos.

— Oi! — respondeu.

— Venha cá.

Ele veio andando na minha direção como se fosse um salgueiro. Pé Grande era meu favorito, desajeitado, calçava 46.

— Precisamos de ajuda.

— Quem precisa de ajuda?

— Sua mãe, que trouxe você ao mundo, precisa de ajuda.

— Para quê?

— Para servir o almoço.

Ele franziu a sobrancelha.

— Eu não sei fazer isso.

— Ninguém sabe, mas aprende. É bom você vir ajudar, senão vou falar sobre você a essas meninas que traz aqui tentando impressionar.

— Você não faria isso.

— Pergunte ao seu irmão como eu posso ser má.

— Vocês, mulheres liberais... — murmurou ele.

Foi até a mãe e pegou a sopeira que ela segurava.

— Relaxe, mulher — disse.

Ela se sentou junto da mesa da cozinha, observando-o.

— Pé Grande sabe servir? Pé Grande? Você sabe servir? Pensei que fosse um inútil, como o restante dos meus filhos.

Pé Grande derramou um pouco de ensopado na camisa e gritou.

Naquela noite encontrei no armário um vestido que não me pertencia. Era feito de tecido tingido artisticamente e recém-costurado. Achei que estava diante de um caso de infidelidade.

— O que é isto? — perguntei, pegando o vestido. Niyi estava deitado na cama.

— Não posso nem ter uma namorada nesta casa — murmurou ele.

— De quem é isto?

— Era uma surpresa. O vestido é seu.

— Meu?

— Para a Páscoa.

— Você nunca me deu um presente de Páscoa. Quem fez o vestido? — perguntei, pondo-o na frente do corpo.

— Sua costureira — respondeu ele.

— Você foi à minha costureira? Foi à minha costureira?

Ele fez que sim.

— Agora sei o destino do nosso dinheiro. Aquela mulher tem um ventilador maior que o nosso em seu barracão — disse ele.

Niyi me chamava de Jackie O. Dizia que eu ia à costureira com mais frequência que qualquer outra mulher que ele conhecia, apesar dos meus princípios. Não era verdade, mas que roupas novas me faziam salivar, era. Cheirei o vestido. Ainda dava para sentir o cheiro do suor dos dedos da costureira no tecido.

— Obrigada — falei, aproveitando o pretexto para não brigarmos.

— Eu também devo agradecer. Você fez muita coisa hoje.

— Eu sei.

Para encerrar a noite, cortei as unhas do pé dele. Sempre fazia isso, pois como ele próprio não cortava, acabava arranhando minhas pernas. Enquanto lutava com aquelas garras que estavam intactas havia três meses, consegui falar sobre o encontro com meu irmão.

— Esses homens — disse ele. — Não sei como fazem isso. Eu escolhi não ter duas famílias e, na maioria das vezes, me sinto apenas meio homem.

— Desde quando você se sente apenas meio homem?

— Preste atenção no que está fazendo.

— O que vou fazer com apenas meio homem? Quero que você seja um homem em dobro. Há quantos anos estamos juntos, e ainda brigamos. Quero que você seja meu maior aliado.

— Eu sou.

— Não é, não.

— Lá vamos nós.

— Fique quieto agora.

— Não ampute meu pé!

Ele parou de me chutar e eu já tinha acabado. Estávamos conversando de novo.

— Meu amor por você é muito grande — disse ele. — Você só não sabe disso.

Baba veio buscar o salário no dia seguinte. Ele ainda cuidava do jardim do meu pai aos domingos, e aos sábados trabalhava em uma casa próxima.

— Como vai o senhor? — perguntei.

Falava com ele em iorubá, num tom formal porque ele era idoso. Ele me respondeu no mesmo tom porque era meu empregado. A língua iorubá não tem gênero, os pronomes "ele" e "ela" são iguais, mas o respeito é sempre importante.

— Estou bem — disse ele. — Espero que esteja tudo bem com você. Teve alguma notícia do seu pai?

— Nada ainda.

— Vou trabalhar na casa dele amanhã.

— Com licença — falei.

Baba esperou na porta da cozinha enquanto eu pegava o dinheiro. Quando voltei, senti uma ligeira brisa atravessar a tela de mosquito. Entreguei o dinheiro a ele.

— Está frio — falei.

— Vai chover.

— Chover? Tão cedo? O tempo anda estranho ultimamente.

— Sim — concordou ele.

— É melhor ir embora para não se molhar.

— Vou me apressar.

Esfreguei o braço quando senti a pele arrepiada. Ao subir a escada, imaginei Baba caminhando penosamente até o ponto de ônibus na chuva. Ele emagrecera muito, era difícil acreditar que fosse a mesma pessoa que corria atrás de mim no jardim quando eu era pequena. Falei a Niyi que ia lhe dar uma carona, depois ia visitar minha mãe.

— Ela não tem passado bem — falei.

— De novo? — perguntou ele.

— Não é por opção dela. Ela preferiria estar bem.

Logo ele, que ouvia o pai se vangloriar sem bocejar. Mas dava todo tipo de desculpa e saía quando minha mãe me visitava. Quase sempre dizia que tinha que ir ao escritório. Ela achava que Niyi trabalhava demais.

Encontrei Baba no portão do condomínio e levei-o até o ponto de ônibus mais próximo. Passamos por um mercado. O céu estava cinzento, e as funcionárias do mercado retiravam os produtos antes que a chuva caísse. Colocavam plásticos por cima das barracas de madeira e os prendiam com pedras. As crianças andavam rápido com bandejas equilibradas na cabeça, algumas entusiasmadas com a confusão. Nas bandejas havia tomates, pimentas, cebolas, quiabos e bananas. Uma placa em um barracão chamou minha atenção.

Somos especialistas em

Gonorreia
Sífilis
Aids
Esperma ralo

— Eu não sabia que você morava no continente — falei para Baba.

— Eu me mudei há dez anos. Antes morava em Maroko, mas eles nos expulsaram de lá e destruíram nossas casas. Seu pai me deixou ficar nas dependências dos empregados até encontrarmos um novo lugar.

— Eu não sabia.

— Você estava com a sua mãe. Eles chegaram com uns caixões e disseram que se não saíssemos acabaríamos dentro deles.

Sempre que Baba dizia "eles" referia-se a alguém de farda: o exército, a polícia, os guardas de trânsito. Ele presenciara diferentes governos com os britânicos, a primeira e a segunda república, e os governos militares.

Reduzi a velocidade para deixar um grupo de vendedoras ambulantes atravessar a rua.

— Você votou nas eleições?

— Sim. Eles me mandaram pôr um X e eu pus. Agora estão dizendo que meu X não vale nada. Não entendo.

— Estão seguindo os antecessores — expliquei.

— Eles? Na verdade são piores que seus antecessores. Pela primeira vez olho para eles e acho que...

Baba levava tempo para terminar as frases. Eu esperei até ele se sentir pronto.

— Acho que nos detestam — terminou.

Eu o deixei no ponto. Começou a chover quando ele entrou no ônibus. A chuva caía forte no meu para-brisa, e o limpador não ajudava muito. Fui dirigindo devagar e notei a placa de novo.

Somos especialistas em

Gonorreia
Sífilis
Aids
Esperma ralo

Meu rosto estava molhado. A sarjeta em frente à casa da minha mãe parecia um rio lamacento. Como ela não apareceu na porta quando toquei a campainha, corri para a porta dos fundos para ver se estava aberta. Estava. Subi a escada tentando secar os braços e bati na porta do quarto.

Antes de vê-la, senti cheiro de morte.

— Mamãe! — gritei.

Ela estava no chão junto de um castiçal vazio. Levantei-a pelos ombros, sacudi-a e tentei ouvir as batidas do seu coração. Não havia som algum. Saí de casa correndo, engolindo chuva.

Na varanda da frente da casa da Sra. Williams, Shalewa enfiava o dedo do pé numa poça. Olhou para mim assustada.

Eu sacudi o portão.

— Shalewa, onde está sua mãe?

— Lá em cima.

— Por favor, abra o portão.

Shalewa correu na chuva.

— Diga a ela que é Enitan, a vizinha. Diga que preciso falar com ela. Por favor.

Ela destrancou o portão e eu entrei.

*

A Sra. Williams achou que não valia a pena chamar uma ambulância.

— Talvez eles venham, talvez não — disse, como se estivesse discutindo as margens de lucros mensais. — É melhor levarmos sua mãe para o hospital na minha van. Shalewa?

— Sim, mamãe.

— Pegue meu telefone, querida.

— Sim, mamãe.

A menina estava por ali tentando ouvir nossos murmúrios. Enquanto a mãe dava um telefonema na sala de jantar, nós duas fomos para a sala de estar. Ela ficou arrastando um tapetinho em volta de uma mesa lateral, cantando uma música pop que eu não conhecia e olhando a toda hora para mim, "Treat me like a woman". Ela sabia que eu tinha chorado.

A Sra. Williams voltou para a sala.

— Consegui ajuda — disse. — Vou ligar para o hospital agora. Fique aqui. Voltarei quando estiver tudo certo.

Quem ia carregar minha mãe?, pensei. Os braços, as pernas. Teriam de carregá-la com cuidado, como se ela estivesse dormindo, como se pudesse acordar.

Depois que a mãe saiu, Shalewa voltou a brincar com o tapetinho. Eu queria dizer que estava tudo bem, mas as crianças sabem quando estamos mentindo e ela se sentiria responsável pela minha tristeza de qualquer forma. Pôs-se a cantar de novo, "*treat me like no other...*"

Shalewa, quer ir para a casa da Temisan? — pediu a Sra. Williams assim que voltou.

Shalewa fez que sim.

— Então suba e pegue seus sapatos. A mãe dela virá buscar você.

Shalewa correu para cima, sorrindo. Tropeçou na escada e saiu mancando.

— Ela vai ficar bem? — perguntei.

Sua mãe assentiu.

— Eu explico para ela mais tarde. Agora é melhor irmos.

Notei o celular na mão da Sra. Williams, mas eu tremia tanto que sabia que não conseguiria telefonar para ninguém. Tive de lhe pedir que fizesse isso por mim.

A caminho do hospital, ela foi falando consigo mesma.

— Espero que a polícia não nos pare. Você sabe, esses postos de inspeção...

O limpador do para-brisa me hipnotizava. Cortava a chuva a toda hora. Eu me abraçava, não porque sentisse frio, mas porque minha mãe estava deitada no fundo da van, enrolada em lençóis brancos. Acima de nós, a chuva batia nos provérbios escritos no teto da van:

Que nossas lágrimas nos ajudem a ver com mais clareza.

Aquele que nega um lugar de descanso para sua mãe não descansará.

E a chuva molhava a terra.

— Eu sabia que estava para acontecer alguma coisa — murmurou a Sra. Williams. — Estava para acontecer alguma coisa. A chuva veio muito cedo, caindo com essa força.

Minha mãe estava morta havia um dia. Ao examinar seus remédios, descobri uma caixa com data adulterada. Eu não sabia onde ela os comprara nem havia quanto tempo estavam vencidos. Imaginei que adquirisse remédios velhos porque eram mais baratos.

A Sra. Williams lavou-a, porque a auxiliar de enfermagem do hospital se negou a fazer isso.

— Há outras pessoas — disse a mulher. — Ela terá de esperar.

— Mas ela já esperou demais — falou Sheri.

Sheri estava angustiada, pois os muçulmanos enterravam os mortos em um dia. A auxiliar de enfermagem deu de ombros. Tinha olhos de peixe morto, afundados e cansados. Eu já vi demais, ela dizia. Já vi demais. Não me importa qual seja a história de vocês.

— Há outro funcionário aqui? — perguntou Sheri.

— Só eu — respondeu. — Só eu.

Sua voz parecia irritada. Ela queria voltar às suas atividades. Quem era essa gente que entrava no necrotério e atrapalhava seu trabalho?

Sheri virou-se para a Sra. Williams.

— O que vamos fazer?

Fiquei na porta com Niyi. Esperara lá em cima durante três horas. Niyi chegou primeiro, e Sheri, logo depois.

— Eu posso lavar sua mãe — disse a Sra. Williams.

Senti a mão de Niyi me puxar e me levar para o corredor.

Uma semana depois enterramos minha mãe no cemitério Ikoyi, junto a um anjo de asas quebradas. O local era cheio de estátuas decapitadas. O mato crescia e já ultrapassara a altura das lápides. Meu irmão fora enterrado ali, mas as sepulturas ao lado estavam ocupadas. Paguei para que me cedessem um túmulo na entrada do cemitério. Durante o enterro, os homens que contratamos para carregar o caixão recusaram-se a continuar se não pagássemos mais.

— Vocês vão queimar no inferno por isso — disse o padre para eles.

— Reverendo — falou o homem troncudo que pegou o dinheiro com Niyi. — Entre o inferno e Lagos? Qual é pior?

Ele semicerrou os olhos para contar as notas, e um de seus companheiros bocejou e coçou o saco.

Fiquei sem comer os dois dias seguintes ao enterro. No terceiro dia Niyi me acompanhou ao check-up pré-natal.

— Não gosto do que estou vendo — disse o médico no fim. — Esse bebê não está crescendo como deve.

— Enitan não tem comido nada — explicou Niyi.

— Por que não?

— Porque perdeu o apetite.

— Como podemos solucionar isso? A mãe não pode fazer uma comida gostosa para a filha? — disse o médico.

Ele era um senhor de idade e falava com os outros como bem entendia. Normalmente eu não me importava, porque ele era um dos melhores obstetras de Lagos. Niyi começou a explicar, mas eu bati no braço dele. Mal consegui articular as palavras.

— Minha mãe está morta — falei.

Ao voltarmos para casa, Niyi foi direto para a cozinha preparar uma refeição e levou-a para mim na cama. Banana frita dourada, bem-cozida, diferente das bananas cruas e tostadas que eu fazia para ele. Pegou uma e me forçou a abrir a boca com o indicador e o polegar. A banana estava quente e doce. Fechei os olhos quando senti o gosto no céu da boca, puxei-a com a língua e comecei a mastigar.

Quando eu era criança, sempre que tinha malária sentia um gosto amargo na boca depois que a febre cedia. Por mais que detestasse a sensação, porque estragava o gosto de qualquer comida, sabia que estava curada — as náuseas passavam e a dor de cabeça lancinante também. Eu não gostava do sabor da banana, mas comecei a comer dali em diante.

Minha filha Yimika nasceu na manhã de 3 de agosto. Na hora em que os grilos dormem e os galos acordam. Depois que minha bolsa estourou, implorei que abrissem minha barriga como se eu fosse um peixe. Quando vi Yimika, caí em lágrimas.

— Ela é linda — falei.

Linda como uma pérola. Tive vontade de lambê-la. Só tinha um desejo para ela: que não fosse deserdada em vida. Escolhi Sheri para madrinha. Ela entenderia. Segundo a tradição iorubá, Yimika deveria ter recebido o nome de "Yetunde", "a volta da mãe", em homenagem ao falecimento da minha mãe, mas eu rejeitei esse nome. Cada um deve seguir o próprio caminho livremente. O dela não seria fácil, nascida em um país que tratava mal as crianças, mas era seu caminho. Não tive pena de não ter nascido num lugar melhor, como os Estados Unidos, onde as pessoas são tão livres que compram estrelas do céu e dão os nomes dos filhos às estrelas. Quem tem uma estrela desde o dia em que nasceu o que mais pode desejar?

Meu leite começou a descer com força, repuxando meu ombro e rasgando o meu peito. Sentei-me na cama e desabotoei a camisola. A boquinha de Yimika apertou e sugou meu mamilo. Um leite branco-azulado escorreu do outro mamilo, e o cobri com um lenço de papel da caixa que estava na mesa de cabeceira. O ar-condicionado soprava um vento frio no meu rosto. Me recostei na cama.

Quando aquele peito murchou, passei Yimika para o outro. Ela o agarrou com a mesma sofreguidão, e eu mordi o lábio para aguentar a dor. As palmas das suas mãozinhas passaram pelas minhas costelas. Suas próprias costelas estavam separadas das minhas pelo cueiro de algodão. Mexi nos seus dedos dos pés.

Na noite em que ela nasceu eu estava cansada demais para fazer qualquer coisa a não ser abraçá-la. No dia seguinte tive inúmeras visitas no quarto do hospital. Um dia depois, lidei com as suturas e fui para casa.

— Não precisaremos apertar a cabecinha dela — disse minha sogra. — Já é bem redondinha.

Ela sugeriu que eu a lavasse da forma tradicional, cobrindo-a com folhas de sândalo e massageando suas perninhas e braços. Eu me recusei e coloquei-a em um berço ao lado da minha cama. Apenas lavei a cabeça e o bumbum de Yimika. Examinei suas orelhas, escuras como minhas mãos, o que significava que ela puxara a mim. Passei os dedos pela sua coluna, onde as manchas mongólicas tinham deixado a pele preta e azul. Passei cataplasma no seu umbigo e senti sua pulsação debaixo das costelas. Imaginei seu coração rosado, úmido e pulsante. Vi um pontinho careca em sua cabeça que me preocupou, embora o médico dissesse que era de nascença. Pedi que ele se certificasse, pois, se alguma coisa acontecesse a ela, eu ficaria fora de mim e ninguém conseguiria me tirar desse estado.

Lembrei da minha mãe. Havia momentos em que eu ainda sentia vontade de chorar, e notei que, quando punha Yimika junto ao meu peito, ela me consolava. Era um bebezinho pequeno, mas parecia um peso de papel no meu peito. Ficava olhando horas para ela. Seus olhos eram como os do pai, parecendo duas meias-luas. Eu sabia que ela ia brilhar.

Niyi entrou se arrastando e já de pijama. Passara para o quarto de hóspedes porque Yimika não o deixava dormir a noite inteira.

— Como está se sentindo? — perguntou, coçando o ombro.

— Amamentar dói. Meu corpo todo dói, como se ela estivesse sugando minha medula.

— Então por que está sorrindo?

Eu ouvira dizer que algumas mulheres choravam dias a fio depois do parto porque não conseguiam controlar o corpo, mas eu não verti nem uma só lágrima. Talvez elas chorassem porque se deixavam dominar pelo poder que lhes fora concedido.

Niyi sentou-se na cama e acariciou a cabecinha de Yimika.

— Ela é tão miúda — disse ele.

— Bem pequena mesmo — falei, abrindo seus dedinhos um a um.

— Precisa ser bem alimentada antes do batizado.

Apertei-a mais junto ao peito. Faltavam quatro dias para a cerimônia do batizado.

— Não posso acreditar que isso esteja acontecendo. Precisamos nos comportar muito bem daqui para a frente. Seremos uma família maravilhosa.

Ele ficou por ali durante algum tempo, como se estivesse supervisionando.

— Sheri vem aqui de novo? — perguntou.

— Vem — respondi.

— Ela tem ajudado muito.

— Sheri é boa com crianças.

— Eu me sinto mal por ter falado tanta coisa contra ela.

— É mesmo?

Ele balançou a cabeça.

— Não.

Niyi tinha de ir trabalhar. Sheri chegou quando a cabeleireira estava terminando de desfazer minhas tranças. Trouxe do restaurante inhame amassado e guisado de quiabo.

— Seu cabelo cresceu — disse ela.

A cabeleireira puxou outra trança e começou a soltá-la com o pente. Seu preço subira, mas ela alegou que o preço da comida também. O chão da varanda estava cheio de apliques. Yimika dormia num carrinho junto de Sheri. Minhas costas estavam cobertas de suor, e eu puxei a camisola para baixo. Examinei meu reflexo no espelho de mão e fiquei surpresa ao ver como o cabelo crescera e como meu rosto estava mudado. Havia uma sombra nas minhas bochechas, e minha pele escurecera.

A cabeleireira terminou de soltar a última trança, e eu levantei o espelho de mão para avaliar o trabalho.

— Ah, não! — falei.

Sheri chegou perto de mim. Baixei o espelho para ela examinar meu couro cabeludo.

— Você está com cabelo branco — disse.

— Mas eu só tenho 35 anos.

— Meu cabelo começou a branquear quando eu tinha 29. É bom pintar o seu.

— Eu não vou pintar o cabelo. Para quê?

A cabeleireira puxou o cabelo para trás. Não tinha dado uma só palavra desde que começara o trabalho, mas era óbvio que estava achando graça do meu desconforto.

Eu paguei pelo serviço e ela foi embora. Yimika começou a resmungar no carrinho, e corri para ver o que era. Ela continuava a dormir e a sorrir. Achei que tinha tido um sonho ruim, mas Sheri disse que eram gases. O cabelo da minha filha estava suado. Tive de tirá-la do berço. Sempre que ela dormia eu sentia sua falta. Seus bracinhos caíram sobre minhas mãos, e ela abriu a boca.

— *Aláiyé Bàbá* — murmurei. — Mestre da terra.

Ela parecia uma dessas imperatrizes gorduchas comendo uvas descascadas pelas escravas. Inclinei-me para beijá-la. Seus olhos abriram.

— Nossa amiga está acordada — falei.

Sheri tirou-a dos meus braços e começou a niná-la. Estávamos junto do canteiro de flores roxas, e fiquei observando-as como se as tivesse plantado. Um lagarto de cabeça vermelha deslizou pelo chão da varanda entre dois vasos de espada-de-são-jorge e desapareceu no jardim.

— Meus parabéns, mamãe.

Virei-me para ver quem dissera isso. Era Grace Ameh.

No momento em que ela pisou na minha casa, seus olhos passaram a observar tudo.

— Fui ao seu escritório para ver você e me informaram da morte da sua mãe. Meus sinceros pêsames. Sinto muito, muitíssimo.

Eu me senti encabulada ao vê-la na minha casa. Como se fôssemos estranhas forçadas a usar o mesmo banheiro.

— Fico surpresa por você ter arrumado tempo para vir aqui — falei.

— Nós fechamos a revista no mês passado. Foi nossa última edição.

— Que pena! — falei.

— É — concordou ela no seu tom neutro de sempre. Ocultava tão bem os problemas que dava a impressão de que não existiam.

— Venha comer conosco — convidei.

Foi uma alegria observá-la comendo. Grace Ameh falava entre as garfadas sobre jornalistas e ativistas condenados depois do suposto golpe de março, acusados de ter participado de atos de traição.

— É uma farsa — falou.

Coloquei o garfo na mesa.

— Dizem que a Commonwealth deve impor sanções.

— A Commonwealth, até parece.

— Você acha que não vai funcionar?

— Nossos problemas devem ser solucionados por nós mesmos, por ninguém mais. Não sou dessas que se lamentam para o Ocidente. Eles mesmos ainda não se acertaram. Liberdade de expressão, direitos humanos, democracia. Dizem que a democracia está à venda. Além do mais, seus líderes são coagidos. Não podem nos ajudar se isso prejudicar seus eleitores. Teremos sempre que procurar nossas próprias soluções. Eu tenho fé na África, um continente que pode produzir um Mandela. Tenho fé.

Mas ela parecia fatigada. Eu não concordava inteiramente com suas ideias. Intelectuais como Grace Ameh ressentiam-se da intervenção estrangeira. O mesmo acontecia com a elite nigeriana e a assistência externa. Eles sempre se queixavam que era um movimento paternalista, mas os nigerianos que realmente precisavam de ajuda não se importavam com sua origem. Sheri descobrira como era duro tirar dinheiro dos nigerianos ricos. Eles prometiam dar apoio ao trabalho de caridade e desapareciam. Eu não tinha certeza da extensão da intervenção estrangeira na nossa política local — golpes insuflados pela CIA, inclusive assassinatos —, mas seria demais esperar que outros países se interessassem pelo nosso bem-estar se a maioria da nossa riqueza era roubada e investida nas economias deles?

— Sanções econômicas — disse Sheri. — Sejamos realistas. A quem eles vão prejudicar, o brigadeiro Barriga Grande ou o Mama Market?

— Exatamente — disse Grace Ameh.

— Você sabe que alguns detentos não têm nada a ver com política — falei.

— Não compreendo — disse ela.

— Metade deles — expliquei.

— Eu sei. A maioria aguarda julgamento. Alguns morrem antes de chegar aos tribunais.

Achei que tinha implicado o suficiente com ela.

— Quando vamos começar nossa campanha? — perguntei.

— Assim que você puder.

Meu coração bateu forte.

Grace Ameh ficou um pouco mais depois que terminamos de comer. Queria evitar o trânsito da hora do almoço. Tirei a mesa quando ela saiu, e Sheri ficou cuidando de Yimika.

— Você não havia me falado sobre isso — disse ela.

— Ah, bem...

— O que Niyi acha?

Limpei a mesa com movimentos circulares.

— Ele não sabe.

— Você não vai lhe dizer?

— Hoje.

— Está se juntando à causa, *àbúrò?* — perguntou rindo.

Meus movimentos se tornaram cada vez menores.

— Aos poucos — respondi.

*

Lavei o cabelo, fiz duas tranças e tomei um banho de salmoura para cicatrizar os pontos. Tive de sacudir a cabeça para me livrar da tontura que sentia desde que Yimika nascera. Quando Niyi chegou do trabalho, eu estava pronta.

Fiquei vendo-o se despir no nosso quarto. Tirou as calças e colocou-as em cima de uma cadeira. Quando lembrou que eu lhe pedira para não fazer isso, passou as calças da cadeira para a cama. Esse gesto me deixou triste. Como podíamos ser cáusticos um com o outro e como desperdiçávamos tempo com o que não queríamos e não gostávamos! Seria porque havíamos aprendido a não pedir o que não receberíamos? Percebi que nossas piadas salvavam nosso casamento. Quando contávamos piadas, entrávamos em uma zona de segurança. Mas não tínhamos piadas para contar agora, a não ser a do homem que escolheu a mulher errada duas vezes.

— Grace Ameh esteve aqui hoje — falei.

— Quem?

— Grace Ameh, a jornalista da revista *Oracle.*

— O que ela queria?

— Quer que eu lidere uma campanha pelo meu pai, Peter Mukoro e outros.

— O que você disse?

— É uma campanha pequena.

— O que você disse a ela?

— Disse que aceitava a incumbência. Quero fazer isso. É a oportunidade que eu esperava. Devemos nos encontrar uma vez por mês... — Minha voz fraquejou.

Ele tirou a gravata.

— Espero que não seja aqui.

— Podemos nos encontrar na casa da minha mãe. Não importa.

Ele foi para a cama.

— Nós já falamos sobre isso.

— Não. Nunca falamos. Pelo menos nunca chegamos a um acordo. De qualquer forma, nada é seguro aqui. Podemos ser invadidos por ladrões enquanto conversamos. A polícia e o exército criam problemas para você, mesmo que você não esteja criando problema algum. Pensei muito nisso. Nós vamos apelar para o governo. Há mulheres e crianças envolvidas. Você sabe que não vou deixar nada acontecer com Yimika.

Ele puxou a gravata do colarinho. Yimika choramingou no berço. Eu podia sentir o leite no meu peito, mas não estava pronta para amamentá-la agora.

Niyi tirou as abotoaduras.

— Eu me preocupo com a minha família — disse ele. — Só com a minha família.

— Eu também era assim. Mas as coisas mudaram. Eu não me preocupava com a minha mãe. Quem estamos tentando enganar? A situação do nosso país afeta a nós todos.

Ele não disse nada.

— Está ouvindo? — perguntei.

— Não.

— Não o quê? — perguntei de novo.

Yimika começou a chorar. Meu leite vazava para o sutiã e escorria debaixo dos braços.

— Não posso permitir isso. Sinto muito.

Nenhum "não" era mais definitivo que o de Niyi, mas eu continuei. Não estava esperando uma concessão. Ele tinha de mudar sua forma de pensar. Estava desesperada o bastante para forçá-lo a isso. Desde a infância as pessoas me diziam que eu não podia fazer isso ou aquilo, que ninguém se casaria comigo e eu nunca seria mãe. Agora eu era mãe.

— Eu não sou mais a mesma — falei.

— O quê?

— Não sou mais a mesma. Quero que você saiba disso.

Sacudi a blusa, estava manchada de leite.

Ouvi muitas vozes naquela noite. Uma me dizia que eu seria levada a uma daquelas prisões distantes: Abakaliki, Yola, Sokoto, onde o harmatão quebraria meus ossos. Fiz essa voz se calar. Outra me dizia que eu nunca mais veria Yimika, que ela cresceria sem mãe, como Sheri, que Niyi me substituiria e me deixaria de coração partido. Ouvi essa voz várias vezes até mandá-la se calar.

Eu sozinha superara meus pensamentos. Ninguém mais. Acreditava em capacidades infinitas até certo ponto — autoconfiança, dependência. Era uma sabotagem interna, como os golpes militares. Mas, de onde quer que viesse a maldade, teria de ir embora. Yimika voltou a chorar. Verifiquei que não estava molhada de xixi e embalei-a até ela dormir. Fechei os olhos, que começavam a ficar pesados. Pude concordar com Niyi, pelo menos o cansaço iria embora.

— Todo mundo tem pelo menos uma escolha — dissera meu pai quando falei sobre mulheres presas em casa.

Ele ficava chocado. Como alguém podia fazer uma comparação tão falsa e simplista? Comparar mártires da cozinha com gente confinada nas prisões nigerianas? Alguns prisioneiros libertos decidiam continuar presos, eu argumentara. Era uma questão de estado de espírito. Na maioria das vezes eu tinha tanta consciência das minhas decisões quanto do ar que respirava.

— Eu criei você melhor que isso — dissera meu pai.

— É o que você pensa.

Yimika estava vestida com a roupa branca de batizado. Sheri a embalava. Ofereci uma cabaça cheia de noz-de-cola para meu sogro. Ele pegou uma, dividiu-a em duas e deu uma dentada. Minha sogra, sentada ao seu lado, também comeu. Eu usava uma roupa tradicional: blusa branca de renda e um pano vermelho amarrado da cintura para baixo. No pescoço, contas de coral, e na cabeça, uma faixa escarlate bordada de ouro.

Em razão da morte da minha mãe, só os familiares foram convidados para o batizado de Yimika, mas o ambiente estava repleto. Coloquei a cabaça em um banquinho vazio e mordi minha noz-de-cola. Era um gesto de afirmação das nossas preces. De início senti um gosto amargo de cafeína, depois, um gosto doce no fundo da língua.

Algumas tigelas de porcelana foram colocadas na mesa de jantar: mel e sal para que Yimika tivesse uma vida doce; água para que fosse calma; grãos de pimenta para que fosse fértil; óleo de palma para ter alegria. Ela recebeu quatro nomes: Oluyimika, Deus está à minha volta; Omotanwa, a filha que esperávamos; Ebun, dádiva; e Moyo, meu nome do meio, que queria dizer regozijo.

A tia-avó de Niyi começou a rezar em iorubá. Era a mais velha da família. Os que estavam presentes respondiam "*Amin*" a cada vez. Eu participei da reza pela minha filha, depois fiz uma reza pelo lugar onde ela tinha nascido, pedindo que os líderes se preocupassem com as crianças e que nossos costumes fossem mais amenos. Depois do último Amém, a tia-avó de Niyi fez um brinde e levou um copo de *schnapps* à boca para saudar os ancestrais. Seu corpo magro retesou-se quando o álcool lhe passou pela garganta, e ela ajeitou a faixa da cabeça. Agora era hora de comer.

Na cozinha, uma das cozinheiras de Sheri estava sentada em uma cadeira com um pilão de madeira entre os joelhos. Tirava montes de inhame batido do pilão e enrolava em papel celofane. Moscas infestavam a pia, sobre a qual alguém havia derrubado uma lata de suco de manga. Uma segunda cozinheira servia carne frita em pratos pequenos. Trabalhavam juntas como se fossem integrantes de uma grande banda.

— Vocês estão prontas? — perguntei.

— Está tudo pronto — disse a primeira cozinheira.

Mas não estava. Quando saí da cozinha, minha sogra veio falar comigo.

— E a comida? — perguntou.

— Está quase pronta, *ma* — respondi.

— Os convidados estão com fome.

— Não se preocupe, *ma*.

— Aonde você vai?

— Vou lá em cima, *ma*.

Eu não podia esperar. Alguns bebês ficavam no ventre da mãe durante tempo demais e quando finalmente nasciam já estavam mortos. Havia gente que só aprendia a falar no leito da morte. E, quando abria a boca para falar, exalava o último suspiro.

A escada da minha casa nunca foi uma verdadeira escada. Em geral eu subia imaginando que estava fazendo uma ascensão ao céu. Tentava superar meu aborto, a morte da minha mãe, a minha febre no surto de malária, raiva e culpa. Tentava superar também a desaprovação da minha sogra. Minha paz ia além da compreensão dela.

Niyi me fez um sinal quando eu estava chegando no topo da escada. Queria saber se todos tinham vinho. Tentei manter o sorriso. Que história teria de contar para que ele não se sentisse apenas meio homem? Seria uma história sem pé nem cabeça.

Ao entrar no quarto, tirei a faixa da cabeça e joguei-a entre os vidros de pomadas e perfumes. No repartido entre as tranças dava para ver os cabelos brancos.

Sheri entrou.

— Os convidados estão... O que está acontecendo aqui?

Eu não soube explicar. Lá embaixo começaram a cantar uma canção de Ação de Graças:

> Estou transbordando de alegria
> Vou agradecer todos os dias
> Estou transbordando de alegria
> Vou me regozijar todos os dias
> Você também?

As mulheres chegaram atrasadas na primeira reunião. Lagos se recuperava de outra falta de gasolina e o transporte público voltara a funcionar havia pouco. Algumas se sentavam na ponta das cadeiras, outras, como se fosse sua primeira oportunidade de ter um assento. Uma grávida pediu para pôr os pés para cima. Nós éramos dezessete — esposas, mães, irmãs de jornalistas.

Nomeamos uma tesoureira e uma secretária. Eu me sentei no meio da sala e anunciei que aquelas que tivessem alguma coisa a falar que falassem, as que tivessem vindo para ouvir que ouvissem. A surpresa foi o comparecimento da esposa de Peter Mukoro, a mesma que o expôs nos tabloides. Ela pediu para não a chamarmos de tia, madame ou qualquer bobagem parecida. Seu nome era Clara, Clara Mukoro.

As mulheres cansaram-se logo de Clara e dos seus problemas. Eu tentei falar com gentileza. Um dia ela me perguntou:

— Você nunca fica zangada?

— Se nós duas nos zangarmos, tia Clara, aonde chegaremos?

Clara e eu nos tornamos íntimas o suficiente para eu perguntar por que lutava por um homem que a humilhara. Seu rosto era quadrado, e os olhos eram puxados como os de uma oriental. Sempre que falava, estreitava os olhos ainda mais.

— Eu conheci Peter na escola primária — contou. — Meu pai era diretor da escola, e Peter estava na minha classe. Ele me ajudava com os deveres. Eu estava presente quando a fazenda do pai dele foi destruída. Estava presente no dia em que ele recusou a bolsa de estudo. Quando veio para Lagos, eu o acompanhei. Meu pai me renegou. Foi Peter quem me ajudou durante a universidade. Esse é o Peter de que me lembro, não o Peter que corre por aí como um garotinho em uma loja de doces. E ele é o pai dos meus filhos. Além do mais, se alguém tivesse de prender Peter, esse alguém seria eu.

Nós escrevíamos cartas para o presidente pedindo que soltasse nossos parentes, mesmo sabendo que as cartas talvez não fossem lidas. Não pararíamos de escrever até que eles fossem libertos. Havia outros grupos como o nosso que sempre apareciam na mídia. Alguns pediam que soltassem as mulheres jornalistas. Nós ganhamos força com a voz deles. A ameaça dos agentes da Segurança Nacional pairava sobre nós, mas surpreendentemente nada ocorreu.

Se não tentássemos, nunca saberíamos.

Se não tentássemos, nunca saberíamos, continuo dizendo.

Eu nasci no ano da independência do meu país e vi sua luta. A liberdade nunca pretendeu ser doce. Desde o início foi responsabilidade do povo, da pessoa física, lutar pela pátria e se agarrar àquilo. Na minha nova vida isso significava pagar as contas sozinha; lembranças a resgatar e abandonar; arrependimentos a descartar e resgatar; e lágrimas, que sempre lavavam os olhos.

Nesses dias eu me alongava. Esticava as pernas no sofá e jogava os braços para trás. Ficava na cama como um animal escondido, virando a cara para cima e para baixo. Niyi era tão alto que eu sempre achei que ele merecia mais espaço. A sensação de me sentir encolhida nunca compensava. Ele vinha ver Yimika quase diariamente, e quase sempre saía batendo a porta da frente, o que me fazia sentir cada vez menos falta dele. Mas eu não o culpava. Ele lutava como se estivéssemos competindo pelo mesmo cilindro de ar: quanto mais eu respirava, menos ar havia para ele. Eu não tinha muito contato com a família de Niyi, nem mesmo com meus cunhados. Não por animosidade, mas porque não tinha muita energia para isso. Sabia que se tivessem alguma chance me deixariam confusa com seus conselhos, e nada restaria da minha forma original de pensar.

Uma manhã encontrei uma foto antiga da minha mãe comigo. Eu devia ter uns seis meses, estava no seu colo com um vestido de mangas bufantes. Ela usava um vestido curto, e suas pernas eram finas como as minhas. Minha mãe uma vez disse que sussurrara conselhos no meu ouvido quando eu nasci, mas nunca revelou o que disse. Falou que eu me lembraria. Eu também sussurrei assim no ouvido da minha filha, na casa da minha mãe.

— Eu te amo. Não se esqueça disso — falei.

Naquele dia, Sheri não parou de reclamar, pois me atrasei com a mamadeira de Yimika.

— Essa criança está com fome. Essa criança precisa comer agora.

— Você está me enlouquecendo — falei, finalmente. — Não se esqueça de que o bebê é meu.

Corri pela casa tentando preparar a mamadeira. Yimika gritava tão alto que nos pôs em estado de pânico. Sheri embalou-a. Não havia dúvida de que a menor e a mais fraca de nós era quem controlava a situação.

— Você só empurrou o bebê para fora — disse Sheri.

— Ninguém dá valor à mãe.

— Alguém foi sua mãe um dia.

— Eu dei o devido valor à minha mãe. Desde que comecei a sentir as dores do parto.

— Não seja exagerada. Você ficou só sete horas em trabalho de parto. Dê a mamadeira para minha menina, por favor.

— Essa sua menina não queria nascer, e eu não a culpo. Está me ouvindo? Eu não culpo você, minha filha. Você só fez chegar aqui na Terra. Daí em diante, é apenas confusão. Não consegue nem tomar o leite em paz.

— Que confusão? Ela vai aprender as coisas na hora certa. Prepare logo essa mamadeira.

— Que merda, não consigo atarraxar o bico.

Quando falam de momentos decisivos na vida, eu fico pensando. Não me lembro do momento em que decidi ser advogada de prisioneiras no meu país. Antes disso tive oportunidade de agir, mas acabei me comportando como estava habituada, cultivando as mesmas frustrações antigas porque tinha certeza de como me sentiria — injustiçada e desprotegida como me sentia aos 14 anos. As mudanças vieram depois que mudei pequenas coisas. Subir a escada. Fácil. Tirar a faixa do cabelo. Muito fácil. Fazer a mala, levar lá para baixo e colocá-la no carro. Quando as situações se tornaram mais complexas, minhas tarefas tornaram-se menores. Meu marido perguntou por que eu o estava deixando.

— Porque preciso — respondi, com apenas duas palavras.

— Que tipo de mulher você é? — perguntou ele.

Não dei resposta.

— Você também não tentaria impedir que eu fosse embora? — perguntou ele.

Provavelmente, mas ele não teria que me deixar para fazer o que queria. Minha antiga vizinha do Sunrise, Busola, me confessou com um sorriso:

— Todos estão falando de você. Dizem que você foi embora sem razão. Ele nunca bateu em você, nunca foi infiel. Eu sei que ele tem mau gênio, mas é trabalhador, pelo amor de Deus. Queria ter se casado com um malandro preguiçoso como o meu?

E Sheri me disse o seguinte:

— Pense bem. Pense bem. Seu pai vai perguntar, quando sair da prisão, por que você abandonou seu marido.

Eu tinha razões para ficar: meu marido, nossa casa e a pequena comunidade suburbana, verdadeira extensão da família. Mas tive sorte de sobreviver ao que acreditava que não sobreviveria, o cheiro da minha mãe morta. Não podia continuar como antes, senão minha lembrança dela teria sido em vão e minha sobrevivência não faria sentido. Quem já tivesse passado por esse trauma compreenderia. A fase seguinte podia ser uma reencarnação. Uma vida terminara, eu podia chorar ou começar outra. Era ao mesmo tempo terrível e sublime comportar-me como um deus com o poder de renascer. Foi essa a opção que escolhi.

Dois meses depois tive notícia do meu pai. Ele esteve preso durante dez meses. Nosso país passava por um tumulto internacional por causa do enforcamento de nove ativistas ambientais do Delta do Níger, incluindo o escritor Ken Saro-Wiwa. O Greenpeace, os Amigos da Terra e a Anistia Internacional protestaram contra os crimes. Nosso governo manteve-se irredutível. Eu já estava desesperada. Uma das famílias que fazia parte da nossa campanha estava ameaçada de expulsão, outra teria mais um filho sem pai.

Naquela tarde, a vizinha, Shalewa, fora me ajudar a cuidar de Yimika. Eu estava arrumando o quarto da minha mãe, aliviada porque minha filha tinha finalmente dormido, quando o celular tocou. Corri para atender, mas cheguei tarde. Yimika voltou a chorar. Segurei-a no colo e peguei o celular de novo.

— Enitan?

Era meu pai.

— Papai, papai, é você?

— Eu fui solto — disse, a voz falhando.

Meus olhos se encheram de lágrimas.

— Eles me soltaram hoje, com Mukoro e os outros. Quis ligar para você em primeiro lugar. É o bebê chorando? Menino ou menina? Esse bebê chora como uma trompa de caça. Como vão seu marido e sua mãe? E Fatai? Você precisa levar o bebê para eu conhecer. Onde você está? Tenho muita coisa para contar. Enitan, você não está falando. Ainda está aí?

— Estou — respondi, secando as lágrimas.

— Onde você está? Depois do que meus olhos viram, eu nunca mais serei o mesmo.

— Eu também não — falei.

Eu tinha que dar a notícia para alguém. Sheri foi a primeira pessoa que me veio à cabeça. Minhas costas estavam molhadas de suor, e o para-brisa encontrava-se coberto de poeira e pernas de mosquitinhos secos. O sol me queimava mesmo com o vidro.

Meu irmão me disse, quando começamos a conversar livremente, que via o interior das pessoas antes de qualquer outra coisa. Se conhecia um fumante, via seus pulmões negros. Se conhecia uma mulher de seios enormes, que enlouquecia seus amigos, via a gordura amarela depositada sob sua pele. Sempre que olhava para crianças, via seus corações rosados. Achei que era uma visão estranha do mundo. Ele falou que não tinha imaginação. Nem sonhos. E que tinha dificuldade de entender as mulheres, embora tivesse crescido em uma casa cheia delas. Mas adorava carros. Quando perguntou como eu estava me sentindo, respondi que me sentia como se tivessem seguido meu carro de perto durante vários quilômetros. De repente, eu os despistei e acabei me perdendo também, mas estava encontrando o caminho de casa aos poucos. Ele falou que me entendia.

Meu coração batia forte. Eu precisava parar, o trânsito estava muito lento. Ao me aproximar do cruzamento com uma rua residencial, parei o carro. Dois flanelinhas sentados em um banco acharam que eu precisava de ajuda para estacionar e começaram a me fazer sinais com a mão.

— Para a esquerda. Para a direita. Isso, isso. Agora a ré, devagar, devagar. Pare.

Pareciam enxotar moscas. Eu fiz de conta que não os vi. Não tinha dinheiro para dar. Um motorista buzinou atrás de mim. Olhei e vi que ele dirigia umas dessas vans de transporte privado que chamávamos de *danfos.*

— O que foi? Será que ninguém pode ser feliz em paz? — gritei.

O homem buzinou de novo. Olhei pelo espelho. Ele teria de esperar. Eu me remexi no banco do carro. A primeira música que me veio à cabeça foi uma canção iorubá: "Nunca dance o *palongo*, pois ele pode te enlouquecer."

Comecei a cantar alto. A van foi para o lado do meu carro. Dava para ver os passageiros lá dentro com os rostos brilhando de suor. O motorista falou de dedo em riste:

— Saia do meu caminho!

Eu saí do carro e comecei a cantar para ele.

— "Nunca dance o *palongo*, pois ele pode te enlouquecer."

Os passageiros protestaram: "Minha irmã, o que há com você?" "Por que está fazendo isso numa tarde quente dessas?" "Uma adulta como você agindo feito criança."

Eu levantei o punho.

— Nossos homens estão livres — respondi.

O motorista da van piscou.

— O quê? O que ela está dizendo?

Alguém entendeu mal minhas palavras e repetiu.

— Nossos homens deixam as mulheres livres demais.

— Nada de bom vai acontecer com você! — disse o motorista da van.

— Diga a eles — falei. — Diga a eles, *a da*. Será bom. Tudo de bom vai acontecer comigo.

Ela repetiu minhas palavras, mas acho que o motorista já havia escutado. Ele saiu da van indignado.

— Ela deve ser maluca! — disse alguém.

Um homem baixou a cabeça, conformado com mais um atraso.

— Você é maluca? — perguntou o motorista. — Está rindo de mim? Você é boa da cabeça? Eu disse para tirar o carro do caminho.

Levantei as mãos, dancei e cantei de novo.

— "Nunca dance o *palongo*, pois ele pode te enlouquecer."

Os flanelinhas estavam boquiabertos. O motorista da van me olhou de cima a baixo.

— Você deve ser muito burra — disse ele.

— Eu era.

— Acho que não me ouviu — continuou ele, balançando os braços.

Eu o ouvi. Dancei o *palongo* sem pensar na minha sanidade mental, nem no meu bom senso. Acrescentei uns passos estrangeiros para desorientar os passageiros: flamenco, cancã, dança irlandesa. Nada podia tirar minha alegria. O sol me enviava sua bênção. Meu suor me batizava.

Impresso na Geográfica,
em papel Pólen Soft 70 g/m² (miolo) e em Couchê Brilho 150 g/m² (capa),
e composto em Photina MT Std.

Este livro foi elaborado pela TAG — Experiências Literárias
em parceria com a Editora Record.